푸른사상 평론선　30

시와 정치

맹문재(孟文在)

충북 단양에서 태어나 고려대 국문과 및 같은 대학원을 졸업했다. 시론 및 비평집으로 『한국 민중시 문학사』 『패스카드 시대의 휴머니즘 시』 『지식인 시의 대상애』 『현대시의 성숙과 지향』 『시학의 변주』 『만인보의 시학』 『여성시의 대문자』 『여성성의 시론』 등이 있다. 전국 노동자문학회 매체인 『삶글』을 비롯해 『부천작가』 『시작』 『삶과 문학』 『푸른사상』 등의 창간 및 주간을 맡았고, 한국작가회의 자유실천위원회 활동을 했다. 현재 안양대 국문과 교수로 있다.

시와 정치

초판 1쇄 인쇄 · 2018년 12월 20일
초판 1쇄 발행 · 2018년 12월 31일

지은이 · 맹문재
펴낸이 · 한봉숙
펴낸곳 · 푸른사상사

주간 · 맹문재 | 편집 · 지순이 | 교정 · 김수란
등록 · 1999년 7월 8일 제2-2876호
주소 · 경기도 파주시 회동길 337-16 푸른사상사
대표전화 · 031) 955-9111(2) | 팩시밀리 · 031) 955-9114
이메일 · prun21c@hanmail.net
홈페이지 · http://www.prun21c.com

ISBN 979-11-308-1399-8   93800

값 29,000원

이 도서의 국립중앙도서관 출판예정도서목록(CIP)은 서지정보유통지원시스템 홈페이지(http://seoji.nl.go.kr)와 국가자료공동목록시스템(http://www.nl.go.kr/kolisnet)에서 이용하실 수 있습니다.(CIP제어번호: CIP2018043010)

푸른사상
평론선

30

Poetry and Politics

시와 정치

맹문재

세계와 불화하는 존재가 시인이라 할 때 이러한 현실에 대한 인식과 그것에 대한 응전의 태도야말로 현대시회에서 요구되는
아닐까 한다. 우리 시단에는 이미 70년대의 참여시라든가 80년대의 해체시, 90년대의 생태시 등 현실이 위기로 인식될 때마다 나름대
성격을 드러내며 사회 현실에 예민하게 반응해온 역사가 있다. 사실 지금 우리의 현실은 물질적 향유의 수준이 향상되고 정치 경제적 권력

푸른사상
PRUNSASANG

시대와 사회를 좀 더 적극적으로 담고자 한 제목으로 새로운 평론집을
낸다. 생각해보면 시와 정치는 매우 밀접한 관계를 갖고 있는데도 우리
나라의 평론계에서는 거리를 둔 것이 사실이다. 그 이유는 여러 가지가
있겠지만 시문학의 현실 참여를 긍정하지 않는 문단의 보수적인 풍토가
강하기 때문이라고 생각한다. 그렇다고 문단이 작품의 미학을 추구하거
나 자기 철학을 밀고 나가는 특성으로 채워져 있다고 여겨지지 않는다.
그보다는 보수적인 출판 권력과 언론 권력을 둘러싼 사적인 인간관계가
지배하는 것으로 보인다. 그리하여 우리 사회의 모순되고 비합리적인 병
폐가 문단에도 고스란히 들어 있는데, 이 평론집에서는 이와 같은 상황
을 정치적인 관점으로 극복해보고자 한다.

제1부에서는 정치시가 필요한 시대, 시인의 정치의식, 시와 정치, 세월
호와 문학, 촛불 시의 등장과 전망 등을 주제로 다루었다. 지난 정권에서
는 세월호 참사를 비롯해 한국사 국정화, 노동법 개악, 통합진보당의 강
제 해산, 국가기관의 선거 개입, 전교조 법외 노조 판결, 문화예술계 블
랙리스트 등에서 볼 수 있듯이 민중들이 피를 흘리며 세운 민주주의가
후퇴했다. 그리하여 세상을 특정 방향으로 밀고 나가려고 한 조지 오웰
의 목소리를 들으며 정치시의 필요성을 제시했다. 세월호 참사나 2016~

2017년 진행된 촛불집회를 담은 작품들에서 시의 언어나 형식보다 시가 정치 문제에 어떻게 개입하고 어떤 변화를 추구하는가를 주목한 것이다.

제2부에서는 5·18민주화운동의 의의는 민중이 역사의 주인이라는 사실을 김남주의 「학살」 연작시를 통해 확인했고, 한일 인식의 시에서는 일본이 역사적 반성을 하지 않는 점을 경계하면서 우리 스스로 역사의식을 가져야 함을 제시했다. 전병호의 『금왕을 찾아가며』에서는 한국전쟁 동안 일어난 노근리 양민 학살 사건과 보도연맹원들의 학살을, 윤기묵의 『역사를 외다』에서는 단재 신채호의 역사의식을, 김종숙의 『동백꽃 편지』에서는 김수영, 다산 정약용, 이상적, 고산 윤선도의 삶과 작품 세계의 역사성을 주목했다.

제3부에서는 디지털 시대의 노동시, 비정규직 시대의 노동시를 통해 변화한 환경에서 소외당하고 있는 해고 노동자와 비정규직 노동자의 삶의 실제를 주목했다. 육봉수의 『미안하다』에서는 근로기준법의 문제점을, 정세훈의 『우리가 이 세상 꽃이 되어도』에서는 노동자로서 감당해야 할 가혹한 현실을, 유순예의 『호박꽃 엄마』에서는 노동조합 활동을 했다는 이유로 회사의 고소와 고발에 고통 받다가 세상을 뜬 유성기업 한광호 열사를, 조선남의 『눈물도 때로는 희망』에서는 자본주의 체제에 대항하는 노동자의 의지를 살펴보았다.

제4부에서는 선거 때마다 민주주의 가치를 왜곡시키고 국민의 인권을 탄압하는 매카시즘이 보수주의자들의 정치 공세 및 정치 공작에 불과하다는 것을 확인했다. 아울러 매카시즘 같은 우리 사회의 근본적인 모순이 남북 분단에 기인한다는 것을 파악했다. 그리하여 이기형의 시 세계

에서는 인류의 보편적 가치를 실현하는 토대를 마련하는 데 기여할 남북 통일에 대한 전망을, 김준태의 『쌍둥이 할아버지의 노래』에서는 한국 사회의 모순을 극복할 수 있는 방안으로 평화 통일을 제시했다.

이번 평론집에서 「세월호와 문학」 및 「현대시의 반전 의식」의 수록을 두고 고민이 있었다. 다름 아니라 글 중에 이기호의 소설 「나정만 씨의 살짝 아래로 굽은 붐」과 「이정(而丁)」이 들어 있기 때문이다. 두 편의 소설 모두 뛰어난 작품이지만, 작가가 지난달 친일 문인 기념 문학상인 동인문학상을 수상했기 때문이다. 참으로 안타깝고 실망스럽다. 나의 글은 그의 작품론 자체를 위한 것은 아니기에 이 점을 밝혀두고 싶다.

몇 해 동안 한국작가회의 자유실천위원회 시인들과 광장에 나가면서 많은 글을 썼다. 그들이 나의 글쓰기에 힘을 주었다. 좀 더 집중해서 세상을 읽고 글을 쓸 일이다. 이번 평론집에 함께한 시인들과의 인연을 다시금 생각한다. 책을 만들어준 한봉숙 대표님과 편집부 직원들께도 감사하다.

2018년 12월
맹문재

차례

제3부

제4부

제1부

정치시가 필요한 시대

1.

우리 시대의 좋은 시는 어떤 것일까? 망설임 없이 말한다, 정치시! 정치 참여시! 그렇지만 이 의견이 좋은 시의 본질에 속한 것인지, 또 좋은 시의 생명력을 항구적으로 지닐 수 있을 것인지는 알 수 없다. 그렇지만 절실하고도 정직한 답변이기에 당당하고 속이 시원하다.

세월호 참사, 한국사 교과서의 국정화, 통합진보당의 강제 해산, 비정규직 노동자의 1천만 시대, 노동법 개악, 국가 기관의 대통령 선거 개입, 예술가들의 작품 검열, 권력의 시녀로 타락한 검찰, 정권의 나팔수로 전락한 언론 등등 이루 헤아릴 수 없는 상황들에서 보듯이 우리 사회는 지금 총체적인 난국에 빠져 있다. 수많은 민중들이 피를 흘리며 세운 민주주의는 크게 후퇴하고 있고, 사회 체제를 올바르게 유지시켜야 할 법치주의는 무너졌다. 정치적 이해관계로 국론은 분열되고 구성원들의 통합은 어려워졌으며 점점 양극화가 심화되어 가지지 못한 사람들의 삶은 위협받고 있다. 이와 같은 상황에서 정치시가 제시될 수밖에 없는 것이다.

그리하여 조지 오웰(George Orwell)의 목소리를 듣는다.

오웰은 「나는 왜 쓰는가」[1]에서 글을 쓰는 동기를 순전한 이기심, 미학적 열정, 역사적 충동, 정치적 목적 등 네 가지라고 보았다. 순전한 이기심이란 똑똑해 보이고 싶고 사람들의 이야깃거리가 되고 싶고 사후에 기억되고 싶은 등의 욕구를 말한다. 돈에는 관심이 적어도 허영심이 많고 자기중심적인 작가들의 경우이다. 미학적 열정이란 외부세계의 아름다움에 대한, 또는 낱말과 그것의 적절한 배열이 갖는 묘미에 대한 인식을 말한다. 역사적 충동은 사물을 있는 그대로 보고 진실을 알아내고 그것을 후세에 보존해두려는 욕구를 말한다. 정치적 목적은 세상을 특정 방향으로 밀고 가고, 어떤 사회를 지향하며, 분투에 대한 다른 사람들의 생각을 바꾸는 욕구를 말한다. 어떤 글이든 정치적 편향으로부터 자유로울 수 없고, 예술은 정치와 무관해야 한다는 의견 자체를 정치적인 태도라고 보고 비판하는 것이다.

오웰은 위의 네 가지 중에서 정치적 목적에 대해 강조하고 있다. 그는 천성적으로 앞의 세 가지에 가까운 성격이어서 평화로운 시대였으면 화려하거나 묘사에 치중하는 글을 썼을 것이고, 자신의 정치적 성향에 대해서 거의 몰랐을 것이라고 토로했다. 그런데 인도에서 제국 경찰의 노릇을 하면서 제국주의의 본질을 어느 정도 이해했고, 그 후 빈곤과 좌절을 겪으면서 노동계급의 존재를 인식할 수 있었으며, 그리고 히틀러의 등장과 스페인 내전(1936~1937)을 겪으면서 자신이 어디에 서 있는지 알게 되었다고 밝혔다. 실제로 오웰은 마르크스주의 통일노동자당 소속의

---

1   조지 오웰, 『나는 왜 쓰는가』, 이한중 역, 한겨레출판, 2010, 289~300쪽.

민병대원으로 전선에 참가해 분견대(分遣隊)의 상병이 되었고 총상을 입기도 했다. 그와 같은 체험을 바탕으로 쓴 그의 작품들은 모두 전체주의에 맞서면서 민주적 사회주의를 지지하는 것이었다. 그리하여 그는 "나는 내가 글을 쓰는 동기들 중에 어떤 게 가장 강한 것이라고 확실히 말할 수 없다. 하지만 어떤 게 가장 따를 만한 것인지는 안다. 내 작업들을 돌이켜보건대 내가 맥없는 책들을 쓰고, 현란한 구절이나 의미 없는 문장이나 장식적인 형용사나 허튼소리에 현혹되었을 때는 어김없이 '정치적' 목적이 결여되어 있던 때였다."[2]라고 말했다. 정치적인 목적을 의식할수록 미학을 희생하지 않으면서 정치 참여의 글을 쓸 수 있다고 증언한 것이다.

2.

> 최초에 명령이 있었음을 우리는 기억해야 한다
> 가만있으라, 지시에 따르라, 이 명령은
> 배가 출항하기 오래전부터 내려져 있었다
> 선장은 함부로 명령을 내리지 말라, 재난대책본부도
> 명령에 따르라, 가만있으라, 지시에 따르라
>
> 배가 다 기운 뒤에도 기다려야 하는 명령이 있다
> 목까지 물이 차올라도 기다려야 하는 명령이 있다
> 모든 운항 규정은 이윤의 지시에 따르라

---

2 위의 책, 300쪽.

이 나라는 명령이 있어야 움직인다는 걸 기억하라
열정도 진정성도 없는 비열한 정부, 입신출세와
대박 챙길 일밖에 아무 관심도 없는 자들의 국가,
선장은 단순잡부 계약직, 장관은 단순노무 비정규직
그들이 내릴 줄 아는 명령은 단 한 가지뿐
가만있으라, 명령에 따르라

저 환장하도록 눈이 부신 4월 바다를 보면서
아이들은 성적 걱정이나 했을까
지시를 어기고 멋대로 뛰쳐나간 너희들 반성문 써야 할 거야
물이 차올라오는데 이러면 입시는 어떻게 되는 거지, 걱정했을까

삼풍백화점이 붕괴되고, 서해훼리호가 침몰하고
성수대교가 무너지고, 지하철이 불타도
세상은 변하지 않았다, 변하지 않을 것이다
분노는 안개처럼 흩어지고, 슬픔은 장마처럼 지나가고
아, 세상은 또 변하지 않을 것이다
이런 재난 따윈 나쁜 것만도 아니라는 저들
촛불시위와 행진과 민주주의가 더 큰 재난이라 여기는
저들이 명령을 하는 동안은, 결코

뒤집어라, 뒤집힌 저 배를 뒤집어라
뒤집어라, 뒤집힌 세상을 뒤집어야 살린다
침몰의 배후에는 나태와 부패와 음모가 있고
명령의 배후에는 은폐와 조작의 검은손이 있다
탐욕으로 뒤집힌 세상, 부패와 음모와 기만으로 뒤집힌 세상

이게 아닌데, 이럴 순 없어, 뒤집지 못한 우리들
가슴을 치며 지켜만 봐야 하다니, 회한의 눈물을 삼키며
우리가 너희들을 다 죽이는구나, 뒤집어라,

폭력과 약탈로 뒤집힌 세상을 뒤집어야 살린다
이렇게 내버려둘 순 없어 저 죽음을 뒤집어라
뒤집지 않고서는 살리지 못해 저 죽음의 세력을 뒤집어라

뒤집힌 배에서 가장 먼저 탈출한 그들
돌아앉아 젖은 돈이나 세고 있는 그들
이미 구원받은 사람만 구원하는 정치
아이들과 약자들을 외면하고 가진 자들과
힘있고 능력 있는 자들만 구출하는 구원파정부
자신들만 구원하고 타인은 구렁텅이로 내모는 새나라구원당

뒤집어라, 그들의 명령과 지시를
그리고 저 고귀한 지시를 따르라, 승객을 버리고
선장과 노련한 선원들이 첫 구조선으로 달아난 그 시각
선원은 마지막까지 배를 지킨다! 구명조끼를 벗어주고
한 명이라도 더 구하려다 끝내 오르지 못한 스물두 살
4월을 품은 여자 박지영, 그가 최후의 선장이다
그 푸른 정신을 따르라, 뒤집어진 걸 바로 세우게 하는,
죽음을 뒤집는 4월의 명령을!

— 백무산, 「세월호 최후의 선장」 전문[3]

   2014년 4월 16일에 일어난 여객선 세월호의 침몰은 잊을 수 없는 사건
이다. 결코 잊어서도 안 될 것이다. 전날 밤 9시에 인천여객터미널을 출
발해 제주도에 도착할 예정이었던 세월호는 이튿날 8시 48분 전남 진도
의 맹골수도에서 급격한 변침으로 침몰되기 시작해 오후 10시 31분에 완

---

3   백무산, 『폐허를 인양하다』, 창비, 2015, 138~140쪽.

전히 가라앉았다. 탈출할 수 있는 시간이 충분히 있었는데도 불구하고 "가만있으라"는 안내방송을 믿은 수학여행 중인 안산 단원고 학생들을 비롯한 총 459명의 승객 중에서 304명이 몰사당한 것이다. 속수무책으로 배가 침몰하는 모습을 텔레비전의 생방송으로 지켜본 우리는 할 말을 잊었다. 국민을 보호하는 국가가 어디에도 없다는 사실에 이루 말할 수 없는 슬픔과 비참함을 가졌고 분개한 것이다.

우리를 더욱 분노하게 만드는 것은 세월호 참사가 일어난 지 1년 7개월이 되었는데도 진실 규명이 안 되고 있다는 점이다. 2015년 11월 12일 대법원에서 선장에게 살인죄를 적용해 무기징역을 선고하고 나머지 선원 14명에게도 유기치사 혐의 등을 적용해 징역형을 선고해 형사재판이 마무리되었지만 진실 규명은 여전히 요원하다. 4·16세월호참사특별조사위원회가 출범했지만 정부 여당이 활동 기간과 예산을 정상적인 활동을할 수 없는 정도로 제시하고 있어 중단된 것이다. 세월호 참사의 책임이 정부에 있기에 특별조사 활동에 적극성을 띠어야 하는데, 오히려 지연과 방해를 하고 있으니 분노하지 않을 수 없다.

따라서 "최초에 명령이 있었음을 우리는 기억"할 필요가 있다. "열정도 진정성도 없는 비열한 정부, 입신출세와/대박 챙길 일밖에 아무 관심도 없는 자들"이 "가만있으라, 명령에 따르라"고 강요한 것이다. 그 결과 "삼풍백화점이 붕괴되고, 서해훼리호가 침몰하고/성수대교가 무너지고, 지하철이 불타"고, 그리고 세월호가 침몰했다. 그들은 반성도 부끄러움도 없이 시간이 지나가기만을 기다리고 있다. 그들은 살아가기에 바쁘고 착한 국민들이 느끼는 "분노는 안개처럼 흩어지고, 슬픔은 장마처럼 지나"갈 것을 알고 있다. 그리고 "이런 재난 따위 나쁜 것만도 아니라"거나 "촛불시위와 행진과 민주주의가 더 큰 재난이라"고 왜곡시키며 여전히 "가만있으랴"고 명령을 내린다. 그러므로 "세상은 변하지 않았"고, 앞으로도 "변하지 않을 것이다".

그러므로 우리는 "뒤집어라, 뒤집힌 저 배를 뒤집어라"고 외칠 필요가 있다. "침몰의 배후에는 나태와 부패와 음모가 있고/명령의 배후에는 은폐와 조작의 검은손이 있"어 "탐욕으로 뒤집힌 세상, 부패와 음모와 기만으로 뒤집힌 세상" 뒤집어야 한다. "이미 구원받은 사람만 구원하는 정치/아이들과 약자들을 외면하고 가진 자들과/힘있고 능력 있는 자들만 구출하는 구원파정부/자신들만 구원하고 타인은 구렁텅이로 내모는 새나라구원당"을 뒤집어야 하는 것이다. 그러기 위해서는 "승객을 버리고/선장과 노련한 선원들이 첫 구조선으로 달아난 그 시각"에 "구명조끼를 벗어주고/한 명이라도 더 구하려다 끝내 오르지 못한" "4월을 품은 여자 박지영" 같은 인물을 "최후의 선장"으로 삼아야 한다. 그의 "그 푸른 정신을 따르"는 것이 "뒤집어진 걸 바로 세우"는 길인 것이다.

세월호 참사의 책임은 "모든 운항 규정"을 "이윤의 지시에 따"른 정부에 있다. 재난에 대응하는 지휘 체계 하나 마련하지 못한 무능하고 안일한 정부에 절망하고 놀랄 뿐이다. 과연 거대한 자본주의의 하수인에 불과한 정부가 국민을 보호할 수 있을까? 세월호 참사는 현재에도 진행되고 있다. 국민을 버리고 자신의 이익을 챙기는 데 몰두하는 지금의 정치 상황은 어두컴컴하고 무섭고 숨 막히는 바다 속과 같은 것이다. 이와 같은 상황에서 정치시를 쓰는 것은 당연하다. 시인의 책임이기도 하고 권리이기도 한 것이다.

영장 기각되고 재조사 받으러 가니
2008년 5월부터 2009년 3월까지

시와 정치

핸드폰 통화 내역을 모두 뽑아 왔다
난 단지 야간 일반도로교통법 위반으로 잡혀 왔을 뿐인데
힐금 보니 통화시간과 장소까지 친절하게 나와 있다
청계천 톰앤톰스 부근……

다음엔 문자메시지 내용을 가져 온다고 한다
함께 잡혔던 촛불시민은 가택 수사도 했고
통장 압수 수색도 했단다. 그리곤
의자를 뱅글뱅글 돌리며
웃는 낯으로 알아서 불어라 한다
무엇을, 나는 불까

풍선이나 불었으면 좋겠다
풀피리나 불었으면 좋겠다
하품이나 늘어지게 불었으면 좋겠다
트럼펫이나 아코디언도 좋겠지
1년치 통화 기록 정도로
내 머리를 재단해보겠다고.
몇 년치 이메일 기록 정도로
나를 평가해보겠다고.
너무하다고 했다

내 과거를 캐려면
최소한 저 사막 모래무지에 새겨져 있는 호모사피엔스의
유전자 정보 정도는 검색해 와야지
저 바닷가 퇴적층 몇 천 미터는 채증해 놓고 얘기해야지
저 새들의 울음
저 서늘한 바람결 정도는 압수해 놓고 얘기해야지
이게 뭐냐고.

정치시가 필요한 시대   19

그렇게 나를 알고 싶으면 사랑한다고 말해줘야지

— 송경동, 「어느 날 경찰서를 나오며」 전문[4]

작품의 화자는 "단지 야간 일반도로교통법 위반으로 잡혀 왔을 뿐인데" 경찰은 "2008년 5월부터 2009년 3월까지/핸드폰 통화 내역을 모두 뽑아" 와서 겁박하고 있다. "문자메시지 내용을 가져 온다고"도 한다. 분명 사생활 침해이고 인권 유린이다. 화자가 개인 정보 공개에 동의하지 않았는데도 불구하고 그의 정보가 노출되었을 뿐만 아니라 악용되고 있기 때문이다. 개인 정보가 함부로 침해당해서는 안 된다는 것은 누구나 인지하고 있는 상식이다. 개인정보 보호법에도 명시되어 있듯이 개인의 정보는 당사자의 자유와 권리를 보호하기 위해서 침해될 수 없다. 물론 공공 기관이 업무 수행을 위해 불가피한 경우 적법한 절차를 거쳐 시행할 수 있다. 그렇지만 경찰이 "야간 일반도로교통법 위반"으로 조사를 받는 화자에게 "촛불 시위"의 가담자를 알아내기 위해 "통화시간과 장소까지" 파악하고 있는 것은 명백한 불법이다.

더욱이 그와 같은 불법이 국가 기관에 의해 자행되고 있기에 우려된다. "함께 잡혔던 촛불시민은 가택 수사도 했고/통장 압수 수색도 했단다. 그리곤/의자를 뱅글뱅글 돌리며/웃는 낯으로 알아서 불어라 한다"는데서 볼 수 있듯이 정부는 촛불 시위에 참가한 작품의 화자를 겁박해 시위 가담자들을 색출해내려고 하는 것이다. 국민이 자신의 의견을 표현하기 위해 시위에 나서는 것 자체를 불법으로 간주하고 범죄자처럼 취급하는 것은 대단히 위험한 태도이다. 민주주의 제도 자체를 왜곡시키고 위

---

4 일과시 동인, 『못난 시인』, 실천문학사, 2014, 154~155쪽.

시와 정치

협하는 것이다.

따라서 화자가 "풍선이나 불었으면 좋겠다/풀피리나 불었으면 좋겠다/하품이나 늘어지게 불었으면 좋겠다/트럼펫이나 아코디언도 좋겠지"라고 야유하는 것은 정당하다. "그렇게 나를 알고 싶으면 사랑한다고 말해줘야지"라고 비웃는 것도 마찬가지이다. 불법으로 국민을 억압하고 통제하는 국가 권력에 굴복하지 않겠다는 주체적이고도 당당한 자세인 것이다. "1년치 통화 기록 정도로" 또는 "몇 년치 이메일 기록 정도로" 국민을 감시하려는 정부보다 "사막 모래"와 "바닷가 퇴적층"과 "새들의 울음"과 "바람결" 등의 자연과 함께하려는 시인의 정치시는 힘이 세다.

3.

우리 시대의 좋은 시가 정치시라면 어떻게 쓸 것인가의 문제가 여전히 제기되는데, 아리스토텔레스의 『시학』이 참고 될 수 있을 것이다. 아리스토텔레스는 시인의 시 쓰기에서 플롯에 대해 많은 관심을 보였다. 그리고 플롯을 만들기 위해서는 모방의 중요성을 제시했고, 또 모방을 제대로 하기 위해서는 시인의 행동을 요구했다. 시인은 행동하는 인간들을 모방해야 하기 때문에 그 역시 행동하는 존재가 되어야 한다고 본 것이다. 그와 같은 면은 "시인은 그의 모방하는 정도에 비례해서 시인이 되고, 시인이 모방하는 것이란 행동이라는 점을 고려했을 때, 시인은 운율을 만들기보다 플롯을 만드는 사람이 되어야 한다는 것은 분명하다."[5]고

---

5   "Thus it is clear from these considerations that the poet ('maker') should be a maker of his plots rather than his verses, in proportion as he is a poet by virtue of his imitation and the thing

말한 데서 여실히 확인된다.

"시인이 이 세계를 모방하는 존재라는 의미는 작품의 제재를 삶의 현실에서 찾고 있음을 나타낸다. 시문학의 기원이 인간들의 행동을 모방하는 데서 연유함을 확인시켜주는 것이다. 인간들은 상호간에 교류활동을 할 수밖에 없는 운명이므로 행동하는 존재, 곧 사회적인 존재가 된다. 예술 작품에 등장하는 인물들의 성격이 흔히 선인이거나 악인이거나 그 중간자인 것은 사회적 존재로서의 특성이 반영된 것으로 볼 수 있다. 시인은 행동하는 인간들의 성격을 모방하고 그 성격을 낳은 환경을 반영해내는 것이다. …(중략)… 이와 같은 차원에서 시인에게는 행동하는 인간들을 모방하기 위한 용기와 행동이 필요하다. 적극적으로 이 세계를 반영하려는 의지와 실천력이 요구되는 것이다. 시인에게 반영이란 우물이나 벽에 걸린 거울에 자신의 얼굴을 비추는 것 같은 수동적이고 소극적인 행위를 넘어선다. 삶을 영위하는 환경이란 우물이나 거울처럼 정지되어 있거나 단순한 것이 아니라 끊임없이 변하고 복잡하고 다양하다. 따라서 그와 같은 현실 세계에서 살아가는 자신뿐만 아니라 구성원들을 구체적으로 파악하기 위해서는 적극적으로 다가서야 하는 것이다."[6]

1

유목민처럼 떠돌던 새가 나무에 걸터앉아,
잎사귀에 뚫어진 푸른 채광으로 하늘을 노래했다

---

he is imitating is actions." Gerald F. Else, *ARISTOTLE's POETICS THE ARGUMENT*, Harvard University Press, 1967, p.315.

6 맹문재, 『만인보의 시학』, 푸른사상사, 2011, 25~26쪽.

산 속에서 먹이를 구하지 않아도
분홍 꽃잎과 흐드러진 버찌를 보며
두 날개 꽁무니 붙이고 경이로움을 표했다

지상에 가까운 조류로 서서히 날개를 퇴화시킨 무리들

부리 큰 새가 화살 같은 포물선을 그었다
나무 기둥에 국가명을 새겨놓고, 과도한 세금과
미동의 날갯짓에도 인적사항을 요구했다

간혹, 초록을 갖지 못한 새들이 시위를 벌였지만
귀속된 날개를 함부로 내저을 수는 없었다

2

춘곤증에 사로잡힌 우두머리 새의
게슴츠레한 눈이 가지 위로 전송되었다

예고된 폭우가 잔인하게 내리치던 날
안식의 표상이던 꽃잎이 분분히 흩어졌다
한가로이 솟대에 걸터앉아 방관하던 새는
통신망도 없는 구조대를 찾았다

밧줄 같은 빗물에 꽁꽁 묶여
어린 새들이 사경을 헤매고 있을 때
부리 큰 새는 무엇을 지저귀고 있었나
수십 년 나무의 날을 살아온 날개는
어디를 휘젓고 있었나

그들은 물관부가 차단된 뿌리로 가지를 엮어
미비한 열매와 꽃을 거론하였다
새끼를 껴안고 우는 어미를
담벼락으로 내몰고 공론(空論)만 강구하였다

완강한 벽에 왼쪽 귀가 짓눌린 영토
반쪽 얼굴을 하고 반쪽만 꽃피운 국가

대책 없이 폭우는 쏟아지는데
출구를 차단시킨 경관(警官)은 서둘러 귀속 명령을 내렸다
버찌와 잎사귀로 그물망 쳐놓은
이 참담한 그늘로

― 조원, 「새들의 영토」 전문[7]

자본주의 사회는 최대한의 이익을 당장 획득하는 데 주안점을 두고 있다. 대기업의 최고경영자가 오늘 최대의 이익을 내려고 혈안이 되어 있는 것이 그 모습이다. 만약 그가 주어진 기간 내에 성과를 내지 못한다면 주주들에게 해고 통지를 받는 일은 분명하다. 그리하여 자본주의 체제는 최대한의 이익을 내기 위해 다양하고도 발 빠르게 변모하고 있다. 외견상으로 화려하고 역동적이고 풍요로워 보이는 것은 그 때문이다.

따라서 자본주의 사회는 "새"에게 유토피아의 장소가 될 수 없다. "유목민처럼 떠돌던 새"가 "산 속에서 먹이를 구하지 않아도/분홍 꽃잎과 흐드러진 버찌를 보며/두 날개 꽁무니 붙이고 경이로움을 표"하도록 유혹하지만, 실제의 상황은 다르다. "새"가 매혹의 땅으로 여기고 정착하자

---

7 『무크지 쨉』 3호, 도서출판 전망, 2014, 38~40쪽.

시와 정치

자본주의 체제는 "나무 기둥에 국가명을 새겨놓고, 과도한 세금과/미동의 날갯짓에도 인적사항을 요구"한다. 자본주의 사회는 자체에 의해 발전하는 것이 아니라 "새"의 노동과 "세금"으로 화려하고 풍요로워지는 것이다. 또한 자본주의 사회는 "새"의 행복을 추구하기보다는 자신의 이익을 확대하는 데 주력한다. 대부분의 "새"들은 자본주의 사회가 요구하는 조건에 맞추느라 바쁘고 힘에 부쳐 그 본질을 깨닫지 못한다. 그나마 "간혹, 초록을 갖지 못한 새들이 시위를 벌"이기도 하지만 "귀속된 날개를 함부로 내저을 수는 없"다. 자본주의 사회에 자신의 삶의 방식과 희망을 맡긴 이상 다시 거두어들이기는 쉽지 않다. 자신의 삶을 포기할 수는 없기 때문이다.

그렇지만 "예고된 폭우가 잔인하게 내리치던 날/안식의 표상이던 꽃잎이 분분히 흩어"져 "새"가 "통신망도 없는 구조대를 찾"지만 그 어떠한 도움도 받지 못한다. "밧줄 같은 빗물에 꽁꽁 묶여/어린 새들이 사경을 헤매고 있"다고 절박하게 알려도 마찬가지이다. 오히려 "그들은 물관부가 차단된 뿌리로 가지를 엮어/미비한 열매와 꽃을 거론"할 뿐이다. 심지어 "새끼를 껴안고 우는 어미를/담벼락으로 내몰고 공론(空論)만 강구"할 뿐이다.

이와 같은 상황은 당장 최대한의 자기 이익을 추구하는 자본주의 사회에서는 언제든지 일어날 수 있다. 자본주의 사회에서는 공동체의 가치가 무시되고 있기에 인간 가치를 추구하는 가족주의적 결속력이 약화될 수밖에 없는 것이다. 그 대신 극단적인 개인주의가 보편적인 윤리나 진리처럼 확대되어 "큰 새"와 작은 "새"와 같은 계급을 만들어낸다. "큰 새"가 자본주의 체제에 잘 적응해 이익을 확보한 계급이라면 작은 "새"는 반대적인 조건에 놓인 계급이다. 가진 것이 없고 배움이 적고 인맥이 약하고 정보력이 부족한 처지에 놓인 사회적 약자들이다.

　따라서 작은 "새"는 상대적 박탈감을 가질 수밖에 없다. "부리 큰 새는 무엇을 지저귀고 있었나/수십 년 나무의 날을 살아온 날개는/어디를 휘젓고 있었나"라고 항변하는 것이 그 모습이다. 그렇지만 "큰 새"는 작은 "새"의 호소나 비판을 수용하지 않을 뿐만 아니라 작은 "새"의 목소리를 자신의 이익을 빼앗아가는 것으로 간주한다. 작은 "새"를 함께 살아갈 존재로 여기지 않고 도와달라는 손을 뿌리치는 것이다. 그리고 자신의 신분에 위협을 느끼거나 작은 "새"와 얽힌 일이 손쉽게 해결되지 않으면 "경관"을 부른다.

　"경관"은 "큰 새"의 요청을 거부하지 못하고 적극적으로 나선다. 그 역시 자본주의 사회의 한 구성원으로서 지배 계급에 속하는 "큰 새"의 명령을 거부할 수 없기 때문이다. 그리하여 "경관"은 "큰 새"의 부탁을 절대적인 명령처럼 받아들여 작은 "새"의 처지를 이해하고 돌보아주는 대신 "대책 없이 폭우는 쏟아지는데"도 "출구를 차단시킨" 채 "서둘러 귀속 명령을 내"린다. "버찌와 잎사귀로 그물망 쳐놓은" "참담한 그늘로" 내쫓아 도움의 손길이 필요한 작은 "새"를 사지로 내몬 것이다. 자본주의 체제는 이와 같은 비인간적인 행동을 주저하지 않고 수행한다. 따라서 우리가 살아가고 있는 이 자본주의 사회는 "완강한 벽에 왼쪽 귀가 짓눌린 영토"이며 "반쪽 얼굴을 하고 반쪽만 꽃피운 국가"라고 볼 수 있다.

　시인은 점점 심화되고 있는 자본주의 사회의 이기주의와 물질주의를 예리하게 모방했다. 우리가 살아가는 시대를 적극적인 정치의식으로 반영해낸 것이다. 그리하여 시인의 정치시는 조지 오웰의 또 다른 목소리를 듣게 한다. "작가가 정치에 관여할 때는 일반 시민으로서, 한 인간으로서 관여해야지 '작가로서' 그래서는 안 된다. 나는 작가가 예민하다는 이유만으로 정치와 관련된 지저분한 일을 기피할 권리가 있다고 생각하지 않는다. 다른 어느 누구와도 마찬가지로, 그는 찬바람 새는 회관에서 연설을 하고, 길바닥에 분필로 글을 쓰고, 투표를 호소하고, 전단을 나눠 주고, 심지어 필요하다 싶으면 내전에 참가할 각오도 되어 있어야 한다. 단, 자기 당에 대한 봉사로 다른 건 무엇이든 해도 좋지만 당을 위해 글을 쓰는 것만큼은 하지 말아야 한다. 그는 자신의 글이 당과는 무관한 것이라는 점을 분명히 해야 한다."[8]

---

8   조지 오웰, 「작가와 리바이어던」, 『나는 왜 쓰는가』, 한겨레출판, 444~445쪽.

시인의 정치의식

1.

『시와시』제13호의 특집은 시와 정치이다. 다가오는 대선이라는 시기적인 면도 있지만, 한국 시단이 정치적인 문제를 도외시하는 경향이 짙기 때문에 한 번 짚어보려고 했다. 그동안 시단에서 정치적인 면에 관심을 갖지 않은 이유로는 여러 가지를 들 수 있겠지만, 신자유주의 시대의 도래로 인해 모든 가치가 물질적인 면으로 경도된 점을 들 수 있을 것이다. 그렇지만 신자유주의조차 지극히 정치와 관계를 갖지 않는가. 따라서 우리 시단이 정치적인 면을 도외시하고 있는 것은 급속히 보수화되고 있는 사회의 분위기에 빠진 것으로 볼 수 있다. 시인이 자신이 살아가는 사회와 시대에 관심을 갖지 않는 것은 참으로 우려스럽고 슬프다. 시인으로서 직무유기라고밖에 볼 수 없는 것이다.

김응교는 「정치가를 호명하는 화재경보기들 — 시와 정치 : 발터 벤야민, 브레히트, 김수영, 신동엽」에서 시와 정치는 뗄 수 없는 관계를 가지고 있다고 전제하고 시인들이 어떤 지도자를 호명하고 있는지를 살폈다. 칠레의 혁명과 역사 속에서 시를 쓴 파블로 네루다, 모든 일은 정치라는 말을 남긴 폴란드 시인 비스와 심보르스카, 파시즘과 독재가 독가스를 뿌려 대중의 영혼이 좀비가 되어갈 때 내면에 장착된 '집필'이라는 비상 경보기를 켜야 한다고 말한 발터 벤야민, 전쟁과 학살이 주범이었던 히틀러를 '칠쟁이'로 희화시켰던 브레히트, 이승만의 독재 정권을 「우선 그놈의 사진을 떼어서 밑씻개로 하자」라는 시로 저항했던 김수영, 전쟁 없는 평화로운 일상이 존재하는 사회를 꿈꾸었던 신동엽 등의 시 정신을 소개하고 있다. 나는 지극히 거칠다고 느끼고 있었던 김수영의 「우선 그놈의 사진을 떼어서 밑씻개로 하자」를 새롭게 읽었다.

우선 그놈의 사진을 떼어서 밑씻개로 하자
그 지긋지긋한 놈의 사진을 떼어서
조용히 개굴창에 넣고
썩어진 어제와 결별하자
그놈의 동상이 선 곳에는
민주주의의 첫 기둥을 세우고
쓰러진 성스러운 학생들의 웅장한
기념탑을 세우자
아아 어서어서 썩어빠진 어제와 결별하자

이제야말로 아무 두려움 없이
그놈의 사진을 태워도 좋다
협잡과 아부와 무수한 악독의 상징인
지긋지긋한 그놈의 미소하는 사진을─
대한민국의 방방곡곡에 안 붙은 곳이 없는
그놈의 점잖은 얼굴의 사진을

동회란 동회에서 시청이란 시청에서
회사란 회사에서
××단체에서 ○○협회에서
하물며는 술집에서 음식점에서 양화점에서
무역상에서 가솔린 스탠드에서

책방에서 학교에서 전국의 국민학교란 국민학교에서 유치원에서
선량한 백성들이 하늘같이 모시고
아침저녁으로 우러러보던 그 사진은
사실은 억압과 폭정의 방패이었느니
썩은 놈의 사진이었느니
아아 살인자의 사진이었느니

너도 나도 누나도 언니도 어머니도
철수도 용식이도 미스터 강도 유중사도
강중령도 그놈의 속을 모르는 바는 아니었지만
무서워서 편리해서 살기 위해서
빨갱이라고 할까 보아 무서워서
돈을 벌기 위해서는 편리해서
가련한 목숨을 이어 가기 위해서
신주처럼 모셔 놓던 의젓한 얼굴의
그놈의 속을 창자 밑까지도 다 알고는 있었으나
타성같이 습관같이
그저그저 쉬쉬하면서
할 말도 다 못하고
기진맥진해서
그저그저 걸어만 두었던
흉악한 그놈의 사진을
오늘은 서슴지 않고 떼어놓아야 할 날이다

밑씻개로 하자
이번에는 우리가 의젓하게 그놈의 사진을 밑씻개로 하자
허허 웃으면서 밑씻개로 하자
껄껄 웃으면서 구공탄을 피우는 불쏘시개라도 하자
강아지장에 깐 짚이 젖었거든
그놈의 사진을 깔아주기로 하자……

민주주의는 인제는 상식으로 되었다
자유는 이제는 상식으로 되었다
아무도 나무랄 사람은 없다
아무도 붙들어갈 사람은 없다

군대란 군대에서 장학사의 집에서
관공리의 집에서 경찰의 집에서
민주주의를 찾은 나라의 군대의 위병실(衛兵室)에서 사단장실에서 정훈
감실(政訓監室)에서
민주주의를 찾은 나라의 교육가들의 사무실에서
4·19 후의 경찰서에서 파출소에서
민중의 벗인 파출소에서
협잡을 하지 않고 뇌물을 받지 않는
관공리(官公吏)의 집에서
역이란 역에서
아아 그놈의 사진을 떼어 없애야 한다

우선 가까운 곳에서부터
차례차례로
다소곳이
조용하게
미소를 띠우면서

영숙아 기환아 천석아 준이야 만용아
프레지던트 김 미스 리
장순이 박군 정식이
그놈의 사진일랑 소리 없이 떼어 치우고

우선 가까운 곳에서부터
차례차례로
다소곳이
조용하게
미소를 띠우면서
극악무도한 소름이 더덕더덕 끼치는
그놈의 사진일랑 소리 없이
떼어 치우고—

　　　　　　— 김수영, 「우선 그놈의 사진을 떼어서 밑씻개로 하자」 전문

　내가 이 시를 다시 읽은 이유는 지금의 정치 상황에 대한 혐오감 때문
이다. 소통과 원칙을 지키는 정치는 사라지고 오만과 독선과 속임수가
판을 치는 오늘의 정치 현실, 김수영의 일갈에 나는 속 시원함을 느낀 것
이다. 5·16쿠데타나 유신 시대와는 다르게 신자주유의 시대를 빌미로
국민의 인권이 유린되고 있는 상황에서 우리는 살고 있다.

　제18대 대통령 선거가 한 달을 채 남기지 않고 있다. 후보들 가운데 단
연히 주목되는 인물이 있는데, 혜성처럼 등장한 그는 젊은이들의 아이콘
답게 인기가 높다. 자신의 의학적 지식을 바탕으로 컴퓨터 바이러스를
고치는 데 전문가가 되었고 그것을 시장에 상품으로 팔아 사업가로서 성
공했다. 그리고 마침내 대통령이 되겠다고 나선 것이다. 나는 그의 모습
을 보면서 신선하기보다는 고도의 전문가가 대통령의 자리까지 차지하

는 시대가 오고 있다는 사실에 우려감이 들었다. 국민을 위한다는 명분을 내세운 채 마치 주어진 한 번의 게임에서 이기기만 하면 대통령이 될 수 있다고 생각하고 단일화를 주력하는 모습에서 무서움마저 들었다. 이제 고도의 전문가가 최고의 권력마저 거머쥐는 시대가 된 것인가. 국민을 섬기는 일꾼이 아니라 전문가가 자신의 계획에 따라 국민을 조종하는 시스템의 시대가 도래하는 것인가. 따라서 시인들의 정치의식이 필요하다. 사회적 진실이 우리 사회에 정착될 수 있도록 시인들이 비상 경보음을 울려야 하는 것이다.

김용락은 「문학은 정치에 자기 성찰의 긴장감 부여 — 시인이 겪어온 현실 정치」에서 시인으로서 현실 정치에 뛰어든 경험담을 얘기해주고 있다. 우리 사회에서 시인으로서 현실 정치에 뛰어드는 경우가 많지 않기 때문에 경험담 자체가 관심거리이다. 시인은 휘두르기 위한 권력이 아니라 잘못된 법과 제도와 관행 등을 고칠 수 있는 권력이 필요해서 선거판에 뛰어들었다고 고백하고 있다. 그렇지만 계속해서 낙선하는 바람에 경제적인 어려움에 처한 모습을 보면서 현실 정치에 뛰어든다는 것이 얼마나 힘든 일인지를 깨달았다. 시인은 그와 같은 상황에서도 현실 정치에 참여해본 결과 세상을 보는 안목이 넓어지고 자신의 인격이 향상되었다고 밝히고 있다. 그와 같은 마음으로 역사의 발전을 인식하고 있다면 현실 정치의 뜻을 이루었다고 볼 수 있다.

송경동은 「저마다의 강령인 시」에서 문학과 정치를 연결시키는 시도를 불순하거나 불온한 것으로 매도하는 우리 사회의 모습을 날카롭게 포착해서 비판하고 있다. 문학과 정치를 연계하는 것은 순수한 문학을 세속화한다거나 단순화한다거나 수단화하는 것으로 여기는 경향이 우리 사회에는 엄연히 존재하고 있다. 시인은 문학과 정치를 떼어놓으려고 하는 그 의도들이야말로 반사회적이고 반민중적이며 반역사적이라고 비판하고 있다. 따라서 모든 문학은 정치적이고 저마다의 강령이라고 주장한다. 진정 문학과 정치를 연결시키는 것이 문학의 미학을 떨어뜨린다거나 문학의 자유를 방해한다는 등의 주장은 동의할 수 없다. 그들은 소위 순수문학을 한다는 이들로 주로 교단에서 학생들을 가르치고 있다. 그러므로 그들이 학생들의 교육은 물론이고 문학상 심사를 비롯해 각종 심의를 장악하고 있는 한 우리 문학의 역사성이나 역동성을 기대하기는 힘들다. 따라서 이번 대통령 선거가 얼마나 중요한지를 다시금 생각한다.

임성용은 「시의 정치성 : 구분되는 것과 구분되지 않는 것」에서 이명박 정권 이후 우리 문단에 등장한 문학의 정치성 논쟁을 살펴본 뒤 시인이나 평론가들의 말만 무성했지 눈의 띄는 작품이 없는 현실을 짚어주고 있다. 실제로 평론가의 글이 해당 문예지의 권력자를 찬양하는 박수부대의 역할에 불과하다는 것은 익히 알고 있는 사실이다. 그러한 글을 읽은 때마다 얼굴이 달아오르고, 과연 우리 사회에 지식인이 존재하는지를 회의한다. 임성용 시인은 "시는 솔직히 자기기만에서 출발하지만 자기반성으로 끝나는 것이다. 시의 정치성이란 다름 아닌 시의 기만을 벗어던지는 일"이라고 말했다. 시인의 이 자각이 노동과 정치의식을 보다 견고하게 담아내는 산물을 우리에게 보여줄 수 있기를 기대한다. 생산 없는 비판은 야유나 투정에 불과하다. 정치의식이 깊은 노동시를 생산해 우리 시단을 이끌어주길 기대하는 것이다.

김사이는 「거대한 일상」에서 구로노동자문학회에서 시 공부를 한 것이며 집회에 나가 시 낭송을 하면서 느끼는 고민 등을 솔직하게 말해주고 있다. 그러면서 정치적인 시 쓰기에 대한 다짐을 들려주고 있다. "시를 쓰면서 내 심장박동이 아직 힘차게 살아 있음을 느낀다. 이후에 시와 정치에 대한 논의가 사그라진다 해도 내 시 쓰기는 휘둘리지 않을 것이다. 내 시가 어떤 때는 지나치게 정치적이라고 비난받을 수도 있겠지만 난 여전히 불평등한 자본주의 시대에 살고 있고 꿈이 사라진 자리에 생존을 위한 생존만이 남은 고통스러운 삶을 사는 사람들과 같이 살아가고 있기 때문이다." 이와 같은 다짐으로 개인의 감정 차원을 넘는 사회적 가치를 추구하는 시를 쓴다면 더욱 시인의 긍지를 가질 것이다. 시도 정치도 결코 죽지 않을 것이다.

2.

『시와시』 제13호에 실린 시들을 읽다가 다음의 작품을 주목했다. 좀 더 구체성을 띠었으면 힘을 낼 수 있었을 텐데 하는 아쉬움이 들기도 했지만, 이 정도의 문제의식이라도 다행이라고 생각했다. 이만큼 지금의 우리 시단은 비정치적 혹은 반정치적인 성향이 지배하고 있는 것이다.

> 그는 철근처럼 무겁다 그는 철모처럼 답답하다
> 그는 난간처럼 위험하다 그는 망치처럼 힘겹다
> 그는 못처럼 아프다 그는 콘크리트처럼 우직하다
> 그는 밥처럼 쓸쓸하다 그는 작업복처럼 늙었다
> 그는 의자처럼 쉬고 싶다
>
> ─손순미, 「붉은 치마를 입은 소녀─노동자」 전문

노동자는 왜 무겁고 답답하고 위험하고 힘겨운 존재일까? 우직하지만 왜 아프고 쓸쓸하고 늙은 존재일까? 그래서 쉬고 싶어 할까? 노동은 실제로 힘들다. 야근과 채워야 할 업무량과 위험한 작업환경과 벗어날 수 없는 조직 관계 등이 노동자를 억누른다. 따라서 노동자가 자신의 일을 천직으로 여기기보다는 양식을 구하기 위한 수단으로 여기는 경향이 짙다. 그리하여 노동하는 과정이나 노동 생산물로부터 소외되는 것이다. 그렇지만 노동자에 대한 이와 같은 인식은 재고할 필요가 있다.

회식이 별건가,
커팅기에 나무를 퍽퍽 잘라서리
숭숭 구멍 낸 드럼통 안에다가
엇대고 기대고 가새지르고 포개서 올려놓고설라무네,
설렁설렁 신나 좀 뿌리고 산소 불대를 솔솔 들이대면
아무리 지가 강철 철판이라도 안 오그라지고 배길 것이여.
몇 방 용접 붕붕 지져 스텐 석쇠 만들어놓았겠다
마늘 까놓았겠다
고추, 상추, 깻잎 씻어놓았겠다, 초장, 된장 사왔겠다
개뿔이나 뭐가 걱정일 것이여.
탄다, 장작이.
숯불은 일렁거리고, 조개는 쓱 아가리를 벌리고, 소라는 거품을 내뿜고
바지락은 뱃살을 오므리고, 낙지는 쩍쩍 입에 달라붙는데

새뜻하게 만든 기계
시운전 끝냈겠다, 술술 물건 잘 뽑아 나오겠다,
덜컥 기분이 좋아버린 우리 공장장,
대천 웅천 시장 바닥을 뱅뱅 돌고 후비고 누벼서
바리바리 훑어온
조개, 소라, 바지락, 낙지와 전어.

시와 정치

바쁘다, 바빠 술잔이 바빠.
벌건 코가 벌룽벌룽, 눈알이 찔끔찔끔
고소하고 달고 매콤하고 쌉쓰름하고
손가락, 젓가락이 주책없이 바쁘구나, 바빠.

고놈의 것 잘 시집보냈으면 됐지, 줄창
야근한 것이 뭐가 그리 대수여.
이번 월급은 제 날짜에 나오려나부지.
어서 술이나 한잔 푸셔.
똥구멍까지 쉬훤하게 찬술이 넘어 넘어가는데
사모님은 경리 아니랄까 봐 에쿠, 술보초를 섰구나.

흐흐흐 덤벼라 덤벼,
종이컵이면 어때, 길 건너 매점의 배 사장도 덤비고,
깔고 앉은 각목에다가 말만한 궁둥이 좀 치받히면 어떠냐
밥집 아줌마도 덤비고,
크으, 덤벼라 덤벼,
카센터 느림보 사장 박가도 기름 장갑, 스패너 후다닥 던져버리고
목장갑 한 켤레 끼고 덤비고,
군포, 시흥, 부천을 두루두루 찍고 다시 돌아온
별수 없는 중국집 대머리 주방장 최가도 헐레벌레 덤비고,
사이사이 둘레둘레 서고 앉고 좁히고 들이밀고, 후루룩 크으,

고철, 철판, 기계 줄줄이 늘어선 좁은 공장을 홀랑 들어낼 듯
공장 마당이 요란 방자하게 뜰썩뜰썩하는데
길가 담벼락마다 벚꽃으로 목련으로
사방 천지가 환한 것까지 얼씨구나 좋구나.

2차 어때,

시인의 정치의식

아니 노래방부터, 아니야 당구장이 순서지,
들썽들썽 주장도 많고 사설도 많은
우리 청춘의 봄날은 이렇게 깊어 깊어만 갔는데

그날, 우리 가슴에는 벚꽃보다 더 희고
명주조개보다도 속살 부드러운 것들이 소록소록 살았더라.

— 조영관, 「마당회식」 전문

　　노동자들의 세계를 너무 부정적이거나 안쓰러운 대상으로 볼 필요는
없다. 노동자를 선입견을 가지고 바라보거나 이분법적인 대상으로 여길
필요는 없는 것이다. 노동자들도 그들 나름대로 즐거움이 있고 자부심이
있고 또 살아가는 계획을 가지고 있다. 또한 그들 사이에서 통용되는 질
서와 예의와 가치 기준이 있다. 그리하여 그들 나름대로 행복하게 살아
가고 있는 것이다. 그렇다고 이와 같은 노동자들의 세계를 보편적인 상
황으로 간주하는 것은 위험하다. 노동자들의 주체성을 인정할 필요는 있
지만, 마치 계급 관계로부터 완전히 해방된 것으로 보아서는 곤란하다.
노동자는 어디까지나 고용인과의 관계에서 약자에 속한다. 자신의 노동
을 팔아야만 생을 영위할 수 있는 존재인 것이다. 그러므로 시인은 정치
의식을 가지고 노동자와 연대할 필요가 있는 것이다.

3.

　　근래에 읽은 홍형진의 「자살 경제학」[1]은 상부구조의 특별명령에 의해

1　한국현대소설학회 엮음, 『2012 올해의 문제소설』, 푸른사상사, 2012, 367~392쪽.

전 세계의 국가들에서 은밀히 시행되고 있는 자살촉진정책을 그린 소설이다. 의학의 발전으로 인해 세계의 사람들이 이전 시대보다 비약적으로 오래 살게 됨으로써 인구를 최적화하려는 이 정책은 각국의 헌법 위에 놓일 만큼 다급하고 중요하다. 인구의 사망률이 감소하는 것뿐만 출산율 또한 감소하고 있어 자살촉진정책이란 곧 노령화를 해결하려는 것이다. 다시 말해 정부가 나서서 국민을 직접 죽일 수는 없기 때문에 노인들의 자살을 유도하는 것이다.

나는 다소 황당한 이 소설을 읽는 동안 자살촉진정책보다도 '상부구조'에 관심을 두었다. 세계의 인구 문제를 해결하기 위해 각국의 정부를 지배하고 있는 상부구조. 보이지 않는 그 권력의 존재에 의해 세계의 국가는 조종되는데, 한국 대통령도 그에게 문책당하지 않으려고 애를 쓴다. 결국 개인의 생명, 행복, 자유 등의 가치를 상부구조를 위해 헌신하는 거대한 빅브라더 체계가 도래된 것이다. 작가는 조지 오웰의 『1984』년에 나오는 빅브라더를 마르크스주의의 유물사관에서 경제적 구조에 의해 형성되는 사회 제도, 법률, 종교, 정치, 철학 등의 사회적 의식 형태인 상부구조로 대체했는데, 기발한 착상이라고 생각했다.

어쩌면 우리의 미래는 상부구조에 감시당하고 지배받고 조종당하는 처지에 처할지 모른다. 지금까지의 삶이 아날로그적인 형태였다면 미래는 디지털적인 형태여서 고도의 전문가에 의해 철저히 감시받고 조종당할지 모른다. 참으로 무서운 현실이다. 이런 점에서 전문가의 출현이란 좋은 것만이 아니다. 오히려 상부구조가 탄생하는 것으로, 곧 무서운 체제가 도래하는 것이다. 그렇지만 막을 수도 없다. 이미 자본주의는 고도의 전문가가 도래할 수 있는 상황으로 치닫고 있기 때문이다. 진정 자본주의는 어떤 방향으로 진행될 것인가? 어떤 속도로 진행될 것인가? 어디까지 확장될 것인가? 정확하게 예측할 수 있는 사람은 없을 것이다. 따라서 시인의 적극적인 세계 인식이 요구된다. 곧 정치의식이 필요한 것이다. 이와 같은 차원에서 김남주의 시 한 편을 읽어본다.

혈압이 뚝 떨어졌소
즉시 나는 병동 중병실로 옮겨졌소
고혈압에는 약이 있지만 저혈압에는 약도 없다고 하는
간병의 말에 나는 덜컥 겁이 나는 것이었소
제기랄 까딱하다가는 옥사하는 게 아닐까 하고 말이오

내가 죽으면 여보(엄살이 아니오)
내 사랑하는 친구들에게 전해주오
자본주의를 저주하다 남주는 죽었다고
그놈과 싸우다 져서 당신 남편은 최후를 마쳤다고
여보 자본주의는 자유의 집단수용소라오
모든 것이 허용되지만 자본가들에게는
인간을 상품처럼 매매할 수 있는 자유
인간을 가축처럼 기계처럼 부려먹을 수 있는 자유
수지타산이 안 맞으면 모가지를 삐틀어 그 인간을
공장 밖으로 추위와 굶주림 속으로 내몰 수 있는 자유까지 허용되지만
노동자에게는 굴욕의 세계를 짊어지고 굶어 죽을 자유밖에 없다오
시장에서 매매되는 말하는 가축이기를 거부하고
기계처럼 혹사당하는 노예이기를 거부하고 노동자들이
한 사람의 인간성으로 일어서기라도 할라치면
자본가들은 그들이 길러 놓은 경찰견을 풀어 노동자를 물어뜯게 하고
상비군을 무장시켜 노동자들을 대량 학살케 한다오
여보 자본주의 그것은 인간성의 공동묘지
역사가 뛰어넘어야 할 지옥이라오 아비규환이라오

시와 정치

노동자를 깔아뭉개고 마천루(魔天樓)로 솟아올라
천만근 만만근 무게로 찍어누르는 마(魔)의 산(山)이라오
무너져야 할 한시 바삐 무너뜨려야 할.

— 김남주, 「자본주의」 전문

확실히 자본주의는 인간이 인간답게 살아갈 수 있는 완벽한 체제가 못된다. 자본주의는 공공의 이익보다는 자신의 이익에 우선적으로 관심을 가지고 있고, 평등의 가치를 추구하지 않는다. 그리하여 불평등의 상황이 점점 확대되어 부유층과 빈곤층의 소득 격차는 계속 벌어지고 있다. 소수의 부유층이 소유하는 부는 점점 늘어나는 데 비해 그렇지 못한 다수의 사람들은 살아가기가 힘들다. 노동 시간은 증가하는데 실질적인 가계 소득은 감소하고 있다. 조건이 보다 열악한 사람들은 아예 자본주를 이탈하고 있다. 그들은 경쟁력 있는 기술을 가지고 있지 못하므로 자본주의가 내버렸다고 볼 수 있다. 점점 늘어나는 노숙자들이나 취업을 포기하는 사람들이나 노동을 거부하는 사람들이나 현실 세계를 거부하는 종교에 빠진 사람들이나 심지어 자신의 생명력을 끊는 사람들이 이 범주에 속한다. 그들의 수가 현재는 자본주의를 위협할 만큼 영향을 끼치지 못하고 있지만, 시간이 갈수록 문제가 될 것이다.

그리하여 자본주의는 언젠가 붕괴되고 말 것이라고 말하는 사람들도 있다. 하지만 자본주의를 대체할 새로운 체제가 없는 한 자본주의의 종말을 함부로 말할 수는 없다. 설령 백년 뒤에 일어난다거나 천년 뒤에 일어난다고 할지라도 그것은 우리의 관심사가 되지 못한다. 우리는 미래에 살아가기보다는 현재에 살아가고 있는 존재이기 때문이다. 자본주의야말로 미래에 관심이 없고 현재의 이익에 관심을 둔다. 현재적 존재인 인

간의 속성을 철저히 파악하고 이용하는 것이다. 따라서 우리는 정치의
식을 보다 견고하게 가져야 한다. 타인에 의해서가 아니라 스스로 나서
고 연대해서 불평등한 구조를 개선시켜 나가야 하는 것이다. 더 이상 자
본주의가 요구하는 사적인 이익에 휘둘리지 말고 공동체의 이익을 추구
해야 한다. 이타주의를 증대시키고 환경 문제에 적극적으로 대처하고 소
비를 줄이고 사람이 중심이 되는 체제를 모색하고 생산과 분배의 조화를
위해 노력하고…… 시인의 정치의식이 얼마나 중요한지 충분히 알 수 있
는 것이다.

시와 정치

1.

2010년을 전후하여 '시와 정치'의 논쟁이 우리의 시단과 비평계에 등장했다. 이명박 정부의 반민주적인 정치 행태를 지켜보면서 그에 대한 시인과 비평가들이 1990년대 이후 사망 선고를 내린 문학의 정치성을 새롭게 살려내려고 했다는 점에서 이 논쟁은 의미를 갖는다. 그렇지만 이 논쟁은 사회적으로 정치적으로는 물론 문단 차원으로 확산되지 못한 채 몇몇 시인이나 비평가들의 이론적 논쟁에 머무르고 말았다. 그 이유는 복잡하겠지만, 논쟁을 일으킨 주체들의 진정성이 이론적인 주장만큼 공감대를 이루지 못했기 때문으로 보인다. 그들의 논쟁이 과연 실천 행동을 수반할 수 있을 만큼 지향성을 갖는 것인지, 이전까지의 그들의 이력에서 시와 정치의 논쟁을 일으킬 만한 진정성이 있는지 등에 신뢰를 얻지 못한 것이다. 오히려 이 논쟁을 통해 시와 정치의 문제에 대한 입장이, 즉 문학과 정치에 대한 관점이 정치적인 면보다 문학적인 면이 우세한 경향을 볼 수 있었다. 문학의 자율성이야말로 문학의 정치성이라는 인식이 우리 문단에는 이미 팽배한 것을 확인한 것이다. 문학과 정치를 별개의 것으로 간주하면서도 진보적 문학과 진보적인 정치가 가능하다는 식의 주장에는 당황하지 않을 수 없었다.

그런데 이와 같은 논쟁이 발전하지 못한 데는 기성 시인들이나 비평가들에게도 책임이 크다. 그들은 젊은이들이 제기한 시와 정치에 대한 논쟁에 귀를 기울이지 않고 체제에 용해되어 안주했을 뿐이다. 자신의 이름 지키기에만 급급했을 뿐 관심도 반성도 실천행동도 없었다. 필자 역시 자유롭지 못할 것이지만, 그래도 기성세대로 보기에는 아직 어리므로 불만을 꺼내지 않을 수 없다. 필자는 얼마 전 문학나눔 사업에서 시행한 우수 문학도서 선정 결과 발표를 보면서 적지 않게 실망했다. 이 사업의 문제점에 대해서는 언제 또 쓸 테지만, 선정된 시집들을 보면서 심사를 맡은 기성 시인들의 정치의식 수준에 할 말을 잃었다. 그 정도의 정치의식으로 어떻게 정권 교체를 이루고 사회적 약자들의 목소리를 담아낼 수 있을까?

> 단 하루라도 좋으니
> 형광등 끄고 잠들어봤으면
> 누군가와 밤이 새도록 이야기 한 번 나눠봤으면
> 철창에 조각난 달이 아닌 온달 한 번 보았으면
> 단 하루라도 좋으니
> 따뜻한 방에서 한숨 푹 자봤으면
> 탄불 지핀 아랫목에서 삼십 분만 누워봤으면
> 욕탕에 들어가 언 몸 한 번 담가봤으면
> 단 하루라도 좋으니
> 흠뻑 비에 젖어봤으면
> 밤길 한 번 거닐어봤으면

시와 정치

단 하루라도 좋으니
잠에서 깨어난 아침 누군가 곁에 있어 주었으면
그리운 이의 얼굴 한 번 어루만질 수 있었으면
마루방 구석에서 기어나오는 벌레들 그만 죽였으면
단 하루라도 좋으니
딸에게 전화 한 통 걸어봤으면
검열 거치지 않은 편지 한 번 써봤으면
접견 온 친구와 한 시간만 이야기 나눠봤으면
단 하루라도 좋으니
단 하루라도 좋으니
내 방 문 내 손으로 열 수 있었으면

— 박영희, 「단 하루라도 좋으니」 전문

"단 하루라도 좋으니" 형광등을 끄고 깊게 잠들 수 있고, 누군가와 밤새도록 이야기를 나눌 수 있고, 탄불 지핀 따뜻한 방에서 근심 걱정 모르게 한숨 푹 잘 수 있고, 목욕탕에서 언 몸을 담그고 녹일 수 있고, 흠뻑 비에 젖은 채 하염없이 길을 걸을 수 있고, 그리운 이의 얼굴을 어루만질 수 있고, 사랑하는 딸에게 마음 놓고 전화를 걸 수 있고, 검열을 받지 않는 편지를 쓸 수 있고, 그리고 자신의 방문을 직접 열 수 있기를 간절히 바라는 화자의 희망. 심사위원들은 이 절절한 양심수의 목소리에 귀를 열지 않았다. 어쩌면 시집을 읽지 않았을 가능성도 큰데, 그렇다면 직무 유기를 한 셈이다. 그들은 필자의 항변에 미학적 기준을 들이대며 반박할지 모른다. 그것이 과연 진보적인 시인으로서 내보일 수 있는 태도일까?

박영희 시인은 일제강점기 시대의 징용 광부들에 관한 서사시를 쓰려고 1991년 방북했었다. 그리고 국가보안법 위반으로 15년 형을 언도받고 6년 7개월을 독방에서 보내다가 1998년 특사로 풀려났다. 위의 작품은 그 철창에 기대어 하늘을 올려다보며 불렀던 노래를 잊을 수 없어 다시 부른 것이다. 이 노래 앞에 어떤 미학적 기준을 들이댄단 말인가? 설령 보수적인 미학 기준을 들이댄다고 하더라도 결코 수준이 떨어지지 않는 작품이다. 그런데도 인정하지 않았다. 그와 같은 인식으로 어떻게 인권을 호소하지 않아도 될 세상을 만들 수 있을까? 시인이 검열을 받아야만 했기 때문에 마음대로 편지에서 쓸 수 없었던 "인권, 민주주의, 자유, 평화, 민중, 혁명, 통일"(「봉함엽서」)의 세계를 실현시킬 수 있을까?

2.

『시와시』 제14호(2013년 봄호)가 마련한 기획 특집에서 하상일은 「시와 정치적 상상력의 혼란을 넘어서」를 발표했는데, 최근 시와 정치를 둘러싼 논쟁들을 반성적인 차원에서 비판하고 있다. 최근 우리 시단에서 논란이 되고 있는 시와 정치의 논쟁이 구체적인 문제의식에서 도출되었다기보다는 시와 정치를 둘러싼 담론 혹은 이론의 정교화에 불과하다고 비판하고 있는 것이다. 실제로 시와 정치의 논쟁이 시인 혹은 시가 정치적 문제에 어떻게 개입함으로써 어떤 변화를 가져올 것인가를 고민한 것이 아니라 시의 어떤 언어나 형식이 정치적인 것이 될 수 있는가를 모색한 이론적인 담론에 불과했다. 이와 같은 차원에서 하상일의 비판은 귀 기울일 필요가 있다.

이명박 정부 출범 이후 우리의 정치적 현실은 그 어느 때보다 춥고 가혹했는데, 이를 증언하는 시인의 목소리는 왜 이토록 세속화를 경계하고 미학적이어야 한다고만 생각하는지 도무지 납득하기 어렵다. 또한 당면한 정치 현실은 아주 구체적이고 실제적인데 이에 대응하는 시의 의미는 왜 사르트르나 랑시에르의 이론적 전제 위에서만 생성되고 발화되어야 하는 지 쉽게 수긍할 수도 없다. …(중략)… 지금 우리 시는 모두가 '정치'를 말하고 있지만 정작 '정치'는 실종된 언어의 감옥에 갇혀 있다고 해도 과언이 아닌 것이다.

　　　　　　　　　　　　　　　— 「시와 정치적 상상력의 혼란을 넘어서」 부분

시는 정치와 다른 영역이 아니라 밀접한 관계를 가지는 점을 인식해야 한다. 현실 정치가 타락하고 부패할수록 시의 정치성은 강화된다. 시는 타락하고 모순된 현실에 정치성을 가지고 저항하고 투쟁하는 것이다. 이와 같은 차원에서 시와 정치를 둘러싼 근래의 논쟁은 한계를 갖는다. 논쟁은 달아올랐는데도 현실 정치의 변화에 전혀 기여하지 못했으므로 이론적인 담론에 머무르고 만 것이다. 그리하여 이 시점에서 진보적이라고 평가받는 시인들의 진정성을 생각해보지 않을 수 없다.

장성규 역시 「문제는 '다른' 언어다─유물론, (비)미학, 그리고 시와 정치의 문제」에서 하상일과 유사한 인식을 보여주고 있다. 그동안 텍스트주의에 묻혀 있던 비평 담론에 갑작스레 등장한 시와 정치의 논쟁을 전적으로 신뢰하지 않는 것이다. 그리하여 "바로 직전까지 시적 주체의 해체와 현실주의적 상상력에 대한 폐기를 운위하던 일련의 주류적 비평 담론이 마치 일종의 트랜드처럼 시와 정치의 문제 설정을 자신의 것으로 점유"(30쪽)한 면을 비판하고 있다. 그러면서도 장성규는 시와 정치의 문제를 제기한 담론에 대한 비판에 머무르지 않고 그 나름대로 대안을 제시하고 있다.

나는 언어의 물질성을 분석하는 귀납적인 작업으로부터 이 논의가 다시 시작되어야 한다고 생각한다. 그리고 언어로 구성된 텍스트와 이를 통해 표출되는 감성 구조와 그 근저에 놓여 있는 치안의 문제가 분리되지 않는 방식으로 논의되어야 한다고 생각한다.

— 장성규, 「문제는 '다른' 언어다—유물론, (비)미학,
그리고 시와 정치의 문제」 부분

장성규는 이와 같은 대안을 제시하면서 백무산, 황규관, 송경동의 시들을 읽고 있다. 대안을 제시하기 위해 구체적인 작품 읽기를 보여주고 있는 것이다. 귀납적인 작품 읽기가 마련되지 않은 비평은 공허하다. 역사의식이 없는 경우도 마찬가지이다. 아무리 진보적이라고 외쳐도 지적인 이론의 구성물에, 지식 전문가의 텍스트에 불과한 것이다. 그리하여 좋은 시 자체가 정치적이라거나 좋은 시 자체가 진보적이라는 모순되고 편협한 주장이 횡행하는 것이다. 이에 대해 필자는 장성규와 같은 관점으로 백무산의 시를 읽어보려고 한다.

헌책방에서 세계단편문학전집을 빌려보던 열일곱 살 겨울 한 권쯤 읽어둬야지 했던 건데 그만 열두 권인가 열다섯 권인가 한 질을 중독처럼 내리 읽고 장편 두어 권 읽고 나서 뭔가 틀렸다는 것을 알았다

누가 권하지도 않았고 도무지 관심도 없었던 문학책에 단숨에 빠진 일도 그렇지만 이백 편 가까운 스토리가 제멋대로 엉킨 것이다 오 헨리 상체가 몸의 하체에 붙고 모빠상의 여자가 동물농장에 가 있고 체홉이 가게 이름인지 도시 이름이었는지도 헷갈렸다

하지만 시간이 지나자 그 혼란이 그리 나쁘지 않았다 세상살이가 소설처럼 만만치 않아서다 남의 생을 대신 사는 일도 종종 있는 법 나의 하품

이 어느 누구에게 치명적일 수도 있는 일 누구 탓인지 알 수 없는 불행과
운명도 허다하고 내 삶에 온갖 삶이 섞여 있기도 하다는 것

　　아무래도 혼자 걸어온 길은 난독과 오독의 길이었다 난독은 습관이 되
고 오독은 즐길 만했다 생물학을 읽으면서 정치적 문제를 고민하고 사회
과학과 문학을 섞어서 읽고 물리학을 읽으면서 종교적 상상에 빠지기도
했다

　　하지만 내게 아무런 문제 생길 게 없었으나 목적 없는 독서라서 건성으
로 갈 일도 없었으나 나는 모든 방향에서 갈증을 느꼈지만 어느 순간 열정
이 꺾이고 말았다 치명적인 오독 때문이었다

　　나의 생을 잘못 읽고 있었기 때문이었다 나는 이미 낯선 곳에서 낯선 곳
으로 던져졌고 책은 나를 거듭 해체하며 텅 비게 하였으나 그런 나의 부재
를 읽지 못했기 때문이었다 존재의 마지막 텍스트인 '부재'를

— 백무산, 「난독과 오독」 전문

　　위의 작품을 읽으면 근래에 시와 정치의 문제를 둘러싼 논의를 비판할
수 있다. "세계단편문학전집"을 읽는다고 해서 "세상살이"를 읽을 수 없
음을, 다시 말해 이론적인 면을 추구한다고 해서 곧 현실 정치가 개선되
는 결과를 가져오지는 않음을 알 수 있기 때문이다. 물론 세계의 단편 문
학 전집을 읽는 것이 세상을 살아가는 데 전혀 도움이 되지 않는 것은 아
니다. 그렇지만 그것이 정답인 것처럼 여겨서는 곤란하다. 그런데 작금
의 시와 정치에 대한 담론은 이와 같은 면을 풍기고 있는 것이다.

　　그렇다면 그 대안은 무엇일까? 위의 작품에서 세계의 단편 문학 전집
을 읽는다고 해서 세상살이의 길을 발견할 수 없듯이 이론만으로는 결코
세상을 읽을 수 없음을 인식해야 한다. 따라서 텍스트가 채우지 못한 "부

재"의 공간을 스스로 채워나가야 한다. 시와 정치의 결합은 이론적인 차원을 넘어서는 실천 행동이 있어야 가능하다. 실천 행동 없이는 그 어떠한 이론이 마련되어도 우리는 "낯선 곳으로 던져"지고 만다. 따라서 우리가 선택해야 하는 마지막 텍스트는 이론이 아니라 실천 행동이다. 텍스트의 "부재"를 채우기 위해 고민하고 갈등하고 그러면서도 희망을 가진 존재로 나서야 하는 것이다.

3.

기대가 컸던 제18대 대통령 선거가 끝났다. 필자는 식당에서 저녁식사를 하며 텔레비전에서 발표하는 출구조사며 개표 상황을 지켜보았다. 희망했던 바가 다른 결과로 나타나는 것을 보면서 느꼈던 절망감은 이루 말할 수 없었다. 국민들의 정치적 관심이 매우 높게 반영된 투표였는데 결과는 전혀 그렇지 않았다. 높은 투표율은 결국 정치에 관심이 없던 사람들이 자신의 기득권을 지켜보겠다고 나선 것이나 감성적 차원에서 집단 이기주의를 나타낸 것에 불과했다. 정치적 관심이라는 개념에는 변화가 내포되어야 하는데, 전혀 그렇지 않았다. 민간인을 사찰할 정도로 타락된 정권을 심판하지 않은 선거가 무슨 의미가 있는가. 국정원 같은 국가기관이 선거에 개입하고 편파적인 뉴스가 지배하고 지역성이 휩쓴 선거에서 무슨 개혁을 바랄 수 있는가. 견고한 우리 사회의 보수주의로 인해 참으로 전망이 보이지 않는 시대이다. 시인들은 이제 무슨 고민을 어떻게 할 것인가. 무조건 포기하고 있을 수만은 없지 않는가. 우리는 그 가능성을 역사에서 찾아야 한다. 어려울 때일수록 역사를 거울로 삼아야 한다. 역사를 거울로 삼고 있는 한 새로운 역사를 기대할 수 있는 것이다.

이와 같은 차원에서 김응교가 송몽규(宋夢奎)를 소개하는 연재는 기대된다. 송몽규는 1917년 만주에서 태어나 1945년 일본 후쿠오카 형무소에서 옥사한 시인이자 독립 투사였다. 그리고 윤동주 시인의 고종사촌 형으로서 정신적 조언자의 역할을 했다. 따라서 우리의 근대문학사에서 가려진 송몽규의 삶과 작품을 읽는 것은 역사를 읽는 것이기에 의미가 크다.

박영희 시인의 「동포―만주기행」이나 「조선말과 한국말 사이에는 지뢰가 묻혀 있다―만주기행」도 같은 관점에서 읽을 수 있다.

청산리전투 격전지 중 한 곳인 어랑촌을 찾아가는 길이었다. 마을 어귀에서 만난 두 소녀에게 한국말을 할 줄 아느냐 물으니 고개를 내젓는다. 한때 독립군의 진지였다가 빨치들의 아지트로 바뀐 터라 조심조심 지뢰밭을 헤쳐 전적비가 있는 언덕으로 향하는데 두 소녀가 졸졸 냇물처럼 따라왔다. 보고도 아니 본 척 시치미를 떼며 언덕배기 중간에서 잠시 숨을 고르는데 소녀 중 하나가 겸연쩍게 웃는다. 한국말은 잘 모르지만 조선말은 할 줄 안다며.

― 박영희, 「조선말과 한국말 사이에는 지뢰가 묻혀 있다―만주기행」 전문

"한국말은 잘 모르지만 조선말은 할 줄 안다"는 만주 소녀의 속삭임에서 강한 민족애를 느낀다. 그 매개체가 조선말이다. 언어가 단절되면 민족의 정체성마저 상실되는 것을 우리는 역사에서 알고 있다. 언어가 계승되면 민족의 정체성이 지켜질 수 있는 것이다. 따라서 일제강점기 동안 우리말을 지키려고 했던 지사들의 정신을 새겨야 한다. 214년 중국을 통일한 진나라가 침략한 후 1,000년 동안 식민지 지배를 받았지만 자국

의 언어를 지켜내어 끝내 민족을 되찾은 베트남의 역사에서도 배워야 한다. 청산리전투가 일어났던 만주, 지금은 이국땅이지만 우리는 그곳의 역사를 기억해야 한다. 그곳에서 우리의 말을 지키고 있는 동포들도 품어야 한다.

역사를 거울로 삼는 관점에서 조영관의 시도 읽을 필요가 있다. 조영관 시인은 자신에게 "산산이 부서져라/깨지고 매 맞고 뒤집히고 무너지면서/그냥 무너지는 채로/아름다운/산산이 부서져라"(조영관, 「먼지가 부르는 차돌멩이의 노래」 부분)라고 옹골차게 노래를 불렀다. 그만큼 자신을 사회적인 존재로 인식한 것이다. 그는 시대가 요청하는 역할을 충실히 수행했다. 자신이 선택한 공장에서 노동하며 노동운동을 이끌어 6월 항쟁의 토대를 마련한 것이다. 따라서 정치 민주화와 아울러 노동자들이 사회 변혁의 핵심적인 세력으로 등장하는 데 나름대로 기여한 그의 시를 읽는 것은 시대와 역사를 읽는 것이다.

이렇듯 시와 정치를 둘러싼 논쟁에서 필요한 것은 역사의식이다. 역사의식을 갖지 않는 논의는 뿌리가 약할 수밖에 없다. 정치에 의해 역사가 이루어지지만, 정치는 역사를 거울로 삼아야만 가능하다. 우리 시대가 요구하는 시와 정치의 논의에서도 마찬가지이다. 시인들이 견고한 역사의식을 가질 때 우리가 바라는 시와 정치의 결합을 이룰 수 있는 것이다.

시와 정치

세월호와 문학

1.

2014년 10월 22일 현재, 세월호 사건이 일어난 지 190일째이다. 아직도 바다 속에서 돌아오지 못한 이들이 있지만 달라진 것은 아무것도 없다. 세월호의 참사로 인해 희생된 이들이나 진상 규명을 요구하는 유족들의 간절한 바람을 정부나 여당 의원들은 전혀 받아들이지 않고 있다. 과연 국민을 보호하는 국가가 우리에게 존재하는지, 국민의 안전이 미래에 보장될 수 있을지 의심스럽다. 무기력과 무책임을 적나라하게 드러냈으면서도 뻔뻔하게 감추고 변명하는 정부의 모습을 보면서 절망을 넘어 분노가 치민다.

여야 간 세월호 특별법을 제정하기로 합의해 어떠한 형식으로든 타협안이 나오겠지만, 참사의 진상이 제대로 규명될 것이라고 믿는 국민은 거의 없다. 정부는 세월호 관련 집회에 참석한 시민들을 방해하고 감시하고 체포하는 데서 보듯이 참사 자체를 불순한 사건으로 몰아가고 있다. 또한 참사와 관련된 집회를 금지시키기 위해 불심검문을 강화하고 인터넷을 감시하고, 어버이 연합이며 서북청년단이며 엄마 부대 같은 유령 집단의 횡포를 방관하고 있다. 심지어 참사의 진상을 요구하는 시민들을 빨갱이로 몰아가는 왜곡에 할 말을 잃는다.

어느덧 세월호 참사는 국민들에게 피로감의 누적으로 인해 무관심의 대상이 되고 있다. 유족들을 비롯해 의식 있는 시민들이 여전히 단식 농성을 하며 무책임한 정부에 맞서고 있지만, 대다수 국민들은 생업에 쫓기고 있다. 언론도 마찬가지이다. 보수적인 언론은 처음부터 세월호의 문제에 소극적이었지만 다른 언론들 역시 매일 일어나는 다양한 사건들을 제쳐두고 세월호 참사를 다룰 수는 없다. 이것이 정부가 의도한 전략이 아닐까? 아무런 대책도 마련하지 않은 채 시간을 보내는 것, 그러면서 지엽적인 일들을 부각시켜 국민들의 관심을 다른 데로 옮기는 것, 그리하여 진상 규명을 요구하는 유족이며 시민들이 제풀에 지쳐 쓰러지도록 하려는 것이 아닐까?

그렇지만 사회적 정의감을 가지고 항의 집회며 단식 투쟁을 하는 시민들이 여전히 있다. 가톨릭 신도를 비롯한 종교인들, 영화인을 비롯해 가수나 화가나 작가 등의 예술인 등도 동참하고 있다. 세월호 참사를 시로 쓴 시인들이 얼마나 많은가? 정부는 저항하는 시민들과 종교인들과 예술인 등을 집요하게 방해하고 교묘하게 감시하고 있지만 굴복하지 않고 맞서고 있는 것이다.

이와 같은 상황에서 어떻게 저항할 것인가의 문제가 작가들에게 대두된다. 어떠한 형식으로 맞서야 하는가? 어떻게 역사적 사실을 창작의 영역으로 결합시킬 수 있는가? 세월호 참사는 상상력이나 형식 차원을 넘는 거대한 비극이다. 따라서 역사적 관점으로 인식하고 창작하는 것이 요구된다.

이와 같은 면은 이기호의 소설 「나정만 씨의 살짝 아래로 굽은 붐」에서 가능성을 볼 수 있다. 이 소설은 용산 참사라는 역사적 사건을 창작의 영역과 결합시켜 조명한 작품이다. 그리하여 사회적 정의의 필요성을 새롭게 제시해주고 있는 것이다.

2009년 1월 19일 오전 5시 무렵, 일군의 사람들이 서울 용산구 한강로 2가에 위치한 4층짜리 남일당 상가 건물 옥상을 점령하였다. 그들은 재개발로 인해 그곳에서 쫓겨나게 된 중국집 주인, 호프집 주인, 백반집 주인 같은 세입자들과 그 가족들이었으며, 남의 동네 딱한 형편을 듣고 아무 조건 없이 도우러 간 또 다른 지역의 철거민들이었다. 후에 검찰의 공소 사실에 따르면 그들은 그날 그곳 옥상에 4층짜리 망루를 지었으며, 화염병과 돌을 던지며 재개발조합 측에서 고용한 철거 용역들에 맞서 저항했다. 그들이 원했던 것은 최소한의 이주 보상이었다.

망루 농성이 시작된 지 하루가 지난 2009년 1월 20일 새벽 6시, 테러 진압을 목적으로 창설된 경찰특공대가 남일당 건물에 전격 투입되었다. 작전을 위해 100톤짜리 크레인 한 대와 특수 제작된 컨테이너 한 대가 동원되었다. 컨테이너에 특공대원들을 태워 옥상으로 올려 보내는 작전이었다. 본래 계획은 100톤짜리 크레인 두 대와 컨테이너 두 대를 이용, 양쪽 방향으로, 한쪽은 망루 지붕을 걷어내고, 다른 한쪽은 출입문 쪽으로 진입할 예정이었다. 하지만 당일 새벽, 약속한 크레인 기사가 잠적하는 바람에 작전은 수정될 수밖에 없었다. 훗날, 1심 재판에 검사 측 증인으로 나온 경찰특공대 1제대장은 원래 계획한 작전대로라면 참사를 면하거나 희생자들을 크게 줄일 수 있을 거라는 취지로 진술했다. 철거민 측 변호사는 그것이 바로 성급하고 무리한 작전의 증거 아니냐고 물었다. 1제대장은 자신은 상부 지시를 따랐을 뿐이라고 대답했다.

크레인은 오전 7시와 7시 20분, 두 차례에 걸쳐 경찰특공대원들을 남일당 옥상으로 올려 보냈다. 특공대원들은 물포를 쏘며 각각 방패조와 플래

시조, 소화기조 등으로 역할 분담을 한 채 망루 안으로 진입했다. 하지만 그들은 망루 안에 세녹스 20리터 60통이 들어 있었다는 사실을 알지 못했으며, 도대체 몇 명이 그 안에 있었는지도 알지 못한 상태였다. 그들은 그저 지시에 따라 움직였을 뿐이었다. 지붕 처마 밑에서부터 시작된 불길이 벽 모서리를 따라 망루 전체로 옮겨 붙은 것은 오전 7시 21분, 불이 붙은 망루가 무너진 것은 오전 7시 45분, 소방관들이 옥상에 올라가 망루를 해체한 것은 오전 8시 30분이었다. 그리고 그로부터 다시 세 시간이 흐른 후, 경찰은 불에 탄 망루를 수색해 세입자 두 명과 전철역 소속 회원 세 명, 경찰특공대원 한 명의 시신을 수습했다.

이것은 그날 오지 않은 크레인 기사 이야기다.

— 이기호, 「나정만 씨의 살짝 아래로 굽은 봄」[1]

용산 참사는 2009년 1월 19일 용산 재개발 지역 철거민 세입자 30여 명이 한강로변 남일당 건물의 옥상에 올라가 망루를 짓고 농성을 하자 1월 20일 새벽(6시 45분) 경찰이 컨테이너에 경찰특공대를 태워 옥상에 올려 보내 진압했는데, 그 과정에서 화재가 일어나 철거민 5명과 경찰특공대 1명이 사망하고 23명이 부상당한 사건이다. 이 사건의 직접적인 원인은 철거민과 재개발 조합 사이의 보상비 문제가 해결되지 않아서였다. 재개발 조합 측은 세입자에게 휴업보상비 3개월분과 주거이전비 4개월분의 지급을 제시했지만, 세입자들을 그 정도의 보상비로는 생계와 주거 생활을 할 수 없다고 맞섰다. 이와 같은 갈등은 부동산 광풍을 일으킨 서울시의 무분별한 재개발 사업에 원인이 있다. 서울시는 도시정비 사업의 일환으로 용산 4구역의 재개발 사업을 추진했는데, 40층 규모의 주상복합

---

1   한국현대소설학회 엮음, 『2014 올해의 문제소설』, 푸른사상사, 2014, 218~219쪽.

아파트 6개동(493가구)이 들어설 계획이었다. 그리하여 개발 기대감으로 주변의 땅값이 많이 상승해 상인들의 장사가 힘들어졌고, 도시정비 사업과 관련된 법제가 분명하지 않아 주거이전비를 지급하지 않는 등의 불법 행위가 행해지고 있었다. 그 결과 보상비의 문제를 둘러싸고 인명 피해까지 낳은 것이다.

「나정만 씨의 살짝 아래로 굽은 붐」은 용산 참사의 그 상황을 의외의 형식으로 그려내고 있다. 마치 소설의 구성을 포기하고 신문기자가 쓴 기사와 같은 문체로 그리고 있는 것이다. 용산 참사가 일반적인 소설 형식으로는 담아내기 힘든 역사적 사건이라는 것을 인식하고 새로운 형식을, 즉 규범적인 소설의 구성을 포기하고 새로운 구성으로 작품화한 것이다. 결국 용산 참사라는 비극적 사건을 회피하지 않고 작가 정신을 발휘하여 소설로써 알리고 있는 것이다.

「나정만 씨의 살짝 아래로 굽은 붐」의 전개가 용산 남일당 상가 건물에 일을 하러 가다가(옥상에 망루를 친 채 농성하는 철거민들을 진압하는 일인지 몰랐다.) 발길을 돌린 크레인 기사 "나정만" 씨의 이야기로 이루어진 것도 마찬가지이다. 소설을 쓰기 위해 "나정만" 씨의 이야기를 들으러 온 소설가와 대화를 나누고 있지만, 소설가의 발언은 일체 생략된 채 "나정만" 씨만 말하고 있다. 두 인물의 대화가 아니라 "나정만" 씨의 발언만 작품의 형식으로 또 문장으로 나타나 있는 것이다. 이와 같은 면 역시 용산 참사를 일반적인 소설 형식이 아니라 새로운 형식으로써 다루려는 작가의 의도로 볼 수 있다. 결국 작가는 무분별한 재개발 사업에서 보듯이 이익의 극대화를 추구하는 자본주의 체제에 새로운 소설적 장치로써 대항하고 있는 것이다.

용산 참사는 물신화된 자본주의 체제를 여실하게 보여주고 있다. 신자유주의로 무장한 자본주의 체제에 종속된 경찰은 철거민들을 마치 테러 집단처럼 여기고 진압했다. 아무리 철거민들이 불법적인 농성을 한다고 하더라도 국가는 국민을 보호해야 할 의무가 있다. 그런데도 불구하고 국가는 기본적인 의무를 포기하고 오히려 비인간적이고 반인권적으로 국민의 생명을 빼앗았다. 농성하는 망루에 불이 붙어 뛰쳐나오지 못한 채 시커멓게 타 죽은 철거민들의 처참한 모습에 과연 국민을 보호하는 국가가 존재하는지 의심하는 것이다.

2.

【2014년 4월 15일 오후 9시】 여객선 세월호가 인천여객터미널을 출항했다. 당초에는 6시 30분에 출발 예정이었으나 안개가 짙어 늦게 출발했다. 안산 단원고 학생 325명, 교사 14명, 선원 26명, 일반 승객 등 459명이 탑승했다. 차량 180대, 화물 3,608톤도 실었다.

【2014년 4월 16일 8시 48분】 급격한 변침이 발생했다. 맹골수도를 빠져나온 세월호는 1차 변침한 뒤 140도에서 150도로 급격하게 돌아갔다. 배에 심각한 문제가 발생한 것이다. 8시 50분, 단원고 교감은 갑자기 좌현이 기울어 침수가 발생했다고 학교에 보고했다. 8시 52분, 최덕하 학생이 전남 소방본부에 최초로 "살려주세요! 여기 배가 침몰하는 것 같아요!"라며 신고했다. 8시 55분, 세월호가 제주 해상교통관제센터(VTS)에 구조 요청을 했다. 제주 관제센터는 12분이 지나서야 진도 관제센터와 해경 122 신고센터로 연락했다. 가까운 진도 해상교통관제센터를 두고 먼 곳으로 구조 요청을 하는 바람에 귀한 시간이 낭비되었다. 8시 56분, 선

내에서 움직이지 말라는 안내 방송이 나왔다. 9시 01분, 세월호의 승객 안내 담당자가 인천의 청해진해운 관계자와 통화했다. 이후 6차례에 걸쳐 승무원과 인천·제주의 청해진해운 관계자와 통화했다. 이준석 선장도 통화했다. 9시 07분, 세월호는 진도 해상교통관제센터와 31분간 11번 교신했다. 진도 해상교통관제센터는 "최대한 나가서 승객들에게 구명동의 및 두꺼운 옷을 입도록 조치하라"고 전했지만 "승객이 탈출하면 구조가 바로 되겠느냐"고 반문만 했다. 관제센터의 탈출 권고를 무시하고 승객을 탈출시키지 않은 것이다. 9시 10분, 세월호 안내실에서 배가 기울고 물건들이 쓰러지자 조타실의 지시로 5~10분 간격으로 방송했는데, 승객들에게 제자리에 있으라는 것이었다.

【9시 19분】 와이티엔(YTN)이 "진도 부근 해상 500명 탄 여객선 조난 신고"라는 속보를 자막으로 보도했다. 9시 20분, 전남소방본부는 단원고에 공식적으로 사고 소식을 통보했다. 9시 23분, 진도 해상교통관제센터가 세월호에 탈출을 지시했지만 세월호는 방송이 불가능하다고 거짓말을 했다. 육성으로라도 전파하라고 지시했지만 9시 38분까지 구명동의를 확인하라는 지시만 내렸다. 9시 27분, 목포해경의 헬기 B-511이 사고 현장에 도착했다. 이후 제주해경의 B-513, 목포해경의 B-512호 역시 도착했다. 선체 안팎에서 승객 35명을 구조하고, 구명 뗏목 1개를 투하했다. 그렇지만 해경 항공구조사 3명은 선체로 진입하지는 않았다. 9시 30분, 사고 지역으로부터 20~30㎞ 떨어져 조업 중이었던 어선 20여 척이 수협 통신국의 구조 요청을 받자마자 조업을 중단하고 사고 장소로 가 물에 빠진 학생들과 승객들을 건져냈다. 9시 31분, 안전행정부가 청와대 국가안보실 위기 관리 센터장에게 휴대전화 문자 메시지로 상황을 알렸다. 문

자 메시지로 전달할 상황이 아니었다. 9시 32분, 해경 경비함 123정이 도착했다. 9시 37분, 세월호가 진도 해상교통관제센터에 "좌현 60도로 기울어 좌현으로 간 사람만 탈출을 시도했으나 이동이 쉽지 않다"고 전하면서 교신이 끊겼다.

【9시 38분】승객들은 해경이 도착한 사실을 알고 있었지만 선내에 대기하라는 안내 방송을 믿고 기다렸다. 9시 39분, 세월호 기관장과 기관부원 7명은 해경 구조선을 타고 탈출했다. 조타실에 있던 승무원들도 도착한 해경정을 타고 탈출했다. 9시 39분, 경찰청 위기관리실에서 "육경에서 도와줄 게 없냐"고 묻자 해경은 "전원 구조 가능하며, 우리 해경과 해군이 다하고 있으니 괜찮다"고 지원을 거부했다. 사고 현장을 제대로 파악하지 못한 것이다. 9시 41분, B-511 헬기는 선실 밖으로 나온 승객 6명을 태운 뒤 사고 현장에서 6.3㎞ 떨어진 서거차도 방파제에 내려놨다. 다시 사고 해역으로 돌아가 6명을 살려냈다. 또다시 돌아갔을 때 세월호는 바다 속으로 잠기고 있었다. 9시 46분, 조타실에 있던 승무원들은 해경이 던진 밧줄을 타고 내려와 구조되었다. 이준석 선장도 속옷 차림으로 구조되었다. 9시 50분, 해경 경비함 123정은 승객 80명을 구조했다. 이후 구조한 승객 79명을 완도군청 행정선에 인계했다.

【9시 54분】세월호가 64도 이상 기울며 좌현이 완전 침수됐다. 해경 123정은 선수를 여객선에 접안하고 밖으로 나온 승객들을 한 명씩 구조했다. 지휘부는 123정에 선내 진입하라는 지시를 내렸지만 경사가 심해서 올라갈 수 없다고 거부했다. 10시 00분, 청와대 대변인은 "대통령이 인력과 장비를 최대한 활용해 인명 피해가 없도록 구조에 최선을 다하라

고 지시했다"고 밝혔다. 10시 00분, 안전행정부가 중앙재난안전대책본부를 꾸리고 1차 공식 브리핑을 진행했다. 오전 10시 기준 약 110명이 구조되었고, 정확한 사고 발생 시각과 사고 원인이 확인되지 않았다고 밝혔다. 10시 01분, 10시 이후까지 배 안에 갇혀 있다가 탈출한 승객도 있었다. 그 시각까지 해경은 밖으로 나오라는 방송을 하지 않았다. 10시 11분, 그때까지도 아이들은 구조를 기다렸다. 10시 17분, 세월호 침몰 직전인데도 해양경찰청은 서해해경청과 목포해경에 차분하게 구조하라는 지시를 내렸다. 10시 17분, "기다리라는 안내 방송 이후 다른 안내 방송을 안 해준다"고 선체 내부에서 마지막 카카오톡 메시지를 보냈다. 10시 21분, 뒤집어지고 있는 우현 난간에서 학생들 40여 명이 탈출해 구조되었다. "대기하라"는 지시를 따르지 않고 자신의 판단으로 바깥에 나온 승객들이었다. 10시 30분, 안전행정부 장관은 세월호가 침몰했다는 사실을 듣고도 경찰 간부 후보 졸업식에 참석해 자리를 지켰다.

【10시 31분】 세월호가 완전히 뒤집혔다. 인천 여객터미널을 출항한 지 13시간 31분 만의 일이었다.[2]

3.

「Daum 세월호 72시간의 기록」으로 남아 있는 화면들을 바라본다. 짙푸른 바다 위에 떠 있는 세월호, 시간이 지나면서 기울고 있는 세월호, 긴

---

2 「Daum 세월호 72시간의 기록」을 요약 및 정리했다. http://past.media.daum.net/sewolferry/timeline/

박했던 상황들······. 결코 부정할 수 없는 사실은 세월호가 우리의 눈앞에 있었다는 것이다. 구조를 할 수 있는 시간이 있었는데도 불구하고 아무런 조치도 없이 침몰하고 마는 세월호의 모습을 생방송으로 보면서 국민은 망연자실했다. 수백 명의 국민이 탄 배가 속수무책으로 가라앉는 모습에 비참함과 슬픔과 분노로 주저앉고 만 것이다. 유치원생의 수련원이 무너지고 백화점이 무너지고 다리가 무너지고 지하철에서 화재가 발생하고 급기야······.

세월호 참사의 책임을 정부의 무능력으로만 묻는 것은 부족하다. 정부의 관료주의와 무사안일주의는 구조 활동에 혼란과 방해를 가져왔다. 재난에 대응하는 현장의 지휘 체계 하나 없었다. 정부의 지휘 체계가 제대로 작동해 상황을 신속하게 파악하고 구조에 필요한 장비와 인력이 충분히 동원되어야 했는데 전혀 그렇지 못했다. 대형 사고에 대처할 수 있는 대책도 매뉴얼도 없었다. 정부의 안일하고 무책임하고 몰상식한 태도에 놀라울 뿐이었다.

그리하여 세월호 참사는 과거의 사건으로 사라지지 않고 현재의 상황을 인식시켜준다. 어두컴컴하고 무섭도록 넘실대는 바다 속에서 두려움과 불안과 공포에 떨면서 죽어갔을 아이들이 떠오른다. 그리고 세월호를 삼킨 채 넘실거리고 있는 거대한 자본주의가 자각된다. 우리는 사라진 세월호 앞에서 침묵하지만 롤랑 바르트가 『사진론』에서 푼크툼(punctum)을 발견했듯이 눈으로 보는 것 이상의 세계를 인식하는 것이다. 시인들이 눈물을 흘리고 분노하면서 시를 쓰는 것이 그 모습이다.

여자가 운다. 숨을 빼앗긴 아이의 이름을 부르며 운다. 우리가 운다. 아이가 살아올 수 없었던 모든 이유를 찾아내며 운다. 여자가 운다. 우리가 운다. 세상이 모두 없어졌다며 땅속으로 스밀 듯 운다.

생을 달리할 줄 모르고 재재재 동영상을 찍으며 웃던 아이들을 우리는 눈앞에서 생으로 잃었다. 사람들의 가슴속이 시퍼런 바닷물로 출렁이게 된 4월. 아이들의 영혼이 물길을 헤치고 빠져나와 학교로 등교한다. 국화꽃 가득한 교실에서 생의 마지막 수학여행을 한다.

엄마의 마른 입술에 아이가 입술을 포개며 '엄마 팔을 휘둘러 발을 굴러 물을 스스로 올려야 펌프지 마중물만 마시면 안 돼' 여자는 녹슨 펌프가 되어 컥컥거리며 숨을 쉰다. 이제 마중물은 없다. 누가 있어 물을 길어 올릴 것인가. 아이들의 혼이 돌아갈 길을 포기하고 우는 엄마 무릎을 베고 잠든다.

사람들은 여자의 울음을 받아내며 함께 울다가 그늘을 밟고 제자리로 돌아갔다. 가끔 웃을 일이 있으면 웃기도 하겠지만 이후 봄꽃 냄새 배인 목소리는 모두 낼 수 없겠다. 2014년 4월 16일, 성급하게 져버린 봄꽃들. 컴컴한 바다를 향해 손을 흔든다. 무릎에 잠든 아이도 흔들어 깨운다. 아가야 이제 그만 가라 창끝 같은 세상을 그만 버려라.

산 사람은 살아야 한다는 말 하지 마시라. 뼈에도 새기고 머리카락 한 올 한 올 모두 새기마. 너희들의 빈자리를 무엇으로도 채우지 못하게 할 테다. 아이들의 신발을 가지런히 모아 세상을 향해 놓고 두고두고 아파하겠다. 아가야 너희는 이제 그만 이 모진 시대를 버려라.

— 유희주, 「세상의 전부」 전문[3]

----

3   빈터문학동인회, The Poemcafe Quarterly 2014년 봄호(제10호), 8쪽. www.poemcafe. com

세월호의 참사로 인해 "숨을 빼앗긴 아이의 이름을 부르며" 우는 "여자"의 비극은 당사자에게만 해당되지 않는다. 눈앞에서 세월호를 지켜본 "우리" 역시 울 수밖에 없다. "아이들을" "눈앞에서 생으로 잃었"기에 "세상이 모두 없어졌다며 땅속으로 스밀 듯" 절망하는 것이다. 따라서 "산 사람은 살아야 한다는 말" 함부로 하지 말아야 한다. "우리"는 그 아이들을 "뼈에도 새기고 머리카락 한 올 한 올 모두 새"겨야 한다. 아이들의 "빈자리를 무엇으로도 채우지 못하게" 하고, "아이들의 신발을 가지런히 모아 세상을 향해 놓고 두고두고 아파"해야 한다. 어떻게 해볼 수 없는 상황이지만, 아이들에 대한 미안함을 조금이나마 갖기 위해 아픔을 최대한 간직해야 하는 것이다. 그것이 아이들을 바닷물에 빠트린 자본주의와 타협하지 않고 끝까지 대항하는 길이다.

세월호 참사의 근본적인 원인은 국민의 안전조차 무시한 자본주의 체제가 우리 사회를 지배했기 때문이다. 자본주의 사회는 이익만을 추구하는 신자유주의를 내세우고 있다. 국가는 신자유주의가 유혹하는 자본의 이익을 거부하지 못한 채 어느덧 동업자가 되어 있다. 국가의 시녀인 보수 언론과 종교 단체와 학자 등도 결탁되어 있다. 그리하여 신자유주의는 더욱 공고해지고 비대해져 세월호의 참사까지 일으킨 것이다. 세월호의 참사에서 보여준 국가의 무능함과 몰인정은 신자유주의 체제에 종속되어 그의 명령에 따랐기 때문이다. 2009년 정부가 20년으로 제한되었던 여객선 선령을 30년으로 완화하는 것으로 해운법 시행규칙을 개정한 것이 그 단적인 증거이다. 국가는 국민의 안전보다 세월호의 이익을 위해 조치를 취한 것이다.

이와 같은 상황이 점점 강화되고 있기에 우려가 크다. 청와대 비서관 회의에서 불필요한 규제는 제거해야 할 암 덩어리라고 말한 대통령의 말

은 놀라움을 준다. 규제를 푸는 것이 노동자에게 유리한 것인지 신자유
주의를 추구하는 기업에 유리한 것인지는 생각해봐야 한다. 규제의 완
화는 노동자에게 일자리를 마련해주는 것보다 기업에 이익을 낼 수 있는
기회를 마련해주는 것이다. 따라서 정부는 이익관계 차원에서 규제를 풀
어서는 안 된다. 그보다는 국민들의 안전과 건강에 해를 끼치는 것은 아
닌지, 환경을 파괴하는 것은 아닌지, 노동자들에게 불리한 것은 아닌지
등을 우선적으로 점검해야 한다. 그것이 국가가 존재하는 이유이다. 그
렇지 않고 정부가 특정 이익집단을 위해 규제를 완화한다면 국가 스스로
존재의 이유를 지우는 것이다. 따라서 "아이가 살아올 수 없었던 모든 이
유를 찾아내"려고 "우리"의 가슴에 상처를 내는 시인의 자세에 동참할 필
요가 있다.

어쩌자고,
이 쥐일 놈의 땅덩어리에 태양을 다시 떠오르는 것이냐
꽃은 또 무엇하러 핀단 말이야
내가, 저것들의 살점을 저미고 뼈를 바수어
천지간에 뿌린들
아가,
네 고통의 근처에나 이르겠느냐
네가 거기서 학생증을 깨문 채 덜덜 떨고 있는데
타들어가는 목줄기에 냉수를 들이붓는
이 슬픈 짐승을 부디, 용서하지 말아라
아가,
어미는 자식과 조국을 함께 잃었구나
내가 지금껏 조국이라고 믿었던
어쩌면 사랑하기까지 했던
이 몹쓸 놈의 땅에서 이제는 검불 하나도 믿지 않겠다

어디로 떠난들 여기만 못하겠느냐
이토록 춥고 어둡고 황량하고 기가 턱턱 막히겠느냐
그러니 아가,
용서하지 말고 기억하지 말고 울지도 말아라
이따위 세상, 눈물도 아깝다

아가,
떠돌다 떠돌다 우리 다시 만나지거든
기본과 상식이 통하는 꿈같은 세상에서
풀이나 되자 돌이나 되자
그때, 그러고도 거기가 사람의 세상이었느냐고
침이나 뱉고 말자
그때까지 아가,
밥때놓치지마라어른들믿지마라깊은물에가지마라
무엇보다 아가,
너는 절대 어미로 태어나지 말아라

— 박미라, 「어미는 이제 없다」 전문[4]

"자식과 조국을 함께 잃었"다고 슬퍼하고 있는 시인의 모습은 세월호의 참사를 역사의식으로 인식하는 자세이다. "지금껏 조국이라고 믿었던/어쩌면 사랑하기까지 했던/이 몹쓸 놈의 땅에서 이제는 검불 하나도 믿지 않겠다"며 적극적으로 저항하는 것이다. 국민이 국가에 바라는 바는 "기본과 상식이 통하는" 세상을 마련해 달라는 것이다. 그렇지만 그와 같은 세상은 자신의 이익을 위해 고통당하고 있는 세월호 참사의 유족들을 회피하고 있는 정부와 여당 정치인들에서 보듯이 멀기만 하다. 오만

---

4   위의 자료집, 12쪽.

해진 자본주의의 탄압으로 인해 고통과 절망이 지속되고 있다. 따라서 "아가,/용서하지 말고 기억하지 말고 울지도 말아라"라고 강력하게 저항하는 행동이 필요한 것이다.

우리가 살아가는 이 자본주의 사회는 시장이나 공장이나 회사 같은 경제적인 공간뿐만 아니라 대학이나 관공서나 병원 같은 공공의 영역이며 종교 같은 비세속적인 영역에도 신자유주의가 지배하고 있다. 그 결과 세월호의 참사가 일어났다. 노후된 선박과 무리한 과적과 비정규직 선원의 채용으로 이익을 추구하는 바람에 수많은 국민들이 희생된 것이다. 신자유주의는 한 개인의 내면까지도 지배해 종속된 사람들은 그 이상의 세계를 상상하지 못한다. 마치 공기와 같은 것으로 여기고 따르는 것이다.

따라서 신자유주의에 종속된 자신을 자각하는 일이 필요하다. 신자유주의가 유혹하는 이익에 몸을 싣고 있는 자신을 반성하는 행동이 요구되는 것이다. 그것을 위해 우리는 올바른 정치적 선택을 해야 한다. "국민들이여! 더 이상 애도만 하지 말라! 의기소침하여 경건한 몸가짐에만 머물지 말라! 국민들이여! 분노하라! 거리로 뛰쳐나와라! 정의로운 발언을 서슴지 말라!"[5]라는 한 원로 학자의 외침을 절실하게 들어야 하는 것이다. 세월호의 참사를 극복하기 위해 문학도 나서야 한다. 행동하는 문학이 필요한 것이다.

---

5 김용옥, 「국민들이여, 거리로 뛰쳐나와라」, 『한겨레』, 2014년 5월 5일. http://www.
   hani.co.kr/arti/society/society_general/635544.html

촛불 시의 등장과 전망

1.

2016년 10월 29일부터 시작되어 2017년 4월 29일까지 진행된 스물세 차례의 촛불집회는 대한민국의 정치 상황을 크게 바꾸어놓았다. 촛불을 든 수많은 국민들에 의해 국정을 농단한 박근혜 대통령은 탄핵되었고 공범들은 구속되었으며 평화적인 선거에 의해 정권 교체가 이루어졌다. 국민들 스스로 주권을 되찾았을 뿐만 아니라 무너진 민주주의를 바로 세워 해방 후의 민중 운동사로 보면 1960년의 4·19혁명, 1980년의 광주민주화운동, 1987년의 6월 항쟁의 흐름을 발전적으로 계승했다. 2016~2017년의 촛불집회는 한국 민중 운동사에서 기념비적인 역사가 되어 미래의 민중 운동을 이끌 것이다.

2016년 10월 24일 제이티비씨(JTBC)는 최순실 소유의 태블릿 개인용 컴퓨터(PC)를 입수한 뒤 박 대통령의 연설문 등이 들어 있다고 보도했다. 자격도 능력도 없는 일개 민간인이 청와대와 대한민국을 좌지우지했다는 사실에 많은 국민들은 놀랐다. 다음날 박근혜 대통령은 대국민 담화를 통해 사과하면서 최순실에게 도움 받은 사실을 인정했다. 그동안 비선 실세의 존재를 완강하게 거부해온 것이 거짓이었다는 사실에 국민들은 실망했고 분노했다. 다음날 검찰은 미르·K스포츠 재단과 최순실의 자택을 압수수색했다. 그리고 그 다음날 특별수사본부를 설치하고 이틀 뒤 청와대를 압수수색하려고 시도했다. 그렇지만 청와대가 거부하는 바람에 실패했다. 이에 10월 29일(토) 오후 6시 서울 청계광장에 시민들이 촛불을 들고 모였다. 전국에서도 2만 명 이상 촛불을 들었다. 다음날 해외에 있던 최순실이 귀국해 검찰의 조사를 받았고, 11월 4일 박 대통령은 2차 대국민 담화를 발표했다. 그렇지만 "내가 이러려고 대통령을 했나"라고 자괴감이 든다는 신세 한탄에 국민들은 더욱 분노했다. 촛불집회의 주관이 민중총궐기투쟁본부, 백남기투쟁본부, 시민사회단체연대회의, 4·16연대, 민주주의국민행동 등으로, 주최가 박근혜정권 퇴진 비상 국민행동(준)으로 늘었다. 그리고 11월 5일 서울 광화문광장 등 전국에서 2차 촛불집회가 열렸다. "모이자! 분노하자! 내려와라 박근혜! 시민촛불"이라는 슬로건 아래 20만 명이 모였다. 시민들의 호응이 폭발적으로 늘어나는 것과 아울러 11월 9일 '박근혜 정권 퇴진 비상 국민행동'(퇴진행동)이 발족되었다. 같은 날 전국 1,553개 시민사회 단체 대표자 회의 기자회견도 프란치스코 교육회관 4층 강당에서 열렸다. 박근혜 정권 즉각 퇴진, 철저한 진상 규명을 위한 특검 도입, 세월호 인양, 백남기 농민에 가해진 국가 폭력 책임자 처벌 등을 요구했다. 국민들의 항쟁이 본격화된 것이다.[1]

---

1   맹문재, 「촛불 혁명의 시학」, 『현대시학』, 현대시학사, 2017년 4월호, 17~18쪽.

2017년 3월 10일 오전 11시 21분, 헌법재판소는 재판관 8명의 전원 일치로 "피청구인 대통령 박근혜를 파면한다"고 선고했다. 대통령 탄핵소추안에 의결된 지 92일 만이었다. 촛불을 든 국민들이 주권자로 나서서 "대한민국은 민주 공화국이다."(헌법 제1조 1항), "대한민국의 주권은 국민에게 있고, 모든 권력은 국민으로부터 나온다."(2항)라는 진리를 지킨 것이다. 촛불을 든 국민들은 박 대통령과 관련된 범죄자들에 대한 구속영장이 기각되었을 때도, 청와대가 특검의 압수수색을 거부했을 때도, 대통령이 대면조사를 거부할 때도 밀리지 않았다. 헌법재판소의 탄핵 심판을 응원했고, 박 대통령 대리인단의 막말이며 '대통령 탄핵 기각을 위한 국민 총궐기 운동본부'(탄기국)의 탄핵 반대 집회에도 의연하게 대응했다.[2] 국민의 민주주의, 국민에 의한 민주주의, 국민을 위한 민주주의를 이룬 것이다. 이와 같은 촛불 혁명의 역사에 시인들도 함께했다.

2.

> 차가운 어둠 속에 촛불을 밝히고
> 손 모아 기도하던 어머니의 간절함같이
> 매서운 추위도 아랑곳 않고 거리에서
> 촛불을 밝히며 외치던 간절함은
> 죽음보다 나을 희망을 잃지 않기 때문이다
> 부패한 시대, 과거 독재시대로 돌려놓은 시대
> 아이들 죽음을 지켜보기만 하였던 참담한 시대
> 이게 나라냐 절망하는 시대에

---

2   위의 글, 21~22쪽.

촛불 하나하나가 모여
칠흑의 밤을 밝힌다
아직은, 아직은 포기해선 안 되는 것이 있음을
절망을 넘어 새 시대로 가는 길
하나하나가 모여 길을 연다
서로서로가 겯고 만들어가는 길
우리 아이들 살아가야 할 길을
촛불로 밝힌다

— 김황흠, 『촛불은 희망이다』 전문[3]

  위의 작품의 화자가 "차가운 어둠 속에 촛불을 밝"힌 이유는, "매서운 추위도 아랑곳 않고 거리에서/촛불을 밝"힌 이유는 "죽음보다 나을 희망을 잃지 않"았기 때문이다. "죽음"의 상황이란 "부패한 시대, 과거 독재시대로 돌려놓은 시대"이고 "아이들 죽음을 지켜보기만 하였던 참담한 시대"이고 "이게 나라냐 절망하는 시대"를 의미한다. 그리하여 "촛불 하나하나가 모여" "칠흑의 밤을 밝"힌 것이다.

  박근혜 정권이 보여준 국정농단과 불법은 헌정을 파괴하고 민주공화국의 주권을 찬탈하는 행위였다. 제18대 대선에서 국정원이 개입해 당시 박근혜 후보를 지지하면서 야권 후보를 비방하거나 지역 갈등을 조장하는 글과 댓글을 유포한 사건부터 통합진보당 해산, 밀양 송전탑 건설, 제주 해군기지 건설, 세월호 참사, 카카오톡 사찰, 일본군 위안부 문제 합의, 고고도 미사일 방어체계(사드) 배치, 역사 교과서 국정화, 최순실 게이트 등에 이르기까지 국민들의 참담함과 불안감과 절망감은 연속이었

---

3 한국작가회의 자유실천위원회 편, 『촛불은 시작이다』, 도서출판b, 2017, 158쪽.

다. 그리하여 화자는 "아직은, 아직은 포기해선 안 되는 것이 있"다고, 다시 말해 "절망을 넘어 새 시대로 가는" 것이 필요하다고 "촛불"을 들었다. 화자가 "서로서로가 곁고 만들어가야"야 한다고 노래하는 "새 시대"란 "우리 아이들이 살아가야 할" 세상이다.

> 오늘은 내일을 기억하고 싶은 이름
> 허나 잘못된 어제는 나쁜 오늘이 된다
> 언제나 인간은 인간에게 악마였던 것
> 가끔 악마는 촛불 앞에 천사의 얼굴을 한다
> 다시 촛불을 켜자
> 악마는 골짜기에 똬리를 틀면
> 순식간에 희망을 삼켜버린다
> 지상의 가난한 방 한 칸과 행복과
> 기도하는 시간의 짧은 평화도
> 가면을 쓴 악마는 법과 집행의 이름으로 앗아가 버린다
> 배고픔에 허겁지겁 밥숟갈을 뜨는 동안
> 달콤한 순간의 유혹에 입술을 적시는 동안
> 악마의 발톱은 언제나 천사의 날개 밑에 숨어 있다
> 내일은 오늘에게 질문하는 시간
> 그러나 비겁한 오늘은 사악한 내일이 된다
> 절벽에 어둠이 오면 새벽을 부르자
> 우리 살아 있는 자의 생명으로
> 다시 촛불을 켜자
> 당당히 촛불을 들자.
>
> — 나종영, 『다시 촛불을 켜자』 전문[4]

---

4 위의 책, 163쪽.

위의 작품의 화자에게 "오늘은 내일을 기억하고 싶은 이름"이다. "허나 잘못된 어제는 나쁜 오늘이" 되고 만다. 그렇게 되는 이유는 "악마"가 화자의 "어제"를 망쳤기 때문이다. "악마"는 "언제나 인간"인데, 가끔 "촛불 앞에 천사의 얼굴을" 하기도 한다. 또한 "배고픔에 허겁지겁 밥숟갈을 뜨는 동안/달콤한 순간의 유혹에 입술을 적시는 동안/악마의 발톱은 언제나 천사의 날개 밑에 숨어 있"기도 한다.

화자의 이와 같은 인식은 김수영이 「하…… 그림자가 없다」에서 진단한 것과 다르지 않다. 김수영은 "우리들의 적은 늠름하지 않다/우리들의 적은 카크 다글라스나 라챠드 위드마크 모양으로 사나웁지도 않다/그들은 조금도 사나운 악한이 아니다/그들은 선량하기까지도 하다/그들은 민주주의자를 가장하고/자기들이 양민이라고도 하고/자기들이 선량이라고도" 한다고 파악했다. "그들은 말하자면 우리들의 곁에 있다"고 인식한 것이다. 그리하여 김수영은 "우리들은 언제나 싸우고 있다"고 말했다. "아침에도 낮에도 밤에도 밥을 먹을 때에도/거리를 걸을 때도 환담할 때도/장사를 할 때도 토목공사를 할 때도/여행을 할 때도 울 때도 웃을 때도" "싸움은 쉬지 않는다"고 노래한 것이다.

위의 작품의 화자 역시 "다시 촛불을" 켜고 있다. 그렇게 하지 않으면 "악마는 골짜기에 똬리를 틀"고 "순식간에 희망을 삼켜버"리기 때문이다. 다시 말해 "지상의 가난한 방 한 칸과 행복과/기도하는 시간의 짧은 평화도/가면을 쓴 악마는 법과 집행의 이름으로 앗아가 버"리기 때문이다. 그리하여 화자는 "살아 있는 자의 생명으로/다시 촛불을" 들고 있다. "당당히 촛불을 들자"고 외친다. "비겁한 오늘은 사악한 내일이" 되기에 화자의 호소는 일리 있게 들린다.

촛불 시의 등장과 전망

3.

촛불 하나 입김으로 훅 하면 꺼지겠지
촛불 몇 개 바람이 지나가면 흔적도 없어지겠지
그런데 백만 촛불 누가 막아 누가 잡아
삼천리 방방곡곡 들불처럼 번지는 5천만 촛불
이거 그냥 켜지는 게 아니야
이거 그냥 터지는 게 아니야
오죽했으면 국민들이 작심하고 몰려들었나
오죽했으면 국민들이 불멸의 채찍을 들었나
이거 그냥 켜지는 게 아니야
이거 그냥 터지는 게 아니야
그네와 순실이가 국정 농단했다고?
그네가 태반주사, 백옥주사, 프로포폴 맞았다고?
아니지 아니야
그건 빙산의 일각이야
그건 뇌관이었을 뿐이야
노동자 농민들 그동안 얼마나 힘들었어
중소 상공인들 그동안 얼마나 힘들었어
청년 학우들 그동안 얼마나 힘들었어
보편복지, 누리과정 예산 그동안 얼마나 힘들었어
세월호 유가족들, 용산 철거민들, 위안부 할머니들, 개성공단 입주자들,
밀양 할머니들, 사드배치 성주 군민들, 제주 해군기지 강정 주민들 그리고
그리고 그 얼마나 힘들었어
이런 것들 쌓이고 쌓여서
해도 해도 너무 해서 복장이 터진 거야, 화산 폭발한 거야
재벌들만 국민인가?
정경유착하고 법인세 깎아주고
대한민국 100프로 한다더니
1프로만 국민인가?
저희들끼리만 해 처먹고 꽃 보직 주고 부정 청탁하고 누리고 누리고

99프로는 개돼지 취급하고

이건 나라도 아니야

이건 소꿉장난도 아니야

이런 세상 통째로 바꿔야 한다고

이런 세상 즉각 쓸어버려야 한다고

진짜 주인이 나서서 촛불 제의 지내는 거야

물론 그네 하나 물러난다고 끝나는 게 아니야

그건 시작일 뿐이야

그냥 대통령 하나 바뀐다고 달라지는 게 아니야

그건 시작일 뿐이야

우리도 개돼지 말고 사람답게 살아야 하니까

우리도 차별받지 않고 행복하게 살아야 하니까

우리가 헌법 1조 1항이 되어야 하는 거야

우리가 헌법 10조, 11조가 되어야 하는 거야

우리 돈 없고 빽 없어도 열심히 노력하면 잘사는 세상 원해

대한민국 100프로 행복하게 살아가는 세상 만들기 위해

우리가 촛불이 되고 횃불이 되고 금물결이 되어야 하는 거야

우리 남북 화해하고 경제도 외교도 자주하는 세상 원해

노동자, 농민, 서민들이 공평하게 인정받는 세상 만들기 위해

우리가 깃발이 되고 천둥이 되고 원칙이 되어야 하는 거야

촛불 하나 입김으로 훅 하면 꺼지겠지

촛불 몇 개 바람이 지나가면 흔적도 없어지겠지

그런데 백만 촛불 누가 막아 누가 잡아

삼천리 방방곡곡 들불처럼 번지는 5천만 촛불

촛불은 LED 노래

촛불은 새로운 대한민국

촛불은 천심, 하늘의 명령이야

— 최기종, 『촛불은 천심이다』 전문[5]

---

5 위의 책, 338~440쪽.

"촛불 하나 입김으로 훅 하면 꺼지겠지/촛불 몇 개 바람이 지나가면 흔적도 없어지겠지"와 같은 인식은 국민들이 촛불을 들었을 때 실제로 여당의 한 의원이 표명한 것이었다. "촛불은 바람 불면 꺼진다"라고 발언했는데, 정부와 여당이 얼마나 안일하게 촛불 민심을 대하고 있는지 단적으로 보여준다. "백만 촛불"은, "삼천리 방방곡곡 들불처럼 번지는 5천만 촛불"은 결코 막을 수 없다. "그냥 켜지는 게 아니"기 때문이다.

그리하여 작품의 화자는 "오죽했으면 국민들이 작심하고 몰려들었"겠느냐고, "오죽했으면 국민들이 불멸의 채찍을 들었"겠느냐고 반문한다. 언뜻 생각하면 국민들의 촛불집회는 "그네와 순실이가 국정 농단했"기 때문에, "그네가 태반주사, 백옥주사, 프로포폴 맞았"기 때문에 일어났다고 볼 수 있다. 그렇지만 화자는 "그건 빙산의 일각"이고 "뇌관이었을 뿐이"라고 말한다. 그보다는 그동안 "노동자 농민들" "중소 상공인들" "청년 학우들"이 살아가기가 힘들었기 때문이라고 파악한다. "세월호 유가족들, 용산 철거민들, 위안부 할머니들, 개성공단 입주자들, 밀양 할머니들, 사드 배치 성주 군민들, 제주 해군기지 강정 주민들" 등도 마찬가지라고 본다. 결국 "이런 것들 쌓이고 쌓여서/해도 해도 너무 해서" "복장이 터"지고 "화산 폭발"했다는 것이다.

화자의 이와 같은 진단은 타당하다. 그동안 정부와 여당은 국민들의 주권을 무시하고 지배계급의 이익을 위한 정치를 해왔다. 그와 같은 면은 우리 사회에서 큰 논란을 일으키고 갈등을 빚은 세월호 참사에 대한 늑장 대처 과정에서 여실히 보여주었다. 그 결과 부익부빈익빈의 상황이 심화되었다. 자본주의 시장경제 체제는 구성원들의 자유로운 경쟁을 토대로 삼고 영위되지만 구성원들 개개인은 타고난 능력이 다를 뿐만 아니라 주어진 환경이 다르기 때문에 평등하게 경쟁할 수 없다. 따라서 불평등한 관계를 개선할 제도가 마련되고 실행이 필요한데, 집권 세력은 자신들의 이익만을 추구해 계층 간의 위화감이 조성되었고 시장 경제의 활성화에 좋지 않은 영향을 끼친 것이다. 화자가 "재벌들만 국민인가?"라고 반문하는 것이 그 상황이다. "정경유착하고 법인세 깎아주고" "저희들끼리만 해 처먹고 꽃 보직 주고 부정 청탁하고 누리고 누리고/99프로는 개돼지 취급"한다고 불만을 토로하는 것도 마찬가지이다. 그리하여 화자는 "이건 나라도 아니"기에 "이런 세상 통째로 바꿔야 한다고/이런 세상 즉각 쓸어버려야 한다고" "촛불"을 든 것이다.

화자는 우리 사회에서 "대통령 하나 바뀐다고 달라지는 게 아니"라고, "그건 시작일 뿐이"라고 또한 인식한다. 왜냐하면 "우리도 개돼지 말고 사람답게 살"고 "우리도 차별받지 않고 행복하게 살" 권리가 있기 때문이다. 그리하여 "우리가 헌법 1조 1항이 되어야" 한다고 주장한다. 또 "우리가 헌법 10조, 11조가 되어야" 한다고, 즉 "모든 국민은 인간으로서의 존엄과 가치를 가지며, 행복을 추구할 권리를 가진다. 국가는 개인이 가지는 불가침의 기본적 인권을 확인하고 이를 보장할 의무를 진다."(10조)거나, "모든 국민은 법 앞에서 평등하다. 누구든지 성별·종교 또는 사회적 신분에 의하여 정치적·경제적·사회적·문화적 생활의 모든 영역에 있어서 차별을 받지 아니한다."(11조 1항), "사회적 특수계급 제도는 인정되지 아니하며, 어떠한 형태로도 이를 창설할 수 없다."(11조 2항)고 주장한다. 결국 "돈 없고 빽 없어도 열심히 노력하면 잘사는 세상"을, 모두가 "행복하게 살아가는 세상 만들기"를 기대하고 있는 것이다. "남북 화해하고 경제도 외교도 자주하는 세상"과 "노동자, 농민, 서민들이 공평하게 인정받는 세상 만들기"를 추구하고 있는 것이다.

이와 같은 지향으로 화자는 "촛불이 되고 횃불이 되고" 있다. 또한 "깃발이 되고 천둥이 되고 원칙이 되"고 있다. 마음들이 모이면 그 어떤 세력도 "촛불 하나 입김으로 훅 하면 꺼지"게 할 수 없다고, "촛불 몇 개 바람이 지나가면 흔적도 없어지"지 않는다고 믿는다. 어느 세력도 "삼천리 방방곡곡 들불처럼 번지는 5천만 촛불"을 막을 수 없다. "촛불은 천심"이고 "하늘의 명령이"므로 마땅히 "새로운 대한민국"을 만들 것이다. 따라서 다음과 같은 노래도 필요하다.

요즘 닭그네 보고 그만 닭장을 떠나란다 달구새끼 주제에 그네를 다 탄다고 꼴도 보기 싫다고 저 난리들인데 생각하기에 따라 닭그네가 잘한 일도 많다 먼저 즈그 아부지 장닭에 대한 환상을 깨준 건 참 잘한 일이다 그동안 우리 부족 늙은 언니 오빠들은, 닭그네 아부지 장닭님 덕분에 배고픔에서 벗어날 수 있었다며 얼마나 그를 숭앙해왔던가 콘크리트처럼 수십 년 건재해오던 그 대책 없던 장닭 망령을 단 몇 주 만에 닭그네는 거뜬히 두드려 잡아줬다 둘째는 먹고살기 힘들고 희망도 사라져버린 부족민들에게 밥맛을 돌게 해준 일이다 요즘 만나는 이들마다 겉으로는 화를 내면서도 무슨 일인지 얼굴엔 산바람들 가득하도다 마른하늘에서 쏟아진 돈벼락이라도 맞았나? 참으로 요상한 부족민들 심리로다 또한 남녀노소 불문하고 부족들을 대통하여 구국의 200만 대열에 앞장서게 해준 공로가 매우 크다

그러므로 닭그네야, 내려오란다고 덜컥 내려오지 말고 좋은 일 더 많이 하면서 너는 닭장 속 횟대나 움켜잡고 오래오래 그네를 타렴!

— 이봉환, 『닭그네야, 너는 거기서 그네를 타렴』 전문[6]

국민들이 기대했던 대로 헌법재판소는 박근혜 대통령의 파면을 선고했다. 실제로 많은 국민들은 박 대통령이 탄핵될 것이라고 예상했다. 그 이유는 박 대통령이 국민 주권주의와 법치주의를 위반했기 때문이다. 헌

---

6 위의 책, 314쪽.

시와 정치

법재판소는 박 대통령이 최순실에게 국가의 문건을 유출했을 뿐만 아니라 미르·K스포츠재단의 설립과 모금에 관여했고 최 씨와 관계된 KD코퍼레이션에 특혜를 제공한 사실에 대해 법률 위반으로 판단했다. 검찰 및 특검 조사와 청와대의 압수수색을 거부한 사실에 대해서도 헌법 수호 의지가 없다고, 즉 법치주의 정신을 훼손시킨 것으로 판단했다. 결국 헌법재판소는 헌법 질서를 수호하는 차원에서 박 대통령의 탄핵을 인용한 것이다.

위의 작품의 화자는 이와 같은 결과를 예상하면서 시중에서는 "요즘 닭그네 보고 그만 닭장을 떠나란다 달구새끼 주제에 그네를 다 탄다고 꼴도 보기 싫다고 저 난리들"이지만 "생각하기에 따라 닭그네가 잘한 일도 많다"고 여유를 부린다. 그 이유는 "즈그 아부지 장닭에 대한 환상을 깨준 건 참 잘한 일"이기 때문이다. "그동안 우리 부족 늙은 언니 오빠들은, 닭그네 아부지 장닭님 덕분에 배고픔에서 벗어날 수 있었다며 얼마나 그를 숭앙해왔던가"라고 아쉬움을 표하면서도, "콘크리트처럼 수십 년 건재해오던 그 대책 없던 장닭 망령을 단 몇 주 만에 닭그네는 거뜬히 두드려 잡아줬"으니 참으로 고맙다는 것이다.

또한 화자는 "닭그네"가 "먹고살기 힘들고 희망도 사라져버린 부족민들에게 밥맛을 돌게 해"준다고 즐겁게 말한다. "만나는 이들마다 겉으로는 화를 내면서도 무슨 일인지 얼굴엔 산바람들 가득"한 모습이어서 "마른하늘에서 쏟아진 돈벼락이라도 맞았나?" "참으로 요상한 부족민들 심리로다"라고 토로하는 것이다. 뿐만 아니라 화자는 "남녀노소 불문하고 부족들을 대통하여 구국의 200만 대열에 앞장서게 해준 공로가 매우 크다"고 풍자한다. "그러므로 닭그네야, 내려오란다고 덜컥 내려오지 말고 좋은 일 더 많이 하면서 너는 닭장 속 횟대나 움켜잡고 오래오래 그네를 타렴!" 하고 신나게 노래하는 것이다.

화자가 이와 같은 자세를 가질 수 있는 것은 "닭그네"에게 당당하기 때문이다. 다시 말해 화자는 헌법을 지키고 상식을 따르고 있기에 위법 행위를 일삼는 "닭그네"와의 싸움에서 이길 수 있다고 믿는다. 비록 "닭그네"의 지배를 받고 있지만 원칙과 상식을 지키는 자신과 같은 사람들이 많기에 대결에서 승리할 수 있다고 확신하는 것이다. 그리하여 화자는 여유를 가지고 "닭그네"를 풍자하고 있는 것이다.

이와 같은 자세는 "얼른 내려놔라! 아니, 내려와라!/홍청구사 고도리 싹쓸이 판에/못 먹어도 고 고 고 아무리 움켜쥐고 내리쳐 봐도/앞뒤 볼 것 없는 그놈의 똥고집으론/영락없이 독박이다. 피바가지다."[7]라고 풍자한 데서도 볼 수 있다. "촛불을 켜들고 시, 민, 혁, 명! 시, 민, 혁, 명! 함께 노래하"[8]거나, "광장에서, 집에서, 세계 곳곳에서/마음속 촛불을 들어 함께 외치"[9]거나, "이 나라 민주주의를 다시 완성하리라"[10]고 다짐하거나, "아가야/…(중략)…/백만 송이 촛불을 생각해다오"[11]라고 기대하는 데서도 마찬가지이다. "정의의 행진을 멈추지 마라/촛불은 절대로 꺼지지 않는다"[12]라거나 "우리는 이미 다 알고 있습니다. 우리 이제 다 보입니다."[13], "우리 승리하리라/우리 하나되리라/우리 평화하리라/아 우리 영원하리

7   김진수, 「비풍초똥팔삼」, 위의 책, 141쪽.

8   박관서, 「그녀를 만나는 시간」, 위의 책, 186쪽.

9   김 완, 「촛불은 혁명이다」, 위의 책, 94쪽.

10 양 원, 「촛불들의 혁명」, 위의 책, 278쪽.

11 나해철, 「백만 촛불」, 위의 책, 164쪽.

12 김창규, 「촛불집회」, 『천만 촛불 바다』, 실천문학사, 2017, 60쪽.

13 이원규, 「몰라요, 정말 모릅니다」, 위의 책, 128쪽.

라."[14]라는 노래에서도 확인된다.

4.

우리 시대에 필요한 시는 어떤 것일까? 필자는 망설임 없이 촛불 시!
라고 말한다. 이 의견은 좋은 시라거가 시의 생명력을 기준으로 판단한
것이 아니다. 그렇다고 촛불 시가 좋은 시가 될 수 없다는 것도 아니다.
좋은 시는 작품의 주제나 내용에 의해서만이 아니라 관점이나 문체나 플
롯 등 복합적인 요인에 의해 결정된다. 따라서 촛불 시는 얼마든지 좋은
시가 될 수 있다. 1천만 비정규직 노동자들이 삶의 어려움에 눈물을 흘
리고, 예술가들이 작품 검열에 움츠려들고, 언론이 정권의 나팔수가 되
어 왜곡 보도를 일삼고, 검찰이 권력의 시녀가 되어 정치적 행동에 집착
하는 등 현재의 상황은 그동안 민중들이 피를 흘리며 이룩한 민주주의가
크게 후퇴한 것이 사실이다. 이와 같은 비정상의 상황에서 촛불 시는 당
연히 요청받는 것이다. 그리하여 조지 오웰(George Orwell)의 목소리를 다
시 듣는다.

오웰은 「나는 왜 쓰는가」에서 정치적 목적에 대해 강조하고 있다. 그는
인도에서 경찰 활동을 하면서 제국주의의 본질을 이해했을 뿐만 아니라
빈곤과 좌절을 겪으면서 노동계급을 인식할 수 있었고, 히틀러의 등장과
스페인 내전을 겪으면서 자신의 위치를 알게 되었다고 밝혔다. 실제로
그는 마르크스주의 통일노동자당 소속의 민병대원으로 전쟁에 참가해
총상을 입기도 했다. 그와 같은 체험으로 쓴 그의 작품들은 전체주의에

---

14 김준태, 「행진곡」, 앞의 책, 136쪽.

맞서 민주적 사회주의를 지지하는 것이었다. 그리하여 그는 자신이 맥없는 책들을 쓰고 현란한 구절이나 장식적인 형용사 등에 현혹되었을 때는 어김없이 정치적 목적이 결여되어 있던 때라고 말했다. 결국 미학을 희생하지 않으면서도 정치 참여의 글을 쓸 수 있다고 증언한 것이다.[15]

촛불 시에 대해 많은 시인들은, 특히 보수적인 시인들은 바우라(Cecil Maurice Bowra)가 표명한 우려에 동의할 것이다. 바우라는 정치시가 다른 분야의 시와 마찬가지로 훌륭할 수 있다고 보면서도 다음과 같이 우려했다. 정치시의 본질은 즉각적이고 개인적인 체험으로서가 아니라 주로 풍문에 의해 알려지고 종종 추상적인 형식으로 표현된 일들로서 파악되는 사건을 다루는 데 있다. 따라서 자아의 특수한 개인적인 활동을 다루며, 되도록 특수하게 또는 개성적으로 이를 표현하려고 힘쓰는 시들과 대립명제를 이룬다. 대중적인 주제를 다루는 시인이 당대에 일어나는 일에 깊은 관심을 갖는다는 것은 있을 수 있는 일이다. 그렇지만 그러한 사건을 너비와 길이로만 바라보기 때문에 시인은 주로 남에게서 들은 것과 매스컴의 기관에 의존하지 않으면 안 된다. 공공적 사건에 대해 써보려는 충동은 애당초 자기 자신의 일들을 쓰려는 충동과는 다른 것이다. 시인과 대상 사이에는 완전히 넘을 수 없는 단절이 있어 밖의 사건을 자기의 일부로 하려고 애써도 대상의 내면에 있는 손쓸 수 없는 요소, 그의 이해에 벅차고 창조적 임무에 동화할 수 없는 갖가지 요소의 방해에 부딪힌다.[16]

바우라의 정치시에 대한 의견은 우리가 겪고 있는 정치적 상황과 다르

---

15 조지 오웰, 『나는 왜 쓰는가』, 이한중 역, 한겨레출판, 2010, 289~300쪽.
16 C. M. 바우라, 김남일 역, 『시와 정치』, 전예원, 1983, 15~16쪽.

므로 재고 내지 보충할 필요가 있다. 정치시의 필요성이나 미학 기준이 서로 다를 수밖에 없는 것이다. 우리의 현실은 시인의 내면세계에 천착하거나 개인적인 활동에 집중하는 것보다는 정치시가 요구되고 있다. 그렇다고 시 형식을 이분법적으로 분리시키자는 것은 아니다. 오히려 정치 의식과의 결합 내지 융합하려는 것이다. 단편적이거나 표피적인 세계인식을 극복해 본질과 전체를 간파해내려는 것이다. 4·19혁명을 체험한 김수영이 시를 쓰는 일은 머리로 하는 것이 아니고 심장으로 하는 것도 아니고 몸으로 하는 것이라면서 그 길을 명쾌하게 일러주었다. "온몸으로 밀고 나가는 것이다. 정확하게 말하자면, 온몸으로 동시에 밀고 나가는 것이다. (중략) 온몸으로 바로 온몸을 밀고 나가는 것이 된다. 그런데 시의 사변으로 볼 때, 이러한 온몸에 의한 온몸의 이행이 사랑이라는 것을 알게 되고, 그것이 바로 시의 형식이라는 것을 알게 된다."[17]

---

17 김수영, 「시여, 침을 뱉어라」, 『김수영 전집 ② 산문』, 민음사, 1995, 250쪽.

촛불혁명의 행진곡

1.

"피청구인 대통령 박근혜를 파면한다."라는 2017년 3월 10일 11시 21분의 헌법재판소 주문(主文)을 다시 듣는다. 꼼꼼하게 헌법재판소 결정문을 읽던 이정미 헌법재판소 재판장의 얼굴이 선하고 목소리도 또렷하다. 헌법재판소의 홈페이지에 게시된 '선고 목록 및 결정문'의 내용을 발췌하면 다음과 같다.

전국경제인연합회가 주도하여 만든 것으로 알려진 재단법인 미르와 케이스포츠가 청와대가 개입해 대기업으로부터 500억 원 이상 모금해 설립되었다는 언론 보도가 2016년 7월경부터 있었다. 이 문제가 2016년 9월 국회 국정감사에서 중요한 쟁점이 되었는데 청와대와 전경련은 의혹을 부인했지만, 계속 정치적 쟁점이 되었다. 그러던 중 2016년 10월 24일 청와대의 문건들이 최서원(개명 전 최순실)에게 유출되었을 뿐만 아니라 그가 국정 운영에 개입해 왔다는 언론 보도가 나왔다. 많은 국민들은 비선실세가 국정에 개입했다는 보도에 충격을 받았고, 박근혜 대통령을 비난하기 시작했다. 이에 박 대통령은 2016년 10월 25일 '최순실 씨는 어려움을 겪을 때 도와준 인연으로 일부 연설문이나 홍보물의 표현 등에 대해 의견을 들은 적이 있으나 청와대의 보좌 체계가 완비된 이후에는 그만 두었다.'는 내용의 대국민 담화를 발표하였다. 박 대통령의 담화에도 불구하고 최서원의 국정 개입과 관련한 보도가 계속 나왔고, 2016년 11월 3일 직권남용권리행사방해죄 등 혐의로 최서원이 구속되었다.

대통령은 그다음 날인 4일 '국가 경제와 국민의 삶에 도움이 될 것이라는 바람에서 추진된 일이었는데 특정 개인이 이권을 챙기고 위법행위를 저질렀다고 하니 안타깝고 참담한 심정이다.'는 내용의 2차 대국민 담화를 발표하였다. 11월 14일경부터 국회는 대통령에 대한 탄핵소추안 의결 추진을 논의하기 시작하였고, 야당(더불어민주당, 국민의당, 정의당)은 11월 28일 공동으로 탄핵소추안을 마련하여 12월 2일 탄핵안 표결을 추진하기로 합의하였다. 이에 박 대통령은 2016년 11월 29일 '대통령직 임기 단축을 포함한 진퇴 문제를 국회의 결정에 맡기겠다.'는 내용의 3차 대국민 담화를 발표하였다. 국회는 대통령의 퇴진 의사 표명이 없자 특별위원회를 구성하여 비선실세에 의한 국정농단 의혹 사건에 대한 국정조사를 진행하였고, 2016년 12월 1일 특별검사도 임명했다. 이어 국회는 171명의 의원이 2016년 12월 3일에 발의한 '대통령 탄핵소추안'을 8일 본회의 안건으로 상정하였다. 2016년 12월 9일 제18차 본회의에서 재적의원 300인 중 234인의 찬성으로 박 대통령에 대한 탄핵소추안이 가결되었다. 소추위원은 소추의결서 정본을 헌법재판소에 제출하여 박 대통령에 대한 탄핵심판을 청구하였다.[1]

---

1   https://www.ccourt.go.kr/cckhome/kor/event/adjuList.do

국회에서 대통령 탄핵소추안이 가결되고 헌법재판소가 대통령 파면을 결정하는 데 가장 큰 힘을 실어준 것은 다름 아니라 23차례에 걸쳐 촛불을 든 국민들이었다. 촛불집회는 2016년 10월 29일(토) 오후 6시 서울 청계광장을 거쳐 광화문광장에 2만 명의 국민들이 모인 데서 시작되었다. 집회명(슬로건)은 "모이자! 분노하자! 내려와라 박근혜!"였다. 1차 촛불집회를 마친 뒤 집회의 주관이 민중총궐기투쟁본부, 백남기투쟁본부, 시민사회단체연대회의, 4·16연대, 민주주의국민행동 등으로, 주최가 박근혜정권 퇴진 비상국민행동(준)으로 확대되었다. 그리고 11월 5일 광화문광장 등 전국에서 2차 촛불집회가 열렸다. "모이자! 분노하자! 내려와라 박근혜! 시민촛불"이라는 집회명 아래 20만 명이 모였다. 시민들의 호응이 폭발적으로 늘어나는 것과 아울러 11월 9일 '박근혜 정권 퇴진 비상 국민행동'(퇴진행동)이 발족되었다. 같은 날 전국 1,553개 시민사회 단체 대표자 회의 기자회견도 프란치스코 교육회관 4층 강당에서 열렸다. 박근혜정권 즉각 퇴진, 철저한 진상 규명을 위한 특검 도입, 세월호 인양, 백남기 농민에 가해진 국가 폭력 책임자 처벌 등을 요구했다. 국민들의 항쟁이 본격화된 것이다.[2]

3차 촛불집회는 2016년 11월 12일 광화문광장 등 전국에서 열렸다. 집회명은 "박근혜는 하야해라!"였다. 서울에서 90만 명, 지역에서 10만 명 등 총 100만 명으로 1987년 6월 항쟁 이후 최대의 인원이 집회에 참여했다. 4차 촛불집회는 11월 19일 광화문광장 등 전국에서 열렸는데, 집회명은 역시 "박근혜는 하야해라!"였다. 서울에서 60만 명 등 전국적으로 96

---

2 맹문재, 「촛불 시의 등장과 전망」, 『촛불의 시, 오월 바다로 떠오르다』(2017 오월문학축전 자료집), 2017, 52~53쪽.

시와 정치

만 명이 참여했다. 집회 인원이 연달아 100만 명에 이르자 야당은 물론이고 여당(새누리당) 내의 '비박계' 의원들도 대통령 탄핵안을 꺼낼 수밖에 없는 상황에 이르렀다. 5차 촛불집회는 11월 26일 160만 명(서울 130만 명)의 국민들이 광장에 모여 탄핵 지지를 보였다. 집회명은 "박근혜 즉각 퇴진!"이었다. 그렇지만 새누리당은 2017년 4월 퇴진론으로 지연 작전을 펼쳐 12월 2일 탄핵안이 의결되지 못했다. 이에 분노한 국민들이 6차 촛불집회인 12월 3일 232만 명(서울 170만 명)이 광장으로 몰려나왔다. 이전까지 볼 수 없었던 기록으로 국민들도 정치인들도 놀랐다. 그리하여 "박근혜는 퇴진하라"라고 외친 국민들의 분노에 놀란 여당 '비박계' 의원들은 탄핵 표결 쪽으로 입장을 바꾸었고, 12월 9일 국회에서 박 대통령 탄핵소추안이 가결되었다. 7차 집회는 12월 10일 전국에서 열렸는데 104만 명(서울 80만 명)이 참여했다. 집회명은 "안 나오면 쳐들어간다—박근혜 정권 끝장내는 날"로 박 대통령의 즉각 퇴진을 요구했다. 8차 집회는 12월 17일에 열렸는데 77만 명(서울 65만 명)이 참여했다. 헌법재판소에 탄핵 이유가 없다고 제출한 박 대통령의 답변서에 국민들이 분노해 "끝까지 간다! 박근혜 즉각 퇴진! 공범 처벌·적폐 청산의 날"을 외쳤다. 9차 집회는 12월 24일 열렸는데 '하야 크리스마스'로 명명되기도 했다. 70만 명(서울 60만 명)이 모여 "끝까지 간다! 박근혜 즉각 퇴진! 조기 탄핵! 적폐 청산!"을 외쳤다. 10차 집회는 12월 31일 열렸는데 110만 명(서울 100만 명)이 전국의 광장으로 몰려나왔다. 집회명은 "박근혜 즉각 퇴진! 조기 탄핵! 적폐 청산! 송박영신"이었다. 촛불집회 참가 연인원이 1천만 명을 넘어서는 대기록을 이룬 날이었다. 11차 집회는 2017년 1월 7일 새해 들어 처음 열렸는데 65만 명(서울 60만 명)이 참여했다. 세월호 참사 1,000일(1월 9일)을 맞아 희생자를 추모하고 진실 규명과 책임자 처벌을 요구했다. 집회명은 "박근혜는 내려오고! 세월호는 올라오라!"였다.³ 촛불혁명을 노래한 시들은 이와 같은 상황을 적극적으로 반영한 결과물로 볼 수 있다.

---

3 이후의 촛불집회 일지는 다음과 같다. 12차부터는 참가 인원 집계를 외부에 공개하지 않는다고 경찰이 발표했다.
【12차】1월 14일. 15만 명(서울 13만 명). 집회명 : 박근혜 즉각 퇴진! 조기 탄핵! 공작정치 주범 및 재벌총수 구속!
【13차】1월 21일. 강추위 속에서도 35만 명(서울 32만 명). 집회명 : 내려와 박근혜! 바꾸자 헬조선! 설맞이 촛불!
【14차】2월 4일. 42만 명(서울 40만 명). 집회명 : 박근혜 2월 탄핵, 황교안 사퇴, 공범세력 구속, 촛불개혁 실현!
【15차】2월 11일. 80만 명(서울 75만 명). 박 대통령 탄핵 시간 끌기에 분노함. 집회 : 천만 촛불 명령이다. 2월 탄핵! 특검연장!
【16차】2월 18일. 84만 명(서울 80만 명). 집회명 : 박근혜 황교안 즉각퇴진! 특검연장! 공범자 구속!
【17차】2월 25일. 100만 명. 집회 : 박근혜 4년, 이제는 끝내자!
【18차】3월 1일(수). 20만 명. 집회명 : 박근혜 구속 만세! 탄핵인용 만세!
【19차】3월 4일. 105만 명(서울 95만 명). 헌법재판소에 탄핵 인용 촉구. 집회명 : 헌재 탄핵 인용! 박근혜 구속! 황교안 퇴진!
【대통령 탄핵 선고】3월 10일(금). 선고 내용 : 대통령 박근혜를 파면한다
【20차】3월 11일. 70만 명(서울 65만 명). 참가 연인원 1600만 명 넘음. 집회명 : 촛불과 함께 한 모든 날이 좋았다!
【21차】3월 25일. 집회명 : 박근혜 구속! 세월호 진상규명과 책임자 처벌!
【22차】4월 15일. 세월호 참사 3주기 행사 가짐. 집회명 : 철저한 박근혜 수사와 처벌, 공범자 구속, 적폐청산!
【23차】4월 29일. 19대 대통령 선거 전에 열린 마지막 집회. 참가 연인원 1700만 명 넘음. 집회명 : 광장의 경고 촛불 민심을 들어라

시와 정치

2.

저 벌판에 돋아나는 새싹들처럼
바람에 같이 흔들리는 들꽃들처럼
오늘 광화문광장에 타오르는 촛불이
우리들 심장에 정의가 되어 살아난다

가슴속에 일어나는 양심으로
오래도록 응어리진 분노가 함성이 되어
거리로 광장으로 촛불을 들고 가자
우리들 꺼지지 않는 촛불이 되자

너와 내가 치켜든 촛불이 바다가 되고
어깨 걸고 치달리는 파도가 되어
우리들 진정 주인 되는 혁명을 이루자
광화문광장에 혁명의 역사를 쓰자

부정부패로 썩은 세상 갈아엎고
불평등한 세상 땅을 고르고
불공정한 세상 꽃씨를 뿌려
광화문광장에 혁명의 꽃을 피우자

살아나라 정의의 촛불이여
피어나라 시민 혁명의 아름다운 꽃이여

— 채상근, 「광화문 촛불 혁명가」 전문

촛불집회 동안 발표된 수많은 시작품들은 대체로 위와 같은 주제의식
을 보이고 있다. "오늘 광화문광장에 타오르는 촛불이/우리들 심장에 정

의가 되어 살아난다"고 했듯이 촛불을 든 국민들의 바람을 대변한다고 볼 수 있는 것이다. 광장에 나온 "촛불"은 "저 벌판에 돋아나는 새싹들처럼" 또는 "바람에 같이 흔들리는 들꽃들처럼" 연약하지만 "가슴속에 일어나는 양심"은 "오래도록 응어리진 분노"의 "함성"이다. "거리로 광장으로" 나가 "꺼지지 않는 촛불이" 된 것이다. 그리하여 화자는 "너와 내가 치켜든 촛불이 바다가 되고/어깨 걸고 치달리는 파도가 되어/우리들 진정 주인 되는 혁명을 이루"고자 한다. "촛불"을 통한 "혁명의 역사를" 추구하는 것이다.

'혁명'이란『국어사전』에 정의되어 있듯이 기존의 사회 체제를 바꾸기 위해 기존의 권력 계층을 대신해서 민중들이 비합법적인 방법으로 권력을 탈취하는 형식이다. 지배 세력이 구축한 정치 조직이나 경제 체제나 사회 구조 등에 민중들이 대항해 근본적인 변화를 가져오는 것이다. 따라서 지배 세력 간의 권력 교체를 이루는 쿠데타에 비해 혁명은 지배 세력과 피지배 세력 간의 권력 교체를 이룬다. "부정부패로 썩은 세상 갈아엎고/불평등한 세상 땅을 고르고/불공정한 세상 꽃씨를 뿌"린 민중 의식이 꽃핀 것이다. 따라서 작품의 화자가 "살아나라 정의의 촛불이여/피어나라 시민 혁명의 아름다운 꽃이여"라고 노래한 것은 촛불을 든 국민들이 추구하는 희망으로 볼 수 있다.

> 이것은 혁명이다
> 오늘 광화문광장에서 보았다
> 세상의 어둠을 밀어내고자
> 모여든 백만 개의 촛불들
> 살아있는 역사를 보았다

시와 정치

유모차를 끌며 모여든 부모들
피켓을 든 어린 남녀 학생들
상인 농부 회사원 노동자 학생
장년 청년 소년 남녀노소 각계각층
끝없이 이어진 목멘 함성들
경찰과 차벽이 없는 거리에
촛불들이 거대한 강물로 흐른다

백만 촛불의 파도타기를 보았는가
이것은 혁명이다
"촛불은 촛불일 뿐이다
바람이 불면 다 꺼지게 돼 있다"
어느 국회의원의 말을 들었는가
한 사람이 든 촛불은 그냥 촛불이지만
백만 시민들이 함께 든 촛불은
꺼지지 않는 횃불이다

우리는 함께 보았지 그리고 분노했지
세월호 침몰에서 백남기 농민의 물대포 사망까지
독재자 아비에게 쫓겨나고 딸에게 살해당한*
백남기 농민의 사망진단서를 두고
벌이는 검찰과 법원과 이 정부의 몰염치를
외인사가 아니고 병사라고 우기는
S의대 신경외과 백 모 교수의 비양심적 소신을

불의의 서슬이 튼튼하게 자랄수록
들풀 같은 민초들의 불꽃은 고요해졌지
JTBC 태블릿 PC 보도가 나오기까지
손바닥으로 하늘을 가리려는 행위들

촛불혁명의 행진곡

"위록지마"라 할 때 "네"라고 설설 기던
알면서도 호가호위하던 정치인들

이것은 나라가 아니다
대통령의 비선 측근들과 어리석고 무능한
조종 받은 군주 한 명이 온 세상을
어지럽히는 것을 두 눈으로 보고 있다
군대 생활 함께한 참으로
오랜만에 광장에서 다시 만난
친구여, 이것은 혁명이다

살아있지만 죽은 것처럼 살아가던
우리 몸속에 잠들어 있던 전설을 깨우듯
동학농민운동, 3 · 1운동, 4 · 19혁명,
5 · 18민주화 운동, 6월 항쟁의 유전자들
SNS에서, 광장에서, 시민들에 의한,
이것은 촛불혁명이다

우리에게 내일의 생은 없다
대통령 퇴진과 탄핵을 넘어
새로운 질서를 구축할 때까지
친일, 독재와 반역의 역사를 청산하고
더불어 사는 삶을 완성할 때까지

아이들에게만은 더 이상
이런 세상을 물려줄 수 없다는
아픈 각성이 따라오는 밤이다
역사의 마지막 기회인지도 모른다
우리 모두 크고 긴 호흡으로

시와 정치

서로를 격려하며 힘내길 소망하자
괴물 같은 자본주의 헬조선을 추방하고
젊은이들의 참세상 진실을 인양하자
이것은 오래된 침묵의 함성이다
광장에서, 집에서, 세계 곳곳에서
마음속 촛불을 들어 함께 외치자
자신의 몸을 태워 어둠을 밀어내는
친구여, 촛불은 우리들의 혁명이다

* 2016. 9. 5일자 뉴욕타임지 보도 인용.

— 김완, 「촛불은 혁명이다」 전문

위의 작품의 화자 역시 대통령 탄핵을 촉구하는 "촛불" 집회를 "이것은 혁명이다"라고 진단하고 있다. 그 근거는 "세상의 어둠을 밀어내고자/모여든 백만 개의 촛불들"에서 볼 수 있듯이 민중성이 담보되어 있기 때문이다. 실제로 "광화문광장"에는 "유모차를 끌며 모여든 부모들/피켓을 든 어린 남녀 학생들/상인 농부 회사원 노동자 학생/장년 청년 소년 남녀노소 각계각층/끝없이 이어진 목멘 함성들"로 채워졌다. "군대 생활 함께한 참으로/오랜만에" "만난/친구"도 있었다. 그리하여 화자는 "촛불은 촛불일 뿐이다/바람이 불면 다 꺼지게 돼 있다"라는 "어느 국회의원의 말"을 인정하지 않는다. "한 사람이 든 촛불은 그냥 촛불이지만/백만 시민들이 함께 든 촛불은/꺼지지 않는 햇불"이라는 신념을 지니고 있는 것이다.

위의 작품의 화자는 촛불집회가 일어날 수밖에 없는 상황을 제시하고 있다. "세월호 침몰에서 백남기 농민의 물대포 사망까지/독재자 아비에게 쫓겨나고 딸에게 살해당한/백남기 농민의 사망진단서를 두고/벌이는 검찰과 법원과 이 정부의 몰염치를/외인사가 아니고 병사라고 우기는/S

의대 신경외과 백 모 교수의 비양심적 소신을" 더 이상 볼 수 없기 때문이라고, "손바닥으로 하늘을 가리려는 행위들/"위록지마"라 할 때 "네"라고 설설 기던/알면서도 호가호위하던 정치인들"을 더 이상 믿을 수 없기 때문이라고 밝히고 있다. 그리하여 "이것은 나라가 아니다"라고 외친다. "대통령의 비선 측근들과 어리석고 무능한/조종 받은 군주 한 명이 온 세상을/어지럽히는 것을 두 눈으로 보고" 더 이상 참지 못하겠다는 것이다.

민주주의는 그냥 주어지는 것이 아니라 피를 먹고 자라는 나무이다. 민주주의는 피라는 대가를 치르고서라도 지킬 만한 가치를 지닌 정치 체제이고, 민주주의가 실현되기 위해서는 공동체 의식을 공유한 계층이 필요하다. 또한 시민들의 감시와 저항이 필요하다. 권력이 반민주적으로 사용되거나 징후가 보이면 저항해야 하는 것이다. 촛불혁명은 이와 같은 감시와 저항을 매우 다른 방식으로 이끌었다. 시민들이 주도적으로 참여해 시종일관 평화적으로 투쟁했던 것이다. 시민들은 각자의 절박한 요구도 민주정부가 들어서야만 해결될 수 있음을 인식하고 수준 높은 정치의식을 보여주었다. 민주정부를 세우는 일보다 더 급한 것은 없다는 의식으로 '대한민국은 민주공화국이다'라고 외쳤던 것이다.[4]

작품의 화자는 "동학농민운동, 3·1운동, 4·19혁명,/5·18민주화 운동, 6월 항쟁의 유전자들"이 "SNS에서, 광장에서, 시민들에"서 되살아나고 있다고 한 데서 보듯이 촛불혁명의 역사성을 노래한다. "우리 몸속에 잠들어 있던 전설을 깨우"고 나섰다는 것이다. 화자의 이와 같은 역사의식은 과거로 함몰되는 것이 아니라 미래로 나아가는 것이다. 그리하여

---

4 윤세원, 「미주주의 당면과제와 불교의 역할」, 『불교평론』, 2017년 겨울호, 17~18쪽.

"대통령 퇴진과 탄핵을 넘어/새로운 질서를 구축할 때까지/친일, 독재와 반역의 역사를 청산하고/더불어 사는 삶을 완성할 때까지" "촛불"을 내릴 수 없다고 단언한다. "아이들에게만은 더 이상/이런 세상을 물려줄 수 없"기에 "촛불은 우리들의 혁명"이라고 외치는 것이다.

3.

'이게 나라냐!'
한 발을 내디디며 곱씹고
또 한 발 내디디며 묻고
그러다 보면 길은 어느새 광화문
대보름날 쥐불놀이도 그렇게 신나지는 않았다
촛불 그림자에 어른거리는 바람의 뒷모습
또 하나의 촛불이 지우고, 그 촛불 그림자
또 다른 촛불이 지우고 지우면서
서로 투명해져서 오롯이 바람만 남아
거대한 불꽃이 되어버린 광장
깡통 속에서 식식 소리를 내던
대보름 불춤도 그렇게 달아오르진 않았다
모르쇠, 모르쇠 도리질치는 각다귀들의 세상
층층이 쌓인 악의 더께를 뚫고
새봄에는, 새로 맞은 그날에는
함빡 웃음으로 살아보자고
다지고 다진 삶의 각오 같은 자존(自存)
모여서 걸으며, 외치며, 다짐하며, 설레며, 기다리며
오지 않는 바람을 기름 삼아 태우던 그날
비가 흩뿌리고 갔고, 눈발이 흩날리다 갔다
맵짠 겨울바람도 어느새 건물 모퉁이로 사라지고

새봄이 왔다, 발자국 서성이던 자리엔 어느새
푸릇푸릇한 풀들이 돋아나고
모처럼 푸른 하늘 벗 삼아 살랑인다

그렇게 한 시대를 건너왔다

— 김이하, 「길은 어느새 광화문」 전문

집회에 참여하는 민중들의 여론과 신념을 결정하는 요인에는 원인(遠因)과 근인(近因)이 있다. 원인은 민중들로 하여금 어떤 신조를 받아들이거나 완강하게 거부하도록 하는 요인이고, 근인은 장기적인 예비 운동에 불을 지르는 기폭제라고 할 수 있다. 기폭제는 어떤 사상이 형체를 갖도록 충격을 가한다. 군중이 결연하게 일어서는 것이나 폭등이 일어나고 파업이 선언되어 절대 다수가 한 사람에게 권력을 부여하여 정부를 전복시키기도 한다. 모든 역사적 사건은 원인과 근인의 연계에 의해 이루어진다.[5]

박 대통령을 탄핵시킨 촛불집회의 원인은 "대한민국은 민주공화국이다."(헌법 제1조 1항)와 "대한민국의 주권은 국민에게 있고, 모든 권력은 국민으로부터 나온다."(2항)라고 광장에 모인 국민들이 외쳤듯이 '국민 주권'으로 파악된다. 국민들은 투표를 통해 선출된 대통령이기에 나라의 법을 제대로 지키면서 국민들을 위한 정치를 할 것을 기대했다. 그렇지만 대통령은 국민의 기대를 어기고 민주주의를 훼손했다. 그와 같은 면은 "피청구인이 최O원의 국정 개입을 허용하고 국민으로부터 위임받은

---

5   구스타브 르 봉, 『군중심리』, 김남석 역, 동국출판사, 1981, 79쪽.

권한을 남용하여 최○원 등의 사익 추구를 도와주는 한편 이러한 사실을 철저히 은폐한 것은, 대의민주제의 원리와 법치주의의 정신을 훼손한 행위로서 대통령으로서의 공익실현의무를 중대하게 위반한 것이다."[6]라는 헌법재판소의 결정문에서 여실히 확인된다. 박 대통령의 헌법 위반으로 인해 국민들은 인권이 유린되고 표현의 자유가 억제당하는 등 수많은 고통을 받았다.

촛불집회의 근인은 박 대통령의 진실하지 않은 말과 행동으로 볼 수 있다. 2차 촛불집회 하루 전날인 2016년 11월 4일 대통령은 2차 국민 담화를 발표했는데, "무엇으로도 국민 마음을 달래드리기 어렵다는 생각을 하면 내가 이러려고 대통령을 했나 하는 자괴감이 들 정도로 괴롭기만 하다"라고 말했다. 진정한 사과나 책임지는 태도가 아니었을 뿐만 아니라 '내가 이러려고 대통령을 했나 하는 자괴감'이 든다는 말은 오해를 불러일으켰다. 최순실이라는 비선 실세에 국정 전반을 맡긴 위법에 대해 책임지는 자세가 아니라 신세를 한탄하는 듯해서 국민들로부터 분노를 산 것이다. 그리하여 국민들은 '내가 이러려고 대한민국 국민을 했나'라고 조롱하면서 "이게 나라냐"라며 촛불을 든 것이다.

촛불집회는 이와 같은 원인과 근인이 결합해서 이루어졌다. "대한민국은 민주공화국이다."라는 가치를 지향하는 국민들은 "한 발을 내디디며 곱씹고/또 한 발 내디디며 묻고/그러다 보면 길은 어느새 광화문"이 될 정도로 열정을 다했다. 그동안 국가와 대통령에게 종속적인 위치에 있는 국민들이 주권을 회복하고 "대보름날 쥐불놀이도 그렇게 신나지는 않았

---

6 https://www.ccourt.go.kr/cckhome/kor/event/adjuList.do

다"라고 노래한 것이다. "촛불 그림자에 어른거리는 바람의 뒷모습/또 하나의 촛불이 지우고, 그 촛불 그림자/또 다른 촛불이 지우고 지우면서/서로 투명해져서 오롯이 바람만 남아/거대한 불꽃이 되어버린 광장"은 축제의 장이 되었다. "깡통 속에서 식식 소리를 내던/대보름 불춤도 그렇게 달아오르진 않았"을 만큼 달아올랐던 것이다.

작품의 화자는 "층층이 쌓인 악의 더께를 뚫고/새봄에는, 새로 맞은 그날에는/함빡 웃음으로 살아보자고" 다짐한다. 다짐으로 말미암아 "맵짠 겨울바람도 어느새 건물 모퉁이로 사라지고/새봄이" 올 것이라는 희망을 갖는다. "발자국 서성이던 자리엔 어느새/푸릇푸릇한 풀들이 돋아"날 세상을 기대하는 것이다. 국민들이 촛불을 들기 이전에는 "모르쇠, 모르쇠 도리질치는 각다귀들의 세상"이었지만, 촛불을 든 뒤에는 "모여서 걸으며, 외치며, 다짐하며, 설레며, 기다리"는 국민 주권의 세상이 된 것이다.

> 행진곡 둥둥 북을 울려라
> 둥둥 징을 울려라
> 꽹과리 장구 다 모여라
> 한라에서 서울 하늘까지
>
> 우리 장벽을 부수리라
> 우리 어둠을 찢으리라
> 돌과 흙 나무와 꽃으로
> 아 Korea! 다시 세우리라
>
> 둥둥 북을 울려라
> 둥둥 징을 울려라
> 꽹과리 장구 다 모여라

온 나라가 그대를 부른다

우리 햇불되리라
우리 승리하리라
우리 하나되리라
우리 평화하리라
아 우리 영원하리라.

— 김준태, 「행진곡」 전문

광장에 모인 국민들이 "행진곡"을 부르는 상황이므로 박 대통령에 대한 탄핵은 사실상 끝났다고 볼 수 있다. "둥둥 북을 울려라/둥둥 징을 울려라/꽹과리 장구 다 모여라/한라에서 서울 하늘까지"라고 노래 부른 국민들이 3차 집회부터 100만 명을 넘겼고, 6차 집회 때에는 232만 명이나 참여한 데서 증명된다. 그 어떤 정권도 국민을 이길 수 없는 법이다. 그리하여 여당 내에서도 탄핵 쪽으로 입장을 바꿀 수밖에 없었고, 마침내 국회에서 탄핵소추안이 가결된 것이다.

"행진곡"은 감염성이 강해 또 다른 "행진곡"을 부른다. 집회에 참여한 국민들은 개인의 입장보다도 전체의 입장을, 자신의 이익보다도 국가의 이익을 생각하는 것이다. 따라서 개인이 개별화되거나 고립되어 있을 때와는 전혀 다른 상황이 나타난다. 전체의 한 구성원으로서 당당하고 활기차고 위력적인 모습을 띠어 "우리 장벽을 부수리라/우리 어둠을 찢으리라/돌과 흙 나무와 꽃으로/아 Korea! 다시 세우리라"고 노래 부르는 것이다. "우리 햇불되리라/우리 승리하리라/우리 하나되리라/우리 평화하리라" 하고 외치기도 한다.

현대사회는 고도의 전문화와 조직화로 말미암아 한 개인은 고립될 수밖에 없다. 따라서 정권의 지배자들은 국민보다도 자신의 이해관계에서 유리한 정책을 결정하게 된다. 절차적으로는 민주적이지만 내용적으로는 비민주 혹은 반민주적인 정책을 마련해 국민들에게 손해를 끼치거나 억압하는 것이다. 그런데도 불구하고 민주적인 절차를 거쳤다는 명분으로 정권이 결정한 정책에 국민들이 반대하거나 비판하는 것을 허용하지 않는다. 부정과 부패한 정권이라도 절차적 민주주의를 내세우며 국민들에 복종하기를 요구하는 것이다. 이렇게 모순적인 상황을 극복하려면 내용의 정당성을 제시할 필요가 있다. "비록 민주적 절차를 거쳐 결정된 내용일지라도 윤리적으로, 사회적으로 옳지 못하다면 내용적 정당성을 결여한 것이며, 이에 대해서는 비판할 수 있다는 것이 진정한 민주주의를 위한 길"인 것이다."[7]

광장에 모인 국민들이 촛불을 들고 "행진곡"을 부른 것은 내용적 정당성을 추구한 모습이다. 절차적인 합법성을 내세우며 국민들에게 가만히 있으라고 협박한 정권에 맞서 박탈당한 주권을 되찾은 것이다. 그 당당함으로 인해 국민들은 광장으로 나와 촛불 축제를 만들었다. 그 어떤 폭력도 없이 "행진곡"을 부른 것이다. 아무리 강한 정권이라도 촛불을 든 국민들이 "행진곡"을 부르면 막을 내릴 수밖에 없다는 사실이 역사적으로 증명된 것이다.

---

7   정승안, 「한국사회 정의와 불의 문제 그리고 불교」, 『불교평론』, 2017년 겨울호, 85~86쪽.

제2부

5·18민주화운동의 시학
— 김남주의 「학살」 연작시를 중심으로

1.

5·18민주화운동이 올해로 32주년이 되었다. 예년과 마찬가지로 5·18민주묘지에서 시민들을 비롯해 각 정당의 대표를 비롯한 정치인, 정부 인사, 5·18유공자, 유족, 관련 단체 회원 등이 참석해 기념행사를 가졌다. 전국 곳곳에서도 기념행사가 열려 민주화운동의 정신을 기렸다. 기념식 행사 외에도 5·18민주화운동을 기리는 학술대회, 음악회, 전국 휘호 대회, 추모 법회, 추모 예배, 사진 전시회, 마라톤 대회, 인식 조사, 기록상 제정 추진, 민주주의 집 마련 등 다채로운 행사가 마련되었다. 기념사에서 국무총리는 5·18민주화운동이 시대의 혼란 속에서 민주화의 물꼬를 텄다고 평가했다. 진정 5·18민주화운동은 우리나라 민주화의 실현에 큰 역할을 했다고 볼 수 있다.

이와 같은 차원에서 5·18기념재단이 여론조사 기관인 한국공공데이터센터에 의뢰해 5·18민주화운동 국민 인식을 발표한 결과는 관심을 끈다. 전국 성인 남녀 725명을 대상으로 한 조사에서 응답자의 65.8%가 5·

18민주화운동이 우리나라의 민주화에 기여했다고 답변했고, 시민의식과 인권 신장에 기여했다는 의견도 62.3%로 나타났다. 그러면서도 53.5%는 5·18민주화운동의 진상 규명이 충분하게 이루어지지 않았다고 대답했으며, 5·18기념재단에 대해서는 75.9%가 잘 모르는 것으로 나타났다.[1] 5·18민주화운동이 우리나라의 민주화와 인권 신장에 기여했다고 인정하는 사람이 많지만, 부정적으로 생각하는 사람도 상당하다는 사실에 놀라움이 든다. 5·18민주화운동은 결코 부정적으로 인식할 수 있는 역사가 아니기에 안타깝고도 씁쓸한 것이다.

이와 같은 상황에서 5·18기념재단이 발표한 '민주화운동 피해자에 대한 심리학적 부검'의 연구 보고서 또한 관심을 끈다. 이 보고서에 따르면 5·18민주화운동 피해자 중에서 자살자의 경우 10명 중 8명은 직접적으로 고문이나 학대를 받은 것으로 나타났다. 치명적인 부위를 중심으로 고문을 당해 외상뿐만 아니라 뇌손상까지 입은 것으로 밝혀졌다. 이들은 의료적 치료를 받지 못하고 통증을 잊기 위해 알코올에 많이 의존해 전체의 60%가 알코올 중독장애 증상을 보였다. 또한 공권력을 지나치게 두려워하는 정신 혼란을 가져오거나 가족들에게 폭력을 행사하는 성향을 보였다. 5·18민주화운동 이전에는 정신병리적 성향이 없었는데, 고문을 당한 후 누군가 쫓아온다고 하거나, 괴성을 지르거나, 무릎을 꿇고 잘못했다고 하는 등의 증상을 보였다. 심지어 아내를 살해하거나 교도소에서 자살한 사례도 있었다.[2] 2011년 12월 현재 5·18민주화운동 부상 후

---

1 『한국일보』, 2012년 5월 20일(http://news.hankooki.com/lpage/society/201205/h2012052019480221950.htm).

2 『메디컬투데이』, 2012년 5월 19일(http://www.mdtoday.co.kr/mdtoday/index.

유증으로 사망한 사람은 380명인데, 이 중에서 자살한 사람은 42명으로 10.4%의 비율이다. 일반인들의 자살률보다 350배가 높은 수치이다.[3] 그러므로 국가는 외면하지 말고 적극적이고도 체계적으로 치료해줄 필요가 있는 것이다.

어느덧 우리 사회는 5 · 18민주화운동의 정신을 잊고 있다. 유공자나 유족이나 관련 단체들을 제외하고는 점점 관심을 보이지 않고 있는 것이다. 그리하여 5 · 18민주화운동의 소중함을 인정하면서도 기념행사를 텔레비전으로 바라보는 정도이다. 축제가 한창 열리고 있는 대학 캠퍼스에서도 5 · 18민주화운동을 기리는 행사를 찾아보기 힘들다. 과거의 축제 기간에 빠지지 않았던 5 · 18민주화운동 관련 사진전이나 다큐멘터리 상연은 이제 보이지 않는다. 5 · 18민주화운동의 정신을 기리기 위해 붙였던 대자보 자리에는 아이돌 그룹의 공연을 알리는 포스터가 붙어 있다. 5 · 18민주화운동의 의의를 토론하는 자리도 거의 없고, 5 · 18민주화운동의 장소를 찾아가는 역사 기행도 많이 줄었다. 대학생들 역시 5 · 18민주화운동이 중요한 역사적 사건이라는 것은 인정하면서도 더 이상 의미를 새기지 않는 것이다. 시간의 흐름에 따라 절실함이 줄어드는 것은 당연하지만 씁쓸함이 드는 것도 사실이다. 5 · 18민주화운동은 미래의 민주주의를 위해 기억할 필요가 있는 것이다.

이와 같은 차원에서 5 · 18민주화운동의 기념식에 대통령이 참석하지 않고 기념사조차 마련하지 않은 것은 안타까운 일이다. 민주화를 향상

html?no=188635).

3 『오마이뉴스』, 2012년 5월 19일(www.ohmynews.com/NWS_Web/View/at_pg.aspx?CNTN_CD=A0001733 576&CMPT_CD=P0001).

시킨 국가의 공식 행사를 무시한 것은 실로 우려할 점이다. 5·18민주화운동은 그 기록물이 유엔 유네스코 세계기록물 유산으로 등재될 정도로 세계의 민주화에도 영향을 끼친 것이다. 그런데도 폄하되고 있으므로 5·18민주화운동의 비극은 32년이 지난 오늘에도 치유되지 않았다고 볼 수 있다. 이 글은 이와 같은 상황에서 김남주의 「학살」 연작시를 통해 5·18민주화운동의 의의를 새겨보고자 하는 것이다.

2.

오월 어느 날이었다
1980년 오월 어느 날이었다
광주 1980년 오월 어느 날 밤이었다

밤 12시 나는 보았다
경찰이 전투경찰로 교체되는 것을
밤 12시 나는 보았다
전투경찰이 군인으로 교체되는 것을
밤 12시 나는 보았다
미국 민간인들이 도시를 빠져나가는 것을
밤 12시 나는 보았다
도시로 들어오는 모든 차량들이 차단되는 것을

아 얼마나 음산한 밤 12시였던가
아 얼마나 계획적인 밤 12시였던가

오월 어느 날이었다
1980년 오월 어느 날이었다

광주 1980년 오월 어느 날 밤이었다

밤 12시 나는 보았다
총검으로 무장한 일단의 군인들을
밤 12시 나는 보았다
야만족의 침략과도 같은 일단의 군인들을
밤 12시 나는 보았다
야만족의 약탈과도 같은 일단의 군인들을
밤 12시 나는 보았다
악마의 화신과도 같은 일단의 군인들을

아 얼마나 무서운 밤 12시였던가
아 얼마나 노골적인 밤 12시였던가

오월 어느 날이었다
1980년 오월 어느 날이었다
광주 1980년 오월 어느 날 밤이었다

밤 12시
도시는 벌집처럼 쑤셔놓은 붉은 심장이었다
밤 12시
거리는 용암처럼 흐르는 피의 강이었다
밤 12시
바람은 살해된 처녀의 피묻은 머리카락을 날리고
밤 12시
밤은 총알처럼 튀어나온 아이의 눈동자를 파먹고
밤 12시
학살자들은 끊임없이 어디론가 시체의 산을 옮기고 있었다

아 얼마나 끔찍한 밤 12시였던가
아 얼마나 조직적인 학살의 밤 12시였던가

오월 어느 날이었다
1980년 오월 어느 날이었다
광주 1980년 오월 어느 날 밤이었다

밤 12시
하늘은 핏빛의 붉은 천이었다
밤 12시
거리는 한 집 건너 떨지 않는 집이 없었다
밤 12시
무등산은 그 옷자락을 말아올려 얼굴을 가려버렸고
밤 12시
영산강은 그 호흡을 멈추고 숨을 거둬버렸다

아 게르니카의 학살도 이렇게는 처참하지 않았으리
아 악마의 음모도 이렇게는 치밀하지 못했으리.

— 「학살 1」 전문[4]

화자는 "광주 1980년 오월 어느 날 밤"에 "총검으로 무장한 일단의 군

---

4   『나의 칼 나의 피』, 실천문학사, 1993, 41~44쪽. 처음 발표된 5월광주항쟁 시선집
    『누가 그대 큰 이름 지우랴』(인동, 1987)와 제2시집 『나의 칼 나의 피』(인동, 1987)
    에서는 「학살 2」로 발표되었는데, 옥중시전집 『저 창살에 햇살이 2』(창작과비평사,
    1992)와 재출간된 『나의 칼 나의 피』(실천문학사, 1993)에서는 「학살 1」로 바뀌었
    다. 필기도구조차 주어지지 않는 영어(圉圄)의 몸이었기 때문에 시를 다듬고 정리
    할 기회는 물론 착오를 바로잡을 수 없었으므로 출소한 뒤에 추스른 것이다.

인들"이 민간인들을 학살한 장면을 여실하게 고발하고 있다. 주지하다시 피 5·18민주화운동은 1980년 5월 18일부터 27일까지 광주 시민과 전남 도민이 중심이 된 항쟁이었다. 1979년 10·26사건으로 박정희 대통령이 사망하자 신군부는 같은 해 12·12군사반란을 일으켜 군부를 장악했다. 그리고 언론과 국내의 정보기관을 통제하며 정권욕을 보이기 시작했다. 이와 같은 신군부의 움직임에 대학생들이 퇴진을 요구하고 나섰고, 국회 도 계엄 해제와 개헌 등을 본격적으로 논의했다.

1980년 5월 13일 서울에서 6개 대학 학생 2,500여 명이 집결해 계엄철 폐를 외치며 가두시위를 벌였다. 5월 14일 전국 37개 대학 학생들이 거리 로 나왔고, 5월 15일 30개 대학에서 10만 명에 이르는 학생들이 시위에 참여했다. 이와 같은 학생들의 시위에 자극받은 광주 지역 학생들도 5월 14일부터 16일까지 비상계엄 해제, 정치 일정의 단축, 노동3권 보장 등을 요구하며 시위를 벌였다. 5월 16일 서울 지역 대학생들은 자신들의 의사 가 신군부에 충분히 전달된 것으로 보고 시위를 중단하고 시국의 추이를 지켜보기로 했고, 광주 지역 학생들도 따랐다.

이와 같은 상황에서 중동을 방문 중이던 최규하 대통령이 5월 16일 급 거 귀국해 시국 관련 비상대책회의를 열었는데, 국민들의 기대와 달리 18일 0시를 기해 비상계엄을 전국으로 확대하기로 결정했다. 이러한 조 치는 헌정을 파괴하고 민주화에 역행하는 것인데도 불구하고 신군부는 밀어붙인 것이다. 그리하여 5월 17일 11시 40분경 신군부는 자정을 기해 비상계엄을 전국으로 확대 실시한다고 발표했다. 뿐만 아니라 정치 활동 금지령, 휴교령, 언론 보도 검열 강화 등의 조치를 내렸다. 신군부는 비 상계엄 확대를 발표하기 이전에 서울 지역 대학생 회장단을 연행해갔고, 김대중을 비롯한 재야 민주인사와 정치인들을 체포했으며, 군대 병력으로 국회를 봉쇄했다. 자신들의 집권 계획에 방해가 되는 세력들을 본격적으로 제거하고 나선 것이다.

5월 18일 새벽 신군부는 전남대와 조선대 캠퍼스에 공수특전단을 파견했다. 공수부대원들은 학교를 급습해 남아 있는 학생들을 구타하며 학교 본부 건물에 감금했다. 광주 시내 주요 관공서와 거리에도 공수부대원들을 배치했다. 그리하여 전남대 학생들이 학교에 갔을 때 완전무장한 공수부대원들은 정문에서 학생들의 출입을 저지하고 귀가할 것을 종용했다. 학생들이 거부하고 계엄군은 물러가라고 구호를 외치자 공수부대원들은 학생들을 곤봉으로 때리고 군홧발로 짓밟는 등 무자비하게 구타했다. 붙잡은 학생들의 옷을 벗기고 팬티만 입힌 채 꿇어앉히기도 했다. 신군부는 부마항쟁 때처럼 학생들을 강경하게 진압하면 시위가 가라앉을 것으로 판단했던 것이다. 그렇지만 공수부대원들의 비인간적인 진압에 학생들이 극도로 흥분해 새로운 대결 양상을 가져왔다. 결국 신군부의 강경 진압을 목적으로 한 공수부대의 투입이 5·18광주민주화운동의 직접적인 원인이 된 것이다.

5월 18일 오후부터 공수부대원들은 광주 시내의 대학생과 시위에 참여한 시민들뿐만 아니라 시위에 참여하지 않는 시민들까지 무자비하게 폭행했다. 군인들의 만행을 목격한 시민들은 두려움을 넘어 분노감으로 거리에 나섰다. 공수부대원들은 광주 시민들의 격렬한 저항에 부딪히자 5월 21일 새로운 작전을 위해 철수했다. 광주시 외곽도로를 봉쇄한 뒤 상황을 주시하다가 5월 27일 0시를 기해 진압작전을 개시했다.

위의 작품은 이와 같은 상황을 고발하고 있다. 화자는 "밤 12시"가 되자 경찰을 대체한 전투경찰마저 "군인으로 교체되는 것을" 보았다. 또한 사전에 연락받은 "미국 민간인들이 도시로 빠져나가"고, "도시로 들어오는 모든 차량들이 차단되"고, 곧이어 "총검으로 무장한 일단의 군인들"이 들어서는 것도 보았다. 화자는 이와 같은 상황이 우연적인 것이 아니라 매우 "계획적"이고 "노골적"인 것이었기에 치를 떤다. 실제로 공수부대 원들이 저지른 만행은 끔찍하기가 이를 데 없어 "도시는 벌집처럼 쑤셔놓은 붉은 심장이" 되었고, "거리는 용암처럼 흐르는 피의 강이" 되었다. "처녀"와 "아이들"도 살해되었다. "한 집 건너 떨지 않는 집이 없"을 정도로 광주 시내는 공포감에 휩싸였다. 산도 무서워 얼굴을 가렸고, 강도 호흡을 멈추었고, 하늘도 핏빛으로 물들었다고 화자는 비유한다. 그리하여 화자는 "게르니카의 학살도 이렇게 처참하지 않았으리"라고 외친다. 5·18민주화운동의 참상이 게르니카의 학살보다 처참하다고 고발한 것은 피해 정도를 떠나 그 성격이 판이하기 때문이다. 게르니카의 학살은 1937년 스페인 제2공화국에 반란을 일으킨 프랑코의 파시스트 국민군을 지원한 독일 나치 공군의 폭격에 의해, 즉 이민족에 의해 발생한 사건이다. 그에 비해 5·18광주민주화운동은 동족의 학살이었던 것이다.

"광주광역시가 2009년에 29주년을 맞아 5·18광주민주화운동 당시 목숨을 잃거나 다친 사람을 집계한 결과 사망자가 163명, 행방불명자가 166명, 부상 뒤 숨진 사람이 101명, 부상자가 3,139명, 구속 및 구금 등의 기타 피해자 1,589명, 아직 연고가 확인되지 않아 묘비명도 없이 묻혀 있는 희생자 5명 등 총 5189명으로 확인됐다."[5] 사망자 중에서 14~19세의 중고등학생이 수십 명이고 초등학생도 들어 있었다. 사망의 원인으로는 총상이 전체의 70%를 넘었다. 계엄군이 민간인들을 과잉으로 진압했음

---

5 『한국어 위키백과』(http://ko.wikipedia.org/wiki/5%C2%B718_%EA%B4%91%EC%A3%BC_%EB%AF%BC%EC%A3%BC%ED%99%94_%EC%9A%B4%EB%8F%99).

이 여실한 것이다. 국민을 보호해야 할 군인이 국민들에게 총을 쏘았다는 사실은 용서할 수 없는 일이다. 과연 누구를 위해 학살을 저질렀는지 묻지 않을 수 없는 것이다.

3.

학살의 원흉이 지금
옥좌에 앉아 있다
학살에 치를 떨며 들고일어선 시민들은 지금
죽어 잿더미로 쌓여 있거나
감옥에서 철창에서 피를 흘리고 있다
그리고 바다 건너 저편 아메리카에서는
학살의 원격 조종자들이 회심의 미소를 짓고 있다

당신은 묻겠는가 이게 사실이냐고

나라 국경 지킨다는 군인들이 지금
학살의 거리를 누비면서 어깨총을 하고 있다
옥좌의 안보를 위해
시민의 재산을 지킨다는 경찰들은 지금
주택가에 난입하여 학살의 흔적을 지우기에 광분하고 있다
옥좌의 질서를 위해

당신은 묻겠는가 이게 사실이냐고

검사라는 이름의 작자들은
권력의 담을 지켜주는 세퍼드가 되어 으르렁대고 있다
학살에 반대하여 들고일어선 시민들을 향해

판사라는 이름의 작자들은
학살의 만행을 정당화시키는 꼭두각시가 되어
유죄판결을 내리고 있다
불의에 항거하여 정의의 주먹을 치켜든 시민을 향해

당신은 묻겠는가 이게 사실이냐고

보아다오 파괴된 나의 도시를
보아다오 부서진 나의 집과 박살난 나의 창을
보아다오 살해된 처녀의 피묻은 머리카락을
보아다오 학살된 아이의 피묻은 눈동자를

장군들, 이민족의 앞잡이들
압제와 폭정의 화신 자유의 사형집행인들
보아다오 보아다오 보아다오
살해된 처녀의 머리카락 그 하나하나는
밧줄이 되어 너희들의 목을 감을 것이며
학살된 아이들의 눈동자
그 하나하나는 총알이 되고
너희들이 저질러놓은 범죄
그 하나하나에서는 탄환이 튀어나와
언젠가 어느 날엔가는
너희들의 심장에 닿을 것이다.

—「학살 3」 전문

공수부대원들의 무차별 폭력에 분노한 광주 시민들은 대학생들의 민주화 요구에 합류하기 시작했다. 5월 19일 오후 시위에 참가한 인원은 3천 명 이상으로 증가했고, 날이 갈수록 늘어나 20만 명 이상 참여했다. 택시, 시내버스, 시외버스 등도 계엄군의 진입을 가로막았다. 시민들을

시와 정치

총의 개머리판으로 구타하거나 대검으로 찌르는 등의 만행을 자행한 계엄군은 20일 24시부터 집단 발포를 가했다. 이 만행으로 인해 광주 시내의 병원이 감당하기 어려울 정도로 사상자가 발생했다.

이와 같은 상황에서 시민들은 21일 오후부터 계엄군의 폭력으로부터 방어하기 위해 무장하기 시작했다. 화순과 나주 지역의 경찰서와 파출소에 있는 예비군 무기고를 열고 시민군을 결성한 것이다. 이와 같은 시민들의 격렬한 저항에 따라 계엄군은 광주시 외곽으로 퇴각했다. 그리고 광주 지역 시위를 '광주사태'라고 명명하고, 즉 불순분자와 폭도들이 일으킨 반란으로 규정하고 자위권 발동 경고 담화문을 발표했다. 아울러 광주 외곽 도로망을 차단해 22일 이후 광주 지역은 계엄군에 의해 완전히 포위당했다. 그렇지만 광주 시내는 시민군에 의해 질서를 찾아가고 있었다. 부상자를 치료하기 위한 헌혈 행렬이 이어지고 행정기관이 유지되었으며 금융기관이나 백화점에서 한 건의 사건사고도 없었다. 시민 대표를 선정해 계엄군과 협상하기 시작했고 자체적으로 무기도 회수했다. 그런데도 불구하고 5월 27일 새벽 2만 5천 명이나 되는 계엄군이 광주 시내로 진격해왔다. 그리고 전남 도청에서 항전하던 시민군을 마치 적군처럼 살상하면서 진압했다.

신군부는 곧바로 5·18민주화운동에 가담한 시민들을 색출해서 연행했다. 연행된 시민들은 이미 짜인 각본에 따라 온갖 고문과 구타와 비인격적인 모욕을 당하며 내란음모 선동 등의 죄명으로 수사를 받았다. "학살의 원흉"은 "옥좌에 앉아 있"는 반면 "학살에 치를 떨며 들고 일어선 시민들은" "죽어 잿더미로 쌓여 있거나/감옥에서 철창에서 피를 흘리고 있"는 것이다. "시민의 재산을 지킨다는 경찰들"도 "옥좌의 안보를 위해" 학살의 흔적을 지우는데 바쁘고, "검사라는 이름의 작자들"도 "권력의 담을 지켜주는 셰퍼드가 되어 으르렁대고 있"고, "판사라는 이름의 작자들"도 "학살에 반대하여 들고일어선 시민들"에게 "학살의 만행을 정당화시키는 꼭두각시가 되어/유죄판결을 내리고 있"다. 그리고 "바다 건너 저편 아메리카"도 "회심의 미소를 짓고" 바라보고 있다. 실제로 5·18민주화운동은 그동안의 한미관계에 새로운 인식을 주는 계기가 되었다. 계엄군의 민간인 학살을 미국이 묵인했다는 의심이 국민들 사이에 퍼지면서 한국전쟁 이후 유지해오던 우호적인 관계가 흔들리게 된 것이다.

1980년 7월 4일 신군부는 마침내 김대중 내란음모사건을 조작해서 발표했다. 서울의 대학생 시위와 5·18광주민주화운동이 김대중을 중심으로 조종되었다는 혐의로 군사재판에 회부한 것이다. 신군부는 자신들의 쿠데타를 정당화하기 위해 아무런 연관이 없는 김대중에게 죄를 덮어씌웠다. 이 사건으로 김대중은 사형선고를 받았다.[6]

4.

> 출옥하고 다음다음날 아침 우리는
> 녀석의 무덤을 찾았다 무덤에는
> 녀석의 불같은 성격을 닮으려고 그랬는지
> 창끝처럼 억새가 하늘을 찌르고 있었다
> 우리는 망초꽃과 패랭이를 다발로 묶어 무덤 위에 던지고
> 차고 온 소주병을 병째로 들이부었다

---

6 1981년 1월 대법원은 군사재판에서 김대중에 사형을 선고했다. 한미관계를 우려한 미국의 행정부와 의회, 세계의 지도자, 종교인, 인권단체들이 사형 중단을 촉구했다. 1982년 1월 무기징역으로 감형되었고, 얼마 후 20년 형으로 다시 감형되었다. 1982년 12월 형 집행정지로 출소해 미국으로 출국했다.

그러자 그것은 황갈색 꽃잎에서 이슬로 맺히더니
아침 햇살을 받아 붉게 붉게 타오르는 것이었다

친구들은 나더러 너는 시인이니까
녀석의 넋을 위로하는 시라도 한 수 읊어야 되지 않겠느냐였다
암울한 시대를 만나 총 한번 잡아보지 못하고
살아남아 이렇게 꽃다발이나 던지고
추모시 운운하는 나를 두고 무어라 할까 무덤 속의 전사는

…… 그는
손가락에 침 발라 창에 구멍을 내고
경악의 눈으로
바리케이드의 학살을 엿보지 않았다
그 자신이 바로 바리케이드의 투사였으니
꽃다발을 들고 그는 이렇게
먼저 간 자의 무덤을 찾은 적도 없었다
그 자신 바로 무덤이었으니……

영광 있으라 격동의 시대에
민중의 해방을 위해 최초로 봉기한 자에게.

— 「학살 4」 전문

  화자는 "출옥하고 다음다음날 아침" 친구들과 함께 "녀석의 무덤을 찾"
아갔다.[7] 가지고 간 꽃다발을 무덤 위에 올려놓고 소주를 붓는 예를 갖추

---

7 김남주 시인은 1979년 남민전(남조선민족해방전선)사건으로 15년 형을 선고받고
   복역하다가 1988년 12월 가석방 조치로 출소했다. 따라서 5·18광주민주화운동
   에 직접 참여하지는 못했다.

었다. "그러자 그것은 황갈색 꽃잎에서 이슬로 맺히더니/아침 햇살을 받아 붉게 붉게 타"올랐다. 그만큼 "그"는 올곧았고 불타는 정의감을 가지고 있었기에 "바리케이드의 학살을 엿보지 않았다/그 자신이 바로 바리케이드의 투사였"던 것이다.

함께 간 "친구들은 나더러 너는 시인이니까/녀석의 넋을 위로하는 시라도 한 수 읊어야 되지 않겠느냐"고 제안하지만 화자는 응하지 않는다. "암울한 시대를 만나 총 한번 잡아보지 못하고/살아남"았는데 어떻게 시를 쓸 수 있느냐고 부끄러워하는 것이다. 마치 브레히트(Bertolt Brecht)가 「살아남은 자의 슬픔」에서 나치 정권에 의해 세상을 뜬 친구들과 달리 운 좋게 살아남은 자신을 미워하면서 반성하는 심정과 같다고 볼 수 있다. 그리하여 화자는 "영광 있으라 격동의 시대에/민중의 해방을 위해 최초로 봉기한 자에게"라고 마음속으로 기원한다.

문민정부가 출범하자 위법적으로 집권한 신군부 인사들에 대한 고소와 고발이 시작되었다. 1995년 7월 검찰은 신군부가 불법적으로 정국을 장악했고 무고한 시민이 희생된 것이 사실이지만 '성공한 쿠데타는 처벌할 수 없다'는 논리로 불기소 처분했다. 그렇지만 1995년 12월 헌법재판소는 검찰의 불기소 처분에 대해 '성공한 쿠데타도 처벌할 수 있다'는 취지의 결정을 내렸다. 그리하여 검찰에 특별수사부가 설치되어 5·18민주화운동에 대한 재수사에 나섰고, 국회도 5·18특별법을 제정해 공소시효를 정지시켰다.

1997년 4월 대법원은 전두환에게 무기징역과 추징금 2,205억 원, 노태우에게 징역 17년과 추징금 2,628억 원을 선고했다. 12월에 징역형은 사면되었지만 추징금은 현재까지도 유효하다. 대법원은 민주적 절차를 거치지 않고 폭력에 의해 이루어진 정권은 어떤 경우라도 용인될 수 없음을 분명하게 명시했다. 실제로 5·18민주화운동은 정의는 반드시 승리한다는 역사적 교훈을 보여주었다.

5·18민주화운동 기록물은 2011년 영국에서 열린 유네스코 세계 기록유산 국제자문위원회를 통과했다. 5·18민주화운동 자료, 김대중 내란음모 사건 자료, 시민들의 성명서나 선언문 및 일기, 관련 사진, 시민들의 기록과 증언, 피해자들의 병원치료 기록, 피해자 보상자료 등이 세계 기록 유산으로 등재된 것이다. 그만큼 5·18민주화운동은 우리나라를 넘어 동아시아 국가들의 민주화에도 영향을 끼친 것이다.

5·18민주화운동의 역사적 의의는 민중이 역사의 주인이라는 점을 확인시켜준 것이다. 외세가 민족의 모순을 해결시켜주는 주체가 아니라는 사실도 인식시켜주었다. 따라서 5·18민주화운동은 미완성의 항쟁이 아니라 우리에게 소중한 가르침을 준 민중항쟁이다. 김남주를 위시한 1980년대의 시문학은 그와 같은 가치를 확대하는 데 기여했다. 비록 항쟁의 폭로나 증언에 지나친 목소리를 내거나 항쟁에 참여하지 못한 죄의식을 감상성으로 나타낸 점이 있지만, 언론조차 항쟁할 수 없는 상황 속에서 시인들이 적극적으로 나선 것이다. 그런데 시간이 지나면서 5·18민주화운동의 정신이 활발하게 계승되지 못하고 있다. 항쟁의 정신이 미래로 나아가지 못하고 과거의 역사나 지역적인 역사로 정지되어 있는 것이다. 역사는 현재와 함께해야 생명력이 있는 것이다. 5·18민주화운동은 4·19혁명, 부마항쟁, 6월 항쟁 등과 역사적 궤를 같이하는 중요한 역사이다. 상업적 자본의 횡행으로 사회의 모순이 점점 심화되어 인권이 유린되고 있는 이 시대에 다시금 시인들의 역할이 기대되는 것이다.

한일 인식의 시

1.

광복 68주년이 지난 시점에서 볼 때 한일 간의 교류는 증가하고 있지만 한일 관계는 근본적으로 달라지지 않고 있다. 오히려 근래에는 양국 관계가 이전보다 소원해지고 있다. 그 이유는 무엇보다 일본의 과거사에 대한 사과와 반성이 이루어지지 않고 있기 때문이다. 일본의 총리를 비롯해 각료들이 신사 참배를 감행하고, 8·15 전몰자 추도식에서 식민지 지배와 침략 전쟁에 대한 반성을 표현하지 않고, 평화헌법을 개정해 군대 보유와 자위권 행사를 가능하게 하려는 움직임을 가시화하고 있고, 위안부 문제와 독도에 대한 망언을 일삼고 있는 등 일본의 역사 인식은 좀처럼 나아지지 않고 있다. 그리하여 한국 국민들은 일본에 대한 부정적인 인식을 심화시키고 있는데, 일본의 경우도 마찬가지이다. 일본의 보수 우익주의자들은 더 이상 한국과 경제 협력을 할 필요가 없다거나 한국 투자에서 발을 빼야 한다는 목소리를 내고 있다. 한국의 경제가 한 단계 더 성장하려면 일본의 협력이 절대적으로 필요하기 때문에 고민이 아닐 수 없다. 그렇다고 역사를 무시하고 일본의 요구대로 손을 잡을 수도 없다. 이와 같은 상황에서 문학작품을 통해 한일 인식을 살펴보는 것은 의미가 크다. 일본의 제국주의 만행을 역사적 사건을 토대로 한 문학작품으로 확인함으로써 민족의식의 필요성을 새롭게 인식할 수 있기 때문이다.

김응교는 「1923년 관동대진재, 한일 관계의 상흔」에서 김동환의 서사시『승천하는 청춘』을 통해 관동대진재(關東大震災)의 실상을 고발하고 있다. 『승천하는 청춘』은 김동환의 두 번째 서사시집으로 1925년 신문학사에서 간행되었다. 『국경의 밤』(1925.3)을 간행한 지 9개월 뒤에 나온 것으로 태양을 등진 무리, 2년 전, 눈 위에 오는 봄, 혈제장의 노래, 순정, 피리 부는 가을, 승천하는 청춘 등 총 7부로 이루어졌다.

시구문 밖 공동묘지에서 어린아이의 무덤을 찾는 한 여인의 모습으로 시작되어 일본 나라시노[習志野] 수용소로 옮겨지며 서사시가 전개된다. 폐병 환자인 청년과 그의 누이동생 그리고 그녀를 사랑하는 한 청년이 등장하는데 병든 오빠는 죽고 애인은 사상범으로 체포된다. 그녀는 오빠의 유골을 안고 고향에 돌아와 다른 사람과 결혼하지만 네 달 만에 아이를 낳음으로써 파경에 이른다. 여인은 곤궁하게 살아가며 아이를 기르다가 이전의 애인을 만나지만 아이가 죽게 되자 두 사람은 세상의 모순에 좌절해서 다른 세상을 택한다. 결국 절망과 고통 속에서 삶을 마감하는 비극적인 청춘 남녀의 모습을 통해 일제강점기의 민족적 고통을 나타내고 있는 것이다.

1923년 9월 1일 관동대지진이 일어난 뒤 조선인 학살이 이어지는데, 『승천하는 청춘』은 조선인과 중국인이 강제로 수용된 지바현의 나라시노

수용소의 이야기를 담은 것이다. 비위생적인 수용소에서 새벽이면 기상 나팔 소리에 연변장으로 뛰어나가 인원 점검을 받는 것을 시작으로 잔혹한 대우를 받고 시체 처리를 비롯해 지역의 노동 봉사에 동원되는 장면을 그린 문학적 보고서이다.

김응교는 이 글에서 관동대진재 이후 일본의 상황과 같은 국가적 폭력이 일어난 이유로 메이지 시대 이래 일본이 중국과 조선을 미개한 나라로 가르쳐온 점, 일본의 신문들이 조선의 3·1운동을 무자비한 폭동으로 보도해 일본인들에게 공포감을 심어준 점, 일본으로 건너간 조선인들이 낮은 임금으로 일을 하자 일자리를 잃은 일본 노동자들의 불만이 쌓인 점, 그리고 일본만이 세계에서 가장 뛰어난 국가라는 점을 강조한 '일본판 오리엔탈리즘' 교육으로 개인이 국가에 투신하도록 훈련된 점 등을 들고 있다. 이 글은 관동대진재가 일어난 지 90년이 되는 해에 그 실상을 문학작품의 통해 고찰하고 있다는 점에서 의의가 큰데, 다음의 언급도 중요하다.

> 이 작가들이 귀국해서 신경향파와 프롤레타리아 문학에 참여했다는 점이 중요하다. 필자가 확인해본 이기영·김동환·이상화·김용제는 관동대지진을 기점으로 그 이후 프롤레타리아 문학 운동에 참여하게 된다. 진재가 일어난 뒤 어떤 구체적인 실천의 장을 모색하게 되는 것은 일본의 1920년대 문학사도 마찬가지이다. 프롤레타리아 문학과 신감각파는 기성 문단에 대한 반항이라는 점에서는 방법을 같이하면서도, 일본의 1920년대 문학사는 저들의 교류와 배반 속에서 프롤레타리아 문학, 신감각파, 기성 문단이 정립되었던 것이다. 이후 프롤레타리아 문학이 한때 전성기를 맞았으나 계속된 탄압으로 전향 현상이 일어났고, 신감파는 기성 문단에 흡수되었던 것은 한국의 1920년대 문학사와 어느 정도 닮은 부분도 보이고 있다. 적어도 이 글에서 다룬 자료를 본다면, 관동대지진이 한국 프롤레타

리아 문학에 어떤 기폭제가 되었음을 부인할 수 없다.

— 김응교, 「1923년 관동대진재, 한일 관계의 상흔」 부분[1]

위의 글에서 관동대진재와 조선의 신경향파 문학 및 프롤레타리아 문학과의 관련성을 언급한 점은 앞으로 연구할 가치가 있다. 우리에게는 관동대진재와 같이 일제강점기 동안 당한 잔혹한 학살과 탄압의 실상을 찾아내고 고발하는 일도 필요하지만, 그에 대항했던 역사적 사실을 발굴하고 그 의미를 정립하는 일도 필요한 것이다.

문혜원은 「원폭 투하와 재일조선인의 고통의 역사」에서 고형렬의 장시집 『리틀보이』를 통해 일본의 제국주의 욕망과 자본주의가 작용한 미국의 정치 이데올로기가 충돌한 원자폭탄 투하 사건을 고찰하고 있다. 핵으로 인한 참상의 모습을 통해 반핵과 반전의 메시를 전달하면서 일제강점기의 수탈과 유린의 역사를 조명하고 있는 것이다.

우리는 만족스럽게 만들어졌다.
나를 비롯하여, 7월 16일 월요일
제일 먼저 미국에서 죽은 형과
내가 죽은 지 사흘 뒤 나가사키에서
나를 따라 죽은 뚱뚱이
우리 삼형제는 미국의 팡파레
미국의 삼중창이었다,

— 고형렬, 「리틀 보이」 부분[2]

---

1   『시와시』 제16호, 2013년 가을호, 40쪽.
2   고형렬, 『리틀보이』, 넥서스, 1995, 11쪽.

문혜원은 위의 작품에서 원자폭탄을 개발한 주체가 미국이고 그들의 정치적 이해관계에 의해 핵이 개발되었음을 다음과 같이 간파하고 있다. "핵 개발은 모르건과 록펠러 같은 미국의 거대한 독점 자본체의 이익이 더해진 것이기도 했다. 미국은 1950년대 원폭 생산을 위해 236억 달러를 예산에 할당했고, 당시 재무부 장관인 존 스나이더는 모르건 사람으로서 퍼스트 내셔널리티 뱅크 부은행장이었다. 결국 원폭 투하는 일본의 제국주의적인 욕망과 미국의 정치적 이데올로기, 자본주의적인 경제 논리가 복합적으로 작용하여 만들어진 결과인 것이다."[3] 이와 같은 진단은 우리의 역사가 제국주의와의 투쟁사라는 점을 확인시켜준다. 일제강점기에는 일본에 대항했고, 해방 후에는 미국과 소련의 지배에 대항한 역사라고 볼 수 있는 것이다. 이와 같은 점에서 미국의 원자폭탄 투하는 일본의 파멸과 조선의 해방 차원을 넘는 인류의 대재앙을 가져온 것이지만, 일본의 제국주의 정책으로 인해 희생당한 조선인의 실상을 새롭게 조명해보는 기회를 제공해준다.

1945년 8월 6일 제2차 세계대전이 끝나갈 무렵 일본의 히로시마에 첫 원자폭탄이 투하되었다. 미국은 포츠담선언에서 일본에 무조건 항복하라고 요구했으나 거절하자 해리 S. 투루먼 대통령의 명령으로 원자폭탄 리틀 보이(Little boy)를 투하했고, 사흘 뒤인 8월 9일 팻맨(Fat man)을 나가사키에 투하했다. 그 결과 8월 15일 일본은 연합군에 무조건 항복 선언을 했고, 9월 2일 항복 문서에 서명하면서 공식적으로 제2차 세계대전은 막을 내렸다. 그렇지만 인류사 최초로 투하된 원자폭탄으로 인해 70만 명

---

3 『시와시』 제16호, 2013년 가을호, 43~44쪽.

에 이르는 시민들이 사망하거나 다치는 대재앙을 가져왔다.

그런데 이 사건에서 관심 깊게 봐야 할 면은 피해자의 10%가 넘는 인원이 재일 조선인이라는 사실이다. 그들 대부분은 일제에 의해 강제로 징용당하거나 가혹한 수탈을 견디지 못하고 조국을 떠난 이들이었다. 위안부로 끌려가 일본 군인들에게 혹독하게 유린당한 조선의 여성들도 상당했다. "석탄광산에 60만이요, 군수공장에 40만/토건에 30만이요, 금속광산에 15만/항만운수에 5만, 총 150여 만 명이나/팔도에서 일본으로 강제 동원된 조선 장정들"(『리틀보이』, 42쪽)이 원자 폭탄 투하에 대거 희생된 것이다. 그런데도 그들을 위로하고 보상하는 역사는 아직까지 마련되지 않고 있다. 따라서 피해자들의 실상을 정확하게 찾아내고 국가적 차원에서 보상하는 길을 마련해야 할 것이다. 이와 같은 차원에서 일본이 제국주의 침략을 본격화하기 시작한 을사늑약을 그린 이기형의 「해연이 날아온다」는 다시 읽을 필요가 있다.

> 한과 눈물로 살거냐
> 긴긴 세월을 허탕 치고도 못 말려
> 달구벌 멋은 잦아들고
> 만경벌 흥은 사위어가고
> 퍼지는 영어 열풍 어디로 가나
> 불야성 저 광란하는 나체춤의 의미는 뭐냐
> 나운규는 아리랑고개를 울고 넘었건만
> 분단고개를 울고 넘는 사람은 없다
> 국록 먹는 어른들은 말잔치로 밤을 지새우고
> 청바지들은 할아버지가 울고 넘은 박달재를
> 촐랑대며 넘는다
> 가쓰라 · 태프트와 을사오적의 후예들은

맥아더 동상을 사수하며 분단선에 쇠말뚝을 박는다
망국의 치욕 을사늑약 백 년에도 정신을 못 차려
고구려 넋은 어디로 갔나
백두산 신단수 큰할아버님이 내려다보신다
선열들의 피맺힌 목소리가 들린다
슬픈 사연 하도 많아 누선도 말랐느니
피 마르는 지겨움 가슴이 빠개진다
임 따라 어라연엘 가랴
임 맞으러 삼지연엘 가랴
지는 해야 빨리 져다오
솟는 해야 퍼뜩 솟아주렴
폭풍우 천 길 만파를 뚫고
바다제비 날아온다
해연(海燕)이 날아온다

—이기형, 「해연이 날아온다−을사늑약 백 년, 고리키의 「해연」을 보고」 전문

"을사늑약"이 체결된 지 백 년이 넘었지만, "맥아더 동상을 사수하며 분단선에 쇠말뚝을 박는" 오늘의 상황을 "퍼지는 영어 열풍"이며 "불야성 저 광란하는 나체춤" 등으로 신랄하게 비판하고 있다. 우리의 분단은 단순히 남북한의 이념 대립에서 발생된 것이 아니라 제국주의 국가들의 침략 전쟁 차원으로 보아야 한다는 것으로, "을사늑약"까지 거슬러 올라가고 있는 것이다. 그러면서 "폭풍우 천 길 만파를 뚫고/바다제비 날아온다"고 우리의 분단 극복을 민중의 차원에서 희망하고 있다. 1901년에 발표된 막심 고리키의 산문시 「해연의 노래」는 폭풍을 예고하는 해연(바다제비)을 노래한 것으로 프롤레타리아 혁명의 횃불이 되었듯이 오랫동안 가로막고 있는 분단선을 민중들이 무너뜨릴 것을 희망하고 있는 것이다. 따라서 "을사늑약" 같은 치욕으로 인한 "선열들의 피맺힌 목소리"를 잊지

말고 분단 극복의 동기로 삼을 필요가 있는 것이다.

을사조약 또는 을사보호조약이라고 불리는 을사늑약(乙巳勒約)은 1905년 11월 17일 한국과 일본 간에 체결된 불평등한 조약이다. 체결 당시의 공식 명칭은 '한일협상조약'이었는데, 일본은 제2차 일한협약 또는 을사협약이라고 부른다. 한국의 일부 사학자들은 을사년에 일본에 의해 강제로 맺은 조약이기 때문에 을사늑약이라고 부른다.

일본은 러시아에 대한 선전포고를 하기에 앞서 한국을 지배할 것을 결정하고 있었다. 청일전쟁에서 승리한 일본은 한국을 독점하려고 했지만 러시아의 간섭에 의해 저지되자 조선에서의 경제적 지배권을 바탕으로 러시아와의 전쟁을 수행하기 위해 군비 확장에 나섰다. 한국은 일본과 러시아 간의 전운이 감돌자 중립 선언을 열국에 통고했지만, 일본은 무시하고 인천항에 정박 중인 러시아 함대를 격침시킨 다음 1904년 2월 10일 선전포를 감행하고 서울로 진주했다. 그리고 공수동맹의 성격을 띤 '한일의정서'를 체결하고, 병력과 군수품 수송을 위한 경부선 경의선 철도 건설을 서둘렀으며, 조선의 통신사업을 강점했다. 일본은 압록강을 건너 구연성과 봉황성을 함락시킨 여세를 몰아 러시아를 격침시켜 나갔고, 러시아는 제1차 러시아 혁명의 발발로 더 이상 전쟁을 지속할 수 없게 되자 미국 루스벨트 대통령의 권고를 수락해 1905년 9월 5일 미국 뉴햄프셔 주에 있는 군항 동시 포츠머스(Portsmouth)에서 강화조약을 체결했다. 이 조약으로 미국 및 영국뿐만 아니라 러시아도 한국에 대한 일본의 지도 보호 감리권을 승인해 사실상 한국은 일본의 식민지로 들어서게 되었다. 러일전쟁에서 승리한 일본은 1905년 7월 일본의 수상인 가쓰라[桂太郞]와 미국의 육군장관인 태프트 간의 밀약으로 미국으로부터 한국의 보호권을 인정받았고(일본은 미국의 필리핀 지배 인정), 8월에는 제2

차 영일동맹조약으로 영국으로부터 한국의 종주권 및 보호권을 인정받은(일본은 영국의 인도 지배 인정) 상태였다.

일본은 이와 같은 외교적인 지배 이전부터 한국에 보호조약을 강요했다. 한일의정서를 강압적으로 체결해 내정간섭의 길을 연 다음부터 시행 세칙을 내세워 군사행동과 토지의 점령 등을 자의적으로 단행했고, 1904년 8월 22일에는 '한일 외국인 고문 초빙에 관한 협정서'(제1차 한일협약)를 체결하고 군사 재정 외교 고문을 파견했다. 이와 같은 정지 작업을 진행한 일본은 러일전쟁에서 승리한 여세를 몰아 1905년 11월 이토 히로부미(伊藤博文)를 한국에 파견하면서 보호조약 강요를 본격화했다. 일본의 특명 전권 대사 자격으로 서울에 온 이토 히로부미는 고종을 위협해 한일협약안을 제시하면서 조약 체결을 강압적으로 요구했다. 그렇지만 고종이 계속 거부하자 전략을 바꾸어 조정 대신들을 위협 내지 매수했다. 그 결과 각료 8대신 가운데 참정대신 한규설, 탁지부대신 민영기, 법부대신 이하영을 제외하고 학부대신 이완용, 군부대신 이근택, 내부대신 이지용, 외부대신 박제순, 농상공부대신 권중현의 찬의를 얻어내었다. (찬성한 이들을 을사오적이고 한다.) 그리하여 마침내 일본은 한일협상조약을 체결한 것이다.

을사늑약 주요 내용은 "제1조 일본국 정부는 재동경 외무성을 경유하여 한국의 외국에 대한 관계 및 사무를 감리, 지휘하며, 일본국의 외교 대표자 및 영사가 외국에 재류하는 한국인과 이익을 보호한다. 제2조 일본국 정부는 한국과 타국 사이에 현존하는 조약의 실행을 완수하고 한국 정부는 일본국 정부의 중개를 거치지 않고 국제적 성질을 가진 조약을 절대로 맺을 수 없다. 제3조 일본국 정부는 한국 황제의 궐하에 1명의 통감을 두어 외교에 관한 사항을 관리하고 한국 황제를 친히 만날 권리를 갖고, 일본국 정부는 한국의 각 개항장과 필요한 지역에 이사관을 둘 권리를 갖고, 이사관은 통감의 지휘하에 종래 재한국 일본 영사에게 속하던 일체의 직권을 집행하고 협약의 실행에 필요한 일체의 사무를 맡는다. 제4조 일본국과 한국 사이의 조약 및 약속은 본 협약에 저촉되지 않는 한 그 효력이 계속된다."[4] 등으로 실로 불평등한 것이었다. 을사늑약의 체결로 한국에는 통감부가 설치되었고 초대 통감으로 이토 히로부미가 취임하였다. 일본의 한국 식민지화 정책이 실로 본격화된 것이었다.

2.

김태선의 「두 나라 사이에서―1990년대 이후 현대시에 나타난 한일 인식」은 최근의 현대시를 통해 한일 인식을 살펴본 글이다. 최근의 한일관계는 역사와 정치적인 문제에 대해서는 여전히 적대적인 모습을 보이지만, 다른 분야에 대해서는 다소 호의적인 태도를 보인다는 판단으로 사이토우 마리코, 이승원, 성기완, 서정학, 주하림, 황병승 등 젊은 시인들의 시 세계를 살펴보고 있다.

1990년대 이후 발표된 현대시에서 일본적인 것들이 사용된 것들을 하나의 주제로 통합하면 다음과 같이 이야기할 수 있다. 한국과 일본은 역사나 문화적으로 상당히 이질적인 요소들이 많지만, 그럼에도 가까운 점이 있다. 이러한 친근함이 시인들로 하여금 일본에 대한 관심을 불러일으킨다. 다르면서도 같은 것에 대한 관심. 최근 젊은이들 사이에서 쓰이는 신조어 중 '오덕'과 '덕후'라는 표현이 있다. 일본어 '오타쿠'를 우리식으로 변형

---

4   http://100.daum.net/encyclopedia/view/63XX66000093

한 말이다. 일본의 오타쿠 문화가 이미 우리 사회에 뿌리 깊게 정착되어 용어마저 우리식으로 전환된 것이다.

— 김태선의 「두 나라 사이에서 – 1990년대 이후 현대시에
나타난 한일 인식」 부분[5]

　　"오타쿠"(おたく)는 애니메이션이나 게임 등 특정한 분야에 깊은 취미를 가진 사람을 일컫는다. 한 가지 일에 몰두하는 사람을, 단순한 팬이나 마니아 수준을 넘어선 특정 분야의 전문가를 의미하는 것이다. "오타쿠"는 상대방 혹은 제 삼자를 높여 부르는 말인 '귀댁'에서 유래했는데, 같은 취미를 가진 사람들이 동호회에서 만나 서로 예의를 지키고 존중하며 쓴 것이었다. 가령 "오타쿠(귀댁)는 어떤 스피커를 사용하십니까"와 같이 사용한 것이다. 그렇지만 현재는 자신의 관심 분야를 제외한 다른 분야의 지식이 부족하고 사교성이 부족한 인물이라는 부정적인 의미로 쓰이고 있다. 1989년 자신의 성적 만족을 위해 4명의 유아를 살인한 미야자키 쓰토무의 방안에는 비디오테이프와 만화가 가득했는데, 그가 속한 비디오 동호인회 멤버들이 서로 오타쿠라고 부르는 것이 밝혀지면서 더욱 부정적인 용어가 되었다. 어둡고 음습한 분위기의 청소년, 가치 없는 일에 몰두하는 사람을 지칭하는 것이다. 그 "오타쿠"라는 말이 한국에 들어와 "오덕후"(줄여서 "덕후")가 되었는데, 초기에는 애니메이션광을 비하하는 말로 쓰이다가 최근에는 '살찌고 게을러 보이는 외모'를 빗댄 말로 쓰이고 있다.

　　이와 같은 문화 교류는 역사의식까지 반영된 것이기에 주목된다. 일본

5　『시와시』 제16호, 2013년 가을호, 67~68쪽.

은 한국에 대한 역사적 문제를 청산한 것으로 생각하고 있겠지만, 한국은 그렇지 않다고 생각하는 경향이 지배적이다. 일본이 역사적 문제에 대해 진정한 사과와 반성을 하지 않았으며 충분한 보상도 하지 않았다고 생각하는 것이다. 그런데 한국인들 중에는 이와 달리 생각하는 층이 늘고 있다. 즉 일본이 한국에 대해 역사적 보상을 어느 정도 했다고 생각하거나, 보상이 충분히 이루어지지 않았다고 하더라도 이 즈음에서 포기하는 것이 미래 지향적이라고 생각하거나, 역사의 문제와 달리 다른 분야는 적극적으로 교류하고 협력하는 것이 필요하다고 생각하거나, 심지어 일본을 과거의 역사 문제로 배척할 것이 아니라 적극적으로 배워야 할 대상으로 생각하는 사람들이 늘고 있는 것이다.

우리는 이와 같은 면을 무라카미 하루키의 열풍에서 확인할 수 있다. 하루키의 신작 소설『색채가 없는 다자키 쓰쿠루와 그가 순례를 떠난 해』를 출간하기 위해 한국의 출판사가 선인세로 16억 이상을 지불했다는 사실은(실제로 24억을 지불했다는 소문이다) 씁쓸하기가 그지없다. 그 정도의 거액을 지불하고도 장사가 될 수 있기에 투기를 했겠지만, 그것이 단순히 경영 차원만의 문제가 아니기에 씁쓸한 것이다. 출판사는 거액의 선인세를 일본의 출판사에 지불하고, 독자는 하루키 열풍을 자제하지 못하고 경외심으로 읽고, 저널들은 그와 같은 현상을 부추기는 것이 오늘의 상황이다. 이제(특히 젊은이들 사이에서) 한일관계의 역사성을 운운하는 것은 식상하고 고리타분한 것이 될 정도이다.

이와 같은 상황은 1998년 10월 8일 동경에서 가진 '21세기의 새로운 한일 파트너십 공동선언'이 결정적인 영향을 주었다고 볼 수 있다. 김대중 대통령과 오부치 케이조 총리는 과거의 양국 관계를 돌아보고 우호 협력 관계를 확인하면서 미래의 바람직한 관계를 위해 '21세기의 새로운 한일

파트너십 공동선언'을 발표하였다. 양국 간의 불행한 역사를 극복하고 미래 지향적인 관계로 발전시키기 위해 자유민주주의와 시장경제라는 보편적 이념에 입각한 정치, 경제, 문화, 인적 관계의 광범위한 교류를 합의한 것이다. 그와 같은 차원에서 김대중 대통령은 한국 내에 일본 문화를 개방해 나가겠다고 알렸다. 그동안 문화의 많은 부분이 통제되었는데, 이 선언을 계기로 일본 문화가 한국에 점진적으로 들어오게 되어 오늘에 이른 것이다. 일본 문화의 개방이 예상한 것에 비해서는 충격이 크지 않고, 반면에 '한류'가 유행하고 있는 데서 볼 수 있듯이 한일 간 문화교류는 대등하게 진행되고 있는 것처럼 보인다. 그렇지만 지금까지의 진행이 전부라고 말할 수는 없다. 하루키의 열풍에서 볼 수 있듯이 일본 문화의 영향력은 결코 만만하지 않다. 그리고 일본에 대한 역사의식을 완화시키는 역할을 하고 있기에 경계할 필요가 있다. 따라서 한일 관계를 새롭게 인식하고 주도해갈 수 있는 방안을 민족의식의 차원에서 모색할 필요가 있는 것이다.

3.

일본이 역사적 반성을 하지 않는 점이나 우리 스스로 역사의식이 약화되어 가는 점을 경계하는 일은 중요하지만, 다른 한편으로는 역사의식을 만들어가는 사람을 찾아내는 일도 중요하다. 그와 같은 예를 현선윤(玄善允)의 경우에서 볼 수 있다. 현선윤은 1950년 오사카에서 재일 조선인 2세로 태어났다. 오사카대학 및 오사카시립대학 대학원에서 불어불문학을 공부하고 현재 오사카경제법과대학 아시아연구소에 근무하며 교토, 오사카, 고베 등의 여러 대학에서 강의하고 있다. 그는 산문집『어머니와 자전거-자이니치의 삶과 언어』에서 재일 조선인 2세로서 겪어야 했던 민족적 차별을 호칭 등의 어휘 사용의 문제를 중점으로 살피면서 극복하는 모습을 보여주고 있다.

> 처음으로 직접 아버지, 어머니라고 불러봤을 때는 양쪽 다 낯간지러움을 숨길 수 없었다. 이쪽은 이쪽대로 용의주도하게 준비를 했는데도 막상 말하려 하니 어색하고 목소리가 갈라졌다. 눈을 치뜨고 반응을 살폈다. 상대도 마찬가지였다. 아무렇지도 않게 받아들이려 애쓴다는 것을 알 수 있었다. 눈동자가 뱅그르르 돌고 놀라움과 당혹함의 눈빛이 보였다. 나보다 더 부끄러워하는 것 같았다. 그래서 결국 할 말을 못하고, "헤헤헤" 하고 도망쳐 버렸다. 그렇지만 등 뒤로 따뜻한 시선이 느껴져 행복했다. 이것으로 이제 어엿한 조선인이 되었구나, 하는 참으로 손쉬운 민족의식이 느껴졌다.
>
> 온 몸뚱이가 이 사회에 포박당해 있으면서도 한편으로 언제 거기서부터 배척당할지 모른다는 불안에 떠는 나. 그런 자신의 상징으로 아버지라고 불리기를 원했던 것은 아니었을까? 뭔가에 뿌리내리는 것을 편집적으로 추구하면서도 그 어디에도 뿌리내리지 못하는 나. 그런 존재야말로 뿌리는 있지만 왠지 정체를 알 수 없으며 의탁할 곳 없고 고립된 말인 '아버지'라고 불리기에 적합하다.
>
> — 현선윤, 「오토짱과 아버지」 부분[6]

일본에서는 아버지를 '오토오짱'이라고 부르고 어머니를 '오카아짱'이라고 불렀는데, 최근에는 그런 호칭을 듣는 일이 드물다. 한때 '토오짱' '카아짱'이라고 불리던 것도 시들해져 '오토오상' '오카아상'이 널리 사용

6 현선윤, 『어머니와 자전거-자이니치의 삶과 언어』, 푸른사상사, 2015, 156~171쪽.

된다. 마치 외래 문물을 중시하던 시대를 지나 복고풍이 부는 것과 같은 상황이다. 그런데 화자는 재일 조선인 2세로서 집안에서 아버지 어머니를 '오토짱' '오카짱'으로 불러왔다. 뒤의 '오'와 '아'를 빼먹은 호칭으로 일본인들의 발음과는 다른 조선인들만의 호칭이었다. 학력이 낮고 가난한 조선인 아버지 어머니들이 정확하게 발음하지 못한 것이었는데, 자식들도 자연히 따라 부른 것이다. 따라서 '오토짱' '오카짱'은 일종의 조선어였다. 이 조선어라는 말은 조선인만이 사용한다는 의미를 지니는 동시에 일본 사회에서는 불이익이나 창피한 느낌을 받게 되므로 사용을 삼간다는 의미를 담고 있다. 따라서 진학과 진급을 하면서 일본인 아이들과 교제가 늘게 되므로, 스스로를 일본인 아이인 것처럼 가장하면서 적응하는 시기이므로, 조선어인 '오토짱' '오카짱'은 성가신 것이었다. 뿐만 아니라 일정한 연령에 이르러서는 유아어를 버리고 어른이 사용해야 할 호칭으로 바꾸어야 하는데, 그것 역시 어려웠다. 일본인들은 아버지 어머니를 '오야지' '오후쿠로'로 바꾸는데, 그러한 문화에 익숙하지 않은 재일 조선인 2세는 힘들 수밖에 없는 것이었다. 그러다가 화자는 대학에 들어가면서 민족에 눈을 뜨고 민족의식을 실천해야 한다는 의무감을 갖게 되었다. 그리하여 일상생활에서 민족성을 회복하는 상징성으로 '오토짱' '오카짱'을 "아버지" "어머니"로 바꿔 부른 것이다. 그리하여 다음과 같은 역사의식을 갖게 된 것이다.

내가 억지스런 콤플렉스를 품었던 것은 재일 조선인이었기 때문이다. 재일 조선인이 그런 상황을 강요당한 것은 일본의 역사와 사회, 그리고 뼛속까지 식민지 근성에 중독된 매국 정치가와 자본가 때문이다. 내가 진짜 인간, 즉 '진짜 조선인'이 되기 위해 내세우는 필수 조건이 두 가지 있다. 우선은 잘못된 일본 사회에 맞설 것. 그리고 조국에서 민주 독립을 위해

시와 정치

싸우는 민중과 지식인들의 전열에 가담할 것, 즉 '진정한 민족사'에 참여하는 것이다. 이와 같은 이치에 편승하여 내 정신적 고향은 역사적 투쟁이 한창인 조국이어야 했고 나를 지배하는 것은 서울의 반체제 지식인과 그들을 뒤따르는 순수한 민중이어야 한다는 당위의 논리였다. 얼굴 없는 인간들이 영위하는, 생활이 빠진 역사가 소위 나의 정신적인 고향이 된 것이다.

— 현선윤, 「시골과 고향」 부분[7]

　재일 조선인은 조국에서 바라보면 변경 중의 한 대상이다. 변경은 중심에 흡입되는 존재로 기본적으로 그들의 시선은 중심으로 향하고 있다. 그 중심의 한 곳이 분명 조국이다. 또한 재일 조선인은 일본에서도 변경에 위치한다. 일본은 물리적인 거리로 보았을 때 가장 가까운 중심이다. 그렇지만 중심으로부터 쉽게 인정받지 못하고 외면당하기 일쑤이다. 따라서 또 다른 중심으로, 즉 조국으로 눈길을 돌린다. 그리하여 오랫동안 동경해온 조국에 들어온다. 그렇지만 기대했던 것과는 달리 무관심과 냉담함을 받아 배신감 같은 것을 느낀다. 애정에서 오는 증오와 경멸감도 생긴다. 화자의 아버지가 그랬다. 아버지가 찾아간 조국은 아버지를 타인으로 취급했다. 군부의 권위주의적 통치가 만들어낸 제도의 잔재며 그것을 보완하는 암묵의 논리와 인정이 뒤얽힌 세계여서 결국 거절당했다는 서운함을 가졌다. 그런데도 아버지는 자신이 죽으면 무덤을 어떻든지 간에 고향에 만들어달라고 자식들에게 명령했다. 화자는 아버지의 그 모순된 모습에서 역사와 사회의 난해함을 깨닫고, 결국 주체적으로 재일 조선인의 콤플렉스를 극복한 것이다. 을사늑약이 체결된 지 백 년이 넘

7　위의 책, 189쪽.

는 역사의 땅에서 살아가는 우리가 추구해야 할 한일 인식의 좋은 본보기가 아닐 수 없다.

무심천의 시학

— 전병호의 『금왕을 찾아가며』론

1.

　전병호 시인의 시 세계에서 '무심천'은 작품의 토대이자 궁극적으로 지향하는 이상향이다. 시인의 정체성을 확립하고 사회적 존재로서 추구하는 삶의 가치를 실현하는 장소인 것이다. 그리하여 무심천은 "청원군 낭성면 추정리와 가덕면 한계리, 내암리 일대에서 물줄기가 시작되어 남서쪽으로 흐르다가 가덕면 서부에서 북서쪽으로 방향을 바꾸어 청주 시가지 중심부를 지나 청원군 강서면과 북일면의 경계를 이루면서 까치내에서 금강의 지류인 미호천과 합류하"[1]는 하천이라는 영역을 넘어 시인의 근거지가 된다.

　시인이 무심천에 동화하는 것은 실존의식으로 볼 수 있다. 자신이 태어나고 자란 고향에서 바람직한 삶의 가치를 인식하고 추구하는 것이

---

[1]　국립청주박물관 편, 『무심천 사람들』, 통천문화사, 2006, 10쪽.

다. 따라서 적극적이고 능동적인 세계 인식에 의해 무심천은 단순한 공간(space)에서 친밀한 장소(place)로 전환된다. "공간은 장소보다 추상적이다. 무차별적인 공간에서 출발하여 우리가 공간을 더 잘 알게 되고 공간에 가치를 부여하게 됨에 따라 공간은 장소가"[2] 되는 것이다.

그리하여 시인의 무심천은 충북 음성군 금왕읍, 충북 영동군 황간면 노근리, 경기도 안성시 서운면 청룡리, 충북 음성군 대소면 태생리, 충북 음성군 음성읍 감우리 등으로 확대된다. 강원도 설악산의 대청봉이며 철원의 도피안사, 독도, 전남 장흥의 회령포, 제주도 애월, 경기도 파주시 적성면 적암리 등으로도 확대된다. 개인적인 차원을 넘어 사회적이고 역사적인 장소가 되는 것이다.

> 무심천 둑길 멀리
> 내 슬픈 젊은 날의 뒷모습이 보인다
> 바지 주머니에 두 손 찔러 넣은 채
> 둑길을 따라 흘러가는 냇물은
> 정말 바다에 가 닿을 수 있을까
> 떠나가 길을 잃을 때마다
> 다시 돌아와 걸어보는 무심천 둑길
> 오늘에야 비로소 나는 본다
> 지친 내가 돌아와
> 남모르게 눈물 떨구고 간 자리마다
> 풀꽃 한 무더기씩 피어나고
> 그 풀꽃 사이로
> 멈춘 듯 흘러가는 무심천
> 마침내 제 스스로 깊어지면서

---

2 이-푸 투안, 구동회·심승희 옮김, 『공간과 장소』, 대윤, 2011, 19쪽.

꽃물 곱게 드는 것을
하늘과 맞닿은 하류쯤
강을 만나 바다로 흐르는 것일까
갈대 흐드러진 모래톱 위로
날개 흰 새 몇 마리 날아오른다

　　　　　　　　　　　　　　　　—「무심천」 전문

　위의 작품의 화자는 "무심천 둑길 멀리" 걸어가는 자신의 "슬픈 젊은 날의 뒷모습"을 바라보다가 "바지 주머니에 두 손 찔러 넣은 채/둑길을 따라 흘러가는 냇물"이 본인과 닮았음을 발견한다. 그리하여 "정말 바다에 가 닿을 수 있을까" 하고 자문한다. 더 넓은 세상으로 나아가고자 했으나 그 뜻을 이룰 수 없었음을 고백하는 것이다. 화자가 이루고자 한 꿈은 사회적인 존재로서 얻으려고 한 것들로 볼 수 있지만, 객지에 동화하려는 것으로도 볼 수 있다. 자신이 살아가는 터전에 뿌리 내리려고 했던 것이다. 그렇지만 "떠나가 길을 잃을 때"가 많았다는 토로에서 볼 수 있듯이 그것이 결코 쉽지 않았다. 그리하여 "다시 돌아와 걸어보는 무심천 둑길/오늘에야 비로소 나는 본다"라고 노래한다. "지친 내가 돌아와/남모르게 눈물 떨구고 간 자리마다/풀꽃 한 무더기씩 피어나"는 세상을 발견한 것이다.

　이와 같이 "무심천"은 지치고 힘든 화자를 어머니의 품처럼 받아들인다. 그리하여 화자는 새로운 희망이 피어나는 기운을 느낀다. 그렇지만 "무심천"은 어떤 내색도 하지 않고 무심하게 흐른다. 삶의 역정을 품고 그저 "멈춘 듯 흘러"갈 뿐이다. "제 스스로 깊어지면서/꽃물 곱게" 들면서 "강을 만나 바다로 흐르"고 있는 것이다. 이처럼 "무심천"은 화자와 고향 사람들에게 삶의 구심점 역할을 하고 있다. 전체 길이 34.5킬로미터나 되고 유역 면적이 청주시 전체 면적의 절반에 이르기 때문에 삶의 터전을 형성하는 것이다. "선사시대부터 청주 사람은 무심천 물을 마시고 무심천 물로 농사를 지으며 삶을 영위하였다. …(중략)… 무심천은 예나 지금이나 무심한 듯 변함없이 흐르며 청주의 젖줄 역할을 하고 앞으로도 그럴 것이다."[3] 화자는 그 "무심천"을 따라가며 자신의 가족이며 이웃이며 역사며 운명을 품는 것이다.

2.

내가 너만 할 때는 쌀 두 말 지고도 거뜬히 넘었단다.
쌀 한 말 등짐에도 숨이 차 주저앉은 고갯마루에서
안쓰러운 눈빛으로 나를 보며 들려주시던 말씀
아버지도 조용히 숨을 몰아쉬고 계셨다.
장리쌀 얻어오는 할아버지 고향 낭성면 무성리를 바라보며
진한 시장기를 바람에 실려보냈다.

오늘 내 어린것을 데리고 상봉고개에 올랐다.
나 어릴 때는 쌀 한 말 지고도 거뜬히 넘었단다.
숨을 몰아쉬는 어린것의 손을 놓으면서
처음으로 강한 아버지가 되어 들려준 말
아들은 알게 될까
내가 애써 가르쳐주려는 배고픔의 의미를.

고갯마루 바위에 앉아 잠시 쉬고 있을 때

---

3 박상일, 「무심천 남석교와 청주읍성」, 위의 책, 220~221쪽.

굴참나무 가지 아래 고갯길로
그 옛날 아버지가 산을 지고 올라오는 것이 보였다.
아버지의 뒤를 따라 내가 올라오고
내 뒤를 따라 내 어린것이
숨을 몰아쉬며 산을 지고 오르는 것이 보였다.
바람이 쉴새없이 불어와 이마의 땀을 씻어주고 있다.

　　　　　　　　　　　　　　　　　　— 「상봉고개에서」 전문

　작품의 화자가 삶의 터전으로 노래하는 무심천은 "할아버지 고향 낭성
면 무성리"에 있는 "상봉고개"로 확대된다. 그 고개에서 "내가 너만 할 때
는 쌀 두 말 지고도 거뜬히 넘었단다"라고 하시는 "아버지"의 말씀을 듣
는다. 그런데 당신의 반밖에 안 되는 "쌀 한 말 등짐에도 숨이 차 주저앉
은" 아들에게 힘을 내라고 하시는 "아버지도 조용히 숨을 몰아쉬고 계"신
다. 당신이라고 힘들지 않을 수 없기에 정신력으로 감당해내는 것이다.
그리하여 화자는 "장리쌀 얻어오는 할아버지 고향 낭성면 무성리를 바라
보며/진한 시장기를 바람에 실려보"낸다. "아버지"의 사랑을 가슴에 품고
자신의 슬픔이며 안타까움이며 가난을 날려보내는 것이다.
　화자는 "아버지"를 대신해 "오늘 내 어린것을 데리고 상봉고개"에 오른
다. "나 어릴 때는 쌀 한 말 지고도 거뜬히 넘었단다"라는 말을 "그 옛날
아버지"처럼 자식에게 전한다. "숨을 몰아쉬는 어린것의 손을 놓으면서/
처음으로 강한 아버지가 되어 들려"주는 것이다. 그렇지만 "아들은 알게
될까/내가 애써 가르쳐주려는 배고픔의 의미를"이라고 토로하듯이 화자
는 자신의 말의 효과를 기대하지 않는다. 그만큼 살아가는 환경이 크게
변했음을 인정하는 것이다. 국가가 경제적으로 발전하면서 개개인의 삶
은 풍요로워졌고, 노동시장이 1차 산업에서 3차 산업으로 바뀌면서 사회

의 문화며 정신 가치가 크게 바뀐 것이다.

그렇지만 화자는 가난했던 자신의 시간은 잊을 수 없고 잊어서도 안된다고 생각한다. "배고픔"이 자신의 정체성을 형성하는 근간인 것은 물론 앞으로의 삶에서 나침반이 된다고 여기는 것이다. 그리하여 "고갯마루 바위에 앉아 잠시 쉬고 있을 때/굴참나무 가지 아래 고갯길로/그 옛날 아버지가 산을 지고 올라오는 것"을 바라본다. "아버지의 뒤를 따라 내가 올라오고/내 뒤를 따라 내 어린것이/숨을 몰아쉬며 산을 지고 오르는 것"도 바라본다. 결국 무심천에서 온몸으로 살아온 "아버지"의 삶과 함께하려는 것이다.

1

막냇동생마저 입대하자 텅 비어 더 큰 집에 홀로 남은 어머니는 바닷가 고향 마을로 돌아가고 싶다고 입버릇처럼 말씀하셨다 일 년이면 한두 번 명절 때라도 온 가족이 한 자리에 모여야 한다고 말씀하시던 어머니, 누구든지 하나는 집을 지켜야 한다고 말씀하시던 어머니는 끝내 무슨 생각 하셨을까 둘째는 수도원으로 간 뒤 소식 끊기고 나도 직장 때문에 객지로만 떠돈 지 어언 십여 년 문득 못 견디게 그리워져 달려가도 낯익은 얼굴 하나 만날 수 없는 고향에는 낯선 사람들이 몰려와서 길을 내고 새 집을 짓고 살고 있다.

2

교회 옆에 조그만 방 하나 얻어 당신보다 더 불행한 사람 위해 여생을 바치겠다는 어머니는 지금 어머니의 고향에 계시지만 아침저녁으로 온 가족이 밥상에 둘러앉아 허허하하호호 김이 모락모락 피어오르는 행복을 은수저로 한 숟가락씩 떠 넣고 떠 넣어주던 우리의 고향은 그 어디에도 남아 있지 않았다 휴가를 나와도 머물 곳이 없어 어머니께 달려갔다가 다시 나에게 달려온 막내의 기진한 잠 속에도 우리의 고향은 남아 있지 않았다.

— 「민들레 씨」 전문

　　　　　　　　　　　　　　　　　　　　　　시와 정치

위의 작품의 화자에게 "고향"은 존재하지만 낯설기만 하다. "어머니"가 "고향"을 지키고 있지만 가족이 해체된 상황이어서 온기를 느끼지 못하는 것이다. "막냇동생마저 입대하자 텅 비어 더 큰 집에 홀로 남은 어머니는 바닷가 고향 마을로 돌아가고 싶다고 입버릇처럼 말씀하"셨다. 또한 "일 년이면 한두 번 명절 때라도 온 가족이 한자리에 모여야 한다고", "누구든지 하나는 집을 지켜야 한다고 말씀하"셨다. 그만큼 "어머니"는 남편이 세상을 뜨고 자식들이 곁을 떠난 집에서 사는 것을 외로워했다.

"어머니는 끝내 무슨 생각하셨"는지 이사를 했다. "교회 옆에 조그만 방 하나 얻어 당신보다 더 불행한 사람 위해 여생을 바치겠다"고 삶의 터전을 옮긴 것이다. 다른 사람을 도와주려는 선한 마음이 있었기 때문이지만, 식구들이 없는 집에서 살아가기가 힘들었기 때문이기도 하다.

"어머니는 지금 어머니의 고향에 계시지만 아침저녁으로 온 가족이 밥상에 둘러앉아 허허하하호호 김이 모락모락 피어오르는 행복을 은수저로 한 숟가락씩 떠 넣고 떠 넣어주던" "고향은 그 어디에도 남아 있지 않"다. "둘째는 수도원으로 간 뒤 소식 끊기고 나도 직장 때문에 객지로만 떠돈 지 어언 십여 년 문득 못 견디게 그리워져 달려가도 낯익은 얼굴 하나 만날 수 없"다. "휴가를 나와도 머물 곳이 없어 어머니께 달려갔다가 다시 나에게 달려온 막내의 기진한 잠 속에도" "고향은 남아 있지 않"은 것이다.

> 이 비 그치면 봄이 성큼 다가오겠지만
> 차마 나는 그 말을 하지 못한다.
>
> 이층 창문에서 내려다보는 나무들은
> 차가운 비에도

연둣빛 잎을 꺼내고 있지만
나는 애써 외면해야 한다.
지난주보다 더 짙어진 네 눈가의 그림자.

어쩌면 네가 가고 난 뒤
나 혼자 맞게 될지도 모를 봄이
서럽게 피어나려고 한다.

너에게 어떤 말을 해야 할지
어떻게 작별 인사를 해야 할지
나는 아무 말도 하지 못하고
창밖에 내리는 봄비만 바라본다.

차라리 이 순간이 꿈이었으면!

——「생동 요양원에서」 전문

　위의 작품의 화자는 충청북도 음성군에 소재하는 "생동 요양원"에서
지내는 지인을 찾아가 "이 비 그치면 봄이 성큼 다가오겠지만/차마 나는
그 말을 하지 못한다"고 토로한다. "지난주보다 더 짙어진 네 눈가의 그
림자"를 바라보면서 "이층 창문에서 내려다보는 나무들은/차가운 비에
도/연둣빛 잎을 꺼내고 있지만" "애써 외면"하는 것이다. 그리하여 화자
는 "너에게 어떤 말을 해야 할지/어떻게 작별 인사를 해야 할지/나는 아
무 말도 하지 못하고/창밖에 내리는 봄비만 바라본다". "차라리 이 순간
이 꿈이었으면!" 하고 희망한다.
　위의 작품에서 "너"가 누구인지는 구체적으로 알 수 없지만 가족이거
나 친척이거나 친구 등 화자와 가까운 인연의 대상인 것은 확실하다.

객지에서 일시적으로 만나거나 이해관계로 만난 것이 아니라 오랫동안 함께해온 지인인 것이다. 따라서 "어쩌면 네가 가고 난 뒤/나 혼자 맞게 될지도 모를 봄이/서럽게 피어나려고 한다"는 화자의 슬픔은 깊기만 하다.

3.

잊지 말아라

쌍굴다리
콘크리트 벽에 파인
총알 자국을

흰 페인트로 그린 동그라미가
저녁 어스름 속에서
이를 앙 물고 빛난다

죄 없이 쓰러진
아버지 어머니 할아버지…… 비명
잊지 말아라
세월이 제아무리 흐른다 해도

쌍굴다리 하늘에
그 누구도 지우지 못하게 흰 동그라미를
그리다가
하느님도
눈물 닦는다

해쓱한 초승달

—「노근리의 달」 전문

위의 작품의 화자는 "노근리" 사건을 "잊지 말아라"라고 다짐하고 있다. 그리하여 "쌍굴다리/콘크리트 벽에 파인/총알 자국"에 다가가 그날의 참사를 떠올린다. 또한 "죄 없이 쓰러진/아버지 어머니 할아버지……비명"을 회피하지 않고 듣는다. "세월이 제아무리 흐른다 해도" 비극적인 역사를 망각할 수 없다는 것이다.

노근리 양민 학살 사건은 한국전쟁 동안 일어났다. 1950년 7월 23일 미군이 영동읍 주곡리 마을로 들어와 주민들에게 피난하라고 소개령을 내렸다. 대전이 북한군에 의해 함락되어 영동읍 부근에서 미군과의 전투가 임박한 때였다. 주곡리와 임계리 주민들은 7월 26일 충청북도 영동군 황간면 노근리까지 미군에 의해 강제로 인솔되어 갔다. 그곳에서 미군은 소지품 검사를 한 뒤 피난민들을 경부선 철로 위에 올려놓고 전투기로 폭탄을 투하하고 사격을 가했다. 뿐만 아니라 살기 위해 도망치는 양민들을 쌍굴다리 안에 몰아넣고 7월 29일까지 총을 난사했다. 살해된 피난민은 300~400명 정도로 추정되는데, 그중의 83%가 부녀자와 노약자였다. 미군은 교전하지 않는 상황에서 민간인의 생명과 인권을 유린한 것이다. 생존자의 증언, 참전 미군의 증언, 국내외 학자들의 연구 결과 등으로 볼 때 노근리 사건은 미국 상부의 지시에 따라 발생한 것으로 국제법을 명백히 위반한 학살로 규정할 수 있다.[4]

---

4 노근리에서 매향리까지 발간위원회, 『노근리에서 매향리까지─주한미군 문제해결 운동사』, 깊은 자유, 2001, 26~83쪽.

미국은 노근리 민간인 학살에 대한 국제법적인 책임을 져야 하며, 학살에 참여한 미군 역시 전쟁 범죄의 책임을 면할 수 없다. 따라서 노근리 사건을 해결하기 위해서는 역사적 사료를 더욱 발굴하는 것은 물론 미국 측 관련 생존자들을 찾아내어 사건의 실체를 보다 확실하게 규명해야 한다. 아울러 미국의 국가 책임 인정과 그 해제 방법을 국제법적인 차원에서 논의해야 한다.[5] 이와 같은 차원에서 "쌍굴다리 하늘에/그 누구도 지우지 못하게 흰 동그라미를/그리다가/하느님도/눈물 닦는다"라는 화자의 눈물은 의미가 크다. 노근리 사건을 비롯해 한국전쟁으로 인한 민간인 학살의 부당함을 환기시키면서 해결의 필요성을 제시하는 것이다.

> 수령 오백 년이 넘는 감우리 느티나무 우듬지엔 6·25 때 인민군 총탄에 깨진 쇠종이 아직도 걸려 있다. 낙엽이 다 진 늦가을날 처음 쇠종을 보았을 때 바람결에 머언 따발총 소리가 들려왔다. 오랜 세월 녹슬고 삭았지만 쇠종의 깨진 틈으로는 원혼의 눈이 독기를 새파랗게 내뿜고 있었다.
>
> ─「감우리 마을의 종」 전문

위의 작품의 화자는 "수령 오백 년이 넘는 감우리 느티나무 우듬지엔 6·25 때 인민군 총탄에 깨진 쇠종이 아직도 걸려 있"는 것을 바라보면서 "머언 따발총 소리가 들려"오는 것을 듣는다. "오랜 세월 녹슬고 삭았지만 쇠종의 깨진 틈으로는 원혼의 눈이 독기를 새파랗게 내뿜고 있"는 것

---

5   이재곤 외, 「전시 민간인 보호를 위한 국제법적 규칙─한국전생 시 소위 "충북 영동군 황간면 노근리 민간인 살상사건"과 관련하여」, 『법학연구』 제10권 제1호, 충남대학교 법학연구소, 1999, 136쪽.

도 바라본다. 노근리 양민 학살 사건과 마찬가지로 "감우리 마을"의 상흔을 잊지 않으려는 것이다.

"감우리"는 충청북도 음성군 음성읍에 있는 마을인데, 대한민국 전체가 그러했듯이 한국전쟁으로 인해 큰 피해를 입었다. 전쟁이 발발하자 군경은 보도연맹원들이 북한군을 도와 정부를 공격할 수 있다는 명분으로 최소 5,000명 이상 처형했다. 또한 군경은 청주형무소에 수감되어 있던 800여 명의 정치범을 처형했다. 법치주의 국가에서는 용인될 수 없는 인권 유린의 범죄를 저지른 것이다. 그뿐만 아니라 미군은 부역 혐의자를 비롯한 일반 민간인들을 아무런 재판 절차나 심문 없이 처형했다. 북한군과 좌익에 의한 민간인들 처형도 이루어졌다. "감우리"를 비롯해 청원군 오창면, 청원군 남일면 고은리 분터골, 화당리 화당다리, 남성면 도장골, 가덕면 피반령, 영동군 매곡면과 추풍령면, 영동군 노근리, 양강면 지촌리와 구강리, 옥천군 청산면 인정리, 단양군 단양읍 노동리와 마조리, 영춘면 상2리 곡계굴, 청원군 부용면, 청주 동공원과 무심천 서문다리, 청주형무소 등에서 민간인 학살이 자행된 것이다.[6]

그런데 지금까지 노근리 사건 유족들의 피해 배상 청원 운동만 있을 뿐 다른 사건들은 함몰되어 있다. 따라서 한국전쟁 이후 이념 대립이나 감정 대립이 심해 연대가 쉽지 않겠지만 역사의식을 가지고 피해 사실의 규명에 나서야 한다. 이와 같은 차원에서 화자가 "감우리"를 찾아간 것은 주목된다. 자신의 고향을 역사적인 장소로, 즉 장소의 혼(genius loci)으로

---

6   충북민주화운동사편찬위원회 편, 『충북민주화운동사』, 선인, 2011, 27~38쪽.

살려낸 것이다. "창조적인 참여는 항상 새로운 역사적인 상황들 아래에서 근원적인 의미들을 구체화하는 것"[7]인데, 화자는 고향의 정체성을 단순히 복사하지 않고 새로운 역사의식으로 회복한 것이다.

4.

1
다가서면 산은 물러앉으며
숨겼던 길을 내준다
십일월의 마지막 날

버스에 몸을 싣고 흔들리면서
삶은 갈수록 막막했다
보다 나은 생활을 위해 길 떠난 나는
왜 지금 금왕을 가고 있는가
쓰러지면 스스로 일으켜 세우던 말
"내일은 행복할 거야"
이젠 믿을 수 없고
실의에 차 찾아가는 폐광 마을
길은 몹시 흔들렸다.

2
일확천금을 꿈꾸며
구름 끓듯 모여든 사내들

---

7   크리스티안 노베르그 슐츠, 『장소의 혼』, 민경호 외 역, 태림문화사, 2001,
211~214쪽.

삼삼오오 산야를 헤매다가 끝내는
마지막으로 혼자 찾아드는 폐광 막장
거듭 내려찍는 곡괭이 날 끝으로 단단한
절망만 확인할 뿐이어도
사내들은 떠나지 못한다
떠나간 사내에게도
꿈은 언제까지나 꿈으로 남아서
불면의 밤마다 손짓하고 있다.

3
금왕이여 빛나라
십일월의 마지막 날 다 저녁
실의에 차 찾아가는 사내의 꿈은
폐광인가 휴광인가
다시 한 번 막장의 두터운 절망을 깨어내면
한 맥을 찾을 수 있는가
찾을 수 있다면
더 큰 맥을 좇아 다시 막장을 열다가
결국은 빈손 되어 돌아서는
금왕이여 금왕이여
애시당초 행복이란 안일의 다른 이름이었다
갈수록 삶은 회한만 깊어져서
옛 생활이 차라리 안빈했노라고 돌이키고 싶어 할 때에야
비수로도 끊지 못했던 욕망에서
스스로 풀려날 것인가
금왕이여 금왕이여
버려도 버려지지 않는 사내의 꿈
저 거친 산야에 또다시 홀로 서게 하는가.

— 「금왕(金旺)을 찾아가며」 전문

시와 정치

"일확천금을 꿈꾸며/구름 끓듯 모여든 사내들/삼삼오오 산야를 헤매다가 끝내는/마지막으로 혼자 찾아드는 폐광 막장"의 모습은 쓸쓸하고도 슬프다. 그렇게 모여든 사람들은 "거듭 내려찍는 곡괭이 날 끝으로 단단한/절망만 확인할 뿐이어도" "떠나지 못"한다. "떠나간 사내에게도/꿈은 언제까지나 꿈으로 남아서/불면의 밤마다 손짓하고 있"을 만큼 충청북도 음성군 "금왕"읍은 힘이 세다.

한때는 용계리에 있는 무극광산에서 금 채굴이 성행했으나 현재는 중단되어 지역 경제가 타격을 받고 있는데도 불구하고 작품의 화자 역시 "십일월의 마지막 날" "폐광 마을"인 "금왕"을 찾아가고 있다. "보다 나은 생활을 위해 길 떠난 나는/왜 지금 금왕을 가고 있는가"라고 자조하며 간다. "쓰러지면 스스로 일으켜 세우던 말/'내일은 행복할 거야'/이젠 믿을 수 없"을 만큼 "실의에 차" 있다. 따라서 "길은 몹시 흔들"릴 수밖에 없는데, "산은 물러앉으며/숨겼던 길을 내준다".

그리하여 화자는 "금왕이여 빛나라"라고 기원한다. 비록 "십일월의 마지막 날 다 저녁/실의에 차 찾아가는 사내의 꿈"이 "폐광인가 휴광인가"라고 절망하고 있지만 희망을 가져보는 것이다. "다시 한 번 막장의 두터운 절망을 깨어내면/한 맥을 찾을 수 있는가"라고 의심하고 있지만 기대해보는 것이다. "찾을 수 있다면/더 큰 맥을 쫓아 다시 막장을 열다가/결국은 빈손 되어 돌아서"겠고, "애시당초 행복이란 안일의 다른 이름이었다"고 말하면서도, "비수로도 끊지 못했던 욕망에서/스스로 풀려"나지 못하는 것이다.

"버려도 버려지지 않는 사내의 꿈/저 거친 산야에 또다시 홀로 서"는 화자의 귀향은 더 이상 물러설 수 없기에 이루어졌다. "갈수록 삶은 회한만 깊어"지기에 배수진을 친 것이다. 따라서 "금왕"은 절박한 삶의 조건

에 놓인 화자에게 마지막 출구이다. 더 이상 선택의 여지가 없는 새로운
출발지인 것이다.

> 동으로 흘러내리면 낙강
> 서로 흘러내리면 금강
> 한날한시에 이곳에 왔다가
> 등 돌리고
> 세상에서 가장 먼 거리로 헤어져 떠나간다.
>
> 어느 날 어느 곳에서 우리 만날까.
> 만나고 헤어짐의 의미를
> 이곳에 와서 다시 깨달으니
> 개울은 쉬임 없이 흘러내리고
> 눈물은 기어이 강을 만드는 것을.
> 미움도 그리움도 산이 되어 쌓여오면
> 바다에서 다시 만나리.
> 그때 그리움만 가지고 하늘에 올라
> 구름 속에 머물다가
> 이른 어느 봄날
> 우리 어떤 몸짓으로 내려올까.

—「빗방울의 노래」 전문

"동으로 흘러내리면 낙강/서로 흘러내리면 금강/한날한시에 이곳에 왔
다가/등 돌리고/세상에서 가장 먼 거리로 헤어져 떠나"가는 것이 "빗방
울"의 운명이다. "빗방울"이 내리는 장소는 작품 화자의 생애와 관련이
깊은 곳으로, 즉 무심천을 중심으로 한 고향이다.

화자의 분신인 "빗방울"은 "어느 날 어느 곳에서 우리 만날까" 하고 미

시와 정치

래의 운명을 묻는다. 불안해하거나 부정하지 않고 그날을 기대하는 것이다. 그 이유는 "만나고 헤어짐의 의미를/이곳에 와서 다시 깨달"았기 때문이다. 그리하여 "개울은 쉬임 없이 흘러내리고/눈물은 기어이 강을 만드는 것을" 발견하고, "미움도 그리움도 산이 되어 쌓여오면/바다에서 다시 만"날 것을 믿는다.

화자의 이와 같은 태도는 그동안 무장소(placeless)에서 주체성을 상실하고 소외당해온 자신을 추스르는 것이다. 치열한 경쟁이 요구되는 자본주의 체제에서 먹잇감을 차지하기 위해 전쟁을 벌이느라 뿌리가 잘리고 그림자의 신세로 추락한 자신을 회복하는 것이다. 자본주의 체제는 인간의 탐욕을 이용한 이익을 추구하기 때문에 구성원들은 이기적인 존재가 될 수밖에 없다. 따라서 화자는 무심천에서 그 근본적인 성찰과 극복 방안을 모색하고 있다.

화자에게 무심천은 가난과 슬픔과 외로움과 역사의 상흔이 밴 장소이다. 그렇지만 화자는 그곳을 부정하거나 회피하지 않고 자기 존재와 세계 인식의 토대로 삼는다. 장소애와 장소혼을 부여해 고통과 절망과 아픔을 그리움과 기다림과 애정으로 껴안는 것이다. 그리하여 화자는 무심천에서 원초적인 충만감과 안전지대로 삼을 수 있는 주체성을 획득한다. 이원화된 세계에 기울었던 질서를 회복하고 연대의 가치를 자각하며 역사적 존재로 나아가는 것이다. 그러므로 "배꽃이 피었다가 지는/그 시간의 한 점"(「배꽃 마을」)이 되고자 하는 화자의 이상향은 성숙하면서도 숭고하다.

역사의식의 시학
— 윤기묵의 『역사를 외다』론

1.

윤기묵 시인의 작품들에서 역사의식은 시 세계를 이루는 토대이자 궁극적으로 지향하는 가치이다. 시인이 역사에 관심을 갖는 모습은 "조선상고사 총론을 무작정 외웠던 유년시절이 있었"(「역사를 외다」)을 정도로 오래되었고, "역사도 아프고 나도 아팠다"(「책을 던지다」)라는 토로에서 보듯이 체험을 통해 확립한 것이다. 그리하여 "역사는 사실과 진실을 의심으로 기록한 것"(「역사를 공부하는 아들에게」)이라는 시인의 역사관은 주목된다.

단재 신채호의 영향을 깊게 받은 시인의 역사의식은 자아를 인식한 모습이다. 자아를 발견하고 각성한 것은 물론 창조한 것이다. 나아가 자신이 살아오면서 역사를 지속적으로 고민하고 구체화한 산물이다.

> 歷史란 무엇이뇨. 人類社會의 「我」와 「非我」의 鬪爭이 時間부터 發展하며 空間부터 擴大하는 心的 活動의 記錄이니, 世界史라 하면 世界人類의

그리 되어 온 狀態의 記錄이며, 朝鮮史라면 朝鮮民族의 그리 되어 온 狀態의 記錄이니라.

　무엇을 「我」라 하며, 무엇을 「非我」라 하느뇨. 깊이 팔 것 없이 얕게 말하자면, 무릇 主觀的 位置에 선 者를 「我」라 하고, 그 外에는 「非我」라 하나니, 이를테면 朝鮮人은 朝鮮을 我라 하고, 英·美·法·露…… 등을 非我라 하지만 …(중략)… 本位인 我가 있으면, 따라서 我와 對峙한 非我가 있고, 我의 中에 我와 非我가 있으면 非我 中에도 또 我와 非我가 있어, 그리하여 我에 對한 非我의 接觸이 煩劇할수록 非我에 대한 我의 奮鬪가 더욱 猛烈하여, 人類社會의 活動이 休息될 사이가 없으며 歷史의 前途가 決定될 날이 없나니, 그러므로 歷史는 我와 非我의 鬪爭의 記錄이니라.

　　　　　　　　　　　　　　　　— 신채호, 『조선상고사』 총론[1]

　주지하다시피 단재 신채호는 조선이 근대국가를 이루려면 서양의 문명을 배워야 하기에 일제의 식민지 지배를 받아들일 수밖에 없다는 친일파 혹은 개량주의자들과 달리 투쟁만이 민족의 해방을 가져온다는 신념으로 헌신한 독립운동가이다. 물론 언론인이자 소설가, 시인, 역사가이기도 하다. 단재 신채호는 역사란 "人類社會의 「我」와 「非我」의 鬪爭"이라고 정의했듯이 비밀 결사대인 동방청년단을 만들었고, 무력 항쟁을 강화하기 위해 군자금을 모았으며, 「조선혁명선언」 등을 비롯한 많은 논설과 글들을 통해 무력 투쟁을 역설했다. 일제에 의해 자행되는 통치, 경제 약탈, 사회 불평등, 노예적 문화 사상 등을 민중 혁명으로 파괴하려고 나선 것이다. 그 결과 폭탄 제조소의 설치에 필요한 자금을 마련하기 위해 유맹원(劉孟源)이란 가명을 쓰고 중국인으로 변장해서 대만에 상륙하다가

1　단재신채호선생기념사업회, 『단재 신채호 전집』(상권), 형설출판사, 1987, 31쪽.

일본 경찰에 체포되어 여순 감옥에서 순국했다.

단재 신채호는 "主觀的 位置에 선 者를 「我」라 하고, 그 外에는 「非我」라"고 하며 자아의 정체성을 분명하게 밝혔다. 자아가 비아와 투쟁하는 존재라고 규정한 것은 자아가 비아에 의해 억압받는 상황에 놓여 있지만 결코 노예가 될 수 없다고 인식했기 때문이다. 또한 "人類社會의 活動이 休息될 사이가 없으며 歷史의 前途가 決定될 날이 없"다고 했듯이 한 번의 투쟁으로 자아가 확립되는 것이 아니고, 투쟁해서 승리했더라도 지속하지 않으면 역시 자아를 지킬 수 없다고 인식했다.

그런데 자아는 "我와 對峙한 非我가 있고, 我의 中에 我와 非我가 있으면 非我 中에도 또 我와 非我가 있어, 그리하여 我에 對한 非我의 接觸이 煩劇할수록 非我에 대한 我의 奮鬪가 더욱 猛烈하"다고 했듯이 단순하지 않다. 자아 중에 또 다른 자아와 비아가 있으므로 자아 안의 자아가 비아에 투쟁하지 않으면 노예가 될 수밖에 없고, 외부적인 비아에도 패배할 수밖에 없다. 따라서 자아 안의 자아는 비아의 억압을 자각하고 그에 맞서는 투쟁을 해야 한다. 윤기묵 시인은 단재 신채호의 이와 같은 자아의식 내지 역사의식에 영향을 받았다. 안일하고 나태해지려는 자아를 부단하게 일깨워 비아에 투쟁하고 있는 것이다.

2.

앎이 부족하거든 의심하거라
자신을 안다는 것은 모자람을 안다는 것이니
세상에 모자라서 부족한 것은 모두 소중한 것이다
그러니 앎이 부족하거든 의심하거라

역사는 사실과 진실을 의심으로 기록한 것이니
의심하지 않으면 아는 것은 언제나 사실이고
모르는 것은 진실이다
세상에 몰라서 부족한 것은 앎이 아니라 의심이다
— 「역사를 공부하는 아들에게」 전문

위의 작품의 화자는 기존의 진리에 의심을 품고 『순수이성 비판』 등을 저술한 칸트(Immanuel Kant)와 같은 세계 인식을 보이고 있다. 칸트는 논리적으로 모순이 없는 사고를 진리라고 하는 합리론에 의심을 가졌다. 논리적으로 모순이 없는 것이 진리의 필요조건일 뿐 충분조건은 아니라고 생각한 것이다. 그리하여 진리는 논리성을 갖추어야 하지만 현실적으로 실재와 부합되어야 한다고 보고 논리성만 있고 내용이 없는 합리론은 공허하다고 비판했다. "이성은 경험의 진행에 있어서 반드시 사용되는 원칙들에서 출발하고, 이 원칙들의 진리를 동시에 경험이 충분히 증명한다"[2]고 했듯이 경험론을 내세워 진리의 보편타당성을 주장한 것이다.

칸트가 진리에 대한 새로운 인식을 의심하는 데서 출발했듯이 위의 작품의 화자 역시 "역사"에 대한 인식을 "의심"하는 데에 두고 있다. "역사를 공부하는 아들에게" "앎이 부족하거든 의심하"라고 권고하는 데서 증명되듯이 화자는 역사의식을 확립하기 위해서는 "의심"이 필요하다고 보았다. 그와 같은 면은 "역사는 사실과 진실을 의심으로 기록한 것"이라는 그의 역사관에서도 볼 수 있다.

화자의 이와 같은 태도는 카(Edward Hallett Carr)의 역사관과 유사하다.

---

2 임마누엘 칸트, 『순수이성비판』(상권), 최재희 역, 신태양출판국, 1962, 28쪽.

카는 역사를 해석하는 것으로 보았다. 따라서 역사가는 해석으로부터 독립하여 객관적으로 존재하는 사실을 믿는 존재가 아니라고 주장했다. 사실이라는 것은 역사가들이 사용하는 원료에 속할 뿐이지 그 자체가 역사는 아니다. 역사의 사실은 순수한 형태로 존재하는 것이 아니라 기록자의 관점에 따라 해석된 것이다. 따라서 역사서를 읽을 때 관심을 가져야 할 일은 역사서 속에 실려 있는 사실보다도 그 역사서를 쓴 역사가가 과연 어떠한 사람인가를 살피는 것이다.[3]

따라서 화자가 "의심하지 않으면 아는 것은 언제나 사실이고/모르는 것은 진실"일 수밖에 없다고 경계한 것은 의미하는 바가 크다. "역사"를 공부하기 위해서는 자신이 알고 있는 "사실"을 믿거나 의지할 것이 아니라 부단하게 "의심"하는 것이 필요하기 때문이다. 이와 같은 자세는 자신의 존재를 역사적인 차원으로 읽는 것이기도 하다.

책을 읽다가
책을 던져버린 적이 있다
고대사 책이다
여태 나만 몰랐던 무식을 향해
저자의 천고불후의 역작을 향해
책을 날려버린 적이 있다
역사도 아프고 나도 아팠다
역사의 행장은 지금 나의 모습
내가 이룩하고 있는 서사가 두려웠다
반복의 반복이 두려웠다

---

3 E. H. 카아, 『역사란 무엇인가』, 길현모 역, 탐구당, 1993, 11~33쪽.

다시 책을 읽다가
낱장이 찢어지고 구겨진
나의 자존심을 만난 적이 있다

　　　　　　　　　　　　—「책을 던지다」 전문

　위의 작품의 화자는 "고대사 책"을 읽다가 "던져버린 적이 있다"고 토로한다. 그 이유는 "여태 나만 몰랐던 무식을" 깨달았기 때문이다. 다시 말해 "저자의 천고불후의 역작"에 충격을 받았기 때문이다. 그리하여 화자는 "역사도 아프고 나도 아팠다"고 밝히고 있다. 아픈 역사라도 알지 못하거나 관심을 갖지 않으면 아파할 수 없다. 아픈 역사를 알고 있더라도 올바른 역사관을 갖지 않으면 역시 아파할 수 없다. 따라서 화자가 역사의 아픔을 알고 자신이 아파하는 것은 역사의 흐름에 동참하는 모습으로 볼 수 있다.

　"역사의 행장은 지금 나의 모습/내가 이룩하고 있는 서사가 두려웠다"고 고백하는 것도 마찬가지이다. 사람이 죽은 뒤에 그 사람의 행적을 기록한 글인 행장(行狀)을 역사에 적용해보면 갖가지의 아픈 역사가 되는데, 화자는 그 역사적 사건들이 자신의 행적과 같다고 인식한다. 그리하여 화자는 "반복의 반복"으로 이루어지는 아픈 역사나 그것에 영향받는 일을 두려워한다. 그것은 "책을 읽다가/낱장이 찢어지고 구겨진/나의 자존심을 만난 적이 있다"고 한 데서 보듯이 화자의 "자존심" 문제이기도 하다. 따라서 화자가 "고대사 책"을 읽다가 "던져버린" 행동이 비로소 이해된다. 자신이 지니고 있던 안일하고 타협적인 역사관을 적극적으로 반성하는 행위로 볼 수 있는 것이다.

　역사를 지나간 과거가 아니라 현재에 살아 있는 과거로 인식하는 화자의 의식은 곧 카의 역사관이기도 하다. 카는 역사를 본질적으로 현재의 관점으로 과거를 보는 것으로 이해했다. 따라서 역사가의 임무는 기록하는 것이 아니라 가치를 재평가하는 것으로 보았다. 역사가가 가치를 재평가하지 않으면 기록될 만한 가치가 있는 것이 무엇인지 알 수 없기 때문이다. 이렇듯 역사가가 연구하는 과거는 죽은 대상이 아니라 현재 속에 살아 있는 대상이다. 역사가는 과거를 사랑하는 것이나 과거로부터 자신을 해방시키는 것이 아니라 현재를 인식하는 열쇠로서 과거를 이해한다. 결국 역사란 역사가와 사실 사이의, 현재와 과거 사이의 부단한 상호작용이라고 볼 수 있다.[4]

조선상고사 총론을 무작정 외웠던 유년 시절이 있었다
역사란 무엇인가로 시작해서 그러므로 역사란
아와 비아의 투쟁의 기록인 것이다 까지 졸졸 외웠다
어른들은 쓸데없는 것을 왼다고 한마디씩 쥐어박았다
어린 놈 입에서 무산계급 지주 자본가란 말이 나오다니
영민한 놈이라도 기가 찰 노릇이었다

언제 무슨 이유로 총론을 외기 시작했는지 기억나지 않는다
하지만 분투가 맹렬했던 시대를 함께 살면서
역사의 함성에 작은 소리를 보탰던 내 몸은 기억하고 있다
기록된 역사가 투쟁에서 승리한 자의 것이라면
기억해야 할 역사는 패배를 두려워하지 않는 자의 것이리라
그렇다면 내 몸이 기억하고 있는 역사는 누가 이룩한 것인가

---

4 E. H. 카아, 위의 책, 28~43쪽.

시와 정치

회식 자리 직원들 앞에서 조선상고사 총론을 외웠다
무산계급 지주 대신 노동자 재벌로 바꿔 외웠다
나이 든 직원은 정선아리랑 두 소절을 구슬피 외웠다
젊은 직원은 김삿갓 시 죽 한 그릇을 쓸쓸히 강독했다
맹렬한 분투보다 소소한 일상이 더 고단한 시대를 살면서
우리는 온몸으로 저마다의 역사를 외웠다

—「역사를 외다」 전문

위의 작품에 등장하는 인물들은 역사를 현재의 일상에 적용하고 있다. 그리하여 역사는 과거의 대상으로 사라지지 않고 현재의 존재들과 밀접한 관계를 맺고 있다. 가령 작품의 화자는 "회식 자리 직원들 앞에서 조선상고사 총론을 외우"고 있는데, 단순히 암기하는 것이 아니라 "무산계급 지주 대신 노동자 재벌로 바꿔 외"운다. 지나간 역사를 현재의 상황과 융합해 새로운 역사로 심화 및 확대시키고 있는 것이다.

이와 같은 면은 "나이 든 직원은 정선아리랑 두 소절을 구슬피 외"운 데서도, "젊은 직원은 김삿갓 시 죽 한 그릇을 쓸쓸히 강독"한 데서도 볼 수 있다. 이렇듯 민중으로 부를 수 있는 인물들은 "맹렬한 분투보다 소소한 일상이 더 고단한 시대를 살면서" "온몸으로 저마다의 역사를 외"우고 있다. 그들 나름대로의 역사의식으로 자신이 살아가는 시대를 반영하고 있는 것이다.

역사의 현재화는 결국 민중을 역사의 주체로 놓는 것이다. 화자가 "분투가 맹렬했던 시대를 함께 살면서/역사의 함성에 작은 소리를 보탰던 내 몸은 기억하고 있다"고 밝힌 것이 그 모습이다. 그리하여 "기록된 역사가 투쟁에서 승리한 자의 것이라면/기억해야 할 역사는 패배를 두려워하지 않는 자의 것이라"는 당당함을 갖는다. 올바른 역사에 대한 믿음과

그것을 추구하는 용기를 나타낸 것이다. 따라서 "그렇다면 내 몸이 기억하고 있는 역사는 누가 이룩한 것인가"라는 질문에 대한 대답은 명쾌해진다. 민중의 중요성이 부각되는 것이다. 이와 같은 차원에서 손을 제재로 삼은 작품들이 주목된다.

3.

> 노동하는 손이란 그런 거다
> 처음에는 손가락의 작은 상처에도 마음 상하다가
> 마디가 굵어진 손가락이 조금은 창피하다가
> 굳은살 박인 손바닥이 왠지 남의 손 같다가
> 주먹 불끈 쥐면 저도 모르게 자신감도 생기다가
> 시리고 터져도 장갑 안 낀 맨손이 더 편해지는 거다
> 그 손을 자랑스러워하는 세상의 자식들은
> 염습할 때 정성스럽게 두 손 꼭 감싸주는 거다
>
> ——「손을 바라보며」 전문

주지하다시피 사람의 '손'은 무엇을 잡거나 만지는 데 쓰이는 신체의 부위로 일상생활은 물론이고 노동을 하는 데 절대적으로 필요하다. 손 없이 노동을 할 수 있는 경우는 극히 예외적일 뿐이다. 따라서 노동자에게 손은 목숨처럼 소중해 만약 노동자가 손을 잃는다면 죽음을 직면한 것과 같다고 볼 수 있다. 박노해 시인이 「손무덤」에서 "올 어린이날만은/안사람과 아들놈 손목 잡고/어린이 대공원이라도 가야겠다며/은하수를 빨며 웃던 정형의/손목이 날아"가 "36년 한 많은 노동자의 손을 보며 말을 잊"었다고 토로한 것이 그 모습이다.

실제로 노동자의 산업재해 중에서 손의 상해는 안면, 목, 어깨, 척추, 가슴, 다리, 발 등의 다른 신체 부위보다 월등히 높다.[5] 그러므로 박노해 시인이 손을 잃은 장면을 내세운 것은 노동자들이 겪는 산업재해의 상황을 전형적으로 그렸다고 볼 수 있다. 아울러 "우리는 손을 소주에 씻어 들고/양지바른 공장 담벼락에 묻는다"거나 "일하는 손들이/기쁨의 손짓으로 살아날 때까지/묻고 또 묻는다"고 한 것은 노동자들의 대항으로 볼 수 있다. "노동자의 피땀 위에서/번영의 조국을 향락하는 누런 착취의 손들을/묻는" 노동자 계급의 대항인 것이다.

이와 같은 면은 노동자가 자신의 손을 자랑스럽게 인식하기까지의 과정을 그린 위의 작품에서도 볼 수 있다. 일반적으로 노동자는 "처음에는 손가락의 작은 상처에도 마음 상하"고, "마디가 굵어진 손가락이 조금은 창피하다"고 여기고, "굳은살 박인 손바닥이 왠지 남의 손 같다"고 느낀다. 그러다가 "주먹 불끈 쥐면 저도 모르게 자신감도 생"긴다. 주먹을 쥐는 행동이란 노동자로서 주체성을 추구하는 모습이다. 더 이상 사용자 계급에 복종하거나 굴복당하지 않고 당당하게 맞서는 것이다. 그와 같은 단계에 이르면 "시리고 터져도 장갑 안 낀 맨손이 더 편해"진다. 그리고 "그 손을 자랑스러워하는 세상의 자식들은/염습할 때 정성스럽게 두 손 꼭 감싸"준다. 자신이 속한 노동자 계급의 열등감을 극복하고 서로 "손"을 맞잡는 것이다. 결국 "손"을 사용하는 노동자 계급이야말로 역사를 이

---

5 1987년『산업재해분석』(노동부)에 따르면 전체 상해자 14만 2,596명 중에서 손의 상해자 수는 34.9%(4만 9,705명)로 발 14.3%, 다리 9.8%, 안면 8.1%, 가슴 7.0%, 척추 7.0%, 팔 6.2%, 두부 5.2%, 옆구리 2.7%, 어깨 2.1%, 전신 1.2%, 등 0.8%, 목 0.7%, 배 0.4%보다 월등히 높다. 맹문재,『한국 민중시 문학사』, 박이정, 2001, 143쪽.

끄는 주체라고 인식하고 자부심을 갖는 것이다.

> 우리는
> 넘어진 자리에서만 일어날 수 있다
> 다시 일어나려면
> 그 자리의 바닥을 짚어야 한다
> 손바닥은
> 넘어진 나를 짚어온 내 인생의 바닥이다
> 아무 일 없었다는 듯
> 툭툭 털어버릴 수 있는 것도
> 별일 아니라는 듯
> 수줍게 화해의 악수를 청하는 것도
> 심지어
> 장하다고 박수를 쳐주는 것도
> 손바닥이다
>
> ―「내 인생의 바닥」 전문

"우리는/넘어진 자리에서만 일어날 수 있다"는 말은 보조국사 지눌(知訥)이 지은 『권수정혜결사문』의 서문에 나온다. "땅에서 넘어진 자 땅을 짚고 일어납니다. 넘어진 곳도 땅이요, 일어서기 위해 의지해야 할 곳도 땅입니다(人因地而倒者, 因地而起, 離地求起, 無有是處也)"[6]라는 말을 변용한 것이다. 원효와 의상에 이어 한국 불교의 근간을 세운 사상가로 평가

---

6   지눌, 『권수정혜결사문(勸修定慧結社文)』, 경완 역, 지식을만드는지식, 2012, 3쪽.
  서문은 다음과 같이 이어진다. "한마음이 미혹해 끝없이 번뇌하면 중생이고 한마음 깨달아 마음 씀이 다함없으면 부처님입니다. 깨닫고 깨닫지 못한 것은 분명히 다르지만 모두 이 한마음이니 마음을 떠나면 부처도 깨달음도 없습니다."

받고 있는 고려시대의 지눌(1158~1210)은 입적할 때까지 종파적 편향을 바로잡고 올바른 수행을 제시했다. 마음이 본래 깨끗하여 수행을 억지로 할 필요가 없다는 선종과 스스로의 불성을 믿지 않고 문자의 해석에 집착한 교종의 편향을 극복하기 위해『권수정혜결사문』을 지어 타성에 젖은 승려들에게 바른 선정과 지혜를 가진 수행을 권고한 것이다. 깨달음과 깨닫지 못함이 다르지만 마음에서 연유한 것이니 스스로 불성을 자각하여 꾸준히 정진해나가야 한다는 돈오점수(頓悟漸修)를 역설한 것이다.

위의 작품의 화자는 인간의 바탕을 중요하게 여기고 꾸준히 정진하기를 권고한 지눌의 사상을 노동자 계급에 적용시키고 있다. 노동자는 여러 가지 불리한 조건으로 인해 넘어질 수밖에 없다. 넘어지지 않는다면 노동자 계급이라고 할 수 없다. 그렇기 때문에 노동자는 넘어져도 다시 일어서야 하고 또 일어설 수 있다. 그것은 노동자가 손을 쓰는 존재이기 때문이다. 노동자는 "다시 일어나려면/그 자리의 바닥을 짚어야 한다"는 것을 삶의 체험을 통해 알고 있다. 그리하여 손을 적극적으로 사용한다. "손바닥"이야말로 "넘어진 나를 짚어온 내 인생의 바닥"이라는 배수진으로 삼고 일어서는 것이다. 노동자가 쓸 수 있는 수단이 손밖에 없다는 것이 아니라 손을 쓸 수 있기에 일어설 수 있다는 것이다. 이와 같은 면은 "아무 일 없었다는 듯/툭툭 털어버릴 수 있는 것도/별일 아니라는 듯/수줍게 화해의 악수를 청하는 것도/심지어/장하다고 박수를 쳐주는 것도/손바닥이다"라는 인식에서 확인된다. 이렇듯 노동자는 자신이 넘어진 자리에서 손을 짚고 일어선다. 그리하여 화자는 노동자 계급과 함께하는 역사의식을 추구한다.

보일러를 세관하던 날

눈에 보이지는 않지만 세상도
어떤 흐름을 유지시켜주는
연관이 있을 거라 생각했고
역사가 반복되는 것을 보면
직관 아니라 나선관 같은데

그래서 세상 흐름이 막혔을 때
누군가 세관을 했을 거라 생각했고
세관에는 정세와 역세가 있으니
잠든 유럽을 깨웠다는
칭기즈칸은 정세를 한 것 같은데

그럼 역세는 누가 했을까 상상하다
열효율이 20퍼센트 좋아질 거라는
세관공의 확신 찬 눈빛에
열병 난 내 몸도 세관할 수 있을까
꽉 막힌 자본 세상
정말이지 역세를 할 때가 된 것 같은데

—「세관」 전문

"보일러를 세관하"는 일 역시 노동자가 손을 써야만 가능하다. 그 일을 하다 보면 "눈에 보이지는 않지만 세상도/어떤 흐름을 유지시켜주는/연관이 있을 거라"는 생각을 하게 된다. 작품의 화자는 설비를 정비하는 일을 노동의 차원으로 국한시키지 않고 역사적인 차원으로 인식하는 것이다. 이 인식은 화자가 노동을 통해 깨달은 것이기에 추상적이거나 관념적이지 않고 구체적이다. 그리하여 "역사가 반복되는 것을 보면/직관 아니라 나선관 같"다는 인식은 설득력을 갖는다.

화자는 "세상 흐름이 막혔을 때/누군가 세관을 했을 거라"는 역사의식을 갖는다. 그리고 "세관에는 정세와 역세가 있"다는 생각을 하고 마침내 한 가지를 선택한다. "잠든 유럽을 깨웠다는/칭기즈칸"의 "정세"와 "열효율이 20퍼센트 좋아질 거라는/세관공"의 "역세" 중에서 "확신 찬 눈빛"을 보인 "세관공"의 역사관을 선택하는 것이다.

화자가 "역세"를 선택한 것은 자신이 살아가는 시대를 진단하고 그 나름대로 극복하려는 행동으로 볼 수 있다. 화자가 살아가는 시대는 한마디로 자본주의가 지배하고 있다. 자본주의는 한국 사회를 지배하는 이데올로기이자 상징이고 가치이자 제도이다. 사용자 계급이 자신의 이익을 획득하려는 욕망을 포기하지 않는 한 "정세"가 주도하는 역사는 강화될 것이다. 그 결과 양극화, 물화, 환경오염, 실업…… 자본주의가 낳은 폐해는 더욱 심해질 것이다.

그리하여 화자는 더 이상 "정세"의 역사에 굴복당해서는 안 된다고 맞서고 있다. 손을 써서 노동하는 "세관공"과 함께하려는 것이다. 이와 같은 역사의식에는 노동자 계급이야말로 자본주의 사회에서 고통받고 있지만 결코 굴복하지 않을 것이라는 믿음이 들어 있다. 나아가 노동자 계급이 새로운 역사를 주도할 것이라고 전망하고 있다. 이러한 역사의식이 "꽉 막힌 자본 세상"에서 확립되기는 어렵지만 결코 문제가 되지 않는다. 자본주의의 폭력이 지나치기 때문에 더 이상 굴복할 수 없기 때문이다.

국제통화기금(IMF)의 구제 금융을 받은 뒤 한국 사회는 급속히 자본주의(신자유주)의 소용돌이에 휩싸였다. 기업의 적대적 인수 및 합병, 노동 시장의 유연화, 외국인 주식 투자 한도의 폐지 등으로 해고자와 실업자가 거리에 넘치고 소득의 양극화가 심해졌다. 경제협력기구(OECD) 국가들 중에서 자살률이 가장 높다는 사실이 노동자 계급을 비롯한 민중들이 얼마나 살기 힘든가를 보여주고 있다. 화자는 이와 같은 상황을 역사 의식으로써 반영하고 그 극복을 추구하고 있다. 역사는 고유성을 갖는 것이지만 결코 고립되거나 영구불변의 특성을 갖는 것이 아니기에 손을 쓰는 노동자들과 함께 변화시키려고 하는 것이다.

인유의 시학

— 김종숙의 『동백꽃 편지』론

1.

인유란 잘 알려진 말이나 글, 역사적 사건, 인물 등을 작품에 인용함으로써 작품의 의미를 보다 효과화하는 비유법의 한 가지이다. 과거의 문화 및 역사적 자산을 현대의 작품에 활용함으로써 새로운 의미를 창출하면서도 의미를 보다 풍부하게 만든다. 또한 인유된 사항은 사회의 구성원들 모두가 잘 알고 있는 것인 만큼 창작자와 독자 사이에 친밀한 공감대를 형성한다. 시인 역시 사회적인 존재여서 선인들이 이룩한 거대한 문화의 적층 더미 위에서 그 업적을 해석하고 평가하며 재창조하는 자들이라고 볼 수 있다. 따라서 한 시인의 시작품은 고유한 성과물이지만 시간과 공간을 넘어 끊임없이 반복되는 재창작 행위의 산물이기도 하다. 그러므로 인유는 이전 텍스트에 대한 단순한 모방이나 추종이 아니라 문학의 전통에 대한 확인과 아울러 새로운 가능성을 제시하는 창작 방법이다.[1]

---

1 맹문재, 『지식인 시의 대상애』, 작가, 2004, 181~184쪽.

인유의 역사는 아주 오래되어서 500년경의 유협은 『문심조룡(文心雕龍)』에서 "여러 사례들을 원용하여 글의 의미를 증명하고, 옛일들을 인용하여 현재의 의미를 증명하기 위한 문장"[2]인 사류(事類)로써 설명하고 있다. 유약우 역시 "인유의 사용은 현학(衒學)의 전시가 아니라 전체 시 구도의 한 유기적 부분으로서 그것들은 준비되었으므로 하나의 정당한 시적 기교가 된다. 심상이나 상징들과 같이 인유들은 효과적이고 경제적으로 어떤 감정이나 장면을 구체화하고 다양한 연상을 불러일으키며, 시에 관계되는 말들을 확장시킬 수 있다."[3]고 보았다. 또한 텍스트 사이의 '반복과 다름'으로 파악할 수 있는 패러디도 과거의 문학작품이나 관습에 되비춰봄으로써 문학 형식의 새로운 가능성을 찾고 있다.[4] 영시(英詩)에서 인유를 가장 많이 활용한 시인은 엘리엇(T.S. Eliot)이다. 그는 자신의 시적 위엄이 확립되기 이전에는 표절 시인이라는 오명을 받았지만 인유를 통해 과거와 현재를 대조하는 중층적 효과를 내었고 역사의식이 견고한 전통 시인으로 평가받았다.[5]

인유는 우리의 경우에도 한시 창작 기법의 한 가지인 용사(用事)가 시문을 지을 때 역사적 사실이나 말 또는 글을 끌어다 쓰면서 작품의 논리를 보완했듯이 뿌리가 깊을 뿐만 아니라 근대시 이후에도 지속되고 있다. 가령 김소월은 민요나 설화를 인유해 「접동새」 등을, 이상은 수학이나 건축학적 원리를 인유해 「오감도」 연작시 등을, 김기림은 엘리엇의

---

2 유협, 『문심조룡』, 최동호 역, 민음사, 1994, 445쪽.

3 유약우, 『중국시학』, 이장우 역, 명문당, 1994, 250쪽.

4 정끝별, 『패러디 시학』, 문학세계사, 1997, 30쪽.

5 유종호, 『문학이란 무엇인가』, 민음사, 1989, 331쪽.

「황무지」를 인유해『기상도』를 창작한 것이다. 또한 윤동주는 성경의 구절을 인유해「팔복(八福)」등을, 박인환은 스펜더 및 버지니아 울프 등을 인유해「열차」나「목마와 숙녀」를, 김지하는 판소리 사설을 인유해「오적」이나「대설」을, 고은은 5,600여 명에 이르는 인물들을 인유해「만인보」를, 황지우는 벽보나 영화나 텔레비전 프로나 시사만화 등 인유해 풍자 작품들을 창작했다. 인유의 예는 김수영의 다음 작품에서도 볼 수 있다.

나는 이사벨 버드 비숍 여사와 연애하고 있다 그녀는
1893년에 조선을 처음 방문한 영국 왕립 지학협회 회원이다
그녀는 인경전의 종소리가 울리면 장안의
남자들이 사라지고 갑자기 부녀자의 세계로
화하는 극적인 서울을 보았다 이 아름다운 시간에는
남자로서 거리를 무단통행할 수 있는 것은 교군꾼,
내시, 외국인의 종놈, 관리들뿐이다 그리고
심야에는 여자는 사라지고 남자가 다시 오입을 하러
활보하고 나선다고 이런 기이한 관습을 가진 나라를
세계 다른 곳에서는 본 일이 없다고
천하를 호령한 민비는 한 번도 장안 외출을 하지 못했다고……

전통은 아무리 더러운 전통이라도 좋다 나는 광화문
네거리에서 시구문 진창을 연상하고 인환(寅煥)네
처갓집 옆의 지금은 매립한 개울에서 아낙네들이
양잿물 솥에 불을 지피며 빨래하던 시절을 생각하고
이 우울한 시대를 파라다이스처럼 생각한다
버드 비숍 여사를 안 뒤부터는 썩어빠진 대한민국이
괴롭지 않다 오히려 황송하다 역사는 아무리

더러운 역사라도 좋다

— 김수영, 「거대한 뿌리」 부분

위의 작품에서 김수영은 비숍(Isabella Bird Bishop, 1831~1904) 여사를 인유하고 있다. 비숍 여사는 1894년부터 1897년까지 네 차례에 걸쳐 조선을 방문한 뒤 고국으로 돌아가『한국과 그 이웃 나라들』을 저술했다. 김수영은 그 책을 읽고[6] 조선 민중들에 대한 비숍 여사의 애정 어린 인식을 발견했고, 자신의 역사의식을 전면적으로 전환했다. 조선에 처음 도착했을 때 비숍 여사는 궁핍하고 더러운 환경에서 살아가는 조선 민중들의 초라한 삶에 많이 실망했지만, 잘생기고 힘이 세고 친절하고 무례하지 않고 명민하고 총명한 모습 등을 발견하고는 긍정적으로 인식했다. 김수영은 시민들에 의한 4 · 19혁명이 민주주의를 가져오지 못했고 사회의 부정부패를 막지 못했으며 미국의 교활한 식민지 정책과 남북 분단의 심화 등에 대응하지 못하는 상황에 실망하고 있었는데, 비숍 여사의 그 민중의식을 발견하고는 "썩어빠진 대한민국이/괴롭지 않다 오히려 황송하다 역사는 아무리/더러운 역사라도 좋다"라고 노래한 것이다.

---

6 "인경전의 종소리가 울리면 장안의/남자들이 사라지고 갑자기 부녀자의 세계로/화하는 극적인 서울"을 보았다는 내용은 비숍 여사의 저서에 나온다. "저녁 8시경이 되면 대종(大鐘)이 울리는데 이것은 남자들에게 귀가할 시간이라는 것을 알려주는 신호이며 여자들에게는 외출하여 산책을 즐기며 친지들을 방문할 수 있는 시간이라는 것을 알려주는 것이다. …(중략)… 그 밖에는 장님과 관리, 외국인의 심부름꾼, 그리고 약을 지으러 가는 사람들이 통행금지에서 제외되었다. …(중략)… 자정이 되면 다시 종이 울리는데 이때면 부인은 집으로 돌아가야 하고 남자들은 다시 외출하는 자유를 갖게 된다."(이사벨라 버드 비숍,『한국과 그 이웃 나라들』, 이인화 역, 살림, 2001, 63쪽)

김종숙 시인의 시 세계에서도 인유는 작품의 주제, 형식, 분위기 등을 심화시키는 역할을 하고 있다. 시인은 다산 정약용, 추사 김정희와 그의 제자인 이상적, 고산 윤선도, 공자와 그의 제자인 안연과 자하, 백석 시인, 이중섭 화가, 백운거사 이규보 등을 인유하면서 자연의 질서와 이치는 물론 인간 가치와 시의 의의를 새롭게 제시해주고 있는 것이다.

2.

광주부 초부면 마현의 여유당(與猶堂) 낙숫물 자리에 가벼운 흙모래는 다 흘러가고 굵은 모래만 태산이다

수없이 캐묻고 두드린 흔적이다

— 「마현에서」 전문

"광주부 초부면 마현의 여유당(與猶堂)"은 조선 후기의 대표적인 학자이자 사상가인 다산 정약용의 집이자 당호이다. 정약용은 유배지에서 지은 호인 다산(茶山)과 함께 마현리에 돌아와 만년을 보낼 때 "여유당"이란 호를 지어 사용했다. 여유당은 노자의『도덕경』제15장에서 "신중하게 망설이는 품은 마치 겨울에 강을 건너듯 하고, 근신하고 경계하는 품은 마치 사방에서 엿보는 듯하다"[7]라는 글귀에서 가져온 것이다. 잘 망설이는 짐승의 이름인 '예(豫)'와 상통하는 '여(與)'는 물론 그와 같은 짐승의 이름인 '유(猶)'를 선택한 것은 겨울 냇물이 매우 차갑기 때문에 빠지지 않으

---

7 "豫兮若冬涉川 猶兮若畏四隣"(『노자/장자』, 장기근 역, 삼성출판사, 1981, 71쪽)

려면 조심히 건너야 하듯이 세상에는 감시하는 눈들이 많으므로 항상 조심히 행동하려는 것이었다.

다산은 스물셋의 나이에 정조에게 『중용』을 강의할 정도로 신임을 얻었고, 거중기를 발명해 수원성의 축조에 사용함으로써 경비와 공사 기간을 줄였듯이 실학을 추구했다. 그렇지만 남인 세력들이 천주교 신봉으로 형벌을 받게 된 사건을 계기로 18년 동안 유배 생활을 했다. 다산은 그 유배지에서도 손에서 책을 놓지 않고 학문에 전념했다. 그 결과 정치와 사회 개혁을 제시한 『목민심서』『경세유표』『흠흠신서』 등 500여 권의 저서를 남겼다. 귀양살이를 끝내고 마현의 생가에 돌아왔을 때도 못다 이룬 학문을 『여유당전서(與猶堂全書)』를 편찬하며 갈무리했다.

위의 작품에서 "가벼운 흙모래는 다 흘러가고 굵은 모래만 태산"인 것은 다산이 "수없이 캐묻고 두드린 흔적"으로 볼 수 있다. 즉 많은 저서들을 통해 제시한 지역 차별 타파, 당색 타파, 세제 개혁, 인재의 고른 등용, 신기술 개발, 농민을 위한 정책 등 실사구시의 학문 정신이다. 또한 떳떳한 도리를 밝히고, 즐거운 뜻과 원망과 사모하는 마음을 펴고, 세상을 걱정하고 힘없는 사람을 도와주려는 마음을 차마 그만두지 못하는 "정신과 기맥"[8]인 그의 시론이기도 하다. 따라서 그의 "흔적"은 뚜렷하면서도 청정하다.

목민관
해관 행장은
부임 시 행장 규모를

8　정약용, 『유배지에서 보낸 편지』, 박석무 편역, 창비, 2012, 157쪽.

　　　　　　　　　　　　　　　시와 정치

벗어나지 말아야 한다던 다산을 생각하며
내 초록의 찻물 우려낸
낡은 다관 싸 들고
집으로 가네

선생도
귀향 행장을 꾸려
집으로 가는 길이
실금만 무수한 낡은 다관을
그러잡는 일
같았을까

이제껏 쓰였으니 그것이면 족하지

예속의 옷을 벗고
벗어둔 나를 주워 입으러
집으로 가네

집으로 가는 길은
청운도 적운도 다 품어
빨래하기 좋은 날, 당목 홑청 뜯어들고
간짓대 드리우고 팔랑팔랑 말리려네

—「귀향」 전문

위의 작품의 화자는 "집으로" 가는 길 위에서 다산 정약용의 생애를 떠올린다. 다산은 "목민관/해관 행장은/부임 시 행장 규모를/벗어나지 말아야 한다"고 다짐하며 관직 생활을 했다. 그 결과 부정하고 부패한 벼슬아치는 부임할 때보다 해관(解官)되었을 때의 행장 규모가 더 큰 데 비해 다산은 "실금만 무수한 낡은 다관을/그러잡"은 것이 전부였다. 그리하여 화자 또한 다산의 생애를 거울로 삼고 "초록의 찻물 우려낸/낡은 다관 싸들고/집으로 가"는 것이다.

하루의 일과를 끝내고 귀가하는 길이 그러하듯이 객지 생활을 하다가 귀향하는 길은 편안하다. 출근할 때는 일터에 늦지 않기 위해 서두를 뿐만 아니라 더 많은 양식을 구하기 위해 온몸으로 뛰어야 하듯이 집을 떠난 삶이란 "청운"이며 "적운"을 추구하느라 바쁘고 힘들다. "예속의 옷"을 입을 수밖에 없는 것이다. 그렇기 때문에 객지 생활을 접고 귀향하는 일은 "벗어둔 나를 주워 입"는 것이기에 마음이 편하다. 양식을 충분히 구했든 구하지 못했든 퇴근하는 길은 편안한 것처럼 귀향하는 길 역시 출세를 했든 그렇지 못했든 후련한 것이다. 화자가 "집으로 가는 길은/청운도 적운도 다 품어/빨래하기 좋은 날"이라고 즐거워하는 것이 그 모습이다. 화자는 "당목 홑청 뜯어들고/간짓대 드리우고 팔랑팔랑 말리"고 싶다고까지 노래한다. 다산의 담백하고 청정한 정신을 인유하며 자신의 삶의 나침반으로 새기고 있는 것이다. 이와 같은 면은 추사 김정희와 그의 제자인 이상적을 노래한 다음의 작품에서도 볼 수 있다.

> 인적 끊긴 산중인데 물길 닿는 소리 한결같다
> 이역만리 밖 이상적(李尙迪)이 탱자울 궁벽한 추사를 좇는 우도(友道)의 물길이 이 같다 하였던가
> 아직 산문 밖에선 훼절의 소식 끊이질 않는데 저 기운찬 물살은 어느 심연에 물꼬가 닿아 저리 당당하고 촉촉한가
>
> ―「폭포 1」 전문

"이상적"은 중국을 열두 차례나 다녀올 정도로 뛰어난 역관이자 문인

이었다. 8차 연행 때 북경에서 문집 『은송당집(恩誦堂集)』을 간행했는데 제목, 서문, 찬을 청나라 문인들이 써주었을 정도였다. 또한 청나라 문인들로부터 받은 편지를 모아 『해린척소(海隣尺素)』라는 서한집을 묶어 조선의 역관들에게 큰 도움을 주었다. 청나라 조정 인사에 대한 정보, 청조 인사들의 문화적 취향, 당시 사회의 분위기, 문물 교류의 구체적 정보 등을 전해준 것이다. 해린이란 '세상 모두가 이웃'이라는 의미로 당나라 시인 왕발(王勃)이 "세상에서 나를 알아주는 사람이 있다면/하늘 저 끝도 이웃과 같다"(海內存知己, 天涯若比隣)라고 노래한 데서 따왔다.[9]

이상적은 추사에게 시와 글씨와 그림을 배운 제자로서 중국에 다녀올 때마다 책과 중국 문인들의 편지를 들고 제주도에서 유배 생활을 하는 스승을 찾았다. 오랜 유배 생활을 하는 추사의 주위에는 사람들이 없었지만, 이상적은 거센 풍랑을 헤치고 찾아간 것이다. 추사는 이상적의 지극한 정성을 생각해서 〈세한도〉를 그려 보내주었다. '세한'이란 말은 "날씨가 추워진 뒤에야 소나무와 잣나무가 더디 시듦을 아느니라"[10]는 『논어』에서 가져온 말이다. 태평무사한 때는 모르지만 나라의 일이 있을 때 군자와 소인을 구별할 수 있고 충신과 열사를 알 수 있다는 것이다. 이상적은 추사가 그려준 〈세한도〉를 청나라의 북경에 가지고 가 강소성을 중심으로 한 최고의 문사들에게 화찬(畵贊)을 받아올 정도로 스승을 섬겼다.

---

9 정후수, 「역관이 다투어 읽던 중국인의 편지, 『해린척소』의 가치」(『동악어문학』 59집, 동악어문학회, 2012, 381쪽) 및 이언적 편, 『북경편지』, 정후수 역, 사람들, 2007, 6~13쪽.
10 "歲寒然後知松柏之後彫也."(이가원, 『논어』, 교육출판공사, 1986, 232쪽)

친구를 사귀는 데 우도(友道)가 필요하듯이 스승과 제자 사이에도 도리를 지켜야 한다. 위의 작품의 화자는 "인적 끊긴 산중인데 물길 닿는 소리 한결같다"고, 즉 자연의 질서에서 그 도리를 찾고 있다. "이역만리 밖 이상적(李尙迪)이 탱자울 궁벽한 추사를 좇는 우도(友道)의" 길이 변함없는 "물길"과 같다고 인식하는 것이다. 스승과 제자 사이의 도리는 자신의 선택에 의해 맺어진 것이기에 자신의 의지와 상관없는 운명에 의해 맺어진 부모와 자식 간의 도리보다 소중할 수 있다. 책임과 의무가 분명한 것이다. 그리하여 "산문 밖에선 훼절의 소식 끊이질 않"고 있지만 "저 기운찬 물살은 어느 심연에 물꼬가 닿아 저리 당당하고 촉촉한가"라고, 올곧은 "폭포"를 노래하고 있다. "폭포"의 자세를 "훼절"이 횡행하는 이 세상을 비춰주는 거울로 여기고 있는 것이다. 김수영 시인이 폭포 앞에서 "계절과 주야를 가리지 않고/고매한 정신처럼 쉴 사이 없이 떨어진다"(「폭포」)라고 노래한 것과 상통한다.

3.

조곤이 와

오늘부터 당신은 나의 영원한 마누라야 죽기 전에 우리 사이에 이별은 없어요. 세상 여자들의 귀를 혼곤하게 적시는 너는 내 여자라는 말,

초동(初冬)의 나무 한 가지를 흔들어 영원(永遠)밖에 모르는 그녀는 처마가 깊어져 그늘을 가졌다

가난하고 외롭고 높고 쓸쓸하니 살어 가도록 태어났다는 사내,
하눌이 이 세상을 내일 적에 그가 가장 귀해 하고 사랑하는 것들은 모두

가난하고 외롭고 높고 쓸쓸하니
　그리고 언제나 넘치는 사랑과 슬픔 속에 살도록 지으셨다는
바구지꽃,
그녀의 사랑이 머물다 간 자리

오래 비어 고요한 끝

—「정가(靜柯)」 전문

위의 작품의 "사내"는 객지의 방 안에서 흰 벽을 바라보며 자신이 "가
난하고 외롭고 높고 쓸쓸하니 살어 가도록 태어났다"[11]고 절망한다. 그렇
지만 자신에게 주어진 운명 앞에서 좌절하지 않는다. 그리하여 "하눌이
이 세상을 내일 적에 그가 가장 귀해 하고 사랑하는 것들은 모두 가난하
고 외롭고 높고 쓸쓸하니/그리고 언제나 넘치는 사랑과 슬픔 속에 살도
록 지으셨다"[12]며 위안을 삼는다. 그것은 자신이 "오늘부터 당신은 나의
영원한 마누라야. 죽기 전에 우리 사이에 이별은 없어요."[13]라고 말한 약
속이 있기 때문이다. 즉 따뜻한 방 안의 밥상에 둘러앉아 아이들과 함께
저녁을 먹을 사랑하는 사람이 있기 때문이다. 따라서 자신이 겪고 있는
가난과 외로움과 쓸쓸함과 슬픔을 이겨내야겠다는 의지를 품는다.

그렇지만 "세상 여자들의 귀를 혼곤하게 적시는 너는 내 여자라는 말"
은 이루지지 않았다. 그 대신 "초동(初冬)의 나무 한 가지를 흔들어 영원
(永遠)밖에 모르는 그녀는 처마가 깊어져 그늘을 가"지게 되었다. 그리고

11　백석의 시「흰 바람벽이 있어」중에서.

12　위의 시작품 중에서.

13　김자야, 『내 사랑 백석』, 문학동네, 1996, 41쪽.

"바구지꽃"이 피었다. 그 꽃은 "그녀의 사랑이 머물다간 자리"로서 아름답지만 쓸쓸하고도 애틋하다. "오래 비어 고요한 끝"으로 느껴질 만큼 먹먹하기도 하다.

위의 작품에서 화자는 백석 시인의 「흰 바람벽이 있어」의 구절들이며 김자야 여사의 고백을 인유하고 있다. 백석 시인과 김자야 여사의 이루어지지 못한 사랑을 안타까워하면서도 아름다운 그 사랑을 동경하며 정가(情歌)를 부르고 있는 것이다. 그리하여 혈연적 연대감마저 느껴진다.

시인의 집 김장김치에는 시가 버무려져 있다
입동 지나, 꿩이 큰물에 들어
대합으로 여물어간다는 절후(節候), 즈음
시인은 화사한 맛을 불러온다는 황석어젓을
소에 마저 섞어 호아지라 하고
사내는 김치가 버무려지는 풍경으로 들어와
시집을 펼쳐 든다
시 한 소절 읽어내릴 때마다
배추포기 사이, 사이마다 시가 쟁여져서
가지취 내음새가 나는 여승이 지나가고
풍구재도 얼럭소도 쇠드랑볕도 모다 즐거이 지나가고 나면
사내는 읽던 시 내려두고 배추포기 들여오고
시 한 소절 읽고 김치 한 입 맛보고
북방의 시냇물 소리 움켜쥔
무 광주리 들여오고
차분차분 쟁여 담은 김장독
제자리 찾아가며
올 김장은 시가 배어
대들보 우에 베틀도 채일도 토리개도 모도들 편안하니

시와 정치

평평한 소식만 들려오겠다고
싸르락 싸르락
싸락눈
소리도 없이
나리고

—「시가 버무려지는 시간」 전문

위의 작품에는 "김장김치에는 시가 버무려져 있"는 "시인의 집"이 소개
되고 있다. "입동 지나, 꿩이 큰물에 들어/대합으로 여물어간다는 절후
(節候), 즈음"에 하는 집안의 행사로 "시인은 화사한 맛을 불러온다는 황
석어젓을/소에 마저 섞어 호아지라 하고", "사내는 김치가 버무려지는 풍
경으로 들어와/시집을 펼쳐 든다". "시 한 소절 읽어내릴 때마다/배추포
기 사이, 사이마다 시가 쟁여"질 정도로 부부 사이는 화목하고, "가지취
내음새가 나는 여승이 지나"[14]갈 정도로 살림살이는 풍족하다. "풍구재도
얼럭소도 쇠드랑볕도 모다 즐거이 지나가"[15]는 모습도 마찬가지이다. 그
리하여 백석의 시「연자간」에 등장하는 연자매로 방아를 찧는 풍경뿐만
아니라 달빛도 햇빛도 집안의 농기구도 소도 닭도 송아지도 편안하고 풍
성하다.

결국 일제강점기 조선 민중들의 삶은 가난하고 힘들었지만 결코 함몰
되어서는 안 된다고 생각하고 세시풍속과 음식문화를 풍성하게 노래한
백석 시인의 의식을 작품의 화자는 계승하고 있는 것이다. 그와 같은 모

---

14 백석의 시「여승」 중에서. 이 작품에 등장하는 여성은 이루 말할 수 없이 가난하고
   슬픈 운명을 안고 있다.
15 백석의 시「연자간」 중에서.

습은 "사내는 읽던 시 내려두고 배추포기 들여오고/시 한 소절 읽고 김치 한 입 맛보"는 것으로도 지속된다. "북방의 시냇물 소리 움켜쥔/무 광주리 들여오고", "차분차분 쟁여 담은 김장독/제자리 찾아가"는 것으로도 이어진다. 그리하여 "대들보 우에 베틀도 채일도 토리개도 모도들 편안하니/평평한 소식만 들려"올 것이 기대된다. "싸르락 싸르락/싸락눈/소리도 없이" 내린다. 이와 같은 혈연적 연대감 내지 공동체 의식은 공자와 그의 제자인 안연과 자하 사이에서도 볼 수 있다.

4.

수곽으로
물 흘러드는
소리를 듣네
소리는 소리를 부르고
다시 또랑한 소리는 새로운 소리를 불러
소리는 물음이 되고
물음은 음계 없는
긴 질문이어서
물음은 물음을 낳고
다시 물음은 새로운 물음을 낳아
거기, 귀가 순해지기를 기다리는
늦깎이 여학생도
귀에 들어오는 질문과
물음을 받아 적느라
산그늘이 지는 줄
모르네

시와 정치

가만,
그 끝에
안연(顔淵)과 자하(子夏)도
공자에게 묻고 답하네
공 선생이 제자들에게
새 물을 길어
붓네

— 「안연과 자하」 전문

위의 작품의 화자는 자신의 귀로 "수곽으로/물 흘러드는/소리를 듣"는
다. 귀는 소리를 들을 수 있는 기능을 갖추고 있을 뿐만 아니라 소리를
들어야 하는 책무도 있다. 그렇지만 많은 사람들은 자신에게 이익이 되
고 유리한 소리만 들을 뿐 손해되거나 불리한 소리는 듣지 않는다. 따라
서 들리는 소리를 자연스레 듣는 것은 이치를 따르는 모습으로, 곧 공자
께서 말씀하신 이순(耳順)으로 볼 수 있다. 귀로 듣는 모든 것을 순조롭게
이해하기에 "소리는 소리를 부르고/다시 또랑한 소리는 새로운 소리를
불러" 모으는 것이다.

그런데 화자는 "소리는 물음이" 된다고 인식한다. "물음은 음계 없는/
긴 질문이어서/물음은 물음을 낳고/다시 물음은 새로운 물음을 낳"는다
는 것이다. 이순이 결코 결과가 아니라 과정이고, 정적인 것이 아니라 동
적인 것이라고 자각하는 모습이다. 그리하여 화자는 자신을 "거기, 귀가
순해지기를 기다리는/늦깎이 여학생"이라며 "귀에 들어오는 질문과/물
음을 받아 적느라/산그늘이 지는 줄/모르"고 있다고 노래한다. 공자와 그
의 제자인 안연과 자하의 학문하는 자세를 본보기로 삼는 것이다. 질문
하고 답하는 "그 끝에" "안연(顔淵)과 자하(子夏)도/공자에게 묻고 답하"다

가 결국 "공 선생이 제자들에게/새 물을 길어/붓"는 방식을 기대하는 것이다.

그런데 화자가 공자의 수많은 제자 중에서 "안연과 자하"를 선택한 것은 주목된다. 안연은 공자가 가장 아끼고 기대를 가졌던 제자로 이름은 회(回)였는데, 가난 속에서도 스승의 가르침인 덕행을 실천하기에 힘썼다. 또 다른 인물인 자하는 문학에 밝았다. 공자는 만년에 중국의 경전과 고대 문화 연구에 매진했는데, 자하는 그것들을 해석하고 후세에 전하여 유학의 발전에 공헌했다.[16] 따라서 화자는 안연을 통해서는 덕행을, 자하를 통해서는 문학을 배우고자 한다. 물론 안연과 자하에게 가르침을 준 공자에게도 배우려고 한다. 그런데 안연과 자하는 공자에게 일방적이지 않고 묻고 답하는 방식으로 배웠다. 그리하여 화자는 덕행과 문학을 그들과 같은 방식으로, 즉 적극적으로 교류하면서 가르침을 얻고자 하는 것이다. 화자가 자연의 이치 내지 질서를 따르고자 하는 것은 이 의도와 관계가 깊다. 과학 기술의 발전과 경험의 확대를 통해 어느덧 인간은 자연을 경외의 대상이 아니라 단지 삶을 영위하는 데 필요한 자원의 대상으로 여긴다. 그리하여 자연을 탐험하고 개발해 고갈시키거나 훼손시켜 인간 자신도 황폐화되고 있다. 화자는 이와 같은 세계관을 극복하기 위해 자연을 인간과 함께하는 존재로 인식하고 그것의 이치며 질서를 따르고자 한다. 고산 윤선도를 인유한 것이 그 구체적인 자세이다.

> 능수버들의 문장에 녹우(綠雨)가 흐르네
> 문장은 나를 멈춰 서게도 정토를 기웃거리게도 하네

---

16 김학주 편저, 『논어』, 서울대학교출판부, 1993, 64~73쪽.

그의 시문(詩文)을 들여다보는 사이에도 문장은 쉼 없이 돋아나고 나는 돌계단에 앉아 귀를 기대네

나를 멈춰 서게 하는 녹우여,

그윽한 문장이여
유려한 필체여

오늘은 저 빗줄기 속에 돋아나는 말을 따라가보기로 하네, 푸른 사유의 관정을 기웃거리네

— 「별서(別墅)에서」 전문

위의 작품의 제재인 "녹우(綠雨)"는 늦봄과 초여름 사이에 내리는 비의 개념을 넘어 우거진 잎을 나타낸다. 그 잎의 색감이며 형태며 움직임이란 약동하는 생명력을 고스란히 보여준다. 화자는 그 풍경을 바라보며 "능수버들의 문장에 녹우(綠雨)가 흐르네/문장은 나를 멈춰 서게도 정토를 기웃거리게도 하네"라고 노래한다. 능수버들에 얹힌 녹우의 청정함과 아름다움은 화자가 시인으로서 이루고자 하는 문장이다. 그리하여 화자는 그 문장을 중생들이 살아가는 번뇌와 고해의 현실세계인 예토(穢土)가 아니라 장차 부처가 될 보살이 거주하는 청정한 땅인 "정토"(淨土)로 부르고 있다.

화자는 자신이 추구하는 문장의 본보기로 고산 윤선도의 작품을 들고 있다. "그의 시문(詩文)을 들여다보는 사이에도 문장은 쉼 없이 돋아나고 나는 돌계단에 앉아 귀를 기대네"라고 노래하는 것이다. "나를 멈춰 서게 하는 녹우여,//그윽한 문장이여/유려한 필체여"라고 감탄하기도 한다. 그리하여 화자는 "오늘은 저 빗줄기 속에 돋아나는 말을 따라가보기로"

한다. "푸른 사유의 관정을 기웃거리"는 것으로, 곧 고산의 작품 세계에 다가가는 것이다.

주지하다시피 고산은 조선시대의 대표적인 시조시인이이다. 유배지 인 전남 해남의 금쇄동에서 지은「오우가」며 부용동에서 지은「어부사시 사」는 한국어의 예술적 가치를 최고로 발현시켰다는 평가를 받고 있다. "내 버디 몃치나 ᄒᆞ니 슈석(水石)과 숑듁(松竹)이라/동산(東山)의 ᄃᆞᆯ 오르 니 긔 더욱 반갑고야/두어라 이 다숫 밧긔 또 더ᄒᆞ야 머엇ᄒᆞ리"[17]로 시작 하는「오우가」는 우리말의 아름다움을 구사하며 자연과의 동화를 노래했 다. 또한 보길도 어부들의 사계절 생활과 어촌 풍경을 각 10수씩 총 40수 로 그린「어부사시사」역시 조선시대 시가 문학의 백미로 꼽을 수 있다. "古來로 時調作家가 數없이 많아, 가다가 特出한 絶唱이 없었던 바도 아 니지마는 그들의 作品 全體로 보아 孤山만큼 大成한 이는 일찍 없었다."[18] 라고 평가할 수 있는 것이다.

고산은 성격이 곧고 강직해 시비를 가림에 있어 타협이 없었다. 그리 하여 반대 세력들의 시기와 모함으로 인해 일생의 대부분을 유배지에서 보냈다. 특히 효종의 죽음을 두고 송시열을 위시한 서인들이 효종이 장 남이 아닌 차남이기에 일 년 상을 치러야 한다고 주장하자, 고산은 효종 을 적자로 인정해 삼 년 상을 치러야 한다고 맞섰는데, 그 바람에 81세까 지 유배 생활을 했다. 그렇지만 고산은 유배지에서도 좌절하지 않고 학 문 연구에 열중하고 시문에 몰두했다. 그리하여 그가 남긴 시조 75수는 한국 문학사상 최고의 작품으로 평가받고 있다.

---

17 고산 윤선도,『고산 유고』, 이형대 외 역, 소명출판, 2004, 315쪽.
18 조윤제,『한국문학사』, 탐구당, 1985, 232쪽.

시와 정치

고산은 효종이 선물한 수원의 집을 영원히 기념하고자 해남으로 이전해 짓고 녹우당이라고 이름 붙였다. 따라서 "녹우"는 윤선도가 태어나고 타계한 집을 가리키기도 한다. 작품의 제목에 별장을 뜻하는 "별서"가 들어간 데에서도 알 수 있다. 화자는 그 "별서"에서 "녹우"를 바라보며 고산의 삶과 문학 세계를 떠올린다. 한국어의 예술적 가치를 살려낸 고산의 문체를 인유해 자연의 이치와 질서를 다시금 품는 것이다. 고산은 생애에 여러 차례 유배를 가는 등 정치적으로 시련을 겪었고, 자식의 죽음을 맞는 등 인간적인 아픔을 겪었지만, 친부모와 양부모의 삼년상을 마쳤고, 가난한 제자들에게 글을 가르쳤으며, 적서차별이 엄연하던 시대를 완전히 극복하지는 못했지만 서자도 같은 자식으로 대했다. 그리고 자연의 의연함과 아름다움에 동화되는 삶을 추구했다. 역경 속에서도 굴하지 않는 인간 가치를 자연의 질서와 이치를 통해 발견하고 미학으로 창출한 것이다.

김종숙 시인이 다산 정약용이나 고산 윤선도, 추사 김정희와 그의 제자인 이상적, 공자와 그의 제자인 안연과 자하, 백석 시인 등을 인유한 것도 마찬가지이다. 그들의 말이나 글이나 행동을 통해 인간이 지향해야 할 가치를 제시하고 있는 것이다. 이와 같은 의도는 아리스토텔레스가 『시학』에서 인간은 본래적으로 모방하는 존재라고 한 사실에 비추어보면 충분히 가능하다. 인간은 특별히 모방을 잘한다는 점에서 동물과는 구별되고, 최초의 지식을 모방을 통해서 획득하고, 그리고 모방을 통해 즐거움을 얻는 존재이다. 따라서 김종숙 시인이 추구하는 인유들은 작품의 주제와 형식을 심화시키는 것은 물론 독자와 함께 전통을 공유하면서 인간 가치며 시의 의의를 충분히 제시해주고 있다.

제3부

이기적인 인간 존재가 자기 자신을 물론 다른 사람을 사랑하는 일은 결코 쉬운 것이 아니다. 그러므로 우순에 시인이 노래한 대상에는 주목된다. 시인의 대상에는 자기에를 바탕으로 한 사랑이기에 진실하고, 인격적인 차원을 넘어 공동체적인 것이다. 그리고 인간 가치가 실현되는 세계를 이루기 위해 부단하게 움직이는 것이

디지털 시대의 노동시

1.

어느덧 노동자도 디지털 시대의 환경에서 생존을 모색해야 하는 상황에 놓였다. 주지하다시피 디지털은 전산 분야에서 쓰이는 것으로 자료나 정보 따위를 숫자 0과 1만으로 일정한 규칙에 따라 배열해서 나타낸다. 그리하여 디지털 기술의 결정체라고 볼 수 있는 컴퓨터에서는 문서와 통계뿐만 아니라 음성이나 영상도 디지털 방식으로 처리해 원본과 차이가 없는 복제가 가능하고 필요에 따라서는 편집이나 삭제도 가능하다. 이와 같은 점에서 물질이나 시스템 등의 상태를 물리량으로 나타내는 아날로그와는 대비된다.

이와 같이 디지털은 이진법의 원리를 바탕으로 한 전산 기술의 영역을 넘어 이 세계를 이끌고 있다. "디지털은 이제 세계를 움직이는 새로운 방식으로서 달리 말하자면 '보이지 않는 손'이"[1]다. 디지털은 눈으로 볼 수

---

1 이성우, 『0/1의 세계에서 시란 무엇인가』, 고려대학교출판부, 2007, 12쪽.

도 없고 손으로 만질 수도 없다. 이와 같은 면에서 디지털은 가상현실이라는 새로운 세계를 창조하고 있다. 컴퓨터의 시스템을 이용하여 특정한 환경이나 상황을 현실과 똑같이 느낄 수 있게, 심지어 현실보다 더 실감나게 느끼도록 만들고 있는 것이다. 우리의 일상을 지배하고 있는 인터넷이 그 여실한 예이다.

디지털 시대의 도래로 말미암아 노동자들의 생활이나 정신세계 또한 변화할 수밖에 없다. 구석기 시대의 사냥과 채집으로부터 신석기 시대 이후의 농업을 거쳐 현대사회의 공장 생산 작업에 이르기까지 노동의 영역이 근본적으로 변하고 있기 때문이다. 이제 노동자들은 고용되는 경우보다 해고되는 경우가 점점 늘고 있고, 고용되는 경우도 저임금이나 비정규직이 대부분이다. 노동자들은 일하고 있지만 언젠가 해고당할 수밖에 없다는 것을 인지하고 있다. 따라서 하루라도 그 시기가 늦어지기를 기대하고 있다. 그리하여 개인 생활은 물론이고 공동체적 유대관계가 점점 약화되고, 불안함과 좌절감 등으로 반사회적인 행동이 증가하고 있다.

노동자들은 자신에게 유리한 세계가 도래하기를 바라고 있지만 그것은 불가능하다. 인류의 역사를 디지털 시대의 이전으로 되돌릴 수 없는 한 노동자들의 해고와 실업은 막기가 어려운 것이다. 다시 말해 적은 노동력으로 보다 많은 일을 할 수 있는 컴퓨터가 계속 작업장에 들어서고 있기에 노동자의 해고는 늘어날 수밖에 없는 것이다. 그리하여 제레미 리프킨이 『노동의 종말』에서 진단했듯이 새로운 컴퓨터의 기술이 인간 정신 자체까지 대체하려고 한다. 실제로 대다수의 산업 국가에서 75% 이상 단순 반복으로 작업하고 있는 것을 정교한 컴퓨터나 로봇이 대체할 수 있다. 노벨 경제학상을 수상한 레온티에프(Wassily Leontief)가 말했듯이 "보다 정교한 컴퓨터의 도입으로 인하여 마치 농경 시대에 있어서 말의 역할이 트랙터의 도입에 의해서 감소되고 제거된 것처럼, 가장 중요한 생산 요소로서의 인간의 역할이 감소하게 될 것이다."[2]

디지털 시대를 선도하는 신자유주의는 컴퓨터를 앞세워 조직을 새롭게 구축하고 있다. 사람을 중심으로 한 전통적인 관리 계층을 없애는 것은 물론 생산의 과정을 단축하고 새로운 작업 방식을 창출하고 있다. 결국 노동자들이 자신의 작업장에서 대대적으로 밀려나고 있는 것이다. 프랑스 미테랑 대통령의 기술 자문이자 장관인 아탈리(Jacques Attali)가 "기계가 새로운 프롤레타리아이다. 노동 계급에게는 해고 통지서가 발부되고 있다."[3] 진단했듯이 노동자의 시대는 사라지고 있는 것이다. 컴퓨터에 해고된 산업 노동자들을 서비스 부문이나 화이트칼라 부문이 흡수할 것이라거나 대기업에서 해고된 노동자들을 중소기업에서 흡수할 것이라는 주장은 희망 사항일 뿐이다. 컴퓨터는 서비스 부문이나 화이트칼라 부문이나 중소기업 등을 가리지 않고 점령하기 때문이다.

대부분의 노동자들은 현재 밀고 들어오는 디지털 시대에 제대로 대처하지 못하고 있다. 대처 방안을 마련해도 디지털 시대의 속도를 감당하지 못한다. 상당한 교육을 받았고 기능을 가지고 있고 경험이 많은 노동자들도 마찬가지이다. 그리하여 노동자의 해고와 실업 문제는 신자유주의 사회가 해결해야 할 핵심적인 과제로 떠오르고 있다. 컴퓨터의 혁명은 일부 노동자들에게는 노동 시간이 단축되고 작업 환경이 개선되고 여가 시간을 향상시키는 효과를 가져왔지만, 많은 노동자들에게는 해고와

---

2 제레미 리프킨, 『노동의 종말』, 민음사, 1996, 24쪽.
3 위의 책, 26쪽.

시와 정치

실업을 가져왔다. 결국 컴퓨터가 지배할수록 고용인과 고용자 간은 물론 가진 자와 가지지 못한 자 사이의 차이는 심화될 수밖에 없다. 디지털 시대의 노동시는 이와 같은 면을 간파하고 대응해 나가야 할 것이다.

2.

디지털 시대가 본격화되면서 시의 위기에 대한 논의도 많았다. 시가 아날로그적인 영역에 속하기 때문에 당연한 현상이라고 볼 수 있다. 시의 영향력이 줄어든 모습은 시장에서 시집 수요가 현격하게 감소한 데서 확인된다. 산업노동 시장 못지않게 시의 시장 역시 죽어가고 있는 것이다. 그 원인으로는 대부분의 논자가 제기했듯이 컴퓨터의 등장을 들 수 있지만, 좀 더 총체적인 파악이 필요하다. 산업 노동의 영역과 시창작의 영역은 아날로그적이라는 면에서는 공통점이 있지만 다른 면도 있기 때문이다. 다시 말해 컴퓨터의 점령이라는 환경을 모두 피할 수는 없지만, 그 정도는 차이가 있기에 대처 방안이 다를 수 있는 것이다. 실제로 시를 쓰는 시인들의 수는 계속 늘어나고 있고, 그에 따라 시집 출간도 늘고 있다. 많은 독자들에게 사랑을 받는 시인들도 상당하다. 따라서 디지털 시대라는 외부적인 면을 인정하면서도 시문학과 관련된 내부적인 진단이 필요하다.

컴퓨터가 지배하는 디지털 시대란 곧 신자유주의 시대의 특성이기도 하다. 우리 사회에서 신자유주의란 용어가 보편적으로 쓰이기 시작한 것은 국제통화기금(IMF)에 구제 금융을 신청한 무렵부터이다. 국제통화기금은 우리 정부가 요청한 구제 금융을 받아들이면서 부실한 기업의 정리를 비롯해 노동시장의 유연화, 기업의 인수 및 합병, 은행의 자기 자본

비율 8% 이상 유지 등을 조건으로 제시했다. 다급한 우리 정부는 국제통화기금의 요구를 받아들일 수밖에 없었고, 그 결과 기업들의 구조 조정이 본격화되면서 해고자들이 양산되었다.

이와 같은 상황으로 인해 부익부 빈익빈의 상황이 심화되었는데 국가 간에도 마찬가지였다. 강대국 자본의 자유로운 이동이 보장된 우루과이라운드가 타결되었고 세계무역기구(WTO)가 설립된 것이 그 여실한 모습이다. 약소국들의 경우 공산품뿐만 아니라 농산물과 서비스 부문까지 개방되어 자국의 산업을 보호하기 어렵게 되었다. 결국 기술이나 정보력이나 자본이 우월한 강대국은 더욱 잘살게 되었고 그렇지 못한 나라는 더욱 가난하게 되었다. 이와 같은 불평등에 적절한 규제나 제도적 개선이 요구되지만 강대국들로 인해 쉽지가 않다.

필자는 이와 같은 신자유주의 시대에 시가 나아갈 대안으로 「'포즈'의 심화」에서 제시했듯이 포즈론을 든다. 포즈론은 일제강점기에 평론 활동을 전개한 이원조(1909~1953)가 제기한 창작방법론인데, 디지털 시대에 계승할 가치가 있다고 생각하는 것이다. 일제강점기와 디지털 시대인 현재와는 여러 면에서 큰 차이가 있지만, 시의 위기를 타계할 방안으로써 적용할 수 있다고 보는 것이다. 친일을 강요하는 상황에 설령 굴복하더라도 민족 구성원으로서의 정체성을 지켜야 했듯이 신자본주의의 요구에 대항하지 못하더라도 시인으로서의 주체성을 망각해서는 안 된다. 이처럼 포즈론은 신자유주의 시대에 시인이 가져야 할 자세로써 또는 창작 방법으로써 유용한 것이다.

이원조는 1935년 카프의 해산으로 인해 프롤레타리아문학이 활동력을 상실한 데다가 전향 문제가 문단 내에서 대두되자 '포즈론'을 제기했다. 전향 문제를 작가 개인의 탓으로만 돌릴 수 없는 일이라고, 따라서 조선

문학의 진정성을 회복하기 위해서는 근본적인 대책을 마련해야 된다고 본 것이다. 조선인이라는 신분을 지키려는 작가들에게 식민지 상황은 대항할 수 없을 만큼 무겁고 무서운 것이었다. 지식인의 양심으로는 용납될 수 없었지만, 전향이 정당화되기도 하는 상황이었던 것이다. 그리하여 이원조는 조선 작가들이 취해야 할 도덕적인 자세로 '포즈론'을 제시했다. 이원조는 갈릴레오의 포즈를 조선의 작가들도 취할 필요가 있다고 보았다. 종교재판정에서 자신의 학설을 번복한 갈릴레오를 비난하기보다 그를 이해하고 옹호했는데, 이는 한 인간을 단순히 포옹한 것이 아니라 그렇게 할 수밖에 없는 상황을, 그리고 그 속에서 고통을 겪은 한 지식인을 품은 것이다. 이원조는 갈릴레오의 전향 그 자체보다 "그러나 움직인다"고 중얼거린 사실에 주목했다. 갈릴레오가 결코 '진리'를 포기하지 않았음을, 한 지식인으로서 '모랄'을 지켰음을 내세운 것이다. 그리고 갈릴레오의 행동을 조선 문인들이 취해야 할 자세로 제시했다. 전향을 강요하는 시대에 수많은 선조들이 보여준 절개의 정신을 이어받아 목숨을 스스로 내놓는 것이 필요한지, 아니면 미래를 기약하며 목숨을 부지하는 것이 필요한지 묻고, 후자를 선택한 것이다. 물론 그와 같은 태도가 당연하다거나 자랑할 만한 것이 아님을 잘 알고 있었다. 그렇지만 민중들과 연대해서 대항할 수 없는 상황이었기에 자기 자신을 자각하는 일이 우선 필요하다고 판단한 것이다.[4]

---

4 맹문재, 「'포즈'의 심화」, 『만인보의 시학』, 푸른사상사, 2011, 12~14쪽.

3.

나는 잘렸다
터무니없이

5월 연둣빛 나무 이파리를 보는데
휴대전화로, 그래 휴대폰으로
해고 통보 문자 메시지를 받았다
해고 사유는 '잡담'이다.
그리고 더 이상 회사에 갈 필요도 없었다
눈만 뜨면 전쟁을 치르듯이 아이 맡기고
30분 일찍 전철에 구겨져가던 내 밥그릇 자리
그러나 나는 비정규직 여성 노동자였고
비공식적으로 잘린 거다
어디에도 내가 흘린 피는 없다
어디에도 내가 살기 위해 노력했다는 흔적도 없다
자본이 숨 쉬기 위해 내가 숨죽이다가
이름도 인격도 빼앗긴 결과다
이제 더 이상 내가 가난한 집 딸이고
돈 벌어야 하는 아내고 한 아이의 엄마라는 사실이
대체 무슨 소용이란 말인가
자본은 너무 자유롭고 나는 갇혀 있다
자본은 너무 안전하고 나는 위태롭다
이제 종이 울리면 쉬러 가는 것은
내가 아니라 자본, 그래 돈이라는 것이
정규적으로 쉬러 간다

언제든지 공식적이지 않게 나는 잘리고
무엇을 위하여 종이 울린단 말인가

— 김사이, 「무엇을 위하여 종은 울리나」 전문

디지털 시대에 비정규직보호법이 있어도 비정규직은 해고되거나 불이익을 당하기 일쑤다. "비정규직 여성 노동자"이기에 해고의 사유가 '잡담'이 될 정도로 제약을 받지 않고, 해고를 통보하는 방식도 "휴대전화"의 "문자 메시지"일 정도로 인격적인 대우를 받지 못한다. 비정규직이기에 "비공식적으로 잘"릴 수 있는 것이다. "자본은 너무 자유롭고" "자본은 너무 안전하"기만 한데, 비정규직 노동자들의 삶은 위태롭고 불안하기만 하다.

비정규직보호법은 비정규직 근로자의 권익을 보호하기 위해 2007년부터 적용되었다. 1997년 외환위기 이후 기간제 근로자, 단시간 근로자, 파견 근로자 등 비정규직 노동자가 전체 노동자의 1/3에 이를 정도로 늘어나면서 사회 문제로 등장했다. 그리하여 비정규직 노동자에 대한 차별 대우와 사회의 양극화가 심화되어 더 이상 간과할 수 없게 되었다. 처음에는 300인 이상 사업장에 적용되었는데 이듬해에는 100인 이상으로, 2009년부터는 5인 이상의 사업장으로 확대되었다.

비정규직보호법의 핵심은 기간제 즉 계약직 근로자로 2년 이상 근무하면 사용주가 정규직으로 전환하도록 규정한 것이다. 또한 정규직과 동등한 직무를 수행하는 경우 임금이나 근로 조건에서 차별을 받지 않도록 한 것이다. 그렇지만 비정규직의 차별을 해소하지 못하고 오히려 비정규직을 양산할 것이라는 우려가 많았다. 실제로 기간제 근로자가 2년 이상 근무해서 정규직으로 전환한 경우도 있었지만 2년 이내에 해고된 경우도 적지 않았다. 뉴코아와 이랜드의 경우가 그 대표적인 사례이다.

> 더 일하게 해달라는 절규 자체가 비극이다
> 우리는 강둑을 달리던 웃음도 잃고

흰구름을 보면 맑아지던 영혼도 빼앗기고
그렇지, 가난했던 외등 아래의 설렘도
어쩔 수 없이 그 자리에 놔두고 떠나왔다
돌아갈 길은 아득히 지워졌는데
더 일하면 모든 게 되돌려질 것처럼 내내 믿어왔는데
이제는 밥만 먹게 해달라고* 울어야 한다
초침처럼 빠르게 계산을 하겠다고
화장실 변기를 반짝반짝 닦겠다고
외주 용역은 안된다,
찬 바닥에 드러누워야 한다
내 몸을 구석구석 착취해달라는 절규 자체가
너무 지독한 치욕인데
치욕에 대한 예의도 모르는 자들에게
무엇보다,
우리가 먹는 밥이 뜨거운 까닭이
자신들의 착취 때문임을 죽어도 알 수 없는 자들에게
더 일하게 해달라며 검게 타버린 영혼을
남김없이 보여줘야 하다니!

가지기 싫은 원한을
한 아름씩 나눠가져야 하는 것 자체가
너무나 무거운 비극이다

　* "우리가 정규직이 돼서 한달에 150만원이나 200만원 받고 싶다는 것
도 아니잖아요. 한 달에 80만원, 1년에 960만원 벌게 해달라는 거잖아요.
비정규직으로라도 계속 계약을 갱신하면서 일을 하게 해달라는 건데, 그
게 이렇게까지 당해야 할 일인가요?" (어느 이랜드 노조원의 말, 프레시안
2007년 7월 20일자)

— 황규관, 「비창(悲愴)」 전문

"밥만 먹게 해달라고 울어야" 하는 것이 비정규직 노동자들의 현실이다. 노동자들은 사용주에게 "초침처럼 빠르게 계산을 하겠다고/화장실 변기를 반짝반짝 닦겠다고" 맹세하듯 약속한다. 이와 같은 자세에서 보듯이 노동자는 사용주와 동등한 조건으로 계약하지 못한다. 오히려 "내 몸을 구석구석 착취해달라는 절규"라고 볼 수 있다. "너무 지독한 치욕"이다. 그런데도 사용주는 계약을 갱신하지 않고 외부 용역을 주었다. 비정규직보호법을 악용하여 기간제 근로자들을 2년 이내에 해고한 것이다. "너무나 무거운 비극"이다. 그리하여 비정규직 노동자들은 투쟁의 길을 나설 수밖에 없었던 것이다.

뉴코아와 이랜드 투쟁은 비정규직의 투쟁에 정규직이 함께했다는 점에서 의의가 크다. 비정규직과 정규직이 함께 나서서 사용주의 횡포를 막아낸 것이다. 디지털 시대에 사용주는 필요하면 언제든지 정규직도 비정규직으로 만들 수 있다. "지금 자본은 조금 쉬운 비정규직을 구조적으로 정리하고 있을 뿐이다. 정규직이어서 안 건드리는 것이 아니라 정규직을 비정규직으로 만들기 위해 사전 정비 작업을 하는 것뿐이다."[5] 노동자들은 그 점을 인식하고 맞선 것이다.

> 오 헨리의 「마지막 잎새」나
> 「노란 손수건」을 읽던
> 어린 시절은
> 행복했었다

---

5 권미정, 『곰들의 434일』, 메이데이, 2008, 60쪽.

내가 혹 다시
4년의 옥살이를 마치고 돌아오는 빙고나
폐병으로 말라가는 존즈가 되더라도
누군가 한 사람쯤은 날 위해
노란 손수건을 걸어주거나
마지막 잎새를 그려줄지도 모른다는 희망

어른이 되면서
그렇게 수많은 마지막 잎새들과
노란 손수건을 볼 수 있었던 건
행운이었다

신촌 로타리에서
동대문에서 광화문 네거리에서
군부독재 타도 민중권력 쟁취
가자 북으로 오라 남으로를 외치며
수없이 펄럭이던
노란 손수건들

공장 창문에 매달려 펄럭이던
철거촌 망루 창가에 펄럭이던
한강철교 위거나 크레인이거나
CC카메라탑 위에서 펄럭이던
마지막 잎새들

그리곤 오늘 다시
비정규직 철폐를 외치며
울산 태화강변 현대자동차 정문 앞 송전탑 위에
올라가 있는 사람들이 있다

그때마다 나는 다시
어린 소년이 되어 간절히 기도하곤 한다
떨어지지 마요
당신은 우리 모두의 마지막 잎새
포기하지 말아요
곧 수많은 노란 손수건들이
저 거리에서 펄럭일 거예요

— 송경동, 「마지막 잎새」 전문

작품의 화자는 "비정규직 철폐를 외치며/울산 태화강변 현대자동차 정문 앞 송전탑 위에/올라가 있는 사람들" 앞에서 "간절히 기도하"고 있다. "떨어지지 마요/당신은 우리 모두의 마지막 잎새/포기하지 말아요". 화자가 이와 같이 호소하는 데는 "곧 수많은 노란 손수건들이" "펄럭일 거"라는 희망이 있기 때문이다. 그 희망을 살리기 위해서는 노동자들의 연대가 필요하다. 비정규직과 정규직이 함께 "노란 손수건"을 흔들어야 하는 것이다. 비정규직의 정규직화 차원을 넘어 정규직을 양산하는 사회 구조를 개선시켜야 하는 것이다.

비정규직의 증대로 인해 노동자들의 힘이 점점 약화되고 있는 상황이다. 비정규직 노동자들은 사용주뿐만 아니라 또 다른 노동자, 즉 정규직 노동자들과도 싸워야 한다. 이와 같은 상황은 디지털 시대의 사용자 계급이 고도의 전략으로 의도한 결과이다. 신자유주의는 더 많은 이익을 획득하기 위해 정규직과 비정규직이 서로 연대할 수 없는 갈등 구조를 만들어 놓은 것이다. 그리하여 정규직 노동자들은 비정규직 노동자들을 측은하게 바라보면서도 호의를 갖지 않고, 비정규직 노동자들은 정규직 노동자들을 부러워하면서도 상대적 박탈감을 갖는다. 이처럼 디지털 시대의 노동자들이 주체성을 갖고 살아가기란 쉽지 않다. 그러므로 노동조합 운동이 요구되는 것이다.

노동조합은 노동자에 의한 노동자를 위한 단체이다. 노동자가 개별적으로 사용자와 계약할 때 유리한 조건을 확보할 수 없기 때문에 단결된 조직체가 필요한 것이다. 따라서 임금 인상, 근무조건 개선, 복지 향상, 산업재해 인정 등을 요구하는 것은 노동조합의 본분이다. 때로는 노동조합의 활동이 정치적인 행동을 벌이는 것처럼 보이기도 하지만, 그것 역시 노동자들의 생존권을 확보하기 위한 행동이다. 노동자들의 노동 조건 개선이나 지위 향상은 정치적인 차원과 깊게 연관되어 있는 것이다.[6]

디지털 시대의 도래로 인해 노동 시장은 점점 위축될 수밖에 없다. 인간의 노동 영역이 컴퓨터에 의해 대체되고 있기 때문이다. 그리하여 노동자의 정체성을 지니기가 어렵고 사회적 존재의 위치도 약화될 수밖에 없다. 그 결과 많은 노동자들이 생존을 위해 비정규직에 의존하게 될 것이다. 따라서 노동조합 운동에도 근본적인 변화가 있어야 하는데, 무엇보다 광의적인 연대가 필요하다. 나이나 성별이나 임금이나 근무 조건이나 심지어 정치적 성향이 다르다고 할지라도 노동자 신분이라는 동질감을 가지고 연대해야 하는 것이다. 연대의 방향은 분배를 요구하는 기존의 투쟁에 더해 생산을 추구하는 전략이 필요하다. 생산과 함께하는 투쟁이야말로 노동자들의 주체적인 '포즈'인 것이다.

---

6 맹문재, 「블루오션 공장」, 앞의 책, 181쪽.

비정규직 시대의 노동시

1.

'아사히글라스 하청 노조'[1]를 키워드로 삼고 포털 사이트 다음(daum)에 검색해보니 총 74개의 뉴스 기사가 뜬다. 날짜는 2015년 6월 1일부터 2016년 1월 21일까지이다. 일본에 본사를 둔 아사히글라스는 경북 구미 4공단에 입주해 있는 세계적인 유리 제조업체이다. 이 회사의 하청 노동자들이 노동조합 결성으로 인해 겪고 있는 상황은 우리 사회의 비정규직 문제를 전형적으로 보여준다.

아사이글라스 사내 하청 노조는 2015년 5월 29일에 결성되었다.[2] 노조 위원장은 차헌호 씨이고 참여한 노동자 수는 140여 명이다. 구미의 제조

---

[1] 정확한 명칭은 '아사히글라스 구미공장 사내 하청 업체 ㈜지티에스(GTS) 노동조합'이지만 편의상 줄여 부른 것이다.

[2] 2015년 6월 1일자 『경향신문』(오민규 비정규직노조연대회의 정책위원), 6월 24일자 『뉴스민』(천용길 기자).

업 공장에서 처음 생긴 일이어서 다른 회사에 영향을 미칠 것으로 예상 되었다. 아사히글라스 사내 하청 노조가 결성된 이유는 최저 임금에 잦은 정리해고도 있었지만 사용자가 규정 위반을 들어 마음에 안 드는 하청 작업자에게 감시용 조끼를 입혀 모욕하는 등 비인간적으로 대했기 때문이다. 다른 작업자의 경조사에 하청 작업자의 동의를 받지 않고 1인당 1만 원씩 급여에서 공제해 회사가 주는 것처럼 전달하기도 했다.

이와 같은 사실에서 아사히글라스 하청 노동자들이 노동조합을 결성한 근본적인 이유는 임금이나 고용의 문제보다도 인간다운 대접을 받고 싶어서였다. 차헌호 노조 위원장은 4월 13일 회사 측에서 16명의 비정규직 노동자를 불러 권고사직을 요구했는데 거절하자 부당한 인사 발령을 내려 그에 맞서 노조를 만들었다고 구체적으로 밝혔다.[3] 이와 같은 상황은 1970년대의 경우와 별반 다르지 않기에 놀라움을 준다. 가령 조세희가 『난장이가 쏘아올린 작은 공』에서 노동자들이 원하는 직장은 임금을 많이 주는 곳(8.4%)이나 기술을 배울 수 있는 곳(19.1%)이 아니라 인간적인 대우를 해주는 곳(71.6%)이었는데,[4] 그와 같은 바람이 아사히글라스 사내 하청 노동자들에게도 여전한 것이다.

6월 15일 아사히글라스 사내 하청 노조와 회사 쪽과 노사협상에 들어 갔다.[5] 차헌호 노조위원장은 비정규직은 입사 해수와 상관없이 최저 임금 수준의 급여를 받고 있을 뿐만 아니라 정리해고가 잦고 막말, 욕설, 모욕 등이 계속되고 있다고 주장했다. 이후 노조와 회사는 3차례의 교섭

---

3 6월 17일자 『뉴스민』(천용길 기자), 6월 24일자 『노동과 세계』(홍미리 기자).
4 조세희, 「기계도시」, 『난장이가 쏘아올린 작은 공』, 문학과지성사, 1978, 199쪽.
5 6월 15일자 『한겨레』(구대선 기자).

을 했는데,[6] 노조는 시급 8천 원과 호봉제 도입을 주장했다. 그동안 하청 노동자들은 평일 3교대와 주말 2교대로 일하고 상여금과 기타 수당을 합쳐 220만 원 정도를, 다시 말해 주당 70시간 이상 일하고 원청 노동자의 60% 수준의 월급을 받았으므로 노조의 주장이 과한 것은 아니었다.

그렇지만 회사는 노조의 요구 사항을 수용하지 않았을 뿐만 아니라 근로 계약을 일방적으로 취소했다.[7] 계약 기간이 12월 말인데도 불구하고 7월 31일부로 작업 물량의 감소를 사유로 들고 계약을 해지한 것이다. 하청 노동자들은 노조를 설립한 지 1달 만에 실업자가 될 위기에 처해졌다. 차헌호 노조 위원장은 사내 하청 업체 3곳 중 노조가 조직된 지티에스와의 도급 계약만 해지되었기 때문에 노조에 대한 원청의 탄압이라고 주장했다.

해고된 노동자들은 7월 2일부터 회사 앞에서 천막 농성에 들어갔다.[8] 그리고 7일 구미시청에서 사태 해결을 촉구하는 기자회견을 가졌다.[9] 아사히글라스가 구미시로부터 50년간 토지 무상 임대와 5년간 관세, 법인세, 지방세 전액 면제 등 혜택을 받고 하청 노동자들의 최저 임금, 장시간 노동, 강도 높은 노동 등으로 연평균 매출 1조 원과 7,200억 원의 사내 유보금을 보유하고 있는 사실을 알리고 하청 노동자의 해고가 부당함을 지적한 것이다.

---

6   6월 29일자『민중의 소리』(허수영 기자).
7   7월 1일자『경향신문』(김지환 기자)·『민중의 소리』(허수영 기자).
8   7월 3일자『뉴스민』(차용길 기자).
9   7월 7일자『매일일보』(이정수 기자)·『매일노동뉴스』(구은희 기자)·『신아일보』(도중구 기자).

아사히글라스 사내 하청 노조원들의 농성이 장기화되자 정치권이 나서기 시작했다. 새정치민주연합 을지로위원회에 소속된 우원식, 이학영, 진선미, 장하나 의원은 국회 정론관에서 기자회견을 열고 사내 하청 업체의 노동자들에 대한 계약을 일방적으로 파기한 것을 철회하라고 아사히글라스에 촉구했다.[10] 상황이 이와 같이 확대되자 아사히글라스는 공장의 정문에서 농성 하고 있는 해고 노동자들을 업무방해로 고소했다.[11] 새정치민주연합 을지로위원회 우원식 위원장과 국회 환경노동위원회 소속 장하나 위원은 기자회견에 이어 해고 노동자들의 농성 현장을 방문했다.[12] 아사히글라스 하청 업체 도급 계약 파기는 불공정한 거래 행위라고 지적하고 구미시의 관계 공무원들과의 간담회를 통해 문제 해결을 약속했다. 또한 9월에 열리는 국정감사에 남유진 구미시장을 증인으로 불러 협약 내용대로 아사히글라스를 관리하고 고용을 확대하고 근로자의 처우를 개선하는 행정을 했는지 따지겠다고 했다. 국정감사장에 하라노 다케시 대표를 증인으로 채택해 외국 투자기업으로서 혜택을 누리면서 불법적으로 노동자를 대량으로 해고한 사항에 엄중히 묻겠다는 약속도 했다. 그 후 새정치민주연합 을지로위원회 소속 의원들은 국회에서 기자회견을 열고 아사히글라스의 사내 하청 노동자들을 무단으로 계약 해지한 것이 경제협력개발기구(OECD) 다국적기업 가이드라인을 위반한 행위

---

10 7월 20일자 『브레이크뉴스』(이성현 기자) · 『머니투데이』(김세관 기자) · 『민중의 소리』(강경훈 기자), 21일자 『매일노동뉴스』(양우람 기자).

11 7월 23일자 『민중의 소리』(허수영 기자).

12 7월 29일자 『매일일보』(이정수 기자), 7월 30일자 『매일신문』(정창구 기자), 8월 31일자 『아웃소싱타임스』(편슬기 기자).

시와 정치

라며 국내연락사무소(NCP)에 진정을 제기했다.[13] 또한 녹색당은 아사히글라스 사내 하청 노동자의 해고와 탄압 문제를 세계 녹색당 연합에 연대 요청을 했다.[14]

이와 같은 정치권의 관심에도 불구하고 구미시는 아사히글라스 사내 하청 노동자 해고는 권한 밖의 일이라고 소극적으로 대응했다.[15] 아사히글라스와 체결한 협약서는 투자 유치를 할 때까지이므로 이후의 일들은 법률에 따른다고, 즉 아사히글라스와 하청 업체인 지티에스(GTS)와의 문제이므로 구미시가 관여할 수 없다는 입장을 보였다. 이와 같은 구미시의 변명은 비정규직 지원 조례 제정과 기업의 인권·노동 책임을 강조한 국제기구인 UN글로벌콤팩트에 가입했으면서도 실천하지 않는 모습이다. 행정 관청이 시민들의 문제를 외면하는 것 자체가 모순인 것이다. 그리하여 아사히글라스 사내 하청 노조와 시민사회단체는 사태 해결을 위한 범시민운동을 구미시에 맞서 전개하고 나섰다. 4만 명을 목표로 시민 서명 운동을 전개해 18일까지 1만 5천여 명의 동참을 이끌어낸 것이다.

아사히글라스 사내 하청 노동자 해고 문제는 8월 24일자 『경향신문』의 사설에도 등장했다. 고용노동부가 사용자의 편에 서는 정책을 밀어붙이는 사이 노동법의 기본 질서가 무너지는 현실을 아사히글라스 사내 하청

---

13 8월 4일자 『뉴스민』(박중엽 기자)·『국제i저널』(김도희 기자)·『경향신문』(박홍두 기자)·『타임뉴스』(이승근 기자), 8월 5일자 『구미일보』(김창섭 기자)·『매일노동뉴스』(윤성희 기자)·『국제뉴스』(김용구 기자).

14 9월 9일자 『뉴스민』(천용길 기자).

15 8월 18일자 『뉴스민』(천용길 기자).

노조의 해고를 비롯해 동양시멘트, 대만계 기업인 하이디스의 경우를 들어 비판한 것이다.

아사히글라스 사내 하청 노조원들은 9월 5일 '연대 한마당'을 열었다.[16] 해고된 노조원들을 격려하기 위해 전국의 사내 하청 노조원들이 모여 연대 문화제를 개최한 것이다. 하청 노동자들이 겪는 노동 착취와 임금 착취를 밝히고 해고 노동자들의 어려움을 함께 이겨내려는 행사였다. 아사히글라스 사내 하청 노조가 설립된 지 100일, 해고된 지 65일이 되는 날이었다.

10월 1일부터 아사히글라스 하청 노조에 관한 국정감사가 열렸다.[17] 국회 환경노동위원회 부산지방고용노동청 국정감사장에서 하라노 다케시 아사히글라스 대표, 김재근 아사히글라스 본부장, 차헌호 아사히글라스 사내 하청 노조 위원장 등을 증인으로 세우고 우원식 새정치민주연합 의원 등이 위법 행위를 따졌다. 하라노 다케시 대표는 국정감사장에서 일방적인 계약 해지가 없었다고 말했다. 실제와는 다른 답변이어서 전순옥 새정치민주연합 의원은 하라노 다케시 대표를 위증죄로 고발했다. 그렇지만 아사히글라스 사내 하청 노조원들의 상황은 달라진 것이 없었다.

16　8월 26일자 『경향신문』(최병승 현대자동차 노동자), 8월 31일자 『한겨레』(유명자 재능교육 해고 노동자), 9월 1일자 『사건의 내막』(이상호 기자)·『프레시안』(허환주 기자)·『경향신문』(김지환 기자)·『한국일보』(변태섭 기자), 9월 5일자 『뉴스민』(김규현 기자)·『오마이뉴스』(조정훈 기자), 9월 7일자 『울산저널』(용석록 기자), 9월 10일자 『프레시안』(차헌호 아사히사내하청노동조합 위원장)·『지금 여기』(장영식 기자)·『울산저널』(윤태우 기자).

17　10월 1일자 『머니투데이』(김세관 기자)·『뉴스민』(천용길 기자), 10월 2일자 『매일노동뉴스』(양우람 기자), 10월 5일자 『매일노동뉴스』(양우람 기자).

이렇게 되자 아사히글라스 사내 하청 노조원들은 5일부터 구미시청 앞에서 천막농성에 들어갔다.[18] 노조원들은 구미시가 아사히글라스에 특혜를 주었으므로 문제 해결에 나설 것을 촉구한 것이다. 이에 구미시 노사민정실무협회는 13일 아사히글라스 문제를 해결하기 위해 간담회를 열었다.[19] 한국노총 구미지부, 고용노동부 구미지청, 구미상공회의소, 구미시의회, 구미시민사회 등 총 10개의 단체에서 아사히글라스 본부장, 정재윤 지티에스(GTS) 사장, 차헌호 노조 위원장을 차례로 불러 질문하는 방식이었다. 이미 알려진 사실 관계를 확인하는 수준이어서 실질적인 성과는 없었다.

그에 따라 아사히글라스 사내 하청 노조원들의 구미시청 앞 천막농성 또한 장기화되기 시작했다. 한 노동자는 남유진 구미시장에게 대화를 요구하다가 시장의 차량에 부딪혀 병원에 입원하기도 했다.[20] 구미시청은 노조원들이 천막농성장에 당겨쓰던 전기를 끊고 시설물을 철거하라고 요구했다.[21] 1차 교섭에서 회사 측이 금전적인 보상을 제안했지만 노조는 고용 보장을 요구하며 거부하자 구미시청이 태도를 바꾼 것이다. 그리하여 아사히글라스 사내 하청 노조가 시청 앞에서 어깃장을 부리는 행동으로 인해 시민들의 불만이 폭발하고 있다는 보도까지 마련했다.[22] 또한 시시티브(CCTV)로 천막농성을 하고 있는 아사히글라스 사내 하청 노조를

---

18 10월 5일자 『뉴스민』(천용길 기자), 10월 6일자 『경북인터넷뉴스』, 10월 8일자 『뉴시스』(추종호 기자).

19 10월 13일자 『뉴스민』(천용길 기자).

20 10월 22일자 『뉴스민』(천용길 기자).

21 10월 30일자 『뉴스민』(천용길 기자).

22 12월 9일자 『대경일보』(남보수 기자).

감시하기 시작했다.[23] 구미시청은 사고가 자주 일어나는 장소여서 설치했다고 해명했지만 아사히글라스 사내 하청 노조를 표적 감시하기 위한 것이라는 혐의가 짙기만 하다.

아사히글라스 사내 하청 노동자들의 해고 문제는 아직까지 해결되지 않고 있다. 회사는 지속적으로 노동자들을 착취하고 탄압하고 있는데 구미시청은 형식적으로 관심을 보이다가 급기야 아사히글라스의 편을 들고 있다. 정치권 역시 야당만 다소 관여하다가 그만두었다. 언론사도 더이상 관심을 보이지 않고 있다. 따라서 시인들이 아사히글라스 사내 하청 노동자들을 비롯한 비정규직 노동자들의 문제에 관심을 갖고 참여하는 것이 지극히 필요한 상황이다.

2.

늦은 밤 집에 들어오니
아내가 우편물 한 묶음을
한심하다는 듯 내놓는다
종로경찰서 영등포경찰서 서초경찰서 남대문경찰서 서울중앙지법
골고루 다양한 곳에서 여섯 통의 소환장이
한날한시에 와 있다
담합이라도 하지 않는 이상, 이럴 수가……
한 장은 기륭전자 비정규직과 함께 을지로입구 사거리에서 붙었던 날
한 장은 쌍용차 해고자들과 대법원 앞에서 한번 붙었던 날
또 한 장은 LGU+ SK브로드밴드 비정규직 벗들과 함께 국회 앞에서 한

---

23 2016년 1월 21일 『뉴스민』(천용길 기자).

시와 정치

판 하던 날

또 한 장은 두 명의 비정규노동자들이 명동 중앙우체국 앞 광고탑 고공
농성에 돌입하던 날

또 한 장은 그 모든 이들과 함께 갔던 청와대 앞

또 한 장 중앙지법에서 온 것은 세월호 추모집회 관련 재판 소환

우리 기준으로는 기자회견에 추모제거나 문화제거나 측은지심이거나
양심과 지속가능한 사회를 위한 연대……

저들 기준으로는 미신고집회 주최 집회시위에관한법률위반 해산불응
구호제창 피켓팅 기준소음초과 건조물침입 특수공무집행방해 일반도로교
통방해……

빨리 간이 쫄아들어야 하는데

오랜만에 아이를 위해

쇠고기 장조림을 조리려고

메추리알을 잔뜩 사온 날이었다

장조림을 하느라

저토록 간절하게 나를 다시 만나고 싶다는

편지들을 자세히 읽어줄 틈도 없다

이제 나를 한시라도 빨리 만나고 싶다는 이들은

대부분 경찰들과 판사들뿐이다

근래엔 18번을 이선희의 '인연'으로 바꿨다

얼마 전 희망버스 주동으로 1심에서 실행 2년을 선고받고

간신히 보석으로 살아나온 날이었다

가사가 참 맘에 들었다

"2년이라고 하죠. 거부할 수가 없죠"

그 다음 구절이 더 좋았다

"내 생애 이처럼 아름다운 날 또다시 올 수 있을까요"

그 다음 구절은 또 어떠한가

"고달픈 삶의 길에 당신은 선물인 걸"

비정규직 시대의 노동시

처음 시작도 참 좋다
"약속해요. 이 순간이 다 지나고 다시 보게 되는 그날
모든 걸 버리고 그대 곁에 서서 남은 길을 가리란 걸……"

그런다고
나를 향해 돌아선
아이의 마음이 돌아설까마는
짭짤하니 좋다
무엇이
장조림이?
내 인생이?

　　　　　　　　　　— 송경동, 「나를 사랑하는 사람들」 전문[24]

　작품의 화자는 "한날한시"에 경찰서와 법원으로부터 온 "여섯 통의 소환장"을 보면서 자신이 참가한 날들을 떠올린다. "기륭전자 비정규직과 함께 을지로입구 사거리에서 붙"은 날, "쌍용차 해고자들과 대법원 앞에서" 맞선 날, "LGU+ SK브로드밴드 비정규직 벗들과 함께 국회 앞에서" 집회한 날, "두 명의 비정규노동자들이 명동 중앙우체국 앞 광고탑 고공농성에 돌입"해 함께한 날, 그리고 비정규직 노동자들과 함께 "청와대 앞"에서 집회를 한 날 등을 되살리는 것이다.

　화자가 소환된 사유는 "세월호 추모집회"와 관련해서 "중앙지법"이 소환한 것이 있기는 하지만 비정규직 노동자들의 집회에 참여했기 때문이다. 비정규직 노동자들의 입장에서는 "기자회견에 추모제거나 문화제거나 측은지심이거나 양심과 지속가능한 사회를 위한 연대" 행동으로 지극

---

24 『현대시학』, 2015년 4월호, 82~84쪽.

히 자연스러운 일인데, 경찰서와 법원은 "미신고집회 주최 집회시위에관한법률위반 해산불응 구호제창 피켓팅 기준소음초과 건조물침입 특수공무집행방해 일반도로교통방해" 등의 죄목으로 탄압하고 있는 것이다.

그렇지만 화자는 주눅 들지 않는다. "오랜만에 아이를 위해/쇠고기 장조림을 조리려고/메추리알을 잔뜩 사온 날이"어서 "장조림을 하느라" "편지들을 자세히 읽어줄 틈도 없다"고 능청을 부린다. 그 이유는 "한시라도 빨리 만나고 싶다는 이들은/대부분 경찰들과 판사들뿐이"기 때문이다. 그들은 화자를 조사하면서 협박하거나 회유할 것이 뻔하다. 그리하여 화자는 굳이 두려워하거나 재바르게 찾아갈 필요가 없다고 생각하고 근래에 바꾼 자신의 애창곡인 "이선희의 '인연'"을 흥얼거리며 요리에 정성을 쏟는다.

작품의 화자가 그 노래를 좋아하는 이유는 "가사가 참 맘에 들"어서이다. 비정규직 노동자들과 함께 투쟁하는 자신의 삶은 결국 지배 계급이 만들어 놓은 법을 위반하게 되어 범법자가 되는 것이지만, 그래도 포기할 수 없기에 "거부할 수가 없죠"라든가 "내 생애 이처럼 아름다운 날 또다시 올 수 있을까요"라고 따라 부르는 것이다. "고달픈 삶의 길에 당신은 선물인 걸"이라거나 "약속해요. 이 순간이 다 지나고 다시 보게 되는 그날/모든 걸 버리고 그대 곁에 서서 남은 길을 가리란 걸"이라는 가사도 따라 부른다. 결국 화자는 자신과 인연이 된 노동자들과 기꺼이 함께하겠다는 것이다. 그들이 화자를 "사랑하는 사람들"이기에 화자 역시 그들을 사랑하는 존재가 되겠다는 것이다.

이와 같은 화자의 연대의식은 노동조합의 활동이 제한받고 있는 비정규직 노동자들에게 매우 중요하다. 노동자의 소외는 자본주의가 심화될수록 피할 수 없는 문제이다. 따라서 아사히글라스에서 해고된 사내 하청 노조원들을 돕기 위해 다른 하청 업체 해고 노동자들이 모여 연대 한마당을 개최한 것은 큰 의미를 갖는다. 자본주의 시대의 비정규직 문제는 노동자들이 연대해야만 해결할 수 있기 때문이다.

OECD가 발표한 통계에서
회원국 중 우리는
자살률 1위, 산업재해 사망률 1위
가계부채 1위, 가장 낮은 최저임금 1위
저임금 노동자 비율 1위
이혼 증가율, 실업 증가 폭,
사교육비 지출, 근무 시간 많은 국가,
공교육비 민간 부담 등에서
모두 1위

고령화와 저출산으로 몇 십 년 후에는
한민족이 지구상에서 사라질 거라는데
7포 세대가 양산되는 지금
우리는 과연 희망이 없나?

희망 없음이란 반드시
공동체의 신진대사를 멈추게 하고
암을 일으켜 사망에 이르게 할
음산한 것
지금 우리가 딛고 선 자리는
절망의 난간인가
희망의 구름다리인가 묻는다
나에게 너에게

희망이 없는 세상은 쓸쓸하다
통일하려고 노력하자
양극화를 없애자
희망의 촛불을 켜야 한다
부자에게 증세하고 복지를 늘리자
젊은이들을 중동으로 내몰지 말고
이 땅에서 일자리를 늘리자
아이들 혹사하는 교육 혁신하고
경제 민주화 정치 개혁 말만 하지 말고
제대로 한번 해보자

— 문영규, 「희망의 촛불을 켜자」 전문[25]

"OECD가 발표한 통계에서/회원국 중 우리는/자살률 1위" 뿐만 아니라 노동 분야에서도 매우 열악하다. "산업재해 사망률 1위"를 비롯해 "가장 낮은 최저임금" "저임금 노동자 비율" "실업 증가 폭" "근무 시간 많은 국가" 등의 분야에서 "모두 1위"인 것이다. 사실 "가계부채 1위"나 "이혼 증가율" 1위도 가정 경제와 깊은 관계가 있다. 가계 소득이 낮아질수록 상대적 박탈감이 높아지고 가계부채나 이혼이 늘어날 수밖에 없는 것이다. 교육비의 부담이 가중되는 것도 마찬가지이다.

우리 사회의 노동자들이 처한 형편은 "7포 세대가 양산되"고 있듯이, 즉 연애, 결혼, 출산, 취업, 주택 구입, 인간관계, 희망을 포기한 세대가

---

25 『희망을 찾는다』(객토문학 동인 제12집), 갈무리, 2015, 62~63쪽. 문영규 (1957~2015) 시인은 경남 합천에서 태어나 마창노련문학상을 수상하고 〈객토문학〉〈일과시〉 동인 활동을 했다. 시집으로 『눈 내리는 저녁』 『나는 지금 외출 중』 이 있다.

늘어나고 있듯이 어렵기만 하다. 그러므로 "지금 우리가 딛고 선 자리는/절망의 난간인가/희망의 구름다리인가"라는 자문은 고민이 되지 못한다. "희망 없음이란 반드시/공동체의 신진대사를 멈추게 하고/암을 일으켜 사망에 이르게 할/음산한 것"이라는 사실을 잘 알고 있기 때문이다.

그렇다고 맥없이 절망하거나 포기할 수는 없다고 작품의 화자는 나선다. "희망이 없는 세상은 쓸쓸하"기에 "희망의 촛불을 켜"려고 하는 것이다. 그리하여 "양극화를 없애자" "부자에게 증세하고 복지를 늘리자"라고 주장한다. "젊은이들을 중동으로 내몰지 말고/이 땅에서 일자리를 늘리자"라는 제안도 한다. 결국 "경제 민주화 정치 개혁 말만 하지 말고/제대로 한번 해보자"고 강력하게 주장하는 것이다. 실제로 소외 받고 경제적인 어려움에 처한 노동자들이 자신의 형편을 개선시키기 위해서는 정치인이나 사용자의 구호에 기대는 것보다는 실천 행동이 필요하다. 노동자들이 노조의 활동에서부터 정치적인 행동에 이르기까지 연대의식을 가지고 나서야 하는 것이다.

3.

며칠이 지나도록
입금 소식이 없다

월말에 마감을 잡고
한 달 보름을 안고 가는 결재이지만
나는 하루 벌이로 사는 것과 같은데

공장세 전기세 각종 공과금 등

입을 벌리고 차례 기다리는
저 독촉의 아우성들

다급해진 마음에 전화를 하면
조금만 더 기다려 달라 한다
그 조금이 한 달을 넘어가고

하루 벌이의 한 달 그 입을 막으려면
가족 위해 계산된 것들은 자꾸 동강 나고
빚의 후유증에 지인들은 멀어만 가고
은행의 잔기침에 집까지 흔들거리는
처방전 없는 이 반복의 생리통
아직도 하늘은 노랗고

— 이규석, 「갑과 을 4 – 결재」 전문[26]

자본주의 사회는 철저히 "갑과 을"의 관계로 유지되고 있다. 함께 생산해서 나누는 공동체 사회를 이루지 못했기에 당연한 것인지도 모른다. 그렇지만 부익부빈익빈의 상황이 점점 심화되고 있는 데서 보듯이 "갑과 을"의 불평등한 관계는 사회 문제로 제기될 정도로 심각하다. 권력을 쥐고 있는 갑이 약자인 을에게 부당하게 권리를 행사는 이른바 '갑질'이 사회에서 끊이지 않는 데서 확인된다. 아사히글라스 원청이 사내 하청 노동자들에게 노동 착취와 임금 착취를 한 것은 물론 권고사직을 강요하고 말을 듣지 않자 부당하게 인사를 발령한 것이 그 구체적인 예이다. 그에 맞서 하청 노동자들이 노동조합을 만들자 일방적으로 근로 계약을 해지

---

26 『희망을 찾는다』, 갈무리, 2015, 108~109쪽.

한 것도 마찬가지이다.

"갑과 을"의 관계에서 비정규직 노동자들이 '갑질'의 횡포를 피하기란 쉽지 않다. 하청업자는 "며칠이 지나도록/임금 소식이 없"어 "다급해진 마음에 전화를 하면/조금만 더 기다려 달라"고 하는데 "그 조금이 한 달을 넘어가"도 어떤 요구를 할 수 없다. 그저 "공장세 전기세 각종 공과금 등/입을 벌리고 차례 기다리는/저 독촉의 아우성들"을 들을 수밖에 없고, "가족 위해 계산된 것들은 자꾸 동강 나고/빚의 후유증에 지인들은 멀어만 가고/은행의 잔기침에 집까지 흔들거리는" 고통을 감수할 수밖에 없는 것이다.

우리 사회에 갑질이 횡행하는 것은 노동자들이 사용자로부터 노동과 임금 착취를 받고 있음을 말해준다. 다시 말해 1970년 전태일 열사가 "근로기준법을 준수하라" "우리는 기계가 아니다"라고 외친 희망이 이루어지지 않고 있는 것이다. 그리하여 아직도 비정규직 노동자들은 인간다운 대우를 받지 못하고 있다. 아사히글라스가 임의로 정한 기준에서 벗어났다고 사내 하청 노동자들에게 감시용 조끼를 입혀 모욕을 주거나, 동의 없이 경조사비를 월급에서 떼어내거나, 질이 좋지 않은 작업복을 제공한 사실 등에서 여실히 볼 수 있다. 이렇듯 비정규직 노동자들의 작업 환경을 비롯한 제반 여건은 아직도 열악하기만 하다.

> 라인을 물고 정신없이 돌아가는 사각의 작업대 그 아래, 대량으로 빵을 삼키느라 악어처럼 입을 처벌린 불가마. 팔목들이 오븐 판에 자신의 손가락뼈를 정확히 내리꽂는 그 아래, 계란 물에서 빵으로 빵에서 계란 물로 동일한 색채를 반복하는 붓질 아래, 도화지 속 빵들이 칙칙폭폭 칙칙폭폭 끝없이 달려오고 눈 위에 눈이 내려 절대로 죽지 않는 히말라야 설경 그 지독한 유기체 아래

시와 정치

펄펄 끓는 주전자를 주세요. 흰색 유니폼을 녹이고 싶어요. 장애인이 토크 브란슈를 쓸 수 있다고 생각하세요? 염색체가 모자라는 우리는 일류 요리사의 모형들, 아무리 외쳐도 말할 줄 모르는 그림자. 오줌보 하나 터트리지 못하는 밥통들인데 제발 바지 내릴 시간을 주세요. 생식기 가득 찬 슬픔을 배출시켜야 해요. 도대체 얼마만큼 빚어야 32그램 반죽이 33그램이 되나요, 공장장님!

시간마다 천 개의 빵들이 살아나는 그 아래, 팥을 누르던 팔목들이 시커멓게 변질되는 그 아래, 빵을 뽑아내는 손가락에 물집이 번져 이제 몽당연필을 잡을 수 없을지도 몰라. 무릎까지 첩첩 밑단을 걷어 올린 바지. 자신의 이름이 삐뚤빼뚤 적힌, 고양이처럼 아름다운 자태로 한 번도 담장을 넘지 못한 그 아래, 유령 같은 실내화, 저 실내화들

— 조원, 「발목들」 전문[27]

"라인을 물고 정신없이 돌아가는 사각의 작업대"에서 "빵"을 만들고 있는 장애인 노동자들의 모습이 눈에 선하다. 그들은 "오줌보 하나 터트리지 못하는 밥통들인데 제발 바지 내릴 시간을 주세요. 생식기 가득 찬 슬픔을 배출시켜야 해요. 도대체 얼마만큼 빚어야 32그램 반죽이 33그램이 되나요, 공장장님!"이라고 하소연하는 데서 보듯이 노예와 같은 노동을 하고 있다. 정해진 작업량을 채우기 위해 소변조차 제대로 보지 못할 정도로 착취당하고 있는 것이다. 1970년대의 평화시장 노동자들이 화장실도 제대로 가지 못한 채 하루 14시간 이상 노동을 한 상황과 다름없기에 실로 충격적이다. 그리하여 "펄펄 끓는 주전자를 주세요. 흰색 유니폼을 녹이고 싶어요."라거나, "장애인이 토크 브란슈를 쓸 수 있다고 생각하세

27 『다층』, 2015년 여름호, 34~35쪽.

요? 염색체가 모자라는 우리는 일류 요리사의 모형들, 아무리 외쳐도 말할 줄 모르는 그림자."라고 자학하는 노동자들의 목소리는 그지없이 슬프고 아프다.

국제통화기금(IMF)의 구제 금융을 받은 뒤 우리 사회에서 가장 논란이 되고 있는 것들 중의 한 가지는 비정규직 문제이다. 신자유주가 본격화되면서 구성원들 간의 경쟁이 격화되고 정보기술의 확대 등으로 사회가 급변하면서 비정규직 노동자들은 점점 사회의 구석으로 몰리고 있다. 한시적인 근로 계약으로 인해 신분이 불안하고, 장시간 노동과 강도 높은 노동으로 인해 지치고, 저임금과 비인격적인 대우로 인해 고통을 받고 있는 것이다. 그리하여 비정규직 노동자들은 빈곤의 늪에서 탈출하기 어렵고 그것으로 말미암아 사회로부터 소외될 수밖에 없다. 9년 동안 최저 임금에 갖가지 모욕을 받으면서 기계처럼 일한 아사히글라스 사내 하청 노동자들이 그 여실한 예이다.

우리 사회의 발전과 통합을 위해서는 비정규직 노동자들의 처우에 대한 개선이 필요하다. 우리나라의 비정규직 노동자 수는 경제협력개발기구(OECD)의 평균에 비해 두 배나 높다. 비정규직 노동자의 생존권을 보호하는 대책이 우선적으로 마련되어야 하는 것이다. 정규직의 미래가 비정규직이라는 자조적인 말도 있듯이 지금의 비정규직 노동자의 문제는 궁극적으로 정규직 노동자의 문제이다. 신자유주의가 우리의 사회를 지배할수록 비정규직의 상황이 일반적인 문제가 될 수밖에 없다. 따라서 비정규직의 문제가 전체 노동자의 문제라는 점을 자각하고 연대의식을 가지고 개선해나가야 하는 것이다.

반(反)근로기준법의 시학

— 육봉수의 『미안하다』론

1.

  육봉수 시인은 한국의 시문학사에서 반근로기준법의 시인으로 불릴
것이다. 그렇게 불려야 할 것이다. 그가 한국의 시인 중에서는 처음으로
근로기준법을 전면적으로 작품화했기 때문이다. 근로기준법을 단순히
제재로 삼은 것이 아니라 실제의 적용에서 무엇이 문제인가를 노동자의
입장에서 구체적으로 파악하고 모순점에 맞섰기 때문이다. 그리하여 그
의 작품은 노동시의 영역을 한층 더 확장시키고 심화시키는 데 기여했다
고 평가할 수 있다.

  근로기준법은 1953년 대한민국 법률 제286호로 제정되었다. "헌법에
따라 근로조건의 기준을 정함으로써 근로자의 기본적 생활을 보장, 향
상시키며 균형 있는 국민경제의 발전을 꾀하는 것을 목적으로 한다."(제
1조)고 규정하고 있듯이 노동자를 보호한다는 취지에서 만든 것이다. 사
용자의 힘이 남용되는 것을 막아 노동자의 경제적 사회적 지위를 향상시
키려는 것이었다.

노동자의 지위를 향상시키는 방법으로는 근로기준법처럼 사용자의 행위를 규제하는 것과 노동조합을 통해 스스로 마련하는 것이 있는데, 노동자들은 노동조합을 통해 마련하는 것이 보다 타당하다고 여긴다. 그만큼 근로기준법은 노동자들로부터 신뢰를 받지 못하고 있다. 개별 노동자의 권리는 개별적으로 실현되는 것이기에 근로기준법은 매우 중요한데도 노동자들은 기대하지 않는 것이다.

근로기준법의 제1조 규정에서 '헌법에 따라' 근로조건의 기준을 정한다는 사실은 주목할 필요가 있다. 헌법은 "근로조건의 기준은 인간의 존엄성을 보장하도록 법률로 정한다."(제32조 3항)라고 규정하고 있기 때문이다. 다시 말해 노동자가 인간으로서의 존엄성을 확보할 수 있는 근로조건을 최고의 법이 보장하고 있는 것이다. 그러므로 한국에서 살아가는 사용자라면 힘을 남용할 수 없고 노동자라면 보호받을 수 있는 것이다.

그렇지만 실제로는 근로기준법이 제대로 시행되지 않고 있다. 노동 조건에 해당되는 임금, 노동 시간, 재해 보상 등에 이르기까지 근로기준법은 상세하게 규정하고 있지만, 사용자는 무시하거나 자의적으로 적용하고 있는 것이다. 근로기준법이 처음부터 노동자를 위한 것이기보다는 정치적인 이유에 의해 제정되었기 때문에 제대로 지켜지지 않았는데, 여전한 것이다. 그리하여 1970년 11월 13일, 전태일 열사는 평화시장 앞에서 근로기준법 책을 손에 쥔 채 "근로기준법을 준수하라!"라고 외쳤다. 육봉수 시인 역시 이 자본주의 사회에 들려주고 있다.

> 1970년
> 겨울의 막 문턱 서울 청계천 평화시장 앞 푸른 불꽃 휘감은 채
> "근로기준법을 준수하라! 내 죽음을……
> 내 죽음을 헛되이 말라" 외치던 한 청년

재단사의 죽음으로 인해 잠깐 동안
세인의 입초시에 제법은 본때 있게
오르내리기도 했었던 제1장 총칙으로부터
제2장 근로계약 제3장 임금 제4장 제5장
도합 9장 112조의 근로기준법

1953년
전쟁의 포연 한창인 항도 부산
어쩌면 한때 수탈의 음모 지천이었을지도 모를
군국의 적산 가옥 이층 소리 소문 없이
민족이, 민중이, 생산이, 발전이
꼬집자면 역사도, 정치도, 외세 침략의 의미마저도
몰랐을 듯 싶은 한 늙은 권력가의
저녁식사 후의 식상스런 한마디쯤의
지시에 의해 다만 구색만을
오로지 명분만을 목적으로 태어났던 그 이후
맹목적 발전과 번영을 기반으로
북 치고 장구 치던 정권 속 시나브로
개정과 개정 또 개정의 걸레처럼
너덜거리는 실상과는 달리 겉으로는 여전
있는 듯 마는 듯 혹시나 누설될세라
국가 기밀 이상도 이하도 아니게 그냥
보호 보관 소장되어 왔을 뿐인 순진무구
함구무언의 근로기준법, 그렇다고 무슨
기대어 반짝하고 빛나줄 아름다운 노동자의
미래가 있는 것도 아니지만 현장 생활 석삼년
한번만이라도 진정 우리의 것으로 껴안아보기 위해
애면글면 책장 넘기며 밑줄의 치는 것은

그날 그 시각 그 젊은 재단사는
왜 스스로 불붙어 산화했고
묶어라 묶어라 졸라매기만 해야 하는
가늘 대로 가늘어진 내 허리 하마
언제쯤이면 풀어볼 수 있을까? 하는
지극히 어리석은 질문 때문이다 섣부르게
함부로 만들어진 법도 법이지만 일껏
만들어 두고도 뒷전으로
뒷전으로만 내어 돌리려는 그 따위의 아리송한
의문 때문이다. 그렇다 생각할수록 우스운
지극히 어리석은 의문 때문이다.

— 「근로기준법」 전문[1]

근로기준법은 "1953년/전쟁의 포연 한창인 항도 부산"에서 "한 늙은 권력가의/저녁식사 후의 식상스런 한마디쯤의/지시에 의해 다만 구색만을/오로지 명분만을 목적으로 태어났"다. 1951년 조선방직에 근무하던 여성 노동자들이 낙하산 사장으로 내려온 강일매의 횡포와 보건 차원에서 지급하던 생리대마저 끊기자 12월부터 파업 투쟁에 들어갔다. 그런데 여성 노동자들의 파업 투쟁이 이승만의 독재 정권을 규탄하는 방향으로 확대되자 노동법을 제정하는 분위기가 형성되었다. 그리하여 1953년 노동조합법, 노동쟁의조정법, 노동위원회법과 함께 근로기준법이 제정되었다. 그렇지만 제정된 근로기준법은 일본의 노동법을 베낀 것에 불과했을 정도로 현실과는 동떨어진 것이었다. 근로기준법에는 1일 8시간, 주 6일제, 주 48시간 등을 법정 노동 시간으로 규정하고 있었지만 한국전쟁

---

1 육봉수, 『근로기준법』, 삶이보이는창, 2002, 109~111쪽.

으로 인해 폐허화된 상황에 적용하기가 어려웠다. 뿐만 아니라 사용자들의 후진적인 노동인식으로 근로기준법이 준수될 리 없었다. 대한노총 역시 자유당의 하부 단체로 전락되어 근로기준법의 요구나 감독에 관한 활동을 전혀 하지 않았다. 더욱이 1961년 5 · 16군사 쿠데타의 등장으로 인해 노동법의 효력이 정지되고 노동조합의 활동이 규제되면서 근로기준법은 유명무실해졌다.

그에 반해 사용자의 노동자에 대한 탄압은 강화되었다. 수출 주도형 경제 정책을 추구한 정부는 노동자를 혹사시키면서 생산량을 증대시키는 사용자의 경영 전략을 지원하거나 묵인하는 형편이었다. 그리하여 노동자들은 근로기준법이 있는지조차 알지 못한 채 생존을 위해 세계에서 가장 긴 노동 시간과 저임금에 시달렸다. 그와 같은 상황에서 전태일 열사가 나섰다. "1970년/겨울의 막 문턱 서울 청계천 평화시장 앞 푸른 불꽃 휘감은 채/근로기준법을 준수하라! 내 죽음을⋯⋯/내 죽음을 헛되이 말라"고 외친 것이다. "한 청년/재단사의 죽음으로 인해" 근로기준법은 한국 사회에서 주목받게 되었다. 그렇지만 그것도 아주 "잠깐 동안"이었다. 노동자의 희생을 당연시하는 정부의 경제개발 정책으로 인해 근로기준법은 또다시 무시된 것이다.

육봉수 시인은 그와 같은 현실을 방관하거나 침묵하지 않았다. 더 이상 노동자들의 희생을 강요하는 자본주의의 명령에 순종할 수 없다고 근로기준법의 문제점을 전면적으로 드러낸 것이다. 그러므로 그를 근로기준법 시인이라고 부를 수 있는 것이다. 그의 정신을 계승한다는 차원에서 그렇게 불러야 할 것이다.

2.

육봉수 시인은 노동자들 중에서도 근로기준법마저 적용받지 못하는 이들에게까지 관심을 확대했다. 그들은 다름 아니라 비정규직 노동자이거나 실업 상태에 있는 노동자이다. 비정규직이나 실업을 자의적으로 선택한 노동자들도 있겠지만, 그와 같은 이들은 극히 예외적이다. 모두들 정규직이라는 별을 따고 싶어 하는 것이다.

정규직이나 비정규직이란 개념이 한국 사회에 본격적으로 등장하고 문제가 된 것은 1997년 외환위기 이후부터이다. 국제통화기금은 한국 정부가 요청한 구제 금융을 받아주는 대신 기업의 인수 및 합병, 부실한 기업의 정리, 노동 시장의 유연화 등을 조건으로 제시했는데, 다급한 정부는 수용할 수밖에 없었다. 그 결과 기업들의 구조 조정이 본격화되었고 해고 노동자와 비정규직 노동자가 양산되었다. 육봉수 시인은 그와 같은 상황을 구체적으로 그려냈다.

> 같은 시간에 같은 차를 타고
> 같은 문으로 같이 출근하고
> 같은 기계를 같이 돌려도 그는
> 나의 이름 알려 하지 않고 나도
> 부를 일 거의 없는 그의 이름 굳이
> 알려고 하지 않습니다
>
> 필요할 때만 간간히 부딪히는
> 약간 미안한 눈빛만으로도 능히
> 그의 작업 지시는 내게로 와 닿고
> 흩어진 박스를 정리하며 나는 또

무심한 척 약간만 부끄럽고
휴식 시간이면 우리는 은연중
서로가 서로를 밀어내는 아예
남남입니다

본 공장 노동조합 조합원인 그는 당연 알고
이대로라면 노동조합 조합원 다시 한 번
되어 보겠다는 꿈 영원히 접고 말아야 할
나도 아는 동일노동 동일임금의 뜻은
3일의 오차를 두고 받아드는 서로의
월급봉투 안에서만 혓바닥 빼어 물 뿐
누구도 말해서는 안 될 무언의
금기사항입니다

시작은 이렇지가 않았다고
맨 처음의 시작은 절대 이렇지가 않았다고
누군가 말하는 걸 들은 적 있습니다 하다못해
저 높은 곳의 사장님까지도 평등 앞에 묶어 세워
내남 없고 차등 없는 즐거운 일터 만들어 보자
어쨌거나 시작은 그랬다고 했습니다

급할 때 급하게 불러다 쓰는 하루살이
일용직 근로자를 빼고라도
파견근로자 위에 계약직 근로자
계약직 근로자 위에 사내 하청근로자
사내 하청근로자 위에 정규직 노동자
정규직 노동자 위에 계장 과장 부장 또
그 위와 그 위 더욱 더 그 위와 그 위

해 떨어지고 작업 종료 5분 전
예비 차임벨이 울립니다 작업 일지 챙겨 든
정규직의 그는 하루의 성과 보고하러
사무실로 가고 빗자루를 챙겨 든 나와 같은
행색의 사람들만 남은 작업장 안 비로소
시끌벅적해집니다 어디서부터 어떻게
생기는지도 모르게 생겨나 자꾸만
허리 구부리게 하는 하루가
끝나갑니다 기계들이 꺼집니다
지루하게 끌고 돌던 컨베이어
일제히 멈추어 섭니다 작업등이 꺼집니다
허리를 폅니다.

—「관계─어느 비정규직 노동자의 이야기」 전문

"같은 시간에 같은 차를 타고/같은 문으로 같이 출근하고/같은 기계를 같이 돌려도" 정규직과 비정규직은 다르다. 신분상의 차이는 물론이고 임금을 비롯해 각종 수당에서 그리고 사회적 위치에서 차이가 나는 것이다. 그렇기 때문에 "그는/나의 이름 알려 하지 않고 나도/부를 일 거의 없는 그의 이름 굳이/알려고 하지 않"는다. 같은 작업장에서 일하면서도 서로 "남남"인 것이다.

정규직과 비정규직의 차이는 노동조합 활동에도 영향을 미친다. "본 공장 노동조합 조합원인 그는 당연 알고/이대로라면 노동조합 조합원 다시 한 번/되어 보겠다는 꿈 영원히 접고 말아야 할/나도 아는" 것이다. 그리하여 서로는 연대활동을 하지 못해 신분 보장이며 임금 등 여러 면에서 비정규직 노동자들이 불리해질 수밖에 없다. 비정규직보호법(비정규직법)이 제정되어 있지만 해결 방안이 되지 못하는 것이다.

시와 정치

비정규직보호법은 1997년 외환위기 이후 비정규직 노동자가 전체 노동자의 30% 이상이 될 정도로 급증하자 2007년부터 시행되었다. 비정규직 노동자의 신분상 차별을 막고 권익을 보호하기 위해, 즉 비정규직 노동자의 문제를 방치하면 사회의 양극화가 더욱 심화될 수밖에 없기에 제정된 것이다. 비정규직보호법의 핵심은 계약직 노동자로 2년 이상 근무하면 정규직으로 전환하고, 정규직과 동등한 업무를 수행할 경우 임금에서 차별을 받지 않게 하는 것이다. 그렇지만 실제로는 정규직과 비정규직 노동자의 차별을 해소하지 못했다. 오히려 비정규직 노동자의 양산을 가져왔다. 계약직 노동자가 2년 이상 근무해서 정규직으로 전환된 경우 못지않게 그 이내에 해고된 경우가 많았다. 또한 같은 일을 하고도 비정규직 노동자의 임금이 정규직 노동자의 70% 정도에 이르고 말았다.

따라서 노동자들이 공생할 수 있는 방안을 적극적으로 개진해야 한다. 자본주의 체제의 분신인 사용자는 노동자의 요구를 쉽게 들어주지 않을 것이지만 노동자들이 적극적으로 나서야 한다. 그러기 위해서는 우선 정규직 노동자들이 변해야 한다. 자신들의 기득권을 양보해서 비정규직 노동자들과 연대해야 하는 것이다. 그와 같은 본보기는 뉴코아-이랜드의 연대 투쟁에서 볼 수 있다. 뉴코아와 이랜드의 사용자는 비정규직보호법을 악용하여 기간제 노동자들을 2년 이내에 해고했다. "정규직이 돼서 한 달에 150만 원, 200만 원 받고 싶다는 것도 아니고, 지금처럼 한 달에 80만 원, 1년에 960만 원 벌게 해달라"[2]는 기간제 노동자들의 요구를 무시한 채 해고한 것이다. 그리하여 비정규직 노동자들은 투쟁할 수밖에 없

---

2   프레시안, 「문화연대 "맨유 선수들이 이랜드 노동자들의 현실 볼까 두려웠던 정부"」, 『프레시안』, 2007.7.20.

었는데, 정규직 노동자들이 연대해 마침내 사용자의 횡포를 막아냈다.

정규직 노동자들이 비정규직 노동자들과 함께해야 되는 이유는 사용자는 필요하면 언제든지 정규직 노동자를 비정규직 노동자로 만들 수 있기 때문이다. 실제로 사용자가 비정규직 노동자에 먼저 손대는 것은 궁극적으로 정규직 노동자를 손대기 위한 것이다. 따라서 뉴코아−이랜드의 정규직과 비정규직 노동자들이 연대해서 투쟁한 것은 공생전략의 좋은 예가 된다. 점점 자본주의에 종속되어 가는 작업장을 "내남 없고 차등 없는 즐거운 일터 만들어"낸 것이다. 그렇지만 자본주의의 파고가 워낙 높아 노동자들이 감당하기란 결코 쉽지 않다.

> 팔팔년 군사정권 때는
> 강성노조 위원장님이었다가
>
> 의기양양 문민의 정부 때는
> 거듭거듭 해고 노동자였다가
> 멀쩡한 국민의 정부 때는
> 작업복만 바꿔 입은
> 사내 하층 노동자였다가
>
> 마침내 참여정부가 되어서야
> 오개월 계약 비정규직 노동자로
> 위원장님 이전의 컨베이어 앞으로
> 원직 복직되었습니다
>
> —「한심한 이력서」 전문

"팔팔년 군사정권 때는/강성노조 위원장님이었"던 한 노동자가 "문민의 정부 때는/거듭거듭 해고 노동자"로, "국민의 정부 때는/작업복만 바꿔 입은/사내 하층 노동자"로, 그리고 "참여정부가 되어서야/오개월 계약 비정규직 노동자로" 전락한 전기적 사실을 소개하고 있다. 사용자의 필요에 의해 정규직 노동자가 해고자가 되고 하청 노동자가 되고 비정규직 노동자가 될 수 있는 현실을 여실히 보여주는 것이다. 이제 노동조합도 노동자를 지켜주기가 쉽지 않다.

노동조합은 노동자에 의한 노동자를 위한 단체이다. 노동자는 사용자와 대등한 위치가 아니므로 노동 계약을 할 때 자신의 권리를 충분히 반영시키기 어렵다. 그리하여 노동조합이 노동자의 생존권이나 지위를 앞장서서 향상시킨다. 구체적으로 노동자의 임금, 근무 조건, 복지, 안전, 산재 보상 등을 향상시키는 것이다. 그에 따라 노동조합 위원장의 책임은 크고도 무겁다. 그동안 수많은 노조 위원장이 노동자를 위해서 투옥되거나 심지어 분신까지 감행한 것은 그 책임의 정도를 잘 보여준다. 그렇지만 노동조합의 위원장의 대가는 "해고 노동자가" 되거나 "비정규직 노동자"가 될 정도로 참혹하다. 자본주의 체제의 분신인 사용자는 노동자들을 종속시키기 위해 노동조합의 위원장을 우선 무력화시키는 것이다. 육봉수 시인은 그와 같은 상황에 물러서지 않고 대응하고 나섰다.

3.

모든 노동자들은 인간다운 삶을 영위할 수 있는 노동 조건을 희망하지만 신자유주의를 바탕으로 한 자본주의가 심화되고 있기에 이루기가 쉽지 않다. 자본주의는 자기의 이윤을 철저히 추구하기 때문에 방해가 된다고 여겨지는 노동자들은 예외 없이 처리한다. 그러므로 비정규직 노동자와 해고 노동자는 계속 늘어날 수밖에 없는 것이다.

자본주의는 노동자 대신 컴퓨터를 입사시킨다. 이제 컴퓨터가 노동자의 작업장을 점령해가고 있다. 아탈리(Jacques Attali)가 얘기했듯이 "기계가 새로운 프롤레타리아이다. 노동 계급에게는 해고 통지서가 발부되고 있"[3]는 것이다. 그리하여 해고된 노동자들은 쓸모없는 존재가 되어 근로기준법의 보호를 받을 수도, 노동조합의 활동도 함께할 수 없다. 이와 같은 상황에서 노동자들이 선택할 수 있는 길은 생의 포기 아니면 투쟁인데, 당연히 투쟁이 바람직하다.

> 너에게 희망 준다고 달려가는 2차 희망버스 안에서
> 나는 자꾸 눈물을 훔친다 누가 누구에게
> 희망을 주고 있는가? 누가 누구에게 과연
> 희망을 주고 있는가?
>
> 줄기차게 비 내린다 즐겁게 두드리는
> 빗줄기 속에서 너의 삶을 생각한다 여기가
> 부산인가? 한진중공업인가? 박창수가
> 죽었던 곳인가? 곰씹으며 크레인 올라갔을
> 너의 결정을 생각한다
>
> 왔다 간다 동지여 저들이 쳐놓은 차벽 결국
> 타넘지 못하고 넌지시 너의 희망을 나의
> 희망으로 껴안듯 고함 몇 번 지르고 빗속에서
> 행복하게 우리 왔다 간다 너도

---

3 제레미 리프킨, 『노동의 종말』, 민음사, 1996, 26쪽.

행복하게 견뎌라 올해 장마는
유독 길단다.

　　　　　　　　　　　　　—「2011 부산－한진중공업 앞에서」 전문

"2차 희망버스 안에서" "자꾸 눈물을 훔"치는 시인의 모습이 선하다. 주
지하다시피 "희망버스"는 부산에 있는 한진중공업 영도조선소 85호 크레
인 위에서 농성을 한 김진숙 민주노총 부산 본부 지도위원과 노조원들을
응원하기 위해 운행된 버스를 지칭한다. 2011년 6월에 시작한 파업이 11
월에 끝날 때까지 다섯 차례 운행되었는데, 그 후 다른 사업장으로 확대
되어 지금까지 운행되고 있다. "희망버스"에 대해 3자 개입으로 노사 갈
등을 부추긴다는 비판도 있지만 노동자들뿐만 아니라 대학생이나 시민
들이 자발적으로 연대한다는 점에서 새로운 노동운동 내지 사회운동의
등장으로 볼 수 있다.

2010년 12월, 한진중공업의 사용자는 경영의 악화를 들어 생산직 노동
자 400명을 희망퇴직 시키기로 결정하자 노동자들은 정리해고의 전면 철
폐를 주장하며 농성을 벌였다. 이듬해 1월부터는 김진숙 노동자가 85호
크레인 위에 올라가 농성을 시작했다. 그런데도 사용자가 입장을 고수하
자 시민들은 6월부터 희망버스를 타고 농성장에 도착해 촛불 행진 등으
로 응원했다. "2차 희망버스"가 운행된 때에는 야당 정치인들을 비롯해
약 1만 명이 참가할 정도로 호응이 높았다.

그 노동자들 속에 육봉수 시인이 들어 있다. 시인은 농성 노동자들을
응원하면서 "누가 누구에게 과연/희망을 주고 있는가?"라고 자문한다.
막연히 호소하거나 외치는 것이 노동자로서 추구하는 희망이 가능한가
를 고민하고 있는 것이다. 그만큼 시인의 희망은 진실하고도 절박하다.

또한 "지켜주지 못"해 "미안하다"(「미안하다」)고 토로할 정도로 인간적이다. 그리하여 시인은 "저들이 쳐놓은 차벽 결국/타넘지 못하고 넌지시 너의 희망을 나의/희망으로 껴안듯 고함 몇 번 지르고 빗속에서/행복하게 우리 왔다 간다"고 안타까움을 전하고 있다. 함께하겠다는 의지를 겸손하면서도 강하게 표명하고 있는 것이다.

자본주의 사회에서 노동자가 인간답게 살아가기 위해서는 "희망버스" 같은 행동이 필요하다. 노동자는 자본주의의 횡포에 제대로 대처하지 못하고 있다. 대처 방안을 마련해도 자본주의가 변하는 속도를 따르지 못한다. 그리하여 노동자는 해고되거나 비정규직의 처지가 되고 만다. 다른 노동자와 공생할 수 없는 자리로 추락하는 것이다. 그러므로 노동자는 주체성을 가지고 나서야 한다.

> 당신
> 해고자요?
>
> …아니요.
>
> 그런데 여긴
> 무엇 하러 왔소?
>
> 그렇게 될까봐 왔고 왜?
>
> ― 「노동자 대회」 전문

근로기준법이나 비정규직보호법의 보호를 받지 못하는 노동자들은 '88만 원'을 벌기 위해 잠도 자지 않고 일한다. 심지어 자신의 희망을 포기하고 세상을 등지기도 한다. 그렇지만 실패한 그들에게 전적으로 책임을 돌려서는 안 된다. 그보다는 최저생계비를 보장해주지 않거나 노동의 대가를 지급하지 않거나 노동할 기회를 박탈한 자본주의가 타살한 것으로 인식하고 맞서야 한다.

육봉수 시인은 "여덟 시간/주간근무. 일당 팔천오백 원 수당은/없습니다 단지 회사의 사정상/잔업 두 시간을 필수적입니다 계약/하기 싫으면 그만 두셔도/상관은 없습니다 당신 아니라도/일할 사람은 수두룩 널려/있으니까요"(「근로기준법 제13조」)라고 뻔뻔하게 말하는 사용자를 고발했다. 아울러 "주 44시간제 근무 철저하게 고집하다/불법선동, 연장근로 거부, 기타의 여죄 총총으로/회부된 징계위원회의 만장일치//비밀 무기명 투표는 살인적 민주주의로 내게/해고를 언도"(「근로기준법 제22조·2」)했지만 물러서지 않고 맞섰다. 그리고 "일어서라 일어서라 일어서라"(「파업농성 1」)라며 노동자의 연대를 추구했다.

노동자는 "노동자 대회"에 참가해야 한다. 해고된 노동자는 물론이고 해고되지 않은 노동자도 참가해야 한다. 그것이 노동자로서의 주체성을 지키는 일이기 때문이다. 자본주의의 점령으로 인해 노동자는 점점 생존을 위협받고 있다. 그러므로 노동자는 노동조합의 활동에 적극적으로 참여하는 것은 물론 시민운동이나 정치활동에도 연대해야 한다. 노동자를 점점 단자화시키는 자본주의에 대항하는 전략으로 연대가 가장 타당한 것이다.

노동 시간이 단축되었는데도 불구하고 한국의 노동자는 여전히 세계에서 가장 긴 노동을 담당하고 있다. 노동 시간에 비해 임금은 크게 나아지지 않았다. 작업 현장의 안전시설이나 산업재해의 보상도 미흡하다. 육봉수 시인은 그와 같은 노동 현장을 구체적으로 그려냈다. 노동력을 유일한 판매 상품으로 가지고 있는 노동자의 열악함을 자신의 체험을 통해 알린 것이다. 그리고 근로기준법이나 비정규직보호법의 모순에 맞서는 연대활동을 보여주었다. 반근로기준법의 시 세계를 일관되게 밀고 간 것이다.

노동자가 사랑하는 별

— 정세훈의 『우리가 이 세상 꽃이 되어도』론

1.

정세훈 시인은 노동자로서 겪는 아픔과 눈물과 상처에 함몰되지 않고 별을 품는다. 단순히 끌어안는 것이 아니라 지향하고자 하는 별의 세계로 사랑하는 것이다. 따라서 시인이 이상 세계로 삼는 별은 천상이 아니라 자신이 발 딛고 살아가는 지상을 상징한다. 생존 공간이자 인간 가치를 실현할 수 있는 터전으로 인식하는 것이다. 그러므로 시인이 별을 노래하는 것은 노동자로서 겪는 삶의 아픔을 회피하는 것이 아니라 적극적으로 맞서는 행동이다. 궁극적으로 추구하는 삶의 가치를 초월적인 세계가 아니라 지금 여기에서 이루고자 하는 실존의식인 것이다.

노동자들이 삶의 의지를 적극적으로 갖는다는 것은 쉬운 일이 아니다. 노동자로서 감당해야 할 현실은 매우 가혹해 아프고 상처받고 눈물을 흘릴 수밖에 없다. 더욱이 그와 같은 상황이 현재뿐만 아니라 미래에도 지속될 것이기에 암울하기까지 하다.

1차 산업 시대까지 거슬러 올라가지 않더라도 공장에서 생산 작업에

임했던 노동자들은 자본주의 체제의 심화로 인해 큰 혼란을 겪고 있다. 육체노동자의 필요성이 줄어들어 일자리는 점점 사라져가고 있고, 고용되더라도 비정규직의 조건에 놓인다. 제레미 리프킨(Jeremy Rifkin)이 『노동의 종말』에서 진단했듯이 컴퓨터나 로봇은 75% 이상의 단순한 작업을 대체할 수 있다.[1] 컴퓨터는 노동 시간을 단축하고 작업 환경을 개선시켰지만, 많은 노동자들을 해고시키고 있는 것이다. 한국의 경우는 국제통화기금(IMF)의 구제 금융을 받게 되어 더 큰 구조조정과 실직의 상황에 처해져 노동자들은 저임금과 열악한 작업 환경과 신분의 불안을 겪고 있다.

1970년대부터 노동자 생활을 해온 정세훈 시인 역시 자본주의 체제의 심화에 따라 겪는 혼란은 상당하다. 노동 환경은 변했는데, 시인이 추구해온 가치는 변하지 않았기 때문이다. 가령 조세희의 『난장이가 쏘아올린 작은 공』에서 노동자들은 직장을 선택할 때 임금을 많이 주는 곳(8.4%)이나 기술을 배울 수 있는 곳(19.1%)보다도 인간적인 대우를 해주는 곳(71.6%)을 고려했는데,[2] 시인도 마찬가지이다. 노동자가 사용자로부터 임금 착취는 물론이고 인격적인 대우를 받지 못하고 있다고 여기는 것이다.

그렇지만 시인은 노동자로서 겪는 아픔과 슬픔에 소외감을 가지면서도 외면하지 않고 기꺼이 품는다. 그것이 전태일 열사의 정신을 계승하는 일이라고 생각하는 것이다. 전태일 열사는 평화시장의 공장에서 재단보조로 일하면서 점심을 굶고 있는 어린 여공들에게 버스비를 털어 1원

---

1   제레미 리프킨, 『노동의 종말』, 민음사, 1996, 24쪽.

2   조세희, 「기계도시」, 『난장이가 쏘아올린 작은 공』, 문학과지성사, 1978, 199쪽.

짜리 풀빵을 사주었다. 그 대신 그는 청계천 6가에서부터 도봉산의 집까지 두세 시간을 걸어갔다. 아침 8시에 출근해서 밤 11시에 퇴근할 때까지 먼지 구덩이 속에서 굶으며 애쓰는 어린 여공들을 외면하지 않았다. 그리하여 "전부가 다 영세민의 자녀들로써 굶주림과 어려운 현실을 이기려고 하루 90원 내지 100원의 급료를 받으며 하루 16시간의 작업을 합니다. 사회는 이 착하고 깨끗한 동심에게 너무나 모질고 메마른 면만을 보입니다."[3]라고 고발하면서 그들을 품었다. 약한 자도 가난한 자도 천한 자도 인간답게 살아갈 수 있고, 사랑의 기쁨을 가질 수 있는 세상을 희망한 것이다. 정세훈 시인은 전태일 열사의 그 정신을 계승하려고 별을 노래하고 있다.

2.

칠십년대 싸구려 인화지에 담겨버린
누렇게 빛이 바랜 한 장(場)의 노동.

삼십여 년을 훌쩍 지나와버린
열일곱 어린 나이의 얼굴들.
검게 그을린 라면 냄비를 끼고 둘러앉아
한 잔의 소주잔을 마주치고 있다.
저마다 기름때 전 철지난 겨울 작업복을
무릎 또는 팔꿈치께까지 걷어붙였다.
그러나 만면 가득 웃음이 쏟아질 뿐

---

3 「전태일 일기」 중에서.

도무지 상심한 얼굴은 보이지 않는다.
담길 때가 마침 봄날이어서일까.
하얗게 회칠을 한 공장 담벼락에
기대어 꽃을 피운 노란 개나리
꽃 무더기가 함빡 배경으로 담겼다.

어느 사이인가
손가락이 잘리고
시력이 손상되고
청력을 잃고
가슴이 결리고
혹은 주검이 되어버린
앳된 사진이,

내 낡은 사진첩 한 귀퉁이를 장식해주고 있다.

— 「앳된 사진」 전문

위의 작품의 화자는 "삼십여 년을 훌쩍 지나와버린" 지금 "칠십년대 싸
구려 인화지에 담겨버린/누렇게 빛이 바랜 한 장"의 사진을 들여다보고
있다. 사진 속에 들어 있는 "열일곱 어린 나이의 얼굴들"은 "검게 그을린
라면 냄비를 끼고 둘러앉아/한 잔의 소주잔을 마주치고 있다." 또한 "저
마다 기름때 전 철지난 겨울 작업복을/무릎 또는 팔꿈치께까지 걷어붙"
이고 있다. 그렇지만 "만면 가득 웃음이 쏟아질 뿐/도무지 상심한 얼굴은
보이지 않는다". 더욱이 사진을 찍은 계절이 봄날이어서인지 "하얗게 회
칠을 한 공장 담벼락에/기대어 꽃을 피운 노란 개나리/꽃 무더기가 함빡
배경으로 담"겨 있다.

그렇지만 화자에게 그 "앳된 사진"은 지나간 시간의 기록일 뿐이다. 세

상살이의 어려움을 미처 알지 못한 나이에 잠시 가졌던 행복한 순간에 불과한 것이다. 한국 사회에서 노동자로 살아가는 길은 행복도 안전도 보장되지 않는다. 그와 같은 면은 "열일곱 어린 나이의 얼굴들"이 노동자 생활을 하면서 "손가락이 잘리고/시력이 손상되고/청력을 잃고/가슴이 결리고" 심지어 "주검이 되어버린" 상황에서 여실히 확인된다.

그리하여 화자는 자신과 함께 노동자의 길을 걸어온 동료들과 연대하기 위해 그들의 삶을 단순히 알리는 차원을 넘어 열악한 환경 속에서 희생당한 사실을 고발한다. 한강의 기적이라고 불리는 경제성장을 이루는 데는 수많은 노동자들의 희생이 있었다는 사실을 새롭게 인식시키면서, 더 이상 노동자들이 희생되어서는 안 된다고 주장하는 것이다. 아울러 노동자로서 자기 정체성을 계속 견지한다.

> 나를 시인이라 부르지 마
> 글 쓰는 사람이라 부르지 마
> 그냥 노동자라 불러줘
>
> 가난한 가정에 태어나
> 어릴 때 공돌이가 된
> 노동자라 불러줘
>
> 시인은 노래하지만
> 나는 노래하지 않아
> 이야기를 할 뿐이야
>
> 가난한 가정의 가장으로서
> 한 여인의 남편으로서
> 두 자식의 아비로서

비밀 언덕이 없고
배움이 없고
백이 없는 노동자가

이 한 세상을
어떻게 사랑하며 살아가는지
그저 이야기할 뿐이야

나를 시인이라 부르지 마
열심히 노동을 팔아 살아가는
노동자라 불러줘.

— 「나를 시인이라 부르지 마」 전문

위의 작품의 화자는 "나를 시인이라 부르지 마/글 쓰는 사람이라 부르지 마"라고 전하면서, 그 대신 "그냥 노동자라 불러줘"라고 부탁한다. 다른 사람에게 부탁하면서 동시에 자신에게 다짐하는 것이다. 시를 쓰는 자신을 시인이라고 부르지 말라는 이 모순을 어떻게 받아들여야 할까? 그것은 시인으로 불리는 것을 거부하기보다는 노동자의 삶에 반하는 시를 써서는 안 된다는 다짐으로 볼 수 있다. 노동을 팔아 장사를 하는 시인이 되어서는 안 된다고 경계하는 것이다.

그리하여 시인은 "가난한 가정에 태어나/어릴 때 공돌이가 된/노동자"라는 자신의 정체성을 지키려고 한다. 자신의 신분을 왜곡시키거나 미화시키지 않고 "시인은 노래하지만/나는 노래하지 않"고 당당하게 "이야기"하려는 것이다. 화자의 이야기란 "가난한 가정의 가장으로서/한 여인의 남편으로서/두 자식의 아비로서//비밀 언덕이 없고/배움이 없고/백이 없는 노동자가//이 한 세상을/어떻게 사랑하며 살아가는지"에 대한 것이다.

　가난한 가정에서 태어나 어린 나이에 노동자가 되어 살아온 화자의 삶은 그냥 지나칠 일이 아니다. 배움이 부족하고 다른 사람으로부터 도움을 받을 수 있는 배경 없이 사회생활을 하기는 실로 어렵기 때문이다. 경제적으로 어려운 환경에서 가장의 역할을 한다는 것도 마찬가지이다. 따라서 화자가 다른 사람을 원망하거나 사회를 증오하기보다 어떻게 세상을 사랑하며 살아온 데는 숭고한 노동자 정신이 들어 있는 것이다.

3.

　　　　늘 그녀들로부터 위축되어 있었다
　　　　맘에 드는 상대가 나타나도
　　　　내 처지만 생각하면
　　　　적극적으로 나서질 못했다
　　　　가까이 접근을 하면
　　　　공돌이 주제를 파악하지 못하고 있다며
　　　　면박을 줄 것만 같아 그냥 지나치고 말았다
　　　　궁여지책으로 펜팔을 했다
　　　　펜팔 업체로부터 소개받은 그녀는
　　　　부평 4공단에서 여공으로 일하고 있었다
　　　　그립다, 보고 싶다, 사랑한다는 말 대신
　　　　연장 작업, 휴일 특근 작업, 36시간 교대 작업,
　　　　공장 생활의 고단한 이야기들이 오고갔다
　　　　아프지만 병원 갈 돈이 없다는 소식이 오고갔다

　　　　"아프지만"이란 소식에
　　　　그녀가 보고 싶어졌다

"병원 갈 돈이 없다"는 소식에
서로 사랑하게 되었다

— 「부평 4공단 여공」 전문

위의 작품의 화자는 여자 친구를 사귀고 싶어도 "늘 그녀들로부터 위축되어 있었다". "맘에 드는 상대가 나타나도" 자신의 "처지만 생각하면/적극적으로 나서질 못했다". 그 이유는 "가까이 접근을 하면/공돌이 주제를 파악하지 못하고 있다며/면박을 줄 것만 같아"서였다. 학력이 높지 않아 임금이 많지 않은 공장에 다니는 "공돌이"였기에 마음에 드는 여성을 보고도 "그냥 지나치고"만 것이다.

화자는 "궁여지책으로 펜팔을 했"는데, "펜팔 업체로부터 소개받은 그녀는/부평 4공단에서 여공으로 일하고 있었다". 그리하여 "그립다, 보고 싶다, 사랑한다는 말 대신/연장 작업, 휴일 특근 작업, 36시간 교대 작업" 등 "공장 생활의 고단한 이야기들이 오고갔다". 심지어 "아프지만 병원 갈 돈이 없다는 소식이 오고갔다". 교대 작업, 연장 작업, 특근 작업을 했는데도 임금이 낮아 마음 놓고 병원에 갈 수 없는 처지였던 것이다.

화자는 그와 같은 "그녀"를 품었다. ""아프지만"이란 소식에/그녀가 보고 싶어졌"고 ""병원 갈 돈이 없다"는 소식에/서로 사랑하게" 된 것이다. 아름다운 사랑이 어떤 것인가를 감동적으로 보여준다. 노동자의 사랑이 별처럼 빛나는 것이다.

저 별을
버리지 말아야지.
밤하늘 꼭대기
저 별을

버리지 말아야지.

내 비록 철야 노동으로
하루하루를 때워가고 있지만.

― 「저 별을 버리지 말아야지」 전문

위의 작품의 화자는 "저 별을/버리지 말아야지"라고 다짐하고 있다. "밤하늘 꼭대기/저 별을/버리지 말아야지"라고 반복하는 데서 볼 수 있듯이 그 마음은 절실하다. 화자가 별을 지키려고 하는 것은 "내 비록 철야 노동으로/하루하루를 때워가고 있지만"에서 보여주듯이 노동자의 신분을 사랑하는 것이다. 그러므로 "별"은 하늘의 천체를 상징하기보다는 노동자의 이상세계를 나타낸다. 결국 화자는 자신이 살아가는 지상에서 노동자의 풍요와 평화와 자유 등의 인간 가치를 이루려고 하는 것이다.

4.

별을 바라본다.
어둠 속에서
별을 바라본다.

달라 하지 않아도
빛을 주는
별을

오늘 낮 동안
나는 까마득히
잊었다.

그리고,
어둠도
잊었다가

이 밤 또다시
어둠 속에서
별을 바라본다.

어둔 밤
어김없이
나를 찾아와

어둠을 짊어지고
홀연히
떠나가는 별을

—「별」 전문

　위의 작품의 화자는 "오늘 낮 동안" "까마득히/잊었"다가 "어둠 속에서/별을 바라본다". 화자가 "달라 하지 않아도/빛을 주는/별"에 대해 새삼 관심을 갖는 것은 "어둠"을 인식했기 때문이다. 그리하여 "이 밤 또다시/어둠 속에서/별을 바라본다". "어둔 밤/어김없이/나를 찾아와//어둠을 짊어지고/홀연히/떠나가는 별을" 발견하는 것이다.

　화자가 인식하는 "별"은 노동자의 이상세계이다. 어둠 속에서 반짝이다가 노동자의 어둠을 짊어지고 떠나가는 영혼과 같은 것이다. 그리하여 화자는 우주의 주재자인 "별"을 염원한다. 마음속에 간직하고 있는 세계가, 다시 말해 노동자로서 살아가는 동안 겪게 되는 슬픔, 안타까움, 힘듦, 고통, 불안, 원망 등을 지상에서 극복할 수 있기를 희망하는 것이다.

나는 죽어 저 하늘에 뿌려지지 말아라
저 하늘의 해와 달과 별 무리로 뿌려지지 말고
뿌려지어 뿌려지어
외롭지 않은
이 산천에 뿌려지거라

내 주검 이 산천에 뿌려지어
곰삭은 흙이 되면
이름 모를 초목들과 이름 모를 들꽃들이 달려오고
때로는 이름 모를 벌레들이
쓴 입맛을 다시며 고단하게도 하겠지

인생은 살아서 한철이듯
죽어서도 한철
주검에서도
달려오는 기쁨이 있고
쓴 입맛을 다시는 고단함도 있는 것

살아생전 내 생에
저 하늘을 탐하지 않고
해와 달 별 무리 또한 탐하지 않았으니
내 주검 또한 이 산천에서
끝끝내 기쁨과 고단함의 눈물을 함께 맛보아라

산천에 비가 오고 바람 부는 날이면
눈이 내리고 인적 끊긴 날이면
나는 초목과 들꽃의 꽃가루 향기로 앉아
그대 외로운 가슴으로
날아가는 노래를 부르겠네

노동자가 사랑하는 별

저 천상이 이 산천을 탐하는 노래를 부르겠네

— 「나는 죽어 저 하늘에 뿌려지지 말아라」 전문

위의 작품의 화자는 "나는 죽어 저 하늘에 뿌려지지 말아라/저 하늘의 해와 달과 별 무리로 뿌려지지 말고" 그 대신 "외롭지 않은/이 산천에 뿌려지거라"라고 당부하고 있다. 노동자로서 힘들게 살아온 이 세상을 원망하거나 증오하지 않고 오히려 함께하겠다는 것이다.

화자의 이와 같은 인식은 "내 주검 이 산천에 뿌려지어/곰삭은 흙이 되면/이름 모를 초목들과 이름 모를 들꽃들이 달려오고/때로는 이름 모를 벌레들이/쓴 입맛을 다시며 고단하게도 하겠지"라는 데서 볼 수 있듯이 단순한 귀향 의식이 아니다. 자신의 평안함을 얻기 위해서가 아니라 자양분이 되어 갖가지 초목들이 자라는 데 도움을 주려고, 곧 다른 존재들을 살리려고 하는 것이다.

화자가 "살아생전 내 생에/저 하늘을 탐하지 않고/해와 달 별 무리 또한 탐하지 않았"기 때문에 그 바람은 가능하다. 자신을 위한 이익을 탐하지 않았으므로 사후에도 같은 자세를 가질 수 있는 것이다. 그리하여 화자는 "내 주검 또한 이 산천에서/끝끝내 기쁨과 고단함의 눈물을 함께 맛보"려고 한다. 살아가는 동안에는 기쁨만이 아니라 고단함과 눈물도 동반하는데, 모두 회피하지 않고 끌어안겠다는 것이다.

화자는 그 마음을 의지적으로 개진하고 있다. "산천에 비가 오고 바람 부는 날이"이거나 "눈이 내리고 인적 끊긴 날이" 되면 "초목과 들꽃의 꽃가루 향기로 앉아/그대 외로운 가슴으로/날아가는 노래를 부르겠"다는 것이다. 자신과 인연이 깊은 "그대"의 외로움을 달래주고 사랑의 향기가 가득한 세상으로 만들겠다는 것이다. 그렇게 되면 "저 천상이 이 산천을

시와 정치

탐하”게 될 것이라고 화자는 기대한다.

이렇듯 화자가 희망하는 “별”의 세계는 천상이 아니라 자신이 발 딛고 살아가는 지상이다. 자신에게 고통을 주고 상처를 주고 울음을 준 이 세상을 원망하거나 증오하지 않고 껴안는 것이다. 화자가 추구하는 “별”의 세계란 곧 노동자의 세계이다. 노동자들이 사회적으로 부당한 대우를 받지 않고 경제적으로 어려움을 겪지 않을 뿐만 아니라 인간 가치를 실현할 수 있는 세상이다. 그리하여 화자는 “별”의 세계를 이루기 위해 자기 반성과 아울러 미래 지향적인 의지를 노동자의 사랑으로 구체화시키고 있다.

대상애(對象愛)의 시학
— 유순예의 『호박꽃 엄마』론

1.

이반 투르게네프의 장편소설 『아버지와 아들』은 두 세대 간의 대립과
갈등을 여실하게 보여주고 있다. 러시아의 전통 및 관습과 문화를 중요
하게 여기고 옹호하는 아버지 세대와 개인의 자유를 보다 중요하게 여기
는 아들 세대가 날카롭게 대립하는 것이다. 러시아의 농노 제도, 유물론
과 관념론, 문학과 예술, 서구주의와 슬라브주의 등 모든 분야에서 맞서
는데, 구세대는 신세대를 냉소주의자이고 오만하고 뻔뻔스럽다고 비난
하고, 신세대는 구세대를 시대에 뒤떨어지고 공허하다고 비난한다.

작품의 주요 인물인 아르카디는 학업을 마치고 귀향할 때 친구이자 정
신적인 스승인 바자로프를 데리고 왔다. 바자로프는 자연과학도로서 의
사 자격시험을 준비하고 있는데, 니힐리스트였다. 모든 것을 비판적인
관점에서 바라보며 어떤 권위에도 굴하지 않고 어떤 원칙도 신앙으로 받
아들이지 않았다. 자신이 니힐리스트로서 시대를 부정하는 것은 민중들
이 요구하기 때문이라고 주장했다.

바자로프의 세계 인식에 대해 아르카디의 큰아버지인 파벨 페트로비치는 강하게 비판했다. "나는 당신이 러시아 민중을 정확히 파악한다고 믿고 싶지 않아. 또 그들의 요구를, 그들의 열망을 대변한다고 믿고 싶지 않아! 아니야, 러시아 민중은 당신이 상상하는 그런 사람들이 아니야. 그들은 전통을 소중히 여기며, 가부장적이야. 그들은 신앙 없이는 살아갈 수 없어……"[1]라고 비판한 것이다. 나아가 "예전 젊은이들은 무식쟁이라는 말을 듣고 싶지 않아서 공부를 해야만 했지. 그런데 지금 청년들은 '세상만사는 모두 무의미해!'라는 말만 하면 그만이야. 그러고는 마냥 즐거워하지. 전에 그들은 멍청이에 지나지 않았는데 지금은 갑자기 니힐리스트가 되어버렸어."[2]라고 비난까지 했다.

바자로프의 니힐리스트 성격은 자신의 아버지와 어머니에 대한 태도에서도 여실히 나타났다. 바자로프는 3년 만에 귀향하는 길인데도 곧바로 집으로 가지 않고 아르카디의 집에서 여러 날을 머물렀을 뿐만 아니라 미모의 여성인 오딘초바의 집에서도 보름 이상 보냈다. 귀향해서도 부모님의 사랑을 부담스러워하며 사흘 만에 집을 나와 다시 아르카디와 오딘초바를 찾아갔다. 마침내 집으로 돌아와서도 아버지 어머니에게는 무관심하고 실험하는 데만 열중했다.

그렇지만 그와 같은 태도는 부모의 지극한 사랑에 의해 극복된다. 니콜라이 페트로비치가 아들 아르카디가 학사학위를 받고 귀향하는 날 집으로부터 15킬로미터나 떨어진 주막에까지 나가 마중한 것처럼 바자로프의 아버지와 어머니도 늦게 돌아온 아들에게 섭섭함을 나타내는 대신

---

1 이반 투르게네프, 『아버지와 아들』, 이항재 역, 문학동네, 2011, 81쪽.
2 위의 책, 87쪽.

뜨겁게 맞이한다. 바자로프의 아버지는 퇴역 군의(軍醫)로서 농장 일을 돌보며 가끔씩 이웃 사람들을 치료해주고 있었다. 그리고 몸에 이끼가 끼지 않도록, 즉 시대에 뒤떨어지지 않도록 애쓰고 있었다. 다른 지주들이 생각하지 못한 소작제를 적용해 토지를 반분제로 농부들에게 빌려준 것이 그 한 모습이었다. 아버지의 깊은 사랑을 받은 바자로프는 마침내 부상당한 농군의 발을 싸매는 아버지를 도와준 것을 시작으로 마을 사람들의 진료에 동참한다.

그렇지만 불행하게도 바자로프는 장티푸스에 걸린 환자를 돌보다가 상처를 입고 감염되고 만다. 고열과 혼수상태로 자신의 죽음을 직감하자 오딘초바를 불러 사랑을 고백하면서 아버지를 옹호한다. "아버지는 '러시아가 훌륭한 인물을 잃어버렸다'고 당신에게 말할 테지요…… 어리석은 말이지만, 노인의 환상을 깨지는 마십시오. …(중략)… 그리고 우리 어머니를 위로해줘요. 대낮에 등불을 들고 찾아봐도 당신들 상류사회에서는 찾아볼 수 없는 분들이니까…… 러시아는 내가 필요합니다…… 아니, 필요 없는 것 같아요. 그럼 누가 필요하죠? 제화공이 필요해, 재봉사가 필요해, 고기장수가……"[3]라고 말하는 것이다. 니힐리즘을 극복하고 아버지와 어머니를 품는 것이다.

유순예 시인의 시 세계에서도 아버지와 어머니를 사랑하는 마음이 지극하다. 경제적으로 풍요롭지 못하고 사회적인 지위가 없고 배우지 못한 농민의 자식이라는 사실을 부끄러워하지 않고 자랑스러워하는 것이다. 이와 같은 당당함은 자식을 사랑한 부모의 마음이 어떠했는지를 비로소

---

3 위의 책, 307~308쪽.

이해했기 때문이다. 그리하여 시인은 부모를 비롯한 가족은 물론 자신과
인연이 된 사람들을 기꺼이 품는다.

2.

해 지기 전에 리어카 좀 끌고 오니라
포대도 몇 개 더 가져오고
병실 천장을 노려보며
고추를 따시더니
나는 총대 세울랑게
너는 밭 가상에서 나물이나 뜯어라
인삼밭을 꾸리시더니

사경에 드신 아버지!

기저귀가 짓무르도록 검푸른
유언을 써놓고
천장에서 흙이 쏟아진다 사다리 좀 가져와라
천장을 노려보며
시치미 뚝 뚝 떼시더니

적일(赤日)이 되신 아버지!

당신이 두고 가신 밭으로
내려오셔서
농산물들을 어루만지시네요

　　　　　　　　　　　　　　— 「적일(赤日)」 전문

위의 작품의 "아버지"는 "해 지기 전"까지 "고추를"땄고, "총대"를 세우면서 "인삼밭을 꾸"렸다. 이와 같은 농사를 한두 해 한 것이 아니라 한평생 지었다. 또한 "아버지"는 "천장에서 흙이 쏟아"지는 것을 걱정하며 살아왔다. 경제적인 형편이 좋지 않아 집을 전면적으로 수리하지 못하고 "사다리"를 타고 올라가 손을 보면서 지내온 것이다.

"아버지"는 농사를 천직으로 알고 들에 나가 일했다. 해가 뜨기 전에 지게에 낫이며 삽이며 호미 등의 농기구를 지고 나가 일하다가 해가 저물어서야 집으로 돌아왔다. 당신이 할 줄 아는 일은 해를 따라 들에 나가 땀을 흘리며 몸에 흙을 묻히는 것이었다. 그리하여 작품의 화자는 당신은 하늘나라에서도 관심을 가질 뿐만 아니라 할 수 있는 일은 농사밖에 없다고 말한다. "적일(赤日)이 되"었어도 하늘나라에서 쉬거나 놀지 않고 "당신이 두고 가신 밭으로/내려오셔서/농산물들을 어루만"진다고 여기는 것이다.

화자는 "아버지"가 집안을 위해 평생 일한 면뿐만 아니라 자식을 지극히 사랑한 면도 떠올린다. 당신은 뜨거운 해를 받으며 밭에 나가 "고추를 따"면서도 "해 지기 전에 리어카 좀 끌고 오니라/포대도 몇 개 더 가져오고"라고 부탁한 상황에서 볼 수 있듯이 자식을 대신해서 힘든 일을 했다. 해가 질 무렵 리어카에 푸대나 싣고 오면 당신은 낮 동안 따놓은 "고추를" 담겠다는 것이다. 또한 "아버지"는 "나는 총대 세울랑게 너는 밭 가상에서 나물이나 뜯어"고 말했다. 당신은 인삼밭 지붕을 받치는 나무 말뚝인 "총대"를 땅에 박는 일을 할 테니 자식에게는 밭가에 돋아난 나물이나 쉬엄쉬엄 뜯으라고 한 것이다. 그리하여 화자는 "적일(赤日)" 아래에서 하늘나라에 간 당신이 농사를 지으려고 지상에 햇살로 내려온 것이라고 생각한다.

아버지는 장날마다 터미널 한 귀퉁이에 서서 저를 기다리셨네요. 중학교 수업을 마치고 귀가하는 제 손을 잡고 허름한 선술집으로 들어가셨네요. 아버지는 막걸리 한두 잔으로 종일 비었던 배를 채우셨고, 덤으로 나온 안주들은 저에게 먹이셨네요.

인삼밭에 누운 지 수년째, 당최 일어나지 않으시는 아버지는 당신 손으로 낱낱이 심어놓고 가신 인삼, 그 인삼들이 손을 탈까 봐 망보는 중이라고요?

따라드리는 막걸리는 제 입에 넣어주시고, 좋아하시던 인절미는 잔디에게 주시면서 묵상에 드셨네요. 흙무덤으로 들어가셔서 흙 속을 살피시네요. 인삼이 제법 살이 올랐다고요?

'농사는 적당히만 지으면 재미나는 것인디, 시는 써서 어디다 팔아먹으려고 그 고생이냐'

아버지 생전의 말씀을 삭힌 비를 뿌리고 해를 뿌리면서 인삼을 기르고 계시네요. 뇌성으로 흙을 다지는가 싶더니 바람의 목소리를 빌려서 콧노래를 부르시네요.

올 가을에는 수확해서 누룩에 버무려두었다가 쌉싸래해지면 주거니 받거니 하자고요?

— 「인삼막걸리」 전문

위의 작품에서도 화자는 "아버지"를 농사를 천직으로 여기고 일하는 존재로 인식한다. "인삼밭에 누운 지 수년째, 당최 일어나지 않으시는 아버지는 당신 손으로 낱낱이 심어놓고 가신 인삼, 그 인삼들이 손을 탈까 봐 망보는 중이라고요?"라고 묻는 것이다. "흙무덤으로 들어가셔서 흙 속을 살피시네요. 인삼이 제법 살이 올랐다고요?"라고 묻는 데서도 볼 수 있다.

"아버지"는 농사짓는 일을 고통스러워하거나 힘들어하지 않는다. 힘든 일인데도 불구하고 당신은 기쁨과 보람과 여유를 가진다. 그와 같은 면은 "농사는 적당히만 지으면 재미나는 것인디, 시는 써서 어디다 팔아먹으려고 그 고생이냐"라고 자식에게 농담을 전하는 데서 볼 수 있다. 그리하여 화자는 "아버지 생전의 말씀을 삭힌 비를 뿌리고 해를 뿌리면서 인삼을 기르고 계시네요. 뇌성으로 흙을 다지는가 싶더니 바람의 목소리를 빌려서 콧노래를 부르시네요."라고 여기는 것이다.

부모에 대한 자식의 이와 같은 사랑은 "아버지"가 일찍이 자식에게 베풀었기 때문에 가능하다. 그것은 "중학교 수업을 마치고 귀가하는 제 손을 잡고 허름한 선술집으로 들어가셨네요. 아버지는 막걸리 한두 잔으로 종일 비었던 배를 채우셨고, 덤으로 나온 안주들은 저에게 먹이셨네요."라는 일화에서 잘 볼 수 있다. 당신은 선술집에 들어가 주머니의 형편이 좋지 않기에 막걸리 한두 잔을 들면서 안주는 자식에게 먹인 것이다. 이와 같은 사랑은 성인이 된 자식에게도 마찬가지이다. 당신은 "따라드리는 막걸리는 제 입에 넣어주시고, 좋아하시던 인절미는 잔디에게 주시"는 것이다. 그리하여 마침내 "아버지"의 가족은 꽃을 피운다.

> 마당 가득 흐드러진 잡동사니들 꽃을 피웠다
>
> 저들의 반은 아버지 유품들이고
> 저들의 반은 어머니 애환들이다
>
> 녹슨 가마솥

낡은 싸리비
찌그러진 양은냄비
찌그러진 고무다라
찌그러진······,
꽃들이 꽃밭을 일구었다

"나 먼저 갈랑께 자네는 찬찬히 와"
죽어서도 말을 하시는 아버지와
"영감 없이도 잘살 것여······"
살아서도 말문이 막히는 어머니의

손때 먹은 것들이 한데 어우러져 꽃을 피웠다

가마솥꽃
싸리비꽃
양은냄비꽃
고무다라꽃
활짝 핀······,
아버지꽃 어머니꽃

—「잡동사니꽃들의 수다」 전문

　위의 작품의 화자는 "마당 가득 흐드러진 잡동사니들"이 "꽃을 피웠다"
고 노래한다. 그 꽃들이란 "녹슨 가마솥"과 "낡은 싸리비"와 "찌그러진 양
은냄비"와 "찌그러진 고무다라" 등이다. "찌그러진" 생활용품들이 나뒹굴
고 있는 모습을 보고 화자는 "꽃밭을 일구었다"고 노래한다. 화자는 "저
들의 반은 아버지 유품들이고/저들의 반은 어머니 애환들이"기 때문에
포근하게 느낀다.

대상애(對象愛)의 시학　　　　　　　　　　　　　　　　　255

"아버지"가 "나 먼저 갈랑께 자네는 찬찬히 와" 하고 "어머니"에게 말하자 "어머니"는 "영감 없이도 잘살 것여……"라고 능을 치며 대답한다. "살아서도 말문이 막히"고 말지만 "어머니"는 슬픔이나 쓸쓸함에 당신 스스로 함몰되지 않는 것이다. 그리하여 "아버지꽃 어머니꽃"이 마당 가득 이야기꽃을 피우고 있다. "가마솥꽃/싸리비꽃/양은냄비꽃/고무다라꽃/활짝" 피어 있는 것이다. "손때 먹은 것들이 한데 어우러져 꽃을 피"운 모습에서 화자는 가족의 사랑을 느낀다. 그 사랑은 경제적으로도 사회적으로도 내세울 것이 없을지라도 아주 인간적인 것이어서 따스하고 풍요롭다. 그리하여 화자는 다른 가족도 포용한다.

3.

무리에서 뒤떨어지는 새끼를 챙기는
물오리만도 못한
그 멀대 덕분이라 치자

차'자 주셔서
나'아 주셔서
코'마워요 엄마 싸'랑해요!

서른두 살이 되어서야 모어를 배우게 된
너의 정체성
너의 상처
너의 속울음
어미의 심장에 또박또박 적어놓을게

애써 눈물을 감추는 모습까지 어미를 닮아준 꽃아!
어린 어미의 물젖을 빨며 두 달을 버티다
먼 곳으로 떠밀려가야 했던 통증아!
찾아와줘서
바르게 자라줘서
고마워 꽃아!
서툰 젓가락질로
삼계탕과 김치를 맛있게 먹어주는 함박웃음아!

벌건 자궁에 웅크리고 있던 낡고 까만
산후통을 향기로 피어오르게 한
증오보다 용서를 먼저 배운
꽃, 그런 '꽃'이라고 치자

—「치자꽃—옹알이하는 딸에게」 전문

위의 작품의 화자에게는 "어린 어미의 물젖을 빨며 두 달을 버티다/먼 곳으로 떠밀려가야 했던 통증"이 있다. 화자는 그 어린아이를 찾지 않았다. 아니 특별한 사정으로 인해 찾지 못했다. 그런데 그 아이가 "차'자 주셔서/나'아 주셔서/코'마워요 엄마 싸'랑해요!"라고 "서른두 살이 되어서" "어미"를 찾아주었다. 화자는 감격해 "찾아와줘서, 바르게 자라줘서, 고마워 꽃아!"라며 아이를 끌어안는다.

화자가 자신의 어린아이를 찾지 못한 이유는 "애써 눈물을 감추는 모습까지 어미를 닮아준 꽃아!"라고 토로한 데서 유추할 수 있듯이 말 못할 사정이 있었다. 자신을 "어린 어미"라고 말하거나, "벌건 자궁에 웅크리고 있던 낡고 까만/산후통"을 기억하는 데서 볼 수 있듯이 양육할 수 없는 상황이었다. 그런데 아이는 자라나면서 "어미"의 그 사정을 다행스

럽게도 이해했다. "증오보다 용서를 먼저 배"워 "서툰 젓가락질로/삼계
탕과 김치를 맛있게 먹어주는 함박웃음"까지 내보이는 것이다. 그리하여
화자는 "너의 상처/너의 속울음"을 "어미의 심장에 또박또박 적어놓을게"
라고 약속한다. "모어를 배우게 된/너의 정체성"에 더 이상 혼란이 생기
거나 상처가 나지 않도록 함께하겠다고 다짐하는 것이다. 이와 같은 사
랑은 화자가 아버지와 어머니로부터 받은 사랑이 있기 때문에 가능하다.
받은 사랑이 있기 때문에 내줄 사랑도 있는 것이다.

<blockquote>
고추밭 가상
호박꽃 엄마
환하게
웃고 있네

잔가시들 재운 몸으로
노란 꽃등 켜놓고
새끼들 앉을 자리
치우고 있네

엄마, 난 언제 커?

치마폭이 안고 있던
애동대동한
애호박이 말문을 여네

쉬잇, 도둑 들라!

호박꽃 엄마
노란 꽃등을 끄며
</blockquote>

시와 정치

치마폭에
새끼들을 숨기네

　　　　　　　　　—「호박꽃 엄마」 전문

　"고추밭 가상/호박꽃 엄마"는 사랑스러운 자식이 있기 때문에 "환하게/
웃고 있"다. 그리하여 "잔가시들 재운 몸으로/노란 꽃등 켜놓고/새끼들
앉을 자리/치우고 있"다. 자식이 살아가는 데 불편함이 없도록 자리를 만
들어주는 것이다.

　그런데 "치마폭이 안고 있던/애동대동한/애호박이" "엄마, 난 언제
커?"라고 묻는다. 이에 "호박꽃 엄마"는 화들짝 놀라 "쉬잇, 도둑 들라!"
하며 자식의 입을 막는다. 그리고 "노란 꽃등을 끄며/치마폭에/새끼들을
숨"긴다. 빨리 자라나고 싶어 조급성을 띠는 자식을 지극히 아끼는 마음
으로 다독이며 보호하는 것이다. 이와 같은 화자의 대상애는 가족의 울
타리를 넘어 확대되고 있기에 주목된다.

4.

날짐승의 횡포와 맞서다 여기
공원 묘지에 세 든
나는 한때 자본가의 멱살을 움켜쥐다 나자빠진
노동자였지

　비루한 정부를 향해서 비장한 각오로 대응했었지 집회를 마친 동료들과
소주잔을 기울이다 온 날은 갑갑하던 속이 시원했었지 쥐도 새도 모르게
잡혀간 이후 소식을 모르겠다는 선배 이야기를 듣던 날은 분통이 터졌었
지

간신히 뻗은 두 다리를 스스로 오므릴 수 없는 나는 지금 가만히 누워만
있어도 봉분 밖 소식들이 들려오지 산 자들이 가끔 와서 따라주고 가던 술
맛은 잊어버린 지 오래되었지

소나기 한바탕 휩쓸고 지나가더니 사방이 뒤숭숭해졌지 때때로 찾아와
서 살펴주던 바람이 내 비석에 붙은 비보(悲報)를 읽어주고 갔지

위 묘소는 관리비가 미납되었습니다 조속히 납부하여주시기 바랍니다

군데군데 파헤친 흔적이 우중충하게 남아 있는
저기 저 공터들처럼
나 또한 공허하게 쫓겨나야 할 판국이지

죽어서도
날짐승의 횡포에 끽소리 못 하는
나는 민주열사가 아닌
특3-01075 녹초일 뿐이지

—「비보(悲報)」 전문

위의 작품의 "민주열사"는 "날짐승의 횡포와 맞서다"가 "공원 묘지에"
안치되어 있다. 그는 "한때 자본가의 멱살을 움켜쥐다 나자빠진/노동자
였"다. 그는 "비루한 정부를 향해서 비장한 각오로 대응했"다. "집회를 마
친 동료들과 소주잔을 기울이다 온 날은 갑갑하던 속이 시원했"고, "쥐도
새도 모르게 잡혀간 이후 소식을 모르겠다는 선배 이야기를 듣던 날은
분통"을 터뜨리기도 했다.

그 "민주열사"는 "간신히 뻗은 두 다리를 스스로 오므릴 수 없는" 처지에
놓여 있다. "산 자들이 가끔 와서 따라주고 가던 술맛"도 "잊어버린 지 오래
되었"다. 그리고 "소나기 한바탕 휩쓸고 지나가더니 사방이 뒤숭숭해졌지

시와 정치

때때로 찾아와서 살펴주던 바람이" 자신의 "비석에 붙은 비보(悲報)를 읽어주고" 간 것을 잊지 못한다. 그 내용은 다름 아니라 "위 묘소는 관리비가 미납되었습니다 조속히 납부하여주시기 바랍니다"라는 경고장이었다.

그리하여 그는 "군데군데 파헤친 흔적이 우중충하게 남아 있는/저기저 공터들처럼" 자신 "또한 공허하게 쫓겨나야 할 판국이"라는 사실에 씁쓸함을 갖는다. 아울러 "죽어서도/날짐승의 횡포에 끽소리 못 하는" 자신의 처지를 안타까워한다. "나는 민주열사가 아닌/특3-01075 녹초일 뿐이"라고 자조적인 모습까지 보인다.

그는 인간다운 세상을 이루기 위해 자신의 목숨까지 걸었지만, 그가 꿈꾼 세상에서 살아가는 사람들은 어느덧 무관심을 보인다. 그 이유는 여러 가지가 있겠지만, 그의 헌신을 망각하고 있기 때문이다. 그리하여 화자는 용서를 비는 마음으로 그를 품는다. 그의 헌신을 기리는 동시에 그가 꿈꾸었던 "민주주의 사회"를 함께 지향하며 또 다른 비가를 부르는 것이다.

> 기도가 막혀서 숨을 쉴 수가 없었네.
> 그 기도를 허공에 매달았더니
> 숨 쉬기가 편안해졌네.
>
> 나는 이제, 자본가에게 짓밟히다 쫓겨난, 마흔두 살의 노동자가 아닌, 스물두 살의 새내기 노동자로 되돌아가는 중이네. 굳어버린 내 혀가, 노동자 탄압, 노조 파괴, 부당 징계 등등의 단어들을 잊어버리라 하네. 야근, 주간 연속 2교대에게 빼앗긴 단잠이나 편안하게 자라 하네.
>
> 거리에서, 고공에서, 공장에서 투쟁하는 노동자들이여! 공권력 투입도 정당화되는 민둥산에 그대들을 두고 떠나는 나를 안아줘서 고맙네. 내 손

으로 풀지 못한 숙제는 그대들과 함께 풀어야겠네. 몰래카메라를 달지 않아도 권력가들의 언행을 감지할 수 있는 혜안(慧眼)을 불어넣겠네.

시든 나의 육신은 이제, 저 하늘의 유성(流星)으로 새롭게 태어나는 중이네. 구린내 풍기는 현대에서 이탈하여, 청량한 천상으로 이직(移職)하는 중이네. 무차별 임금 삭감, 폭력 탄압, 직장 폐쇄 없는, 정규직 노동자 입사시험 합격통지서가 저만치 앞장서고 있네. 그대들에게 떠맡긴 잔업을 완수하는 날, 하늘 한번 올려다봐주시면 고맙겠네.

막혔던 기도가
소낙비를 생산하고 있을 것이네.
굳었던 내 혀가
승리의 노래를 부르고 있을 것이네.
　　　　　　　—「시든 국화의 비가(悲歌) - 한광호 열사의 전언」 전문

2010년 유성기업과 노동조합은 심야 근무가 없는 주간 연속 2교대제 도입을 추진하기로 합의했다. 그렇지만 이듬해의 교섭에서 생산성과 임금 감소에 대한 의견차를 좁히지 못했다. 2011년 5월 유성기업의 노동자들이 심야 노동 철폐 등을 주장하자 회사는 직장 폐쇄로 맞섰다. 또한 회사 측에 유리한 제2노조를 만들어 징계와 손해배상 청구 대상에서 제외시켜주겠다고 노조원들을 유혹했다. 뿐만 아니라 용역을 통해 노조원들을 폭행했고, 일방적으로 생산 목표량을 정해놓고 채우지 못하면 임금을 삭감했다. 이에 항의하면 징계와 고소와 고발이 이어져 벌금을 물어야 했고 해고되었다. 이와 같은 일들이 계속 일어나자 노동자들은 육체적으로도 정신적으로도 피폐해졌다. 결국 2016년 3월 17일 열한 번의 고소 고발과 징계에 고통받던 "한광호" 노동자가 공원에서 주검으로 발견되었다.

　　　　　　　　　　　　　　　　　　　　　　　시와 정치

"한광호 열사"는 생을 마감한 자신의 상황을 "숨 쉬기가 편안해졌네"라고 긍정한다. 또한 "노동자 탄압, 노조 파괴, 부당 징계 등등의 단어들을 잊어버리"고 "야근, 주간 연속 2교대에게 빼앗긴 단잠이나 편안하게" 잘 수 있다고 노래한다. 이와 같은 면은 현실 상황이 그렇지 못한 것을 반영한다. 그리하여 "거리에서, 고공에서, 공장에서 투쟁하는 노동자들이여! 공권력 투입도 정당화되는 민둥산에 그대들을 두고 떠나는 나를 안아줘서 고맙네."라며 "내 손으로 풀지 못한 숙제는 그대들과 함께 풀어야겠네."라고 투쟁 의지를 내보인다. "굳었던 내 혀가/승리의 노래를 부르고 있을 것"이라고 낙관적인 전망도 제시한다.

유성기업의 노동조합이 2011년 10월부터 사측의 노조 파괴 행위와 부당 노동 행위를 고소했지만 검찰의 수사는 진전이 없었다. 2012년 9월 국회 청문회에서 유성기업과 노무법인 '창조컨설팅'이 공모한 노조 파괴 시나리오가 폭로된 뒤 다시 고소했지만 검찰은 불기소 처분을 내렸다. 또한 해고되었던 노동자들이 징계 해고 처분 취소 소송에서 승소해 복직했으나 회사는 강제 교육 등으로 괴롭혔다. 그리고 우울증이 심한 노동자들이 진단을 받고 근로복지공단에 요양급여를 신청했지만 회사는 요양 승인 취소를 소송했다. 이러는 동안 "한광호 열사"는 목숨을 끊었다.[4]

---

4 이후 노조원들은 한광호 열사의 정신을 외면하지 않고 끈질긴 노숙 투쟁을 전개해 2017년 12월 22일 대법원에서 유성기업 대표의 유죄를 이끌어냈다. "22일 대법원은 유시영 유성기업 회장 측이 낸 상고에 '원심 판결은 정당하다'며 기각했다. 유 회장과 함께 기소된 유성기업 아산·영동공장장과 노무담당 임원 등에도 유죄를 확정했다. 유 회장은 2015년 4월 부당노동 행위 혐의로 기소돼 지난 2월 1심에서 징역 1년 6월을 선고받았다. 지난 8월 2심은 일부 혐의를 무죄로 판단하고 1년 2월로 감형했다. …(중략)… 기업 대표가 부당노동행위로 기소돼 대법원에

"한광호 열사"는 에리히 프롬이『사랑의 기술』에서 명명한 자기애(自己愛)가 강한 사람이다. 자기애는 자기 자신에게만 관심을 갖고 다른 사람에게 베풀지 않고 받는 것에만 기쁨을 느끼는 이기적인 사랑과는 다르다. 이기적인 사랑은 다른 사람은 물론 자기 자신도 사랑하지 못한다. 따라서 "타인에 대한 사랑과 우리 자신에 대한 사랑은 양자택일적인 것이 아니다. 반대로 자기 자신을 사랑하는 태도는 다른 사람을 사랑할 줄 아는 모든 사람들에게서 찾아볼 수 있을 것이다. 대상과 우리 자신의 자아 간의 연관 문제에서 사랑은 본질적으로 불가분의 것이다. 순수한 사랑은 생산성의 발로이며 보호, 존경, 책임, 지식을 뜻한다."[5] "한광호 열사"는 자신을 사랑했기에 같은 길을 걸어가는 노동자들도 사랑할 수 있었다. 전태일 열사가 그러했듯이 그는 고통 받는 노동자들을 위해 한 알의 밀알이 된 것이다.

이기적인 인간 존재가 자기 자신은 물론 다른 사람을 사랑하는 일은 결코 쉬운 것이 아니다. 그러므로 유순예 시인이 노래한 대상애는 주목된다. 시인의 대상애는 자기애를 바탕으로 한 사랑이기에 진실하고, 개인적인 차원을 넘어 공동체적인 것이다. 그리고 인간 가치가 실현되는 세계를 이루기 위해 부단하게 움직이는 것이다.

서 확정판결까지 받는 것은 처음이다."(김상범 기자, 「'노조 파괴' 유성기업 회장 실형 확정…'몸통' 의혹 현대차 재판에 불려」,『경향신문』 2017.12.22. http://news. khan.co.kr/kh_news/khan_art_view.html?artid=201712222131005&code=940702#csidxf 7d5048d8c55a6fadb47c5716a084d8)

5 에리히 프롬,『사랑의 기술』, 이완희 역, 문장사, 1983, 76쪽.

노동시의 계승

— 조선남의 『눈물도 때로는 희망』론

1.

조선남은 한국 시문학사에서 자본이 지배하는 21세기의 상황을 육체 노동자의 시선으로 인식하고 반영한 시인으로 평가될 것이다. 시인은 완전에 가까운 결단을 내리고 "불쌍한 내 형제 곁으로, 내 마음의 고향으로, 내 이상의 전부인 평화시장의 어린 동심 곁으로"[1] 돌아간 전태일의 사상을 거울로 삼고 노동자가 인간답게 살아갈 수 있는 세계를 추구하고 있다. 그리하여 시인은 일터로 돌아가 망치를 잡는 것은 물론 노동자를 탄압하고 소외시키는 자본의 세력에 맞서고 있다. 결국 조선남 시인은 "노동 현실이나 노동 문제를 극복하려는 의지를 제재로 삼아 형상화한"[2] 1980년 대의 노동시를 그 나름대로 계승하고 있는 것이다.

어느덧 자본이 한국 사회를 지배하는 상황이 되었다. 사람들은 값싸면

---

1 조영래, 『전태일 평전』, 돌베개, 1991, 229쪽.
2 맹문재, 『한국 민중시 문학사』, 박이정, 2001, 15쪽.

서도 질 좋은 자본을 소비하는 것은 물론 더 많은 이익을 획득할 수 있는 자본을 생산하느라고 바쁘다. 사회 곳곳이 자본을 전달하고 자본을 이용하고 자본을 판매하고 자본을 투자하는 사람들로 붐빈다. 시장이나 거리나 공장뿐만 아니라 아파트 단지에도 자본이 넘친다. 종교 행사장이나 예식장이나 문화유적지나 정치인 연설에서도 자본은 대우를 받는다. 자본의 위력은 점점 더 커져 사람들은 자본이 제시하는 이익의 가치를 거절할 수 없다. 자본이 제시하는 자유의 빛은 이루 말할 수 없이 밝고, 자본이 제시하는 이익은 비교할 수 없도록 달다. 따라서 사람들은 자본이 요구하는 일상을 선택하고 자본이 요구하는 예의를 지키고 자본이 요구하는 방식을 실행한다. 자본이 제시하는 전망을 갖고 자본이 제시하는 방향을 추구하고 자본이 제시하는 전략을 구사한다. 사람들에게 자본은 삶의 좌표이고 삶의 원동력이고 삶의 이데올로기이다.

그렇지만 자본은 빛과 그림자를 동시에 가지고 있다. 자본을 가로막던 국경이 사라지고 지역 경제는 세계 경제의 단위에 통합되고 있기에 자본의 움직임은 공격적이고 빠르다. 그리하여 자본의 선택을 받은 사람은 이익이 불고 이자가 늘고 판매량이 증대하지만 선택받지 못한 사람은 그림자에 갇히고 만다. 자본의 이익을 창출하지 못한다는 이유로 구조 조정이나 해고나 실업의 대상이 되는 것이다. 그리하여 직장을 잃거나 사업장의 부도를 겪을 뿐만 아니라 가족이나 친구를 잃고 건강을 잃고 심지어 자신의 생명조차 잃는다. 실제로 "노동시장 유연화로 인해 비정규직 노동자가 급증했고 노동자들 간의 임금 격차가 더욱 심화되었으며 정리해고제 도입과 함께 빈곤율은 거의 3배로 높아졌다. 위기 이후 소득 분배는 크게 악화되어, 도시 근로자 가구 상위층 20%의 소득과 하위층 20% 소득 간의 격차는 1997년 약 4.5배에서 위기 직후 급등하여 2004년 약 5.4

시와 정치

배에 이르며, 자영업자와 무직 가구를 모두 포함하면 2004년 이 수치는 7.35배에 이른다. 이미 2000년 자료에 기초해 계산해보면 소득 상위 10% 계층과 하위 10% 계층 사이의 격차가 OECD 국가들 중 미국이나 터키보다도 높아서 꼴찌인 멕시코 다음으로 높게 나타났다. 도시 근로자 가구의 지니계수도 같은 기간 1997년 0.283에서 2004년 0.31로 높아졌다. 특히 다른 OECD 국가들에 비하면 세금과 사회보장제도 등 국가에 의한 소득 재분배 역할이 거의 미미한 상황이다. 금융자산, 부동산과 같은 부의 분배는 누구나 인정하듯 소득보다 훨씬 더 심각한 상황이며 부동산 버블과 함께 부의 격차는 더욱 심각해져 가"[3]고 있는 것이다.

따라서 자본에 대한 새로운 인식과 대응 전략이 필요하다. 자본이 시장에 들어올수록 경제 성장이 이루어지고 빈곤이 해결될 것이라고 많은 관료들이 전망하지만 실제는 그렇지 않다. 자본이 국제 무역을 증가시키고 투자를 촉진하고 경제 성장을 이끌어 사람들의 삶이 풍요로워질 것이라고 많은 경제학자들이 제시하지만 현실은 그렇지 않다. 자본이 시장에 들어와도 경제 성장은 둔화되고, 선진국과 후진국 간의 빈부 차이는 벌어지고, 금융시장은 불안하고, 노동시장은 침체되고, 가계 형편은 위태롭다. 그리하여 많은 사람들이 불만을 제기하고 분노감을 표출하고 불안감을 가지고 있다. 자본이 풍부한데도 소득 분배가 제대로 이루어지지 않아 빈곤 문제며 노동 문제며 복지 문제가 여전히 해결되지 않고 있다. 노동자 계급은, 특히 비정규직 노동자 같은 사회적 약자들은 더 이상 희망을 갖지도 힘을 내지도 못한다. 선진국과 후진국의 빈부 차가 심화된

---

3 이강국, 『다보스, 포르투 알레그레 그리고 서울』, 후마니타스, 2005, 361~362쪽.

만큼이나 사용자와 노동자의 빈부 차가 견고하게 고착화되어 있다. 수십
만 명의 노동자들이 거리에 나서서 반대를 외쳐도 거대한 자본주의 체계
는 흔들리지 않는다. 그리하여 자본을 괴물로 비판하면서도 자본의 눈치
를 보고 자본이 내미는 손을 뿌리치지 못하는 것이다.

조선남 시인은 노동자의 존재 가치를 주체적으로 추구하며 자본에 대
항하고 있다. 흔히 자본의 가치가 물질이라면 시의 가치는 정신이라고
비유하지만, 시인의 노동시는 그 이상의 가치를 지향한다. 자본이 인간
사회의 계급과 지배와 탄압을 용인한다면, 그의 노동시는 그것에 대항하
는 것이다. 특히 비정규직 노동자를 지배하는 계급이나 비정규직 노동자
를 판매하는 상업적 전문가는 물론 비정규직 노동자를 억압하는 제도며
문화며 윤리 등에 맞서고 있다.

2.

누군가 나를 감시하고 있다
나의 노동을
나의 삶을
날카로운 드릴로 이마를 뚫고
감시 카메라를 장착해
꿈꾸고 사랑해온 시간들
잊혀진 기억까지 감시하고 있다
직장 상사인가
언제나 나의 자리를 넘보는
저, 주림에 지친 눈빛들…… 하청 노동자들인가
아니다 살아남으려는 발악에 가까운 몸부림
내 몸값을 올리고, 언제든지 무슨 일이라도 할 수 있게

다양한 기능을 익혀두라고 충고하는
약육강식, 야만의 경쟁 논리가 나를 감시하고 있다

꿈속까지 쫓아와 나를 다그치는 불안감
대체 이 불안감의 정체는 무엇인가
끊임없이 경쟁으로 내몰리고
그 대상이 결국 나의 노동이 되는
갈가리 찢겨져 객체로 남아버린
야만의 시간들 속에 꿈은 사라지고
사랑도 시들고
삶의 의지마저 꺾인 채
나의 육체는 더 이상 영혼을 담는 그릇이 아니라
자본의 이윤에 약탈당한 빈 껍질이다
나의 노동은 늘 고부가가치의 생산을 요구받고
그때만 고용이 보장된다
또한 나의 노동은
늘 동료들의 노동을 감시하고
언제라도 대체 인력으로 투입될 수 있는 값싼 노동이다

사슬에 묶여
벼랑 끝에, 풀뿌리라도 부여잡고 매달린
나는
시퍼런 칼날 위에서 대치하고
절망과 희망의 가르는 전선이다

—「나의 노동」 전문

　위의 작품의 화자는 자신의 "노동"이며 "삶"이 누군가에 의해 감시당
하고 있음을 느낀다. 그리하여 "직장 상사인가"라고 생각해보기도 하고,

"언제나 나의 자리를 넘보는/저, 주림에 지친 눈빛들…… 하청 노동자들인가"라고 생각해보기도 한다. 그렇지만 전적으로 인정할 수 없다. 그들이 자신을 감시하는 것으로 볼 수도 있지만 더 큰 감시자가 있다는 생각이 든 것이다. 그리하여 한층 더 고민해본 결과 자신을 감시하는 대상이 다름 아니라 "약육강식, 야만의 경쟁 논리"라는 것을 떠올린다. 그 논리는 "살아남으려는 발악에 가까운 몸부림"으로 화자에게 "몸값을 올리"라고, 또 "언제든지 무슨 일이라도 할 수 있게/다양한 기능을 익혀두라고" 충고한다.

작품의 화자는 "약육강식"의 그 몸부림으로 인해 "불안감"을 느끼고 있다. 그 "불안감"은 "꿈속까지 쫓아와 나를 다그"칠 정도로 심각하다. 그리하여 화자는 "대체 이 불안감의 정체는 무엇인가"라고 다시금 자신을 되돌아본다. 그 결과 "끊임없이 경쟁으로 내몰리고/그 대상이 결국 나의 노동이 되는" 현실을 직시한다. "갈가리 찢겨져 객체로 남아버린/야만의 시간들 속에 꿈은 사라지고/사랑도 시들고/삶의 의지마저 꺾인" 자신을 발견하는 것이다. 다시 말해 자신의 "육체는 더 이상 영혼을 담는 그릇이 아니라/자본의 이윤에 약탈당한 빈 껍질"에 불과하다는 사실을 깨닫는 것이다.

작품의 화자가 자신을 자본에 의해 약탈당하는 존재로 인식한 것은 주목된다. 자신이 사회적인 존재라는 사실을 자각했기 때문이다. 그리하여 화자는 "나의 노동은 늘 고부가가치의 생산을 요구받고/그때만 고용이 보장된다"라고 토로한다. 자본의 이윤 창출에 기여하지 못하는 노동자는 언제든지 해고당하거나 폐기 처분되는 것이 엄연한 사실이다. 따라서 "나의 노동은/늘 동료들의 노동을 감시"하고, 동료들의 노동 또한 자신의 노동을 감시한다는 화자의 자각은 중요하다. 치열한 경쟁과 감시로 인해 노동자들은 서로 소외된 처지에 놓여 자신의 신분에 대한 안정감도 자부심도 갖지 못한다. 오히려 "언제라도 대체 인력으로 투입될 수 있"다고 자신의 처지를 비하한다.

작품의 화자인 노동자가 이와 같은 자의식을 갖는 것은 자본주의가 심화되고 있기 때문이다. 사회 전체가 자본의 이윤이라는 기준에 의해 영위되고 있는데, 이윤이 어느 정도로 필요하고 어떠한 과정으로 획득되고 또 노동자에게는 어떻게 분배되는지 등에 관한 기준이 없다. 그리하여 노동자는 자신의 권익을 보호받지 못하고 자본의 명령만 따르고 있다. 경기 규칙도 심판도 정확하지 않은 경기장에서 자본주의가 요구하는 이윤의 목표치를 달성하느라 희생당하고 있는 것이다. "사슬에 묶여/벼랑 끝에" 놓인 노동자의 처지가 그 여실한 모습이다.

그렇지만 작품의 화자는 자신이 불합리한 조건에 놓여 있다고 할지라도 노동자의 길을 포기할 수는 없다고 노래한다. "절망과 희망의 가르는 전선"인 "시퍼런 칼날 위에서 대치하"는 상황이지만 "풀뿌리라도 부여잡고 매달"리겠다는 것이다. 그것이 의식주의 해결만을 위해서가 아니라 노동자의 세계를 이루기 위해서인 것은 분명하다.

> 나는 나의 사랑이 위선이 아니기를 바라면서
> 길을 떠나야 한다 다시는 돌아오지 못한다 해도
> 다시 한 번 깃발이 되어 서지 못한다 해도
> 나를 버리고, 현장에 뿌리를 내리는 일과
> 투쟁하는 것이 서로 다른 것이 아님을,
> 머리만 아는 것이 아니라,
> 주둥아리로 말만 하는 것이 아니라,
> 몸이 느껴질 때까지

가장 낮은 곳에서 일하면서 느껴야 할 것이다
현장에서 뿌리를 내리지 못하면
그 모든 투쟁과 크고 작은 성과들까지
부질없는 것이 되고 만다
가자
가서는 다시 돌아오지 못한다고 해도
이름도 없이 빛도 없이 썩어진다 해도
현장에서 내리는 뿌리는
새로운 투쟁을 만들어가리라.

—「하방」전문

위의 작품의 화자가 "하방"으로 떠나는 것은 주목된다. 위쪽이 아니라 아래쪽의 세계에 뿌리를 내리려고 하는 것으로 노동자의 세계관이 분명하기 때문이다. 자본주의 사회의 지배 계급이 아니라 노동자 계급을 기꺼이 선택한 화자는 "다시는 돌아오지 못한다 해도/다시 한 번 깃발이 되어 서지 못한다 해도" 후회하지 않을 것이라고 노래한다. 또한 자신의 그 "사랑이 위선이 아니기를 바라"고 있다.

작품의 화자는 "현장에 뿌리를 내리는 일과/투쟁하는 것이 서로 다른 것이 아님을" 간파하고 있다. 노동자의 세계를 건설하려면 "머리만 아는 것이 아니라,/주둥아리로 말만 하는 것이 아니라,/몸이 느껴질 때까지" 일하면서 투쟁해야 된다. 그리하여 화자는 "가장 낮은 곳에서 일하면서 느"끼려고 한다. 만약 "현장에서 뿌리를 내리지 못하면/그 모든 투쟁과 크고 작은 성과들까지/부질없는 것이 되고" 말 것이기 때문이다. 따라서 화자가 "가자"라고 외치는 것은 형식적인 구호로 들리지 않는다. "가서는 다시 돌아오지 못한다고 해도/이름도 없이 빛도 없이 썩어진다 해도/현장에서 내리는 뿌리는/새로운 투쟁을 만들어 가리라"는 다짐도 마찬가지이다.

"현장에 뿌리를 내리는 일과/투쟁하는 것이 서로 다른 것이 아"니라는 화자의 인식은 중요하다. 사용자는 결코 노동자의 행복을 위해 자신의 이윤 추구를 포기하거나 양보하지 않기 때문이다. 개별적인 노동자는 끊임없이 감시당하고 착취당한다. 그리고 자본의 이윤 획득에 기여하지 못하면 끝내 해고당하고 만다. 그러므로 "현장에 뿌리를 내리는 일"을 추구하는 데는 "투쟁"이 필요하다. "투쟁"할수록 주체적으로 노동자의 세계를 이룰 수 있기 때문이다. 노동조합의 운영으로 노동자들이 해고당하고 불이익을 받고 비인격적으로 대우 받는 데 맞서는 것이 그 여실한 모습이다. 자본주의가 심화될수록 이윤 추구를 위한 경쟁이 치열해져 노동자가 우선 희생당하기 마련이다. 노동자는 규칙도 심판도 제대로 마련되어 있지 않은 경기장에서 경쟁하다가 결국 희생당하고 만다. 따라서 작품의 화자가 "현장에 뿌리를 내리"면서 동시에 "투쟁"하는 존재가 되려고 하는 자세는 노동자의 세계를 이루는 데 필요한 것이다.

3.

> 투쟁에서 패배한 지도부에 대한 비판보다
> 노동과 생산에서 멀어져버린, 관성에 젖어버린 몸이며
> 노동과 생산의 직접적인 불꽃이 이는 현장에서 멀어진
> 발길을 탓하고 질책한다
>
> 진실로 내가 나를 질책하는 것은
> 노동으로부터 멀어진 내 발길이다
> 노동이야말로 그것도 육체적인 노동이야말로
> 가장 확실하게 관성과 타성에 젖어버린 나를 씻어낸다

평가와 비판이 동지의 발목을 잡고
벽돌 한 장, 톱질 한 번 해보지 않은 평론가의 이야기는
귀담아들을 것도 없다 하지만,
행정 관료처럼 마비된 그들 앞에 부끄러운 것이 아니라
20년, 30년 노동 속에 청춘을 다 바치고
투쟁으로 일어난 동지들 앞에 진실로 부끄럽고 두려울 뿐이다
계급의식은 낡은 책 속에 있는 것이 아니라,
투쟁하는 노동자들의 함성 속에 있었고
야만적인 경찰의 살인적인 진압 앞에서도
두려워하지 않는 투쟁 속에 있었다

나는 돌아가야 한다
나를 키워낸 내 아버지의 노동 그 현장으로,
나는 돌아가야 한다
나를 키워낸 내 어머니의 눈물 속으로,
돌아가 새벽부터 밤늦게까지 일하며
나는 나의 노동과 동료들의 노동이 어우러진 현장에서
잃어버린 소중한 우리의 꿈을 되찾고,
빼앗긴 자들의 노래를 낮은 소리로 함께 부르리라

— 「나는 돌아가야 한다」 전문

　작품의 화자는 "투쟁에서 패배한 지도부에 대한 비판보다/노동과 생산에서 멀어져버린" 자신을 비판하고 있다. 다시 말해 "관성에 젖어버린 몸이며/노동과 생산의 직접적인 불꽃이 이는 현장에서 멀어진/발길을 탓하고 질책"하는 것이다. 화자가 이와 같은 자세를 취하는 것은 "노동이야말로 그것도 육체적인 노동이야말로/가장 확실하게 관성과 타성에 젖어버린 나를 씻어낸다"는 신념이 있기 때문이다. "노동"이야말로 자아를 실현시키는 가치이자 방법이라고 확신하고 있는 것이다.

아울러 화자는 그 하방에서 추구하는 노동자의 "투쟁"이야말로 절실한 것이라고 주장한다. 그리하여 "투쟁"하지 못하는 자신을 부끄러워한다. "20년, 30년 노동 속에 청춘을 다 바치고/투쟁으로 일어난 동지들 앞에"서 부끄러워하는 것이다. 반면에 "벽돌 한 장, 톱질 한 번 해보지 않은 평론가의 이야기는/귀담아들을 것도 없"고 "행정 관료처럼 마비된 그들 앞에 부끄러"워할 필요가 없다고 한다. 화자가 이와 같은 태도를 갖는 것은 "계급의식은 낡은 책 속에 있는 것이 아니라,/투쟁하는 노동자들의 함성 속에 있"다는 것을, "야만적인 경찰의 살인적인 진압 앞에서도/두려워하지 않는 투쟁 속에 있"다는 것을 체득했기 때문이다.

화자의 그 체득은 노동자의 정체성을 확립하는 토대가 된다. 자아를 성찰하고 미래를 전망하는 것이다. 능동적인 자아로 현재의 변화를 시도하고 갱신시키는 것이다. 체득은 다른 사람들로부터는 물론이고 자신으로부터도 소외되고 있는 노동자에게 중요한 자산이다. 자본주의 사회는 한 노동자의 성찰이나 사랑이나 공동체 의식을 추구하는 기회를 마련해주는 대신 자신의 이익 증대를 위해 노동자를 수단적인 존재로 전락시킨다. 따라서 노동자의 체득은 사용가치가 교환가치로 전환된 이 자본주의 시대에 맞서는 힘을 발휘한다. 노동자의 정서를 회복하고 신념을 견지하고 이상 세계를 지향하는 것이다.

작품의 화자는 "나는 돌아가야 한다"고, "나를 키워낸 내 아버지의 노동 그 현장으로" "돌아가야 한다"고 다짐한다. 마찬가지로 "나를 키워낸 내 어머니의 눈물 속으로,/돌아가"려고 한다. 화자가 노동 현장으로 돌아가려고 하는 목적은 "새벽부터 밤늦게까지 일하며/나는 나의 노동과 동료들의 노동이 어우러진 현장에서/잃어버린 소중한 우리의 꿈을 되찾"기 위해서이다. 나아가 "빼앗긴 자들의 노래를 낮은 소리로 함께 부르"기 위해서이다. 따라서 "나는 돌아가야 한다"는 화자의 다짐은 체득을 바탕으로 한 것이기에 동지애가 강하다.

"나는 돌아가야 한다"는 화자의 다짐은 전태일 열사의 사상을 계승한 것이다. 전태일은 실업 상태에 있는 동안 노동자들이 자유롭고 소외되지 않고 소득 분배가 제대로 이루어지는 모범 기업체를 설립하려는 꿈을 꾸었다. 그렇지만 설립에 필요한 3천만 원의 자금을 구하기란 불가능했다. 그리하여 모 신문에 실명당한 사람에 관한 기사가 난 것을 보고 자신의 한쪽 눈을 각막 이식 수술용으로 제공하고 자금을 구하려는 생각까지 했다. 조영래의 『전태일 평전』에 따르면 어떤 이유에서 반송되었는지는 알 수 없지만 실제로 전태일은 편지를 써 보내기도 했다. 그 무렵 전태일은 삼각산 기슭에 자리 잡고 있는 임마뉴엘 수도원으로 갔다. 임마뉴엘 수도원이 신축 공사를 하고 있었기 때문에 전태일은 그곳에서 인부 생활을 하며 식사 문제를 해결한 것이다. 전태일은 그곳에서 바위를 깨서 집터를 만들고 우물을 파고 남대문시장에 내려가 목재를 리어카에 실어 나르는 일을 밤 12시까지 묵묵히 했다. 그리고 틈틈이 근로기준법 책을 읽었다. 전태일은 그러한 생활을 하다가 마침내 결단을 내렸다. 자신이 설립하려고 한 모범 기업체 같은 노동자의 세계를 청계 평화시장에 세워야겠다고 결심한 것이다.

이 결단을 두고 얼마나 오랜 시간을 망설이고 괴로워했던가?
지금 이 시각 완전에 가까운 결단을 내렸다.
나는 돌아가야 한다.
꼭 돌아가야 한다.
불쌍한 내 형제 곁으로, 내 마음의 고향으로, 내 이상의 전부인 평화시장의 어린 동심 곁으로, 생을 두고 맹세한 내가, 그 많은 시간과 공상 속에

시와 정치

서, 내가 돌보지 않으면 아니 될 나약한 생명체들.

　나를 버리고, 나를 죽이고 가마. 조금만 참고 견디어라. 너희들의 곁을 떠나지 않기 위하여 나약한 나를 다 바치마. 너희들은 내 마음의 고향이로 다.[4]

　이 세상의 그 어떠한 명작보다 표현력은 물론이고 내용이 감동을 준다. 그 이유는 "완전에 가까운 결단"을 내렸기 때문이다. 완전한 결단이 아니라 완전에 '가까운' 결단은 한 인간으로서 가장 진솔하면서도 담대한 결심이다. 그 결단은 "나를 죽이고 가"는 것이기에 유한한 인간 존재로서는 두려울 수밖에 없다. 그러므로 전태일은 "오랜 시간을 망설이고 괴로워했"다고 토로한다. 그렇지만 전태일은 그 두려움의 벽 앞에서 자신의 길을 포기하거나 회피하지 않고 나아갔다. 여전히 두려움이 들었지만 완전에 '가까운' 결단을 내린 자신을 부단하게 인식했다. 자신의 길이 "평화시장의 어린 동심 곁"으로, "불쌍한 내 형제 곁"으로 가는 것이기에 포기할 수 없었던 것이다. 결국 전태일은 "평화시장"에서 일하는 노동자들을 "내 이상의 전부"라고, "내 마음의 고향"이라고 여기고 품었다. "너희들의 곁을 떠나지 않기 위하여 나약한 나를 다 바치"겠다며 기꺼이 헌신한 것이다.

　「나는 돌아가야 한다」의 화자는 전태일 열사의 그 정신을 따르고 있다. 전태일은 완전에 가까운 결단을 내린 뒤 "나는 돌아가야 한다"고 말했다. "꼭 돌아가야 한다"고 강조했다. '돌아간다'는 개념에는 흐른다는 의미가 내재되어 있다. 하늘의 작용인 천명이 만물을 낳고자 흐르듯이 이 세계

4　조영래, 『전태일 평전』, 돌베개, 1991, 229쪽.

의 모든 존재는 흐름으로 작용한다. 인간이 다른 사람을 사랑하는 것도 노동조합 활동을 하는 것도 그 모습이다. 인간의 의식이나 감정의 저변에 흐르는 이 흐름이야말로 인간의 행동을 이끄는 원동력이다. 전태일이 "돌아가"려고 한 의식에는 노동자의 세계를 이루려고 하는 구체적인 희망이 들어 있었다. 작품의 화자 역시 결연한 의지로 나아가고 있는 것이다.

4.

이 땅에 노동자로 태어나
단 한 번
자랑스러웠던 때가 있다면
이천일년삼월이십구일이었다

학교에서 부모님의 직업을 알아 오라고 했을 때
자랑스럽게 한국통신 직원이라고 했다지
미안하구나
그러나
직장에서 네 아버지의 이름은
인부 김 씨였다
똑같이 출근하고 똑같이 일을 해도
반쪽짜리 월급봉투에
일요일 공휴일도 없이 미친 듯이 일에
매달려야 했다

어이 김 씨,
개처럼 불려도 대꾸 한마디 없이
시키는 대로 할 수밖에 없었던 것은

언제 모가지가 잘려나갈지 모르는
비정규직 임시직 노동자였기 때문이었다

지난겨울
분당 본사 시멘트 바닥 위에서
비닐 한 장으로 노숙하면서
뼛속까지 파고드는 추위보다
견딜 수 없었던 것은
싸늘한 냉대와 무관심이었다

비정규직
자본의 야만적 경쟁 논리에
빼앗기고 쫓겨나고 매 맞는
네 아버지의 이름이었다

아들아! 내 딸들아!
이 순간
우리는 다시 한 번 짐승의 울음으로
끌려 내려갈지도 모른다

그러나
지난날
굴욕과 모멸감에 온몸 부르르 떨며
땅속을 헤매고, 전봇대를 기어 올라야 하는
길들여진 노예, 거역할 수 없는 운명을
이제
죽음으로 거부하려 한다

———「비정규직 김 씨─2001년 한국통신 비정규직 투쟁
200일 연대의 밤」 부분

노동시의 계승 279

한국통신 하청 업체에 근무하던 노동자들은 본사와 도급 계약을 맺은 업체 소속으로 신분이 바뀌면서 임금이 줄어들었다. 같은 작업복을 입고 같은 일을 하면서도 신분의 변화로 인해 임금의 손해가 커진 것이다. 더욱이 한국 정부가 국제통화기금(IMF)의 구제 금융을 받아들인 뒤부터 회사가 어려워지자 계약직 노동자들의 임금은 또다시 삭감되었다. 동일한 업무를 수행하면서도 정규직 노동자들과의 임금 격차가 더욱 벌어진 것이다.

계약직 노동자들의 수난은 여기에서 그치지 않았다. 회사는 2000년 5월부터 12월까지 7천여 명의 계약직 노동자들에게 일방적으로 계약 해지 통지서를 보냈다. 회사의 구조 조정 방침에 따라 계약직부터 해고할 수밖에 없다는 것이 내세운 이유였다. 그리하여 해고된 노동자들은 살기 위해 10월에 노동조합을 설립했고, 12월부터 계약 해지 철회와 해고자 복직 등을 요구하며 파업에 들어갔다. 중앙노동위원회도 사측의 책임이 크다고 인정했다. 해고 노동자들은 한국통신 본사 앞에서 추운 겨울 내내 노숙 농성을 벌였다. 사측은 구조 조정이 불가피하다는 대답만 여전히 전했다. 그리하여 이듬해 봄 해고 노동자들은 목동 전화국을 점거하고 농성했는데, 이때 노조위원장을 비롯한 여러 노동자들이 구속되었다. 그럼에도 불구하고 해고 노동자들은 물러서지 않고 한강 다리에 올라가 현수막을 걸기도 했고, 세종문화회관 옥상에 올라가 농성했으며, 국회에 들어가 기습 시위를 벌이기도 했다. 그래도 사측은 물론 정부도 한국통신 정규직 노동조합도 계약직 노동자의 대량 해고 문제를 무시했다. 그 결과 2002년 5월 13일 파업을 끝낼 수밖에 없었다. 그렇지만 한국통신 계약직 노동자들의 투쟁은 비정규직 노동자들의 문제가 어떠한 것인지 사회에 널리 알렸다는 점에서 의미가 크다. 또한 계약직 노동자의 해고에

시와 정치

는 자본의 이익을 추구하는 기업과 정부가 공동 전선을 펼치고 있는 것이 확인되었다.

따라서 작품의 화자가 "이 땅에 노동자로 태어나/단 한 번/자랑스러웠던 때가 있다면/이천일년삼월이십구일이었다"라는 토로는 절실한 것이다. 화자는 "똑같이 출근하고 똑같이 일을 해도/반쪽짜리 월급봉투"를 받아야만 했다. "일요일 공휴일도 없이 미친 듯이 일에/매달려야 했다". 또한 "어이 김 씨,/개처럼 불려도 대꾸 한마디 없이/시키는 대로 할 수밖에 없었"다. 화자는 이렇게 적은 월급을 받으면서 과한 업무에 시달리고 비인격적인 처우를 받았는데도 아무 말 못 하고 순응할 수밖에 없었다. "언제 모가지가 잘려나갈지 모르는/비정규직 임시직 노동자였기 때문이"다. 그렇지만 그것마저 보장되지 않고 끝내 해고되고 말았다. 그리하여 "지난겨울/분당 본사 시멘트 바닥 위에서/비닐 한 장으로 노숙하면서/뼛속까지 파고드는 추위"를 감내하며 투쟁했다. 그렇지만 투쟁의 목표를 달성할 수 없었다. 그 이유는 주변 사람들과 사회의 "싸늘한 냉대와 무관심" 때문이었다. 이처럼 "비정규직"이라는 이름은 "자본의 야만적 경쟁 논리에/빼앗기고 쫓겨나고 매 맞"고 사회로부터 냉대받는 존재이다. 그리하여 부당 해고에 맞서 투쟁하는 그들은 "다시 한 번 짐승의 울음으로/끌려 내려갈지도 모른다". "끝도 없이 새까맣게 밀려오는 전투경찰/특수 훈련된 진압군에 의해/저들의 포로가 되어/저들의 법정에 서게 될지도 모른다". 그렇지만 화자는 투쟁을 포기하지 않는다. "지난날/굴욕과 모멸감에 온몸 부르르 떨며/땅속을 헤매고, 전봇대를 기어올라야 하는/길들여진 노예, 거역할 수 없는 운명을/이제/죽음으로 거부하려"고 하는 것이다.

계약직 노동자들의 해고 문제가 본격화된 것은 2001년 무렵부터였다.

2006년 12월 국회에서 통과되어 2007년 4월부터 시행된 비정규직보호법의 시행에 의한 노동자들의 피해가 본격적으로 나타났기 때문이다. 1997년 외환 위기 이후 대규모의 정규직 노동자들이 정리 해고를 당했다. 그리고 기업들은 비용 절감을 명분으로 해고 노동자들 중 일부를 비정규직으로 재고용했다. 대부분 2년 계약의 조건이었다. 그런데 비정규직보호법의 조항으로 인해 고용된 노동자들이 해고되는 모순된 일이 벌어졌다. 비정규직보호법에는 2년 이상 고용된 노동자는 정규직으로 간주한다는 조항이 들어 있기 때문에 기업들은 정규직의 고용을 회피하기 위해 계약 기간이 만료되기 전에 계약 해지를 한 것이다. 이와 같이 비정규직보호법은 비정규직 노동자를 보호하기는커녕 노동 조건을 더욱 악화시키고 말았다. 또한 비정규직 노동자들의 합법적인 투쟁에 공권력이 개입하여 탄압하는 상황을 가져왔다. 그와 같은 상황이 "한국통신 비정규직" 노동자의 경우였다.

어느덧 우리 사회는 비정규직 노동자들에 대해 측은하기는 하지만 어쩔 수 없다는 인식이 지배적이다. 실제로 비정규직 노동자들의 처지는 열악하기만 하다. 회사의 발전을 위해서는 어쩔 수 없이 희생되어야 하는 대상으로 간주되고 있는 것이다. 그렇지만 비정규직보호법 속에는 비정규직 노동자 계급의 탄생에 머무르지 않고 정규직 노동자를 비정규직으로 바꾸는 자본의 전술이 들어 있다는 것을 간파해야 한다. 자본이 궁극적인 목표로 삼고 있는 대상은 정규직 노동자들이다. 자본이 구조 조정을 통해 비정규직 노동자들에 손을 대는 것은 결국 정규직 노동자들을 비정규직으로 만들기 위한 사전 작업인 셈이다. 자본은 자신의 이익을 챙기기 위해 정규직이건 비정규직이건 가리지 않고 공격을 가한다. 그러한 전략 차원에서 정규직과 비정규직 간에 위화감을 조성한다. 서로 간에 갈등을 부추기고 단결을 약화시키는 것이다. 따라서 정규직 노동자들과 비정규직 노동자들은 연대해야 한다. 자본이 노동자들 사이를 분열시키는 점을 직시하고 그에 대항하기 위해 정규직과 비정규직으로 분리되지 말고 노동자 계급으로 연대해 나서야 하는 것이다.[5] 조선남 시인의 노동시는 이와 같은 방향을 구체적으로 제시하고 있다. 자본이 지배하는 21세기의 한국 사회에서 노동자의 세계를 이룰 수 있는 방향 혹은 방안을 주체적으로 모색하고 있는 것이다.

---

5   맹문재, 「노동시의 전진」, 『만인보의 시학』, 푸른사상사, 2011, 160~161쪽.

탈핵의 시학

— 채상근의 『사람이나 꽃이나』론

1.

채상근은 한국 시문학사에서 탈핵을 선구적으로 추구한 시인으로 평가될 것이다. 마땅히 평가받아야 할 것이다. 시인은 한국의 시인들 중에서 원자력 발전소의 문제를 가장 전면적이고도 구체적으로 작품화해 핵 문제를 부각시켰다. 원자력 발전소의 문제를 단순히 제재로 삼은 것이 아니라 무엇이 문제인가를 구체적으로 파악하고 그 위험성을 경고한 것이다. 그리하여 시인은 한국의 원자력 문제를 새롭게 인식하는 계기를 마련해준 것은 물론 앞으로의 대응책도 나름대로 제시했다고 볼 수 있다.

또한 시인은 원자력 발전소의 안전 문제는 물론이고 그곳에서 일하는 노동자들을 품었다. 반핵 운동이나 탈핵 운동을 주도하는 단체들은 방사능 누출 사고가 인류의 재앙을 가져온다는 사실에만 관심을 가지고 있는 데 비해 시인은 원자력 발전소에서 일하는 노동자들을 외면하지 않고 껴안은 것이다. 원자력 발전소의 노동자들은 생명과 건강을 담보로 삼고 국가의 전력 생산을 담당하고 있다. 방사선을 맞아가면서도 사명감을 가지고 자신의 직무에 최선을 다하고 있는 것이다. 따라서 그들을 사회적 차별 내지 사회적 불평등의 관점으로 인식하지는 않더라도 그들의 노고를 인정하고 그들이 처한 상황에 관심을 가질 필요가 있다. 그와 같은 자세를 가졌을 때 원자력 발전소를 안전성이나 경제성이나 과학기술의 차원에 국한시키지 않고 총체적으로 인식할 수 있는 것이다.

이와 같은 차원에서 시인이 원자력 발전소에서 작업하는 노동자들의 불안과 고통 등을 담은 것은 큰 의미를 갖는다. 한국 사회에 존재하는 노동자의 영역을 확대했을 뿐만 아니라 그들의 문제를 구체화시켰기 때문이다. 또한 원자력 발전소의 노동자에 대한 관심이 곧 원전의 안전을 확보하는 데 직접적으로 기여하는 것을 확인시켜주었기 때문이다.

아직까지 한국 사회에서는 원자력의 문제를 심각하게 인식하지 않고 있다. 체르노빌 원자력 발전소나 후쿠시마 원자력 발전소의 참사를 뉴스 보도를 통해 지켜보면서도 먼 나라의 이야기로 받아들이고 있는 것이다. 그리하여 대부분의 사람들은 원자력 발전소에서 일하는 노동자들의 상황에 대해서는 물론이고 원자력 발전소가 설치될 예정 지역의 주민들이 반대 집회를 열어도 관심을 보이지 않고 있다.

이와 같은 이유는 국내의 원자력 발전소에서 지금까지 대형 사고가 일어나지 않아서일 것이다. 그리하여 원자력과 관계된 안전 교육도 정보 공유도 사회적으로 이루어지지 않고 있다. 그렇기 때문에 원자력 발전소의 사고가 일어났을 경우 어떻게 대처해야 할지 몰라 그 참상은 이루 말할 수 없을 것이 분명하다.

실제로 "국내 원자로 23기가 고장으로 멈춘 시간은 총 5만 5,769시간 46분인 것으로 조사됐다. 23기 중 고장으로 가동이 중단되지 않았던 원자로는 한 개도 없다."[1]라는 사실에서 보듯이 한국의 원자력 발전소는 안전성에 문제가 있다. 따라서 면밀한 점검과 예방책이 마련되어야 하고 원자력에 대한 새로운 인식이 필요하다.

근래에 한 신문은 「원전 막으려면 전기 소비자인 시민들이 힘 보태줘야」라는 기사를 게재했다. 원불교 환경연대가 마련한 '탈핵 할매 토크 콘서트'에 출연하고자 한국을 찾은 사와무라 가즈요(80)와 미토 기요코(80)를 취재한 것이다. 38년간 탈핵 운동을 펼쳐온 사와무라는 1995년 한일 탈핵 교류를 시작한 이래 30여 차례 한국을 방문했고, 미토는 핵발전소의 건립을 멈추는 일만이 체르노빌 원자력 발전소 같은 대참사를 막을 수 있다며 탈핵 운동을 벌인 도쿄대학교 핵물리학자 미토 이와오 교수의 부인으로 후쿠시마 원자력 발전소의 폭발에 충격을 받고 남편의 유지를 받들고 있다. 사와무라는 현재 일본에는 54개의 핵발전소가 있는데 막아낸 것이 훨씬 많다며, 한국에서 핵발전소를 건설할 예정지의 주민들만으로는 힘이 부족하므로 서울 시민들이 힘을 보태야 한다고 구체적인 대응책까지 제시했다. 미래 세대가 살아갈 수 있도록 연대 활동으로 막아야 된다는 것이다. 그리고 "핵발전은 대기업의 돈벌이 수단일 뿐"이라며 "'방사능은 차별하지 않는다'란 노래가 말하듯 재앙은 핵발전 추진자들에게도 덮칠 것"[2]이라고 경고했다.

원자력 발전소의 위험을 극복할 수 있는 방안은 이들의 말을 빌리지

1   김창훈 기자, 「원전 23기 고장 정지 시간 총합 6년 3개월」, 『한국일보』, 2014년 9월 15일.
2   고영득, 「원전 막으려면 전기 소비자인 시민들이 힘 보태줘야」, 『경향신문』, 2015년 9월 7일.

않아도 모두 알고 있다. 이미 가동 중인 원자력 발전소의 안전을 강화하는 한편 더 이상 원전을 건설하지 않으면 되는 것이다. 그렇지만 한국 사회에는 그와 같은 추진이 아직 미흡하다. 따라서 좀 더 적극적으로 인식하고 실행하는 계기를 마련할 필요가 있는데, 채상근 시인의 시가 그 역할을 하는 것이다. 시인의 시는 원자력 발전이 얼마나 위험한지를 우리들에게 역사적으로 알려주고 있다.

2.

> 1986년 4월 26일 새벽 1시 23분 58초
> 체르노빌 원전 4호기 폭발
>
> 붉은 옷을 입은 소방관들은
> 사명감으로 소방 호스를 메고 달려가고
> 갑자기 작전에 투입된 젊은 군인들은
> 소련의 아들 빛나는 영웅이 되고
> 멀리서 폭발하는 불빛을 바라보다가
> 영문도 모른 채 버스에 실려 키에프로
> 또 다른 낯선 도시로 흩어진
> 원전 계획 도시 프리피야트 시민들은
> 다시 고향으로 돌아갈 수 없다
>
> 저녁 봄바람은 천천히 불고 있었고
> 방사능에 오염된 벨라루스 공화국은
> 오백 여 개의 마을을 잃었다
> 술집마다 보드카는 동이 났다
>
> 소련관영 타스통신은 2명 사망 보도

유피아이 로이터연합은 2천 명 사망
사망자들은 핵폐기물을 매장하는
피로고프 마을에 묻혔다

— 「방사능 시대 · 1986」 전문

"1986년 4월 26일 새벽 1시 23분 58초/체르노빌 원전 4호기 폭발"이 일어났다. 소비에트 연방 우크라이나에 있는 체르노빌 원자력 발전소의 4호기 원자로가 비정상적인 핵반응으로 폭발한 것이다. 이 바람에 다량의 방사선 물질이 누출되어 국제 원자력 사고 중에서 최악의 참사로 기록되었다. 폭발 직후 "붉은 옷을 입은 소방관들은/사명감으로 소방 호스를 메고 달려가고/갑자기 작전에 투입된 젊은 군인들은/소련의 아들 빛나는 영웅이 되"어 화재의 진압을 시도했지만 쉽지 않았다. 물이 기화하여 주변이 증기로 가득 찼는데, 이 증기가 다른 물질과 반응해 가연성 물질로 변해 잔해를 폭발시킨 것이다. 그리하여 군용 헬리콥터가 동원되어 중성자를 흡수하기 위한 붕소 화합물이며 방사능 차폐를 위한 납과 모래, 진흙 등이 투하되었다. 그렇지만 그것마저 추가 폭발이 우려되어 중단되었고, 3호기의 액체 질소를 노심에 주입해 5월 9일이 되어서야 화재를 진압할 수 있었다. 그렇지만 화재 진압에 동원된 소방관들이나 군인들은 방사선에 피폭되어 대부분 사망했다. 사고 직후 원자력 발전소 직원과 소방대원 등을 포함해 "소련관영 타스통신은 2명 사망"이라고 보도했지만, "유피아이 로이터연합은 2천 명 사망"이라고 보도했다. 공식 보고에 따르면 25,000명이 사망했다.[3] 방사능 측정 장비나 방호 장비를 갖추지 않은

---

3   https://ko.wikipedia.org/wiki/%EC%B2%B4%EB%A5%B4%EB%85%B8%EB%B9%8C_

원자력 발전소의 근무자들이나 소방대원들은 피해를 막을 수 없었다. 뿐만 아니라 "멀리서 폭발하는 불빛을 바라보다가/영문도 모른 채 버스에 실려 키에프로/또 다른 낯선 도시로 흩어진/원전 계획 도시 프리피야트 시민들은/다시 고향으로 돌아갈 수 없"게 되었다. 사고가 난 하루 뒤 원자력 발전소에서 가까운 프리피야트와 야노프역에서 살던 주민들은 이주되었다. 그리고 나흘 뒤에는 사고 지역 주변 30km 이내의 주민들이, 5월 14일부터는 30km 이상 떨어진 지역 중에서 방사선 조사량이 기준치 이상인 곳에 거주하는 주민들이 이주되었다. 이렇게 소개된 주민은 "오백여 개의 마을"에 거주하는 11만 6천 명에 이르렀으며 가축도 6만 마리나 되었다.

그런데 사고 즉시 소련 정부가 사실을 공개하지 않고 은폐하는 바람에 스웨덴의 제기에 의해 비로소 전 세계에 알려지게 되었다. 사고가 발생한 날 아침 스웨덴의 포스막 원자력 발전소에서 방사능이 검출되었고, 그 이튿날에는 스칸디나비아 반도의 지역들과 덴마크에서 검출되었다. 이에 스웨덴 정부는 대기 상황을 고려해 방사능이 소련에서 날아온 것으로 보고 소련 정부에 해명을 요구했다. 그러자 소련은 정확한 사고 발생 시간과 피해 정도를 밝히지 않은 채 사실을 인정했다. 이에 갖가지 소문이 서방으로 퍼져 나갔고, 미국의 위성에 의해 손상된 원자로가 확인되면서 사고가 매우 심각한 규모라는 것이 알려지게 된 것이다. 소련 정부는 5월 6일에 이르러서야 사고를 보도하기 시작했고, 방사능 누출을 막는 작업을 하는 한편 방사능 오염 제거 작업에 들어갔다. 이 과정에서 엄

%EC%9B%90%EC%9E%90%EB%A0%A5_%EB%B0%9C%EC%A0%84%EC%86%8C_%EC%82%AC%EA%B3%A0

청난 방사능 폐기물이 발생되어 30km 이내가 출입 금지 구역이 되었다.

1986년 8월 국제 원자력 기구(IAEA)는 소련 정부가 제공한 자료와 전문가들의 증언을 토대로 원자력 발전소의 구조적 결함이 사고의 결정적인 원인이라고 밝혔다. 사고 전까지 기술적인 문제로 원자로를 정지시킨 경우가 총 71번이 있었는데도 소련 정부는 세계에서 가장 안전하다고 홍보했던 것이다. 그 결과 체르노빌 원자력 발전소가 폭발해 원전이 얼마나 위험한지를 전 세계인들에게 여실하게 보여주었다. 그런데 원전의 참사는 체르노빌에서 끝나지 않았다.

2011년 3월 11일 14시 46분경
섬 일본을 뒤흔든 대지진 발생
선반 위 장난감 자동차들은 살아나
방바닥으로 떨어져 굴러가 처박히고
물에 젖은 스마트폰은 먹통이 되고
배터리 끼워진 둥근 벽시계는 구르다 멈추고
바퀴도 없는 큰 배는
논바닥으로 올라와 쓰러지고
상상을 사정없이 덮쳐버리는
시커먼 바다

땅 위에 사람도 집도 신작로도
쓰레기처럼 쓸려가 처박히고 갈라지고
지구 한 귀퉁이가 툭 툭 터져나가는 것처럼
핵폭탄처럼 터져버린 후쿠시마 원전
질질 흘러나오는 방사능
태평양으로 아메리카 대륙으로 유럽으로
방사능 세계 지도가 그려지기 시작한다

시와 정치

다시 쓰나미가 몰려오는 날
현재보다 수백 배 수천 배의 방사능이
세계의 바다를 지구를 덮쳐버릴 날
언제가 될지는 아무도 모른다

—「방사능 시대 · 2011」 전문

"2011년 3월 11일 14시 46분경/섬 일본을 뒤흔든 대지진 발생"으로 인해 후쿠시마 원자력 발전소에서 대재앙이 일어났다. 태평양 해역에서 발생한 지진과 해일을 견디지 못하고 후쿠시마 원자력 발전소가 폭발한 것이다. 그리하여 "핵폭탄처럼 터져버린 후쿠시마 원전/질질 흘러나오는 방사능/태평양으로 아메리카 대륙으로 유럽으로" 번져갔다. 다량의 방사능 물질이 누출되어 대기, 토양, 바다, 지하수 등이 오염된 것이다.

일본 정부는 사고가 일어난 지역으로부터 반경 20킬로미터를 '경계구역'으로 지정해 사람들의 출입을 금지시켰다. 또한 후쿠시마 원자력 발전소의 주변 지역 중 방사능이 많이 검출된 곳의 주민들을 피난시켰다. 미국을 비롯한 여러 나라들도 자국민의 방사능 피해를 막기 위해 도쿄를 떠날 것을 권유했다. 그리고 세계의 많은 국가들이 일본의 농수산물 수입을 금지하거나 품질 보증서 및 생산 가공지를 기록할 것을 요구했다.

전 세계는 후쿠시마 원자력 발전소의 사고에 큰 충격을 받았다. 일본 정부 역시 소련 정부와 마찬가지로 원자력 발전소의 폭발을 은폐하고 축소했지만 세계 각국은 심각하게 받아들였다. 지진과 해일에 따른 사고라고 할지라도 세계 최고의 기술 수준을 보유하고 있다고 인정해온 일본이 원전의 폭발 앞에서 대책 없이 무너지는 모습을 보면서 공포감을 가진 것이다. 그리하여 체르노빌 원자력 발전소의 사고 이후 원전의 안정성이 절대적으로 확보되었다고 믿어왔는데, 그렇지 않다는 사실에 원자력 발전소의 증설 정책을 재고하는 것은 물론 원전 자체에 대해 새롭게 인식하기 시작했다. 채상근 시인의 작품에서도 그와 같은 면을 볼 수 있다.

3.

관광버스와 수학 여행단은
원자력 전시관 앞에서 기웃거리지 않아도
대환영과 융숭한 대접을 받는다
그들의 품에 안겨주는
원자력 발전소 홍보용 책자와 방문 기념품들은
그들이 두려워하던 핵폭탄과 원자력 발전소에 대한
의문과 질문을 가로막기에 충분하다
원자력 발전소만 잘 돌려주면
깨끗한 에너지 원자력과 함께
평생을 안심하고 살 수 있으리라는
땃땃한 기대와 희망을 가득 싣고
씽 씽 돌아들 간다

여기선 침묵이 최선의 방호다
에어록은 슬그머니 열리고
작업 조원들을 맞이하는
방사능에 오염되어 방사 분해된
쉰 공기들

— 「방사능 시대 · 1995」 전문

"관광버스와 수학 여행단"이 "원자력 전시관"에 방문하면 "대환영과 융숭한 대접을 받는다". 원자력 발전소의 관계자들은 자사가 추진하는 사업을 방문자들에게 적극적으로 홍보할 수 있기 때문이다. 그리하여 그들은 방문자들에게 "원자력 발전소 홍보용 책자와 방문 기념품들"을 나누어주며 원전의 안전성이며 청정함을 홍보한다. 사람들이 "두려워하던 핵폭탄과 원자력 발전소에 대한/의문과 질문을 가로막"는 것이다.

원자력 발전소가 안전하다는 그들의 주장은 체르노빌 원자력 발전소나 후쿠시마 원자력 발전소의 참사에서 증명되듯이 허구이다. 원자력 발전소는 원자핵의 안전성에 도전해서 방대한 에너지를 얻고 있으므로 그 자체가 위험하다. 원자핵을 불안전하게 만들면 화학물질보다 엄청난 에너지가 발생하는데, 동시에 인체에 치명적인 영향을 끼치는 방사능도 방출된다. 원자력 발전소는 핵에너지를 생산하는 과정에서 다량의 그 방사선을 원자로에 축적해놓고 가동할 수밖에 없다. 따라서 시스템에 문제가 생기면 축척되어 있는 방사능이 방출되어 대재앙이 일어나는 것이다. 원자력 발전소는 어디까지나 수많은 밸브와 배관 등으로 조립된 기계이므로 언제든지 사고가 일어날 수 있다. 기계를 만들고 가동시키는 것은 신이 아니라 인간이기에 더욱 그러하다. 또한 천재지변에 의해서도 일어날 수 있다.

체르노빌 원자력 발전소의 사고가 30년이 되었는데도 처리가 끝나지 않고 있는데서 보듯이 원전 사고의 피해는 상상을 초월한다. 피폭당한 사람들은 비참하게 죽음을 맞이했는데, 유족들조차 다가갈 수 없기에 죽어서도 고통을 겪고 있다. 또한 사고 처리에 사용된 수많은 차량들과 헬리콥터도 버려진 채 방사능 묘지로 남아 있다. 자국 곡물의 40%나 공급하던 곡창지대가 시간조차 사라진 폐허의 땅으로 변해 있는 것이다.

원자력 발전소의 관계자가 홍보하는 "원자력 발전소만 잘 돌려주면/깨끗한 에너지 원자력"을 얻을 수 있다는 사실 역시 허구이다. 원자력이 곧 청정한 에너지라는 주장은 꾸며낸 신화에 불과하다. 이와 같은 주장은 석유 중심의 화석연료 사용이 이산화탄소를 배출시켜 지구 온난화의 원인이 되므로 원자력이 그 해결책이 될 수 있다는 전제에서 제기되었다. 그렇지만 이산화탄소 배출은 산업 부문, 운수 부문, 민생 부문에서 큰 것이지 발전소와 같은 에너지 전환 부문에서는 미소하다. 따라서 원자력 발전소의 증설로 이산화탄소 배출량을 줄일 수 있다는 주장은 근거가 약하다. 오히려 전력 소비를 조장시켜 이산화탄소 배출량을 늘릴 것이다.

"원자력 발전소만 잘 돌려주면" "평생을 안심하고 살 수 있으리라는" 기대 또한 사실과 다르다. 원자력의 추구에는 에너지 고갈에 대한 불안감이 반영되어 있다. 화석 연료의 고갈은 시기의 문제일 뿐 기정사실이기 때문에 미래의 에너지를 개발할 필요가 있는데, 원자력이 그 대안이라는 것이다. 그렇지만 원자력은 무(無)에서 에너지를 생성하는 것이 아니라 우라늄이라는 연료에서 핵분열을 시키는 것이다. 핵분열로 인한 높은 열로 물을 끓여 전기를 만드는 것이므로 원리 차원으로 보면 화력 발전과 다르지 않다. 따라서 우라늄이 존재하지 않으면 원자력 발전소의 가동은 불가능하다. 이와 같은 차원에서 보면 원자력이 미래의 에너지라는 주장은 설득력이 없다. 우라늄의 실제 매장량이 석유나 석탄보다 적기 때문이다. 따라서 원자력의 청정성이나 미래 에너지라는 신화를 내세우기보다는 원자력의 위험성을 인정하고 근본적인 대책을 마련하는 일이 필요한 것이다.

> 여기서는 공기 공급 호흡기를 착용하라
> 가슴 부위와 성기는 납차폐복을 착용하여
> 우리를 죽이는 방사선을 방호하라
> 방사선 준위가 높은 작업장에서는

절대로 말을 꺼내 놓지 마라
할당받은 시간 동안만 작업을 하고
미련일랑 두지 말고
빨리 작업장을 떠나라
방사선 감시 측정기에서 경고 알람이 울리면
납차폐벽을 설치하고 콘크리트 문을 닫고
방사선고준위 경고판을 부착하라
다음 작업자는
작업 예행연습을 철저히 하고
방사선 방호에 만반의 준비를 하라

— 「원자 방사능에 오염된 시」 부분

"방사능"이라는 말은 '방사선을 내는 능력 또는 성질'의 의미를 갖지만 실제로는 '방사선 물질'를 나타내는 말로 많이 쓰인다. 그런데 "방사능"은 눈으로 볼 수도 없고 냄새를 맡을 수도 없다. 손으로 만질 수도 없다. 그렇지만 호흡과 음식 섭취를 통해 생명체의 몸 안으로 들어오면 세포를 공격한다. "각 세포가 특별한 세포로서 기능이 분화됩니다. 이러한 세포 분열 끝에 인간은 성인을 형성하는 약 60조 개의 세포가 있는 것입니다. …(중략)… 방사선에 피폭된다는 것은 이러한 신기로 이루어진 우리 유전 정보가 절단되어서 유전자 이상(異常)을 불러일으키는 것을 의미합니다. …(중략)… DNA가 서로를 끌어당기는 몇 전자볼트 에너지에 비해 방사선이 가진 에너지는 수십만에서 수백만 배나 커서 '생명 정보'가 갈기갈기 찢어버렸기 때문입니다."[4]

---

4 고이데 히로아키(小出裕章), 『원자력의 거짓말』, 고노 다이스케(功能大輔) 역, 녹색평론사, 2014, 61~70쪽.

따라서 원자력 발전소에서 작업하는 노동자는 "공기 공급 호흡기를 착용하"고 "가슴 부위와 성기는 납차폐복을 착용"해서 "우리를 죽이는 방사선을 방호"해야 한다. 또한 "방사선 준위가 높은 작업장에서는/절대로 말을 꺼내 놓지" 말고, "할당받은 시간 동안만 작업을 하"는 것도 필요하다. "방사선 감시 측정기에서 경고 알람이 울리면/납차폐벽을 설치하고 콘크리트 문을 닫고/방사선고준위 경고판을 부착하"는 것도 필수이다. 원자력 발전의 기술을 무조건 믿거나 막연한 자신감을 갖기보다는 "방사선 방호에 만반의 준비를 하"는 자세가 필요한 것이다.

4.

원자력 산업은 핵무기의 개발을 위한 기술을 상업적으로 이용하는 방향으로 추진되었다. 원자력은 미국이 일본의 히로시마와 나가사키에 투하시킨 원자폭탄과 소련의 원자탄 개발에서 볼 수 있듯이 군사적인 목적으로 개발되었지만, 핵무기의 개발에 가담한 자들은 상업적으로 이용하면 이득을 챙길 수 있다는 사실을 알았다.

"1953년 12월 8일 유엔총회에서 아이젠하워 대통령은 유엔 연설, 즉 그 유명한 〈아톰즈 포 피스(Atoms for Peace)〉를 발표했다. …(중략)… 핵의 군사 이용이나 확산을 억제하기 위해서 미국 또는 미·소가 함께 주체가 되어서 상업 이용으로 눈을 돌리게 했던 것이다. …(중략)… 새로운 물리학이나 과학기술을 써먹겠다는 사람들의 바람 같은 것을 따르기는 했지만, 애당초 원자력의 상업 이용은 커다란 정치적 목적을 가지고 '위로부터' 도입되었던 것이다. …(중략)… 이 배경에는 국가 권력과 산업자본보다는 금융자본이 작용했으며, 국제적인 흐름도 강하게 작용했던 것이다."[5] 이와 같은 사실의 결과, 현대 자본주의 체제에서 살아가는 사람들은 자신의 의지와 상관없이 원자력의 영향력을 받고 있는 것이다.

> 청춘 남녀의 애달픈 사랑인가
> 붉게 타오르는 빛이 보이지도 않고
> 페로몬 향이 나는 사랑의 냄새도 없는 것이
> 몸과 마음 깊숙이 파고들어
> 사랑하는 이의 속을 활활 태워버리고는
> 천년이 지나 발견된 미라에도
> 끝내 이루지 못한 사랑으로
> 고스란히 남아 있을
> 지독한 사랑의 흔적 같은
> 방사능
>
> ─「방사능 시대·2000」 전문

"방사능"은 "빛이 보이지도 않고" "냄새도 없"다. 그렇지만 "몸과 마음 깊숙이 파고들어" "속을 활활 태워버리고는/천년이 지나 발견된 미라에도" "고스란히 남아 있을" 것이다. 마치 "지독한 사랑의 흔적 같은" 것이다. 이처럼 자본주의 체제에 살아가는 사람들은 자신의 몸에 방사능이 스며드는 환경에, 즉 "방사능 시대"에 놓여 있다.

체르노빌 원자력 발전소나 후쿠시마 원자력 발전소의 폭발에서 보았듯이 원전 사고는 대재앙을 가져온다. 아주 광범위한 지역에서 생명체들이 피해를 입을 뿐만 아니라 아주 오랜 시간 동안 고통을 겪는다. 그런데

---

5   다카기 진자부로(高木仁三郞), 『원자력 신화로부터의 해방』, 김원식 역, 녹색평론사, 2011, 52~55쪽.

도 정부와 원전 관계자들은 안전 신화를 계속 내세운다. 그들의 주장은 원자력 발전소가 건설되는 지역이 예외 없이 대도시로부터 떨어진 곳이라는 사실에서 허위임이 드러난다. 그들의 주장대로 원자력 발전소가 전혀 위험하지 않다면 전력 소비가 많은 대도시에 세우는 것이 마땅할 텐데, 세계의 어느 나라에서도 볼 수 없는 것이다.

따라서 원자력 발전에 대한 재인식이 필요하다. 우선 원자력이 무한한 에너지라는 착각에서 벗어나야 한다. 에너지는 형태를 바꾸거나 다른 곳으로 전달될 뿐 생성되거나 소멸되지 않고 총량이 일정하다는 에너지 보존 법칙(열역학 제1법칙)에 따라 무(無)에서 창조될 수 없듯이 원자력은 무에서 유를 만들어내는 것이 아니다. 단지 우라늄의 에너지를 핵에너지의 형태로 변환시킬 뿐이다. 그러므로 원자력은 석유나 석탄 같은 화석 연료의 위기를 극복할 수 없는 것이다.

세계의 선진국은 우라늄 매장량의 한계, 안전사고에 대한 공포, 방사성 폐기물 처리의 어려움, 막대한 설비 투자와 기술 개발에 비해 부족한 경제성 등을 이유로 원자력 발전소의 건설을 포기하는 추세이다. 유럽의 원자력을 주도해온 프랑스는 물론이고 미국, 독일, 핀란드, 이탈리아 등이 원자력 발전의 계획을 축소하거나 동결하고 있다. 이와 같은 세계적인 추세를 한국 사회도 인지할 필요가 있는데, 채상근 시인이 그 역할을 선구적으로 담당하고 있다. 원자력 발전소의 위험과 전망을 원전의 역사와 배경은 물론 그곳에서 생명과 건강을 담보로 삼고 일하는 노동자들의 상황을 토대로 제시하고 있는 것이다. 결국 "악의 선을 뿜어내는 방사능에/인간은 아무런 방어를 할 수 없다는/사실을"(「방사능 시대·2002」) 우리에게 전하며 안전하고 평화로운 세계를 추구하고 있는 것이다.

제4부

반매카시즘의 시학

1.

북방한계선(NLL) 관련 남북 정상 회담 논란, 교학사 역사 교과서 역사 왜곡 논란, 〈천안함 프로젝트〉 상영 중단, 전교조(전국 교직원 노동조합) 법외 노조 통보, 전공노(전국 공무원 노동조합) 대선 개입 의혹 수사, 이석기 의원 내란 음모 사건, 통합진보당에 대한 해산 심판 청구, 민주당에 대한 종북 몰이, 국정원 대선 개입 사건을 수사해온 검찰총장과 특별수사팀장의 외압 퇴진, 천주교 시국 미사에 대한 종북 몰이, 국정원의 대안 학교 불법 사찰 의혹, 유신 독재를 찬양하고 미화하는 보수주의자들의 목소리……. 2012년 대통령 선거가 끝난 지 1년이 가까워오는 지금의 우리 사회는 정치적인 논란으로 혼란스러운데, 특히 매카시즘(McCarthyism)의 등장으로 우려스럽다.

매카시즘의 부활은 두말할 필요도 없이 권력욕에 눈이 먼 집권자들의 반역사적인 행동이다. 독재 정권에 가담했던 정치인들이 역사적 반성을 하기는커녕 정치의 전면에 나서고 있는 작금의 상황은 유신으로의 회귀라는 세간의 말이 결코 과장된 것이 아니다. 매카시즘이 더욱 확대될 가능성이 있기에 우려감을 넘어 두려움마저 든다. 무엇보다 지난 대통령 선거가 국정원, 국방부, 경찰, 안정행정부, 통일부, 노동부, 통계청, 보훈처 등의 국가 기관이며 재향군인회, 십알단(십자군 알바단) 등 유관 기관 및 민간단체 등이 동원된 부정 선거임이 밝혀지기 시작하면서 종교계를 중심으로 대통령의 사퇴를 촉구하고 있는 상황이므로, 집권 세력은 순순히 물러나지 않고 반격을 가할 것이기 때문이다. 그들은 매카시즘을 부정 선거를 은폐하는 수단으로는 물론이고 비판 세력을 공격하는 무기로 사용할 것이 분명하다.

우리 사회에 매카시즘이 등장하는 것은 결코 바람직하지 않다. 실제로 매카시즘은 북한의 상황을 제대로 알 수 없기에, 그리고 전 세계의 사회주의 국가들이 무너진 상황에서 북한을 선망하는 국민이 거의 없기에 가능하지 않다. 정치적으로 민주화가 가로막혀 있고 경제적으로 낙후되어 있는 북한을 누가 추종하겠는가. 그러므로 매카시즘의 등장은 민주주의 가치를 무시하고 국민의 인권을 탄압하는 집권자들의 정치적인 공작일 뿐이다.

2.

주지하다시피 매카시즘은 1950년을 전후해 미국을 휩쓸었던 정치사상이다. 위스컨신주 출신의 연방 상원의원인 조셉 매카시(Josep R. McCathy, 1909~1957)는 1950년 2월 버지니아주의 휠링이라는 도시에서 공화당의 선거 지원 연설을 하면서 국무부에 205명의 공산주의자들이 활동하고 있다고 주장했다. 이 연설을 시작으로 매카시즘이 시작된 것이다. 매카시는 그 뒤 다른 도시에서의 연설에서도 자신의 주장을 밀고 나아갔다. 이와 같은 매카시의 발언에 언론들은 지대한 관심을 갖고 머리기사로 다루어 많은 국민들이 동조했고, 민주당 소속인 해리 S. 트루먼 대통령도 철저한 규명을 지시했다. 또한 대외관계 소위원회를 소집해 매카시의 발언을 조사했다. 그 결과 근거가 빈약한 것으로 밝혀졌다. 그렇지만 공화당 내 보수파들은 매카시의 발언이 선거에 이용할 가치가 있다고 판단하고 측면에서 지원하고 나섰다. 민주당 의원들은 자신이 공산주의와 관련이 없다는 것을 증명하기 위해 공화당의 공세에 적극적으로 대응하지 못했다. 그리하여 1952년 대통령 선거에서 드와이트 D. 아이젠하워를 내세운 공화당이 승리했다. 국민들은 제2차 세계대전 후 미소 간의 냉전, 동유럽의 공산주의화, 1949년 중국의 공산화, 1949년 소련의 원자탄 보유, 그리고 한국전쟁의 발발 등을 보면서 공산주의에 대한 위협을 느끼고 있었다. 그리하여 매카시의 주장을 진위 여부가 확인되기도 전에 지지했던 것이다.

드와이트 D. 아이젠하워 대통령과 공화당의 지도자들은 선거가 끝난 뒤에도 개인적인 차원에서는 매카시와 거리를 두었지만 정치적으로는 매카시즘의 가치를 이용했다. 반공주의 정책을 강력하게 추진해 행정 명령 형식으로 국가 안보와 관계된 심사 기준을 삽입해서 적용했다. 그 결과 연방 공무원을 비롯해 연예 사업 분야의 종사자들, 노동조합 활동가 등이 혐의가 확정되지 않았는데도 불구하고 1만 명 가량 해고되었고, 수백 명이 수감되었다. 미국 국민들의 안보 의식을 높이고 충성심을 제고하려는 것이었지만, 수많은 사람들이 직장을 잃었고, 동료들 간에도 의심하는 분위기가 형성될 정도로 부작용이 컸다. "극단적 반공주의가 판을 치는 가운데 진보적이거나 자유주의적 인사들의 입지는 축소될 대로 축소되어, 개혁에 대한 방향 제시는 고사하고 침묵을 강요함으로써 미국 사회가 오히려 퇴행적인 방향으로 나아"간 것이다.

그렇지만 미국 국민들은 이성을 되찾고 매카시의 광풍에 맞섰다. 공화당 의원들 중에서도 양심선언을 통해 매카시즘에 우려감을 나타내었고, 연방 대법원도 국민들의 사상과 표현의 자유를 보장하는 판결을 내렸다. 그리하여 1954년 3월 9일 CBS에서 방영된 〈See It Now〉라는 시사 프로그램에서 매카시가 본격적으로 비판받기 시작했다. 이 프로그램에서 애드워드 머로우 기자는 매카시의 주장을 조목조목 비판하면서 거짓인 것을 밝혀냈다. 매카시는 이러한 비판에 직면하자 미국 육군 내에 공산주의 세력이 있다고 공격하며 자신의 주장을 확대시켰지만, 상원의 청문회에서 제대로 증명하지 못했다. 그리하여 매카시는 정치적 생명력을 잃었고, 매카시즘 역시 미국의 정치사에서 사라지게 되었다.

3.

우리나라에서 매카시즘이 등장한 것은 이승만 정권에서였다. 해방이 되자 진정한 민족 국가의 건설을 요망하는 국민들은 친일파의 숙청을 기대했다. 그렇지만 미군정은 국민들의 기대를 무시하고 자신들의 통치에 유리한 면을 내세워 친일파 인사들을 대거 등용했다. 이승만 정부도 미군정에 동조하여 친일파를 숙청하기는커녕 오히려 정치, 행정, 교육 등 각 분야의 요직에 임명하고 보호했다. 당연히 숙청되어야 할 반민족적인 친일파 세력을 권력 기반으로 삼은 것인데, 따라서 이승만 정권은 반역사적인 정치를 펼칠 수밖에 없었다.

---

1   손세호, 「매카시즘」, 『역사비평』, 역사문제연구소, 1994, 300쪽.

정부 수립 후 국회에서는 친일파에 대한 숙청이 본격적으로 논의되어 반민특위(반민족 행위 특별 조사위원회), 반민특검(반민족 행위 특별 검찰위원회), 반민특재(반민족 행위 특별 재판위원회) 등의 활동이 시작되었다. 그렇지만 친일파 세력들의 강력한 반격과 이승만 정권의 비협조로 인해 아무런 성과를 내지 못했다. 그때 친일파 세력들이 내세운 방어 수단 내지 공격 전술이 매카시즘이었다. 다시 말해 친일파의 숙청을 주장하는 자들은 공산주의자라는 매카시즘을 덮어씌운 것이다. 남북이 미국과 소련에 의해 통치 받고 있고 각각 단독 정부를 수립할 정도로 격하게 대립하는 상황이었기 때문에 매카시즘은 국민들에게 큰 영향을 주었다.

이승만 정권은 그 후 정치적으로 필요할 때마다 매카시즘을 이용했다. 3·15 부정선거를 규탄하는 시위대에게 특별담화를 통해 공산당이 배후에 있다고 혐의를 씌운 것이 그 단적인 예이다. 이승만 이후의 정권들도 정치적으로 이용하려고 매카시즘을 등장시켰다.

> 이승만은 한국 매카시즘의 비조(鼻祖)이다.
> 그의 후예들 박정희, 전두환, 노태우 그리고 김영삼까지도 집권여당의 상비 마약 매카시즘을 활용하여 대통령에 당선되었다. …(중략)…
> 한국 정치 과정에서 매카시즘은 과연 무엇인가?
> 그것은 일제 식민지 시대의 친일파들과 역대 독재 정권 창출·유지에 헌신했던 세력이 참회와 사죄는커녕 오히려 탐욕스런 지배자를 옹립하여 권세와 영화를 영구히 누리고자 민주·통일 지향 세력을 매도 유린하기 위하여 기획·연출하는 한국 사회 특유의 '지배 정치 이데올로기'라 할 것이다.[2]

---

2 진방식, 『분단 한국의 매카시즘』, 형성사, 2004, 23~24쪽.

위의 글에서 보듯이 "일제 식민지 시대의 친일파들과 역대 독재 정권 창출·유지에 헌신했던 세력이 참회와 사죄는커녕 오히려 탐욕스런 지배자를 옹립하여 권세와 영화를 영구히 누리고자" 매카시즘을 이용했다. "나라가 혼란하면 북괴가 쳐들어온다."라는 군사정권의 구호가 그 여실한 증거이다. 북괴의 침범을 막기 위해서는 국가의 경제가 발전되어야 하고 국방을 튼튼히 해야 되는데, 그러기 위해서는 정권이 안정되어야 한다는 논리였다. 그런데 그 속에는 정권의 안정을 방해하는 자는 빨갱이라는 매카시즘이 들어 있었다. 독재 정치를 무마하고 비판 의식이 있는 민중들을 탄압한 것이다.

따라서 자유의 가치가 얼마나 소중한지 다시금 생각한다. 매카시즘이 우리가 추구하는 자유의 가치를 심각하게 가로막기 때문이다. 우리가 지향하는 역사의 발전이란 곧 자유의 확대이다. 정치적 속박이나 경제적 빈곤이나 사회적 불평등이나 사상의 탄압 등으로부터 자유를 획득하는 것이야말로 우리가 추구하는 역사 발전인 것이다. 따라서 시인들이 매카시즘에 맞서는 것은 큰 의미를 갖는다.

> 유세차 분단 육십이 년
> 온 가족이 횡대로 늘어서서
> 차례를 지내는 설날 아침
>
> 실향민 부모의 조상
> 모조리 빨갱이들에게
> 큰절을 올리는 우리들은
> 북한 찬양죄를 저지르고 있다
>
> 미국 쇠고기 산적

중국 조기

북한 고사리

일본 정종

러시아 명태

세계화 개차반이 된

제사상을 받으려

빨갱이 조상들이

휴전선을 넘어왔는지 모르겠지만

아무리 절을 올려도

빨갱이 조상의 음덕

양키 사상이 뼛골까지 박힌

우리 가족에게 올 것 같지 않다

— 정춘근, 「현고(顯考) 빨갱이 신위(神位)」 전문[3]

　"현고(顯考) 빨갱이 신위(神位)"라는 풍자적 설정을 통해, 즉 조국의 분
단으로 인해 만나지 못한 채 돌아가신 아버지를 빨갱이라고 높여 부르
는 제사상의 마련을 통해, 우리 사회에 공산주의가 등장하는 것이 불가
능하다고 말하고 있다. 그리하여 반매카시즘의 시학을 추구하고 있는 것
이다. 우리가 살아가는 시대란 "미국 쇠고기 산적/중국 조기/북한 고사
리/일본 정종/러시아 명태" 등으로 제사상을 마련할 정도로 "세계화 개차
반"인 상황이고, "양키 사상이 뼛골까지 박힌" 상황이다. 그러므로 북한
을 찬양하고 선망하는 국민이란 존재하기 어렵다. 진정 "실향민"들이 "설
날 아침"에 "차례를 지내는" 것은 조상을 기리는 것이지 "북한을 찬양"하

3　정춘근 시집, 『반국 노래자랑』, 푸른사상사, 2013, 30~31쪽.

는 것이 아니다. 나아가 "유세차 분단 육십이 년"이라고 한 데서 볼 수 있듯이 남북통일을 간절하게 바라는 것이다. 이와 같은 면은 대한민국 국민이라면 누구나 인정하는 사실이다. 그런데도 불구하고 매카시즘이 등장해 사회를 불안하게 만들고 있기에 우려감을 갖지 않을 수 없다. 따라서 집권 세력의 정치적 필요에 의해 조작되고 유포된 매카시즘에 맞서야 하는 것이다.

매카시즘은 우리 사회의 발전에 도움이 되지 않는다. 이 세계는 인구의 증가와 과학 기술의 발전에 따라 도시, 조직, 제도, 지식, 정보, 문화 등이 분간하기 어려울 정도로 전문화되고 다양화되고 또 빠르게 변하고 있다. 따라서 급변하는 상황에 제대로 적응하는 것은 물론 이 세계의 변화를 주도하기 위해서는 사상과 표현의 자유가 절대적으로 필요하다. 구성원들의 사상과 표현을 억누르는 이데올로기로는, 즉 매카시즘 같은 폐쇄된 이데올로기로는 이 세계를 제대로 이해할 수 없는 것이다. 따라서 민주주의의 가치를 지향하고 합리적인 절차를 중시하는 반매카시즘의 의식이 필요하다. 우리 사회를 건전하게 발전시키고 국가의 발전에 기여할 수 있는 경계와 비판이 요구되는 것이다. 그러기 위해서는 무엇보다 분단 극복에 대한 역사의식을 가져야 한다.

일요일 정오만 되면
국민MC 송해 할아버지는
사천만에게 대놓고
거짓말을 한다

그것도 30년을 넘게

딩동댕!

"전국 노래자랑!"

땡!

땡!

땡!

조선 팔도 반만 빙빙 돌았으니

"반국 노래자랑"

— 정춘근, 「반국 노래자랑」 전문[4]

    분단 상황에 대한 우리의 안일한 의식을 날카롭게 비판하고 있다. 우리는 〈전국 노래자랑〉이라는 텔레비전의 한 인기 프로그램을 삼십 년 넘게 재미있게 시청하고 있지만, 그것이 분단 상황을 고착화시키는 이데올로기에 세뇌당하는 줄은 생각하지 못했다. 물론 〈전국 노래자랑〉이라는 프로그램의 이름이 분단된 상황을 담은 것이 아니라 미래의 상황을 지향하는, 즉 남북통일을 지향하는 것으로 해석할 수도 있다. 그렇지만 〈전국 노래자랑〉에서의 '전국'은 분단된 상황에 있는 '남한'만은 지칭하는 의미가 강한 것이 사실이다. 따라서 우리는 진정한 "전국 노래자랑!"을 위해서 분단된 현실을 제대로 인식하는 것이 필요하다. 분단 인식을 망각할

---

4   위의 시집, 18쪽.

수록 통일에 대한 절실함은 줄어들 수밖에 없다. 그리고 매카시즘 같은 이데올로기가 등장할 수밖에 없다. 우리는 통일이 민족의 동질성을 회복하는 것은 물론 국가의 발전에 기여한다는 인식을 가져야 한다. 이것은 추상적이거나 감정적인 것이 아니라 실제적인 것이다.

통일이 한국의 경제 성장을 늦출 것이고 한국의 생활 수준을 떨어뜨릴 것이라는 생각은 아주 잘못된 것이다. 독일 통일에서 배울 교훈이 있지만 이 교훈에는 통일이 반드시 아주 비용이 많이 들며 더 부유한 쪽의 경제 성장을 둔화시킨다는 내용은 없다. 한반도라는 아주 다른 경제적 환경에서, 통일은 한국의 지속적인 경제 발전에 저해가 되기보다는 경제 성장을 가속화하기 위한 도구로 사용될 수 있다.

통일은 사실상 한국이 현재의 경제적 성공을 유지하고 현재의 몇몇 문제들을 해결하는 데에 반드시 필요한 원동력이다. 한국의 현재의 성공은 글로벌 경제 환경에 그 기반을 두고 있는데 그것은 급속히 소멸해가고 있다. 따라서 소멸해가고 있는 글로벌 경제 환경에 의존한 동남아시아 나라들에서 이미 문제가 나타나고 있는 것과 같은 문제가 한국에도 이제 곧 나타날 것으로 보인다. 한국은 새로운 경제 원동력이 필요하다. 그 원동력을 남북통일에서 구해야 할 것이다.[5]

써로우가 위의 글에서 제시했듯이 남북통일로 인해 남한의 생활 수준이 하락할 이유는 없다. 오히려 남한의 생산 기지를 북한으로 옮길 수 있기 때문에 생산 비용을 절감할 수 있다. 그리하여 일자리 창출로 남한에서의 취업 문제를 상당히 해결할 수 있고, 수출의 경쟁력도 높일 수 있다. 남한의 기업을 지금까지 중국이나 동남아로 옮기는 것보다 북한으

---

5 레스터 C. 써로우, 강승호 역, 『경제탐험』, 이진출판사, 1999, 165~166쪽.

로 옮길 경우 생산력이나 경영의 측면에서 보다 이익을 낼 수 있는 것이다. 따라서 통일이 되면 경제적 기회가 부여되는 것은 분명하다. 만약 통일 후 문제가 발생된다고 할지라도 분단된 상태로 인해 발생되는 문제보다는 심각하지 않을 것이다. 그러므로 좀 더 기다려보자는 식의 통일 정책은 곤란하다. 그와 같은 자세로는 통일을 이룰 수 없으며 통일의 비용도 줄일 수 없다. 북한이 남한과의 경제적 차이를 극복할 수 있는 토대나 가능성이 없기 때문에 통일 비용은 부득이 늘어날 수밖에 없다. 이와 같은 차원에서 통일의 지향은 매카시즘에 맞서는 것으로 볼 수 있다. 매카시즘에 주눅 드는 것이 아니라 주체적으로 극복하는 것이다.

역마다 백두산표를 안 팔아
나만 미쳤다고 쑥덕인다
과연 누가 미쳤나
흑발이 백발이 되도록
귀향표를 살려는 놈이 미쳤나
기어이 못 팔게 하는 놈이 미쳤나
그럼, 나는 간다
미풍 같은 요통엔 뻔질나게 병원을 드나들어도

조국의 허리통엔 반백 년 동안 줄곧 칼질만 해대는
저놈을 메다꽂지고
걸어서라도 날아서라도
내 고향이 옛날처럼 날 알아보게시리
하얀 머리는 까맣게 물들이고
얼굴 주름은 펴고
아리고 찢어지는 가슴 쓰다듬으며 나는 간다

　　　　　　　　　　　　　　　　　　시와 정치

걸어서라도 날아서라도

— 이기형, 「나는 간다」 전문[6]

"역마다 백두산표를 안 팔"고 있는 것이, 표를 달라고 하면 "미쳤다고 쑥덕"이는 것이 분단된 지 60년이 지난 우리의 상황이다. 안타까운 일이 아닐 수 없다. 그리하여 시인은 "과연 누가 미쳤나"라고, 다시 말해 "흑발이 백발이 되도록/귀향표를 살려는 놈이 미쳤나/기어이 못 팔게 하는 놈이 미쳤나"라고 다소 격하게 항의하고 있다. 그리고 "그럼, 나는 간다"라고 당당하게 나서고 있다. 시인의 이와 같은 행동이 가능한 것은 남다른 역사의식을 가졌기 때문이다.

이기형 시인은 1917년 함경남도 함주에서 태어나 2013년 6월 12일에 타계하기까지 오직 조국의 통일을 추구하는 시를 썼다. 1980년부터 재야에서 추구하는 통일운동에 참여하였으며, 1989년에는 시집 『지리산』으로 국가보안법 위반 혐의가 인정되어 징역 1년, 집행유예 2년을 판결받기도 했다. 시인은 시를 쓰는 동안 "사천만 민족 모두가 저와 같이 통일을 원하고 있다면 더욱 빨리 이루어지겠지요. 그런데 지금 그렇지 않은 것 같아요. 통일을 해도 좋고, 안 해도 좋고, 늦게 되어도 좋고 등 통일에 대한 대명제가 사람들의 마음에서 점점 사라져 가고 있어요. 언론도 그렇고 작가들도 그런 것 같아요."라고 남북분단이 고착화되어 가는 현실을 안타까워하면서 그 원인이 우리의 무관심과 안일함에 있다고 날카롭게

---

6   이기형, 『별꿈』, 살림터, 1996, 74쪽.
7   맹문재 대담집, 「통일의 노래를 부르다―이기형 시인」, 『순명의 시인들』, 푸른사상사, 2014, 26쪽.

지적했다. 그러면서 "분단을 끝장내야 한다, 통일을 하루바삐 이뤄야 한다, 는 고민이 필요합니다. 젊은 독자들이 소설을 읽고 통일을 이루어야 한다는 결심을 하게끔 작품을 써야 하는 것이지요. 시, 소설을 생각하는 문학자들이여, 어떻게 하면 빨리 분단을 끝장내고 통일을 쟁취해 감격의 날을 맞이하겠는가. 여기에 대한 의욕을 가지고 통일의 노래를 불러야 합니다."[8]라고 우리가 써야 할 작품 세계를 명쾌하게 알려주었다. 이와 같은 모습은 김규동 시인의 작품에서도 확인할 수 있다.

이 손
더러우면
그 아침
못 맞으리

내 넋
흐리우면
그 하늘
쳐다 못 보리

반백년 고행길 걸은
형제의 마디 굵은 손
잡지 못하리
이 손 더러우면

내 넋 흐리우면
아, 그것은

---

8   위의 책, 25쪽.

영원한 죽음

— 김규동, 「아, 통일」 전문[9]

"이 손/더러우면" 그리고 "내 넋/흐리우면" "영원한 죽음"이라는 시인의 목소리는 통일에 대한 남다른 진정성을 보여주고 있다. 통일을 이루려면 경건한 자세를 가져야 하고, 통일을 이루겠다는 의지를 가져야 함을 일러주고 있는 것이다. 그와 같은 자세를 갖지 않을 때 통일을 이룰 수 없다고 가르쳐주고 있다. 통일은 역사적인 과업이기에 단순하고 감정적으로 대해서는 안 된다. 뿐만 아니라 일회적인 행사나 요행으로 이루려고 해서도 안 된다. 통일은 진지하고 경건한 마음으로 추구해야 하는 것이다.

김규동 시인은 1925년 함북 종성에서 태어나 1948년 김일성종합대학의 교복을 입은 채 월남해 2011년 9월 28일 타계할 때까지 줄곧 남북통일을 지향하는 시를 썼다. 이기형 시인과 마찬가지로 실향민으로서 갖는 고향에 대한 그리움을 그리는 데 머무르지 않고 적극적으로 분단의 극복을 추구한 것이다. 따라서 점점 분단이 고착화되어 가는 상황에서 시인의 목소리는 새롭게 들린다. 매카시즘의 등장으로 인해 분단 극복을 지향하는 문학이 위축되고 있는 상황에 맞서는 거울이 되고 있는 것이다.

4.

제18대 대통령 선거가 끝난 지 1년이 되어 가는데도 정치판은 하루도 조용한 날이 없다. 연일 터져 나오는 매카시즘의 뉴스는 한편으로는 충

---

9   김규동, 『김규동 시전집』, 창비, 2011, 673쪽.

격적이면서도 다른 한편으로는 실망감을 준다. 하루하루 살아가기가 힘든 월급쟁이들에게, 열심히 일해서 가족을 부양하고 있는 국민들에게 희망을 주는 것이 아니라 불안감과 두려움을 주기 때문이다. 그리하여 과연 우리나라의 정치 수준이 21세기의 국제 상황에 적합한지, 민주주의 가치와 인권을 존중하려는 의지를 갖고 있는지, 에너지를 비롯해 식량, 환경, 노동 등과 같은 분야의 정책들을 제대로 수행할 수 있을지 우려된다. 그리하여 다음과 같은 진단을 다시 주목한다.

> 우리가 다시 한 번 환기해야 할 사안은 이러한 냉전 체제의 엄연한 현실이 한국 사회의 거의 모든 삶을 최종 심급에서 반공주의로 억압하고 있다는 점이다. 해방 공간 이후 한국전쟁을 거치면서 한국 사회에 착근한 반공주의는 근대의 다양한 정치 경제적 이념 중 하나로 간주되는 게 아니라 앞서 간략히 언급했듯이 식민주의 유산과 혼재되는 가운데 대한민국이란 국민 국가의 정치적 이념을 이루는 가장 핵심적 근간을 이룬다 해도 과언이 아니다. 그런데 문제는 이 반공주의가 한국 사회의 근대를 이루는 이념태로서 존재하는 것을 넘어 한국 사회를 포괄적으로 규정짓는 가장 강력한 초헌법적 위력을 지닌 물신화를 보이고 있다는 사실이다. …(중략)… 이 과정에서 이루 다 말할 수 없는 폭력적 근대가 한국 사회를 짓누르고 있다는 사실을 망각해서는 안 된다. 지금, 이곳에서도 여전히 반공주의는 분단 기득권을 지탱하고자 하는 세력들에게 자의적으로 활용되는, 그리하여 언제든지 그들의 이해관계에 따라 한국 사회의 최종 심급에서 효과적으로 적실하게 기꺼이 활용될 초헌법적 위력 그 자체다.[10]

---

10 고명철,「매카시즘의 광풍과 반공주의의 암연, 그 시적 응전」,『시와시』겨울호, 푸른사상, 2013, 26쪽.

1954년 미국 국민들과 정치인들은 매카시즘이 국가의 발전에 방해가 된다고 판단하고 더 이상 허용하지 않았다. 정치의 진보나 개혁을 위해서 침묵을 강요하는 매카시즘을 금지하고 사상과 표현의 자유를 선택한 것이다. 그런데 안타깝게도 21세기의 우리나라에서 매카시즘이 부활해 기세를 떨치고 있다. 세계의 변화와 함께하기 위해서는 우리나라야말로 사상과 표현의 자유가 필요하다. 수많은 국민들이 희생해서 이루어놓은 민주주의를 꽃 피우기 위해서도, 그리고 분단을 극복하기 위해서도 필요하다.

더 이상 "분단 기득권을 지탱하고자 하는 세력들에게 자의적으로 활용되는" 매카시즘을 우리 사회에 허용해서는 안 된다. 매카시즘의 부활은 사회의 발전은 물론이고 국가의 발전에 도움이 되기는커녕 "이루 다 말할 수 없는 폭력적 근대가 한국 사회를 짓누"르는 것이다. 매카시즘은 집권 세력이 자신들의 권력을 연장하려는 차원에서 만들어낸 거대한 폭력이다. 따라서 독재 정권에서 비판 세력을 억누르기 위해 사용되었던 매카시즘을 다시 이용하려는 집권자들을 용납해서는 안 된다. "매카시즘은 국민들에게 사고의 경직화 내지 단순화를 심화시킨다. 그리하여 사회를 총체적으로 바라보고 인식하는 것을 가로막는다. 국가의 구성원들이 인간답게 살아갈 터전을 만들기 위한 비판과 반성을 불가능하게 만드는 것이다."[11] 우리 사회에 매카시즘이 등장하는 것을 경계하고 비판하고 또 대항하는 것이 필요하다. 시인들에게 반매카시즘의 시학이 요구되는 상황이다.

---

11 맹문재, 「매카시즘에 대하여」, 『경인일보』, 2013.11.29.

현대시의 반전 의식

1.

　이기호의 소설 「이정(而丁)」은 남북 분단의 상황에 놓인 우리 사회에서 사회주의에 투신한 당사자는 물론 그와 관련된 사람들이 얼마나 고통을 겪으며 살아왔는지를 조명하고 있다. 연좌제(緣坐制)가 바로 그중의 한 가지이다. 주지하다시피 연좌제란 범죄인과 관계가 있는 사람에게 연대 책임을 물어 처벌하는 제도로 근대 형법이 시행되기 전까지 지속되었다. 조선 시대에 반역죄를 범한 자인 경우 친족, 외족, 처족 등 3족을 연계해 처벌한 경우가 그 단적인 예이다.

　연좌제의 폐해는 너무나 큰 것이어서 1894년 갑오개혁 때 폐지했다. 그렇지만 한국전쟁과 남북 분단이라는 특수한 상황으로 인해 사상범이나 월북 인사 및 부역자 등의 친족에게 관행적으로 적용되어 왔다. 사상범이나 월북 인사의 가족이나 친족은 공무원의 임용에 불이익을 받았고 해외여행이나 출장 등에 제한을 받았다. 이와 같은 관행은 헌법이 보장한 개인의 기본권이나 형법의 자기 책임의 원칙에 위배되는 것이어서 많은 문제점을 낳았다. 그리하여 1980년 헌법은 "모든 국민은 자기의 행위가 아닌 친족의 행위로 인하여 불이익한 처우를 받지 아니한다"(제12조 3항)라고 연좌제 폐지를 공식적으로 규정했고, 현행 헌법 제13조 3항에서도 규정하고 있다. 그렇지만 연좌제의 관행이 아직도 사라지지 않고 있으며 그것으로 인해 고통 받는 사람들이 존재한다는 사실을 「이정」은 한 가족의 사례를 통해 고발하고 있다.

이정은 박헌영이 인민의 고무래가 되겠다는 다짐으로, 즉 농민과 노동자 계급의 마음으로 살아가겠다는 다짐으로 지은 호이다. 주지하다시피 박헌영은 일제강점기 시대에 공산주의 운동을 주도하고 해방 뒤에는 남로당을 창당하여 이끌었던 인물이다. 미군정의 탄압으로 인해 남한에서 정치 활동을 펼치기가 어려워지자 월북한 뒤 북한의 건국에 지대한 기여를 했다. 그렇지만 한국전쟁이 끝난 뒤 정치적 역학 관계에서 희생당하고 말았다. 김일성은 한국전쟁의 패배에 따른 민중들의 불만과 정치적 부담을 전가하기 위해 박헌형을 미국이 고용한 스파이라는 혐의를 덮어 씌워 처형한 것이다.

작품에서 박헌영 학교로 불리는 강동정치학원 출신들이 남한에 침투했다가 2주 만에 경찰들에 체포되고 만다. 한 명의 배신으로 말미암은 것인데, 그 밀고자가 바로 이정의 아버지인 최근식이다. 최근식은 체포된 동료들이 전향을 거부하고 평생을 감옥에서 보낸 것과 달리 비해 전향해서 결혼까지 한다. 그리고 박헌영이 처형당한 다음해에 딸을 낳는데, 박헌영의 호를 따서 딸의 이름을 이정이라고 짓는다. 그렇지만 최근식은 전향에 따른 양심의 고통을 이기지 못하고 술을 마시며 세월을 보내다가 이정이 여섯 살 때 세상을 뜬다. 그의 아내도 얼마 있지 않아 세상을 뜬다. 그리하여 이정은 자신의 이름에 담긴 의미를 알지 못한 채 자라난다.

그리고 성인이 되어 농촌진흥청에 근무하는 남자를 만나 결혼하고 딸과 아들 수환을 낳는다. 그렇지만 남편으로부터 이혼을 당하고 말아 혼자서 아이들을 키우며 어렵게 살아온다. 그녀가 왜 남편으로부터 이혼을 당했는지는 작품에 나타나 있지 않지만 연좌제와 관련이 있는 것으로 유추된다. 즉 남편은 장인이 비록 전향했지만 박헌영을 따르는 공산주의자였을 뿐만 아니라 딸의 이름을 이정이라 지은 사실 등으로 봐서 자신의 공무원 생활에 장애가 된다고 생각했을 것이다. 결국 연좌제의 관행으로 한 가정이 파탄에 이른 것을 알 수 있다.

아들 수환은 대학 진학과 동시에 알오티씨(ROTC) 지원서를 내겠다고 이정에게 말한다. 장기 복무 지원을 하면 장학금 혜택을 받을 수 있기 때문이었다. 수환은 아버지 없이 자라났지만 원망하는 마음을 내비친 적이 없을 정도로 반듯한 아들이었다. 이정은 아들의 말을 들었을 때 박헌영의 호와 자신의 이름이 같은 것으로 인해 혹 장래에 지장받지 않을까 하는 불안감이 들어 개명을 해야겠다고 생각한다. 그리하여 행정적인 일을 아들에게 부탁한다. 수환은 개명하는 사유, 즉 무엇 때문에 이름을 바꾸려고 하는가를 적다가 고민할 수밖에 없었다. 개명 절차는 간단하지만 법원의 허가를 받으려면 사유를 써야만 되었기 때문이다. "'한자의 뜻풀이가 시대에 뒤떨어지고 무거운 바……'/'과거의 역사적 인물의 호와 동일한 이름으로 인하여 본인의 의사와 무관한 오해를……'/'부친의 정치적 색채가 지나치게 드러난 이름으로 인해……'." 그러다가 자연스레 외할아버지의 존재에 의구심을 갖기 시작했다.

수환은 외할아버지가 강동정치학원생이었던 사실을 알아낸다. 또 평생을 장기수로 보내오다가 출옥한 김명국이라는 노인의 수기를 읽은 후 그와 자주 통화하면서 과거의 일들과 아픔을 알게 된다. 수환은 어머니의 이름을 김명국 노인에게 알려주면서 자신의 어머니 역시 연좌제로 고통을 당했다고 말하는데, 김명국 노인은 자신이 겪은 고통에 비해서는 가당치도 않다고 화를 낸다. 심지어 이정이라는 이름을 함부로 써서는 안 된다며 꼭 개명하라고 한다. 수환은 전향한 외할아버지의 과거를 알고 나서 어머니가 일하고 있는 한과 공장으로 찾아간다. 그렇지만 만나지 않고 아르바이트를 하는 곳으로 돌아오는데, 그만 교통사고를 당한다.

김명국 노인은 수환에게 심한 말을 한 후 사과를 하려고 전화를 했다가 수환이 교통사고를 당해 생사를 오고간다는 이정의 말을 듣고 찾아온다. 그리고 수환에게 용서를 빌며 반성한다.

> 딸 이름을 그렇게 지었다면, 어쩌면 그 친구가 더 괴로워했던 것인지도 모르겠고…… 스스로를 더 괴롭게 만들겠다는 의지 같은 것도 있을 수 있을 테니까. 하지만…… 나는 그때 그 모든 것이 다 못마땅했소. 어디서 감히…… 어디서 감히……. 그런 말들만 계속 맴돌았소. 그래서 수환 학생이 '우리 어머니는 외할아버지 이력 때문에 고통 받았다. 이혼도 당하고 평생을 혼자 사셨다'라고 말했을 때, 그만 잔인하게도……. …(중략)…
> '그건 네가 잘 몰라서 하는 얘기일 거다. 자세히 알아봐라, 네 어머니가 이혼한 것 그것 때문이 아닐 게다. 연좌제 때문이라니, 함부로 그 고통에 대해서 말하지 마라. 다른 가족들은 몰라도 네 가족만은 그것을 다 피해 나갔을 것이다. 그것이 네 외할아버지의 의지였으니까'라고 말해 버렸소. 내가 그렇게…… 그렇게 말해 버렸고…… 그게 우리의 마지막 통화였소…….

— 이기호, 「이정(而丁)」 부분[1]

---

1 한국현대소설학회 엮음, 『2013 올해의 문제소설』, 푸른사상사, 2013, 256~257쪽.

이처럼 김명국 노인은 배신자로 낙인찍었던 최근식의 삶을 다시 생각한다. 딸의 이름을 이정이라고 지은 사실을 두고 감히 박헌영 선생의 호를 쓸 수 있는가 하며 분노했던 마음을 가라앉히고 정치적 신조를 지키려고 한 행동으로 이해한 것이다. 또한 최근식이 전향을 했기 때문에 그의 가족은 고통당하지 않았을 것이라고 여겼던 마음을 돌려 비록 전향을 했다고 하더라도 고통을 당했을 것이고 또 불안했을 것이라고 생각한다. 자신이 지켜온 이데올로기만을 내세우고 그 외의 것은 경멸해 동료의 삶을 용서하지 못하고 그의 아들마저 내쳤다고 후회하면서 반성한 것이다. 이와 같이 「이정」은 남북 분단의 상황에서 여전히 연좌제로 인해 피해 받는 사람들이 존재한다는 사실을 밝혀주고 있는데, 한국전쟁과 분단의 폐해가 이토록 큰 것이다.

2.

어느덧 한국전쟁이 휴전된 지 60년이 되었다. 인간의 세계로 치면 자신이 태어난 해로 돌아온 환갑에 해당하므로 큰상을 차리고 수연(壽宴)을 열어야 할 정도로 의미가 큰 것이다. 그렇지만 한국전쟁이 정전(停戰)된 날부터 오늘에 이르기까지 분단 상황은 별로 달라진 것이 없다. 환갑의 세월이 흘렀지만 천명에 따른 통일의 길이 마련되지 않고 있을 뿐더러 기약조차 하기 어려운 상황이다.

어느덧 같은 민족이기에 통일을 이루어야 한다는 정서적 당위성은 상당히 약화되어 있다. 남북 분단의 세월이 긴 만큼 이데올로기의 격차가 심화되어 있는 것이다. 이와 같은 상황에서 시인들이 남북 분단을 극복하려고 부르는 노래는 힘이 없다. 시인의 의지가 약하다거나 부족해서라기보다는 남북 분단을 극복할 전망이 보이지 않기 때문이다. 다시 말해 분단 극복에 필요한 이데올로기의 완화가 진행되지 않고 분단을 적극적으로 극복하려는 정치 체제가 들어서 있지 않기 때문이다. 오히려 연좌제 같은 낙인찍기가 여전히 적용되고 있어 안타깝기만 하다.

> 예컨대 정전(停戰) 60여 년이 지난 세월에도 여전히 자신들과 생각과 이념이 다른 타자들을 '악'의 세력으로 규정하고, 그렇지 않는 자들을 '선'으로 규정하는 이른바 '낙인찍기'가 반복되고 있는 현실이 그렇다. 독선적인 여론과 상투화된 담론을 통해 걸핏하면 '종북'이니 '수꼴'이니 하는 행태들은 고작해야 이데올로기적 기의에 포획되어 있는 자들의 파편화된 담론들일 뿐이다.
>
> — 임동확, 「이데올로기라는 유령과 한반도에서 살아내기」 부분[2]

위의 글에서 진단하고 있듯이 한국전쟁이 휴전된 지 60년이 지났지만 여전히 우리 사회에서는 이데올로기의 낙인찍기가 횡행하고 있다. 자신의 이념과 다른 대상들은 악으로 규정하고 배척하고 있는 것이다. 그리하여 자신의 독선적인 이데올로기를 기준으로 다른 사람들에게는 여지없이 종북주의자나 빨갱이라는 혐의를 덮어씌운다. 자기 성찰이나 포용력 없이 편협한 이데올로기에 함몰되어 있는 것이다.

이와 같은 자세로는 남북 분단을 극복할 수 없다. 역사의 과정은 결코 단순하지 않으며 감정적으로 주도할 수 있는 것이 아니다. 그러므로 진지하게 남북 간의 화해나 공존의 가치를 추구해야 한다. 이데올로기의 대결보다는 상호 존중으로 관계를 정립해야 한다. 남과 북의 이질성을

---

2 『시와시』 제15호, 푸른사상사, 2013년 여름호, 40쪽.

인정하면서 작은 일들에 얽매여 비방하기보다는 공존의 길을 마련하는 지혜가 요구되는 것이다. 더 이상 낙인찍기가 통용되어서는 안 된다. 닫힌 세계 인식으로는 남북 분단을 극복할 수 없고, 급변하는 세계의 흐름에 제대로 적응할 수 없다. 그동안 우리 사회에는 낙인찍기가 너무 심했고, 지금도 그 유습이 심각하다. 가령 전쟁을 반대하는 평화운동가를, 환경오염을 막으려는 환경운동가를, 그리고 생존권을 위해 투쟁하는 노동자를 빨갱이라고 몰아세우는 것이 그 단적인 예이다. 그와 같은 세력들이 우리 사회의 여론을 움직이고 결정을 지배하고 있기에 분단 극복은 요원하다. 강정마을에서 벌어지고 있는 제주 해군 기지 사업도 마찬가지이다.

제주 해군 기지 사업은 서귀포시의 강정마을에 정부가 주도하는 신항만 건설 사업이다. 전투함과 크루즈선이 동시에 정박할 수 있는 항만을 건설하려는 것이다. 이 사업은 1993년 처음 제기되었는데, 우리의 수출입 물량 대부분이 제주 남방 해역을 지나기 때문에 안전의 확보가 필요하다는 것이었다. 그리하여 처음의 예정지는 화순항이었는데 주민들과 환경단체들의 반대로 무산되어 2007년 강정마을로 다시 정해졌다. 그렇지만 강정마을 역시 주민들과 환경운동가들의 반대로 심한 마찰을 빚고 있다. 반대하는 입장에서는 천연보호 구역으로 지정한 지역이고 국내 유일의 바위 습지를 형성하고 있는 지역이어서 보존 가치가 매우 높다고 주장한다. 또한 제주 해군 기지 사업이 미국을 대신해 중국과 맞서는 군사적 목적으로 건설된다고 주장한다. 그리하여 해군 기지 건설의 백지화를 요구하며 투쟁하고 있는데, 정부는 좀 더 분명하게 사업 전반에 관해 설명할 필요가 있다. 그런데도 낙인찍기로 무시하며 강행하고 있기에 김경훈은 「제주 4·3과 강정」에서 집중적으로 문제 제기를 하고 있다.

지난 2005년, '정부는 제주 4·3의 비극을 화해와 상생으로 승화시키며, 세계 평화에 기여할 수 있도록 제주도를 세계 평화의 섬으로 지정'했다. 국내외 군사력에 의해 끊임없이 고초를 겪고 희생 당해왔던 제주도가 새로운 평화의 진원지로 부상하게 된 것이다. 그러나 이러한 비무장 평화의 섬을 향한 노력은 제주에 해군 기지 건설이 추진되면서 점차 무너지기 시작했다.

> 대륙과 해양의 교차점에 위치한 제주도가 두 세력 간의 각축장이 되고 있다.
> 우리는 오히려, 두 세력 간의 완충지로 평화의 전진기지가 되기를 기원한다.
> 그것은 제주도가 진정한 의미의 '비무장 평화의 섬'이 되어야 가능하다는 것을 우리는 확신한다.
> 그것은, 제주도에 군대나 군사기지도 없는, 전쟁이나 폭력이 없는 평화의 섬을 만들어 나가는 것이다.
> 그것은 또한, 모든 난개발에 대한 반대를 분명히 하여 자연보존과 환경보호를 이뤄내는 것이다.
> 그것은 또한, 모든 생명에 대한 테러를 반대하여, 소중한 생명의 자생적 성장을 도모하는 것이다.
> 그것은 결국, 외세나 그 어떤 세력들의 간섭도 미치지 못하는 영세 중립의 자주적 공동체를 이뤄나가는 것이다.
> 이것이 제주도 비무장 평화의 섬이 갖는 본질이다.
>
> ─「'제주도 비무장 평화의 섬' 선언문」 부분[3]

3　위의 책, 47쪽.

위의 선언문은 2013년 3월 1일 '제주도를 비무장 평화의 섬으로 만드는 사람들'이 발표한 것이다. 김경훈은 2005년 정부가 제주 4 · 3항쟁의 비극을 화해와 상생으로 승화시키려는 차원에서, 그리고 세계 평화에 기여하려는 차원에서 제주도를 '평화의 섬'으로 지정한 것을 상기키고 있다. 제주가 군사력에 의해 고통을 겪어왔던 역사를 극복하고 새로운 평화의 진원지로 부상한 것을 상기시키며 현재 강정마을에서 진행되고 있는 해군 기지 사업을 비판하고 있는 것이다. 실제로 4 · 3항쟁의 정신이 구현되어야 할 곳에 해군 기지 사업을 추진하고 있는 것은 평화를 깨트리는 행동으로 볼 수 있다. 나아가 미국을 중심으로 한 세계 세력의 각축장이 되는 위험을 초래하는 면이 있다. 그리하여 평화의 위험을 걱정하는 강정마을 주민들과 평화운동가 등이 설계의 하자와 허위 시뮬레이션 등을 문제 삼고 철저한 검증은 물론 공사의 중단을 요구하고 있는 것이다.

그렇지만 이념이 다른 사람들은 이와 같은 요구를 낙인찍기로 무시한다. 제주 해군 기지 건설은 반드시 필요한 국책 사업이고, 이 사업에 반대하는 것은 국가 안보를 위협하는 행위라고 몰아세운다. 그들은 한반도에 평화 체제를 구축하려면 북한을 제압할 수 있는 군사력을 절대적으로 확보해야 된다고 주장한다. 아울러 한미동맹을 굳건히 해야만 북한의 도발을 억제하고 응징할 수 있다고 본다. 그리하여 제주 4 · 3항쟁을 반란자들의 폭동으로 몰아붙인 낙인을 해군 기지 건설에 반대하는 사람들에게 다시 찍고 있는 것이다. 이와 같은 낙인찍기가 멈추지 않는 한 화해며 상생이며 평화며 인권은 실현되기가 어렵다. 논란이 되고 있는 사회 문제를 논의를 거치지 않고 이념의 문제로 몰아붙여 해결하려는 태도는 곤란한 것이다.

우리 사회의 낙인찍기는 국내의 상황에만 적용되지 않고 이라크전쟁

시와 정치

에서도 확인된다. 그와 같은 면은 이라크전쟁에 뛰어들어 75일 동안이나 평화나눔 활동을 펼쳤던 박노해의 「파병은 '오, 피스 코리아'의 치욕」에서 보이고 있는 것이다. 주지하다시피 이라크전쟁은 2003년 3월 20일부터 4월 14일까지 미국과 영국 등이 침략한 전쟁이다. 미국은 2001년 9·11테러사건 이후 북한을 비롯해 이라크와 이란을 악의 축으로 규정하고 이라크의 대량 살상 무기를 제거해 자국민을 보호하고 세계의 평화에 기여한다는 명분을 내세우고 침공했다. 그렇지만 수천만 명에 이르는 참전 군인과 민간인이 사망하고 부상을 당해 세계 곳곳에서 반전 시위가 일어났다. 또한 전쟁의 실질적인 목적이 이라크 국민들의 자유보다 미국의 원유 확보와 중동 지역의 친미 구축에 있다는 이유로 비난이 거셌다. 박노해는 그와 같은 현장에서 몸소 반전운동을 펼친 것이다.

전쟁은 모든 인간을 미치게 만듭니다. 시시각각 다가오는 죽음의 공포를 이기기 위해 병사들은 더 광기 어린 폭력과 잔인성에 자신을 맡깁니다. 광기는 광기를 부르고, 그 폭력의 기운은 한 세대를 넘어서 인간성에 끈질긴 영향을 미칩니다. 힘이 곧 여론이고 무장력이 곧 정의라면, 우리 아이들에게 올바른 삶의 원칙을 가르친다는 것은 허망한 일입니다.

무엇보다 바그다드를 처참하게 파괴한 미사일과 전투기들이 곧이어 한반도를 향하게 된다는 것입니다. 지금 우리 정부는 북한 핵의 평화적 해결을 약속 받는 대신 이라크전을 지지하는 부도덕한 거래를 시도하고 있습니다. 부시의 전쟁을 지지하는 아시아 3개 나라 가운데 하나, 전 세계 30여 개 나라 가운데 하나가 KOREA입니다.

우리의 평화를 위해 남의 피눈물을 요구할 수는 없는 일입니다. 우리 군대가 이라크전에 참전한다면 한반도 전쟁 위험이 닥쳤을 때 어떻게 국제 사회에 평화를 호소하고, 그 누가 앞장서서 'KOREA WAR Ⅱ'를 막아주겠습니까.

나는 이라크전을 지지할 수밖에 없는 못난 내 나라의 현실이 슬프고 부

끄럽습니다. 나는 참회하는 마음으로 이라크인들과 고통을 함께 하며 용
서를 구하고 싶습니다. 한국인들의 진정한 마음은 이렇게 전쟁을 반대하
고 평화를 나누는 것임을 조용히 보여주고 싶습니다.

— 박노해, 「파병은 '오, 피스 코리아'의 치욕」 부분[4]

위의 글에서 보듯이 박노해는 한국 정부가 이라크전쟁에 참가한 것을
강하게 비판하고 있다. 이라크전쟁이 발발하자 한국 정부는 일본 등과
함께 가장 앞서 파병을 약속했다. 전쟁을 반대하는 시위가 국내에서 널
리 일어났고 평화운동가들이 이라크에 들어가 반전 운동까지 펼쳤는데,
정부는 미국의 압력에 굴복하고 말았다. 분단 국가의 상황에 놓인 한국
정부는 미국과의 향후 관계를 외면할 수 없어 파병을 결정한 것이다. 그
리고 참전을 반대하는 사람들에게는 미국을 반대하는 목소리라고 낙인
찍기를 가했다. 기회가 있을 때마다 세계의 평화를 외치면서 스스로 평
화를 저버리는 모순된 모습을 보인 것이다.

어느덧 이라크전쟁이 일어난 지 10년이 되었다. 당시 미국은 압도적인
전략으로 조기 승리를 장담했다. 실제로 전쟁은 26일 만에 종료되었고
사담 후세인 이라크 대통령도 체포되었다. 전쟁이 미국의 의도대로 끝
나는 것처럼 보인 것이다. 그렇지만 전쟁은 지속되어 8년 9개월이 지난
2011년 12월 15일이 되어서야 공식적으로 종결을 선언할 수 있었다. 전
쟁으로 인해 14만 명에 이르는 참전 군인들과 민간인들이 사망했고, 전
쟁에 들인 비용이 2조 달러를 넘은 것으로 평가된다. 뿐만 아니라 연이는
테러로 수천 명이 사망했다. 결국 미국 국민들 60%가 가치 없는 전쟁이

---

4   위의 책, 53~54쪽.

라고 대답할 정도로 이라크전쟁은 실패한 것이다.

　이라크전쟁은 그 어떠한 명분으로도 전쟁은 일어나서는 안 된다는 것을 확인시켜주었다. 만약 미국이 이라크 침략에 쓴 돈을 국민들을 위해 사용했다면 더 많은 발전을 이루었을 것이다. 그런데도 우리 사회에서는 닫힌 이데올로기로 전쟁을 옹호하는 세력들이 있다. 가령 북한의 핵 위협을 제압하려면 압도적인 무기로 선제 공격을 해야 된다는 것이다. 그리고 그에 반대하는 목소리는 종북좌파로 낙인찍기를 가한다. 실로 위험한 모습이 아닐 수 없는데, 베트남전쟁에 대해서도 마찬가지이다.

> 베트남전쟁은 무엇이었는가. 전쟁은 끝났고, 두 나라는 수교를 맺었으며, 서로의 처지를 이해하려는 시민단체 등의 노력에 의해 지속적으로 관계가 개선되고 있지만, 우리 작가들이 이 전쟁에 대해 물어야 하는 질문은 중단될 수 없을 것이다. 말할 수 없는 것에 대해 말해야만 하는 것이 문학의 유구한 수행적 역할이기 때문이다. 무엇보다 한반도의 평화체제 구축을 위해서는 전쟁을 겪은 두 나라 작가들이 일상적인 차원이든 비일상적인 차원이든 간에 지속적으로 상상력의 연대를 이루어야 함은 당연하다.
> 　　　　　　　　　　　　― 고영직, 「시인은 국익을 말하지 않는다」 부분[5]

　시인은 국익을 말하지 않고 또 말하지 않아야 하는 존재는 아니지만, 국익을 위해 자유와 평화를 희생시켜서는 안 될 것이다. 시인은 정치적인 이해관계가 아니라 인간으로서 지향해야 할 가치를 노래하는 존재이다. 만약 시인이 국익만을 노래해야 하는 사회라면 불행한 국가이다. 실제로 우리에게는 그와 같은 역사가 있었다. 베트남전쟁에 참전해서 민간

5　위의 책, 72쪽.

인을 학살한 우리의 만행을 규탄하지 않은 것이 그 예이다. 규탄하지 않은 것은 물론 침묵한 것도 그 모습이다. 따라서 지금부터라도 베트남 국민들에게 용서를 구하고 독립과 자유를 위해 항전한 베트남 민족의 위대성을 배워야 할 것이다.

베트남은 B.C 2,879년 반 랑국[文郎國]이라는 독립 왕국으로부터 시작된 유구한 역사를 가지고 있지만 식민지의 경험 또한 오래되었다. 214년 중국을 통일한 진나라의 침략을 시작으로 천년 동안 지배를 받았다. 13세기에는 몽골로부터 세 차례의 침략을 받았으며, 1862년부터는 프랑스의 지배를 받았다. 1940년부터는 일본의 지배를 또한 받았다. 일본은 베트남을 중국의 장개석 정권을 타도하고 동남아시아로의 진출을 위한 군사적 전초 기지로 삼았다. 1945년 일본이 패하자 같은 해 9월 2일 공산주의자 및 민족주의자들은 호치민(胡志明)을 중심으로 베트남민주공화국을 선언했다. 그렇지만 1946년 프랑스의 반대에 부딪혀 제1차 인도차이나 전쟁을 겪었다. 제1차 인도차이나 전쟁은 1954년 베트남이 승리하면서 종결되었다. 그렇지만 같은 해 7월 제네바 협정에 따라 소련이 지원하는 북부와 미국이 지원하는 남부로 분할되었다. 그 후 북베트남의 게릴라 활동과 남베트남 내의 친공산주의자들이 반란을 일으켜 미국의 개입을 가져온 제2차 인도차이나 전쟁(곧 베트남전쟁)을 겪었다. 제1차 인도차이나 전쟁이 프랑스의 식민지 건설에 대한 베트남 민중들의 항전이라면, 제2차 인도차이나 전쟁은 미국의 침략에 대한 베트남 민중들의 항전이었다. 1973년 미국이 철수하면서 휴전되었고, 1976년 북베트남의 주도로 베트남사회주의공화국이 탄생되었다.

미국조차 베트남전쟁에서 패한 역사가 증명하고 있듯이 베트남은 강한 민족이다. 온갖 외부의 침략에도 굴복하지 않고 불굴의 민족성으로 항전해 민족의 해방을 이루었다. 1998년 우리나라는 베트남전쟁에 참여한 것에 공식적으로 유감을 표시하고 우호관계를 유지해오고 있다. 그렇지만 아직까지 동남아의 한 관광지 내지 시장으로 인식할 뿐 진정한 파트너로 생각하지 않는 이들이 많다. 그것은 단순히 경제 수준이 우리보다 낮기 때문이라고 여겨서가 아니라 이데올로기적으로 호감을 갖고 있지 않기 때문이다. 분위기는 많이 달라졌지만, 아직도 미국의 관점으로 베트남을 이해하려는 사람들이 많다. 그만큼 우리 사회는 이데올로기 간의 간극이 큰 것이다. 따라서 시인은 역사적 전망으로 가지고 낙인찍기에 대항하는 노래를 불러야 하는 것이다.

3.

김광렬의 시론인 「느낀다는 것」은 우리에게 중요한 점을 일깨워주고 있다. 느낀다는 것은, 즉 사물이나 상황을 인식한다는 것은 부단하게 노력해야만 된다는 것이다. 다시 말해 자기 훈련이 필요하다는 것이다. 여기서 느낀다는 것은 문제의식이라고 말할 수 있는데, 문제의식을 가지려고 노력하지 않으면 우리의 삶은 일상에 묻히고 만다. 일상이 가치가 없는 것은 아니지만, 우리의 삶에서 일상만을 가치로 삼아서는 곤란하다. 그러므로 시인은 일상을 넘어 시대와 역사의 문제를 고민하고 올바르게 판단하고 그리고 행동해야 되는 것이다. 김광렬 시인이 제주 4·3항쟁이나 강정마을 해군 기지 사업이나 난개발에 대해 비판하는 것이 그 모습이다.

분화구 위로 한 떨기 수국처럼 낮달이 파리하다

사연을 모르는 사람들은

저기 웬 낮달 하나 떠 있군,

하는 정도로 무심히 흘려버린다

내가 감히 밟고 선 오름 저 아래 동굴에서

죽은 사람들이 발견된 적이 있다

몇 구의 해골과 허연 손톱과 찌그러진 그릇과 사금파리와

두려워서 도저히 세상으로 나가지 못한 캄캄한 마음과

그런 것들이

삼십 년 아픔의 시간을 보내다 그 모습을 드러냈다

공포로 떨던 시간만큼 원한의 시간도 길 것이다

수심 머금은 낮달이 소리 죽여 운다

— 김광렬, 「다랑쉬오름에서」 전문[6]

다랑쉬오름[月郎峰]은 제주도 구좌읍 세화리라는 산간 지역에 있는 산
봉우리인데, 1992년 그곳에 있는 한 동굴에서 부녀자와 어린이를 포함한

---

6   김광렬, 『그리움에는 바퀴가 달려 있다』, 푸른사상사, 2013, 81쪽.

11구의 유골이 발굴되었다. 4·3항쟁 당시 동굴로 피신했던 주민들이 죽음을 당한 것이다. 동굴 속에 주민들이 들어 있는 것을 발견한 토벌대는 밖으로 나올 것을 종용했지만 응하지 않자 수류탄을 던지기도 하고 불을 피워 연기를 불어 넣고 동굴 입구를 봉쇄해버린 것이다.

무고한 주민들이 학살된 4·3항쟁의 실체 앞에서 시인이 지녀야 할 태도는 분명하다. 억울하게 죽은 그들을 모른 체할 것이 아니라 그들의 아픔을 공유하려는 자세를 가져야 하는 것이다. 김광렬 시인이 말했듯이 "어떤 울림이 나를 지배하는지 모르지만 제주 사람이라면, 더 나아가서 시를 쓰는 사람이라면 적어도 역사의 상흔이 주는 아픔에서 자유로울 수 없다."[7]는 의식을 가져야 하는 것이다.

지금 강정마을에서 시행되고 있는 해군 기지 건설 사업에 대해서도 마찬가지이다. 강 건너 불구경하는 듯한 자세가 아니라 적극적으로 관심을 가져야 한다. 어느덧 강정마을은 해군 기지를 찬성하는 주민들과 반대하는 주민들로 나뉘어져 있다. 서로의 이해가 다르기 때문인데, 그렇다고 주민들에게 그 책임을 떠넘길 수는 없다. 오히려 주민들 사이의 갈등을 조장한 외부에 책임을 물어야 한다. 어느 쪽이든 제주에 군사 기지가 들어서지 않기를 바라고 있고 또 정치적 보복을 두려워하고 있다. 모두 4·3항쟁의 그림자를 지우지 못하고 있는 것이다. 그러므로 더 이상 전쟁의 위협이나 정치적 보복으로 주민들을 불안하게 해서는 안 될 것이다.

우리 사회가 해결하지 못하고 있는 많은 문제들은 남북 분단에 기인한

---

7 앞의 책, 152~153쪽.

다. 따라서 우리 사회의 근본적인 문제를 해결하기 위해서는 남북 분단을 극복해야 한다. 그런 차원에서 반전의식이 필요하다. 전쟁은 인간의 삶을 위협하는 가장 잔인한 폭력이므로 그 어떠한 경우에도 인정할 수 없다. 전쟁이 내세우는 명분은 허위에 불과하다. 베트남전쟁이나 이라크전쟁 등은 물론이고 한국전쟁에서 그것은 여실하게 확인된다. 이데올로기로 편을 갈라서는 결코 우리의 분단을 극복할 수 없다. 남북 분단 자체가 스탈린의 지시를 받은 말리크 대사가 유엔 안전보장 이사회에 참석하지 않은 데서 밝혀졌듯이 소련을 위시해 미국과 중국 등 세계적인 전략 차원에서 이루어진 것이고, 앞으로도 그와 같은 차원에서 작동될 것이므로, 우리 스스로 이데올로기의 굴레에서 벗어나야 분단을 극복할 수 있는 것이다.

시와 정치

통일 지향과 전망

— 이기형의 시 세계

1.

이기형[1] 시인이 부른 통일의 노래는 한국 시문학사에서 주목할 만한 의의를 지닌다. 통일 문제를 적극적이면서도 지속적으로 추구해 우리 민족

---

[1] 1917년 함경남도 함주에서 태어났다. 함흥고보를 졸업한 뒤 도쿄 일본대학 예술부 창작과에서 2년간 수학하였다. 1943년~1945년 지하협동사건, 학병거부사건 등 지하 항일투쟁 혐의로 피검되어 1년여 동안 복역했고, 1945~1947년 『동신일보』 『중외신보』의 기자로 일했다. 1947년 『민주조선』에 시를 발표하면서 작품 활동을 시작했지만, 같은 해 정신적 지도자로 모셔온 몽양 여운형이 서거하자 33년간 공적인 사회 활동을 중단했다. 1980년 김규동, 신경림 등을 만나 분단 조국에서는 시를 쓰지 않겠다던 생각을 바꿔 작품 활동을 재개했다. 1980년부터 재야 민주화 통일운동에 참여하였으며, 1989년 시집 『지리산』으로 국가보안법 위반 혐의가 적용되어 징역 1년, 집행유예 2년 판결을 받았다. 시집으로 『망향』 『설제』 『지리산』 『꽃섬』 『삼천리통일공화국』 『별꿈』 『산하단심』 『봄은 왜 오지 않는가』 『해연이 날아온다』 『절정의 노래』, 저서로 『몽양 여운형』 『도산 안창호』 『시인의 고향』, 통일 명시 100선을 엮은 『그날의 아름다운 만남』 등이 있다. 2013년 6월 12일 별세했다.

의 최대 과제를 각성시키는 역할을 했기 때문이다. 어느덧 우리 사회는 통일에 대해 소극적인 모습을 보이고 있다. 통일이 되면 좋겠지만 안 되어도 어쩔 수 없다는 분위기가 늘어나고 있는 것이다. 이기형 시인은 이와 같은 상황을 "통일을 해도 좋고, 안 해도 좋고, 늦게 되어도 좋고 등 통일에 대한 대명제가 사람들 마음에서 점점 사라져 가고 있어요. 언론도 그렇고 작가들도 그런 것 같아요."[2]라고 예리하게 간파하고 있다. 따라서 시인이 통일을 지향하면서 쓴 시들은 개인적인 차원을 넘어 사회적이고 시대적이고 그리고 역사적인 의의를 지닌다.

실제로 서울대학교 통일평화연구원이 조사한 『2016 통일의식조사』에 따르면 통일의 필요성에 대해 국민들은 '매우 필요하다' 19.5%, '약간 필요하다' 33.9%로 응답해 전체의 53.4%가 원하고 있음을 나타내고 있다. 조사가 처음 시작된 2007에는 '매우 필요하다' 34.4%, '약간 필요하다' 29.4로 응답해 전체의 63.8%가 통일의 필요성을 나타냈는데, 지속적으로 감소해 현재는 국민의 절반 정도만 원하고 있다. 통일에 대한 국민들의 의지와 열망이 줄어들고 있는 것이다. 특히 40대는 55%, 50대는 65.0%, 60대는 74.0%로 2007년의 조사 이후 큰 변화가 없는 데 비해 20대 및 30대의 경우는 7~14%까지 낮아지고 있어 통일이 미래의 세대까지 감당해야 할 민족의 과제인 점을 생각하면 우려된다.[3]

이와 같은 상황 속에서 흔들리지 않고 일관되게 부른 이기형 시인의

---

2 「통일의 노래를 부르다—이기형 시인」, 『순명의 시인들』(맹문재 대담집), 푸른사상사, 2014, 26쪽.

3 서울대학교 통일평화연구원, 『2016 통일의식조사』, 2017년 2월 10일, 32~34쪽(비매품).

노래들은 큰 의의를 갖는다. 시인은 일제강점기의 독립운동이며 빨치산 투쟁이며 민주화운동 등도 통일과 연관시켜 노래했다. 통일의 당위성과 필요성을 심화시키고 확장시킨 것이다. 그리하여 시인의 시들은 우리의 분단 상황을 인식하고 극복 방안을 마련하는 데 거울 역할을 하고 있다.

2.

정치판은
헛말의 향연, 이전투구로
한 해를 지새운다
언론판은
정작 보도할 것, 비판할 것엔
입을 다물고
목표를 잃은 채
헛소리로 싸움만 부추겼다
광장엔 허깨비놀음이 벌어지고
진실의 함성은 뒷마당에서 몸부림쳤다
정치판도
언론판도
무통증 중환자
고름바다에서 희희낙락한다

우리 정치판이
자주의 광장으로 꿋꿋이 돌아서고
우리 언론판이
진정 사회의 목탁으로 거듭날 때
겨레의 앞길엔 훈풍이 일어
통일의 함성이

평화의 노래가
삼천리에 은은하리라

　　　　　　　　　　　　　　　　　　—「무통증 중환자」 전문

　자본주의 사회에 종속된 "정치판"이며 "언론판" 등을 "무통증 중환자"
라고 작품의 화자가 비판한 것은 날카롭고도 정확하다. 실제로 기업의
경영은 말할 것도 없고 정부의 정책이나 언론의 보도 등 어느 하나 "무통
증 중환자"가 아닌 것이 없다. 자본주의가 내세우는 불평등한 결과를 긍
정하기 때문에 이기적이고 탐욕적인 자세를 갖는 것이다. 그리하여 "정
치판은/헛말의 향연, 이전투구로/한 해를 지새"울 뿐이고, "언론판은/정
작 보도할 것, 비판할 것엔/입을 다물고/목표를 잃은 채/헛소리로 싸움
만 부추"기고 있다. 정치는 국민을 위해 존재하기보다 자본주의의 조종
을 받는 선거를 위해 존재할 뿐이고, 언론은 보도와 비판을 위해 존재하
기보다 자본주의가 제시하는 지침을 전달하기에 바쁘다. 모두 자기의 이
익을 챙기는 데 함몰되어 사회적 책임을 망각하고 있는 것이다. 개인주
의를 극단적으로 긍정하는 이와 같은 자본주의 상황에서 "통일의 함성
이/평화의 노래가/삼천리에 은은하"게 들리기는 어렵다.[4]
　이와 같은 상황을 극복하기 위해서는 분단에 대한 역사적인 이해와 인
식이 필요하다.

　　딘 러스크와 본 스틸웰이라는 미국 사람을 아십니까?

4　맹문재, 「적극적 통일의 시학」, 『이기형 대표시 선집』(임헌영 · 맹문재 엮음), 작
　　가, 2014, 266쪽.

38분단선을 입안한 미국무성의 철부지입니다

타의에 의한 조국 분단

1945년 8월 15일 정오 해방의 인경 소리와 동시에 분류 노도처럼 터진 4천만 형제의 자의에 의해 조직된 '건국준비위원회'와 '조선공산당'을 누가 짓부숴 버렸는지 아십니까?

미군과 친일경찰과 테러단 들입니다

투옥과

고문과

학살의 연속

순전히 생사람을 잡았지요

조선임시정부 수립을 토의하던 미소공동위원회를 누가 깨뜨렸는지 아십니까?

일본 천황에 굽실굽실 절하던 친일파들과 미국 달러 꾐에 군침이 돈 친미파들이 반탁이라는 구실을 들고 짓부쉈습니다.

이승만의 정읍 발언(井邑發言)을 아십니까?

1946년 6월 3일 이승만은 정읍에서 남한 단독정부 수립을 공언했습니다

자의에 의한 조국 분단

제주도 4·3봉기

14연대의 여순 항거

6·25의 참사가 교묘하게 빚어졌고

지리산의 피어린 항쟁을 죽음으로 몰아

분단선은 저들의 속셈대로 더욱 굳어졌습니다

분단선은 38선에만 있는 것은 아닙니다

전라도에도 경상도에도 남한 어디에도 있었습니다

반공이라는 이름으로 칼끝을 내밀고 있었습니다

독재자들은 애당초 총칼로 군림했습니다

입을 틀어막았습니다

귀를 틀어막았습니다

눈을 틀어막았습니다

벌벌 떨어야만 했습니다
굽실굽실 예예 해야만 했습니다
그러나 저
1960년의 4 · 19의 함성
1979년의 부마항쟁의 불기둥
1980년의 광주항쟁의 용광로
쓰라림과 아픔과 뼈저림과 비통의 절정
젊은 꽃들의 잇닿는 투신, 분신의 항거
1987년 6월에 터진 분노한 민중들의 활화산
드디어,
미군은 물러가라고 외친다
…(하략)

— 「분단사」 전문[5]

    1945년 8월 6일과 8일 미국이 일본의 히로시마와 나가사키에 원자폭탄을 투하한 결과 도시 전체가 잿더미로 변했다. 이와 같은 상황에서 8일 소련군이 대일전에 참가했다. 소련군은 파죽지세로 한반도에 진격해 13일 청진에 상륙했다. 일본은 15일 12시 쇼와 히로히토(昭和裕仁) 천황이 무조건 항복을 선언했다. 전시 상황의 급격한 변화로 인해 미국은 한반도에 대한 공격에서 군사적 점령과 일본군의 무장해제로 전략을 수정했다. 이 작업에 참가한 인물이 국무성의 러스크(Dean Rusk) 대령이었다.

---

5   뒷부분은 다음과 같다. "군사독재는 안 된다고 주먹질이다/반공은 허위라고 성토한다/자, 분단의 쇠사슬은/기어코 끊어야 해/온 민중의 힘으로/기어코 끊어야 해/목숨을 걸어/기어코 끊어야 해/찢긴 심성을 바로 잡자/잘린 국토를 잇자/남북형제가 다시 만나/아, 태양같이 솟는/저 민족민중 통일공화국".

시와 정치

러스크는 소련군이 이미 한반도 동북에 진입해 있는 상황인 데 비해 미국군은 6백 마일 떨어진 오키나와 및 그보다 멀리 떨어진 필리핀에 있었기 때문에 한반도의 북쪽에서 일본의 항복을 받는 데는 한계가 있다고 판단했다. 그리하여 한국의 수도를 포함시켜놓는 것이 중요하다고 생각해 38도선의 분할을 트루먼 대통령에게 권고했다. 트루먼의 명령을 받은 맥아더(Douglass MacArthur) 태평양 지역 연합군 최고사령관은 9월 2일 일본 항복의 공식 서명과 함께 한반도에서 38도선 이북의 일본군 항복은 소련이, 이남의 일본군 항복은 미국이 접수한다고 포고했다.[6]

이와 같이 우리에게 가장 큰 고통을 안겨주고 있는 남북 분단은 연합국의 제2차 세계대전 후의 처리 과정에서 이루어졌다. 미국은 원자폭탄의 성공을 예견하고 있음에도 불구하고 일본군의 전력을 과대평가한 나머지 소련군의 한반도 참전을 권장했을 뿐만 아니라 불필요할 정도로 한국 문제를 양보했다. 또한 미국은 세계대전 중에 형성된 소련과의 협조가 전후에도 계속되리라고 착각했다. 좀 더 단기적이고 군사적인 차원을 넘어 장기적인 차원에서 한국 문제를 접근할 필요가 있었던 것이다.

위의 작품의 화자는 미국의 군사적 편의주의에 입각해 한국을 분단시킨 사실을 "딘 러스크와 본 스틸웰이라는 미국 사람을 아십니까?/38분단선을 입안한 미국무성의 철부지입니다"라고 고발하고 있다. 실제로 미국의 분단 결정으로 인해 "4천만 형제의 자의에 의해 조직된 '건국준비위원회'와 '조선공산당'"은 "미군과 친일경찰과 테러단 들"에 의해 무너지게 되었다. "조선임시정부 수립을 토의하던 미소공동위원회"도 "일본 천황

---

6   김학준, 「분단의 배경과 고정화 과정」, 『해방전후사의 인식』(송건호 외), 한길사, 1980, 66~71쪽.

에 굽실굽실 절하던 친일파들과 미국 달러 쯤에 군침이 돈 친미파들"에
의해 무너졌다. 그리고 급기야 "1946년 6월 3일 이승만은 정읍에서 남한
단독정부 수립을 공언했"다. 결국 "타의에 의한 조국 분단"이 "자의에 의
한 조국 분단"의 비극을 가져온 것이다. "제주도 4·3봉기/14연대의 여순
항거/6·25의 참사가 교묘하게 빚어졌고/지리산의 피어린 항쟁을 죽음
으로 몰아" 넣었을 뿐만 아니라 "분단선은 저들의 속셈대로 더욱 굳어"졌
다. 그리하여 "분단선은 38선에만 있는 것은 아"니고 "전라도에도 경상도
에도 남한 어디에도 있"게 되었다.

  그렇지만 한국의 민중은 결코 죽지 않았다고 작품의 화자는 노래한다.
"1960년의 4·19의 함성/1979년의 부마항쟁의 불기둥/1980년의 광주항
쟁의 용광로"를 그 예로 들고 있다. "젊은 꽃들의 잇닿는 투신, 분신의 항
거/1987년 6월에 터진 분노한 민중들의 활화산"도 내세우고 있다. 비록
외세에 의해 분단의 아픔을 겪고 있지만 민족의 주체성을 지키고 있다
고, "드디어,/미군은 물러가라고 외친다"고 노래하는 것이다. 따라서 "군
말 말고, 지금 당장/미군은 물러가야 합니다"(「삼천리 통일공화국」)라는
시인의 의식은 깊은 고찰이 요구된다.

  3.

        날 건드리지 마
        내 여든여섯 쭈그렁 힘줄도 터질 것만 같아
        첫사랑이 깨지던 그날도 이렇진 않았어
        못 견딜 그리움 매운 분노 모진 슬픔
        끝내는 꿈의 설렘
        한 핏줄 형제가 바로 저긴데

쉰여덟 해나 지구촌 밖 헤어진 삶이라니
쓸개 창자 다 썩어 문드러진 놈아, 그래도 네가
부끄럼 없이 신사랍시고 고급 양복에 넥타일 매고
점잖스레 싸다닌다냐
정치가 어쩌니 경제가 이러니 예술이 어쩌구 저쩌구냐
혹독 세상의 원흉은, 바로
낯선 안방 불청객이다 생사람 잡는 법망이다
썩들 나가라, 단 한마디라도 소리친 적이 있나
당장 없애라, 단 한마디라도 소리친 적이 있나
오늘 우리 땅에 언론인이 있는가 애국자가 있는가
본시 잘났건만 왜 이렇듯 지지리도 못나게 추락했나
긴 피세월 반천반민(反天反民) 교육 탓이다
하루 바삐 위천위민(爲天爲民)으로
상생하고 홍익인간으로 돌아가야 하느니
가치 척도가 뒤바뀐 이 땅 분통이 터져 어지러워
6·15 큰울림 누가 막아 너나 하나 되는 위대한 꿈이여
뒷산 앞들 오월의 푸르름 가슴 가득히 안고
함께 아리랑을 부르며 백두산 높이 솟았으면
솟았으면

— 「함께 아리랑을 부르며」 전문

　작품의 화자는 "한 핏줄 형제가 바로 저긴데/쉰여덟 해나 지구촌 밖 헤어진 삶"을 살아온 자신의 신세를 한탄하며 통일을 희망하고 있다. 그리하여 "날 건드리지 마/내 여든여섯 쭈그렁 힘줄도 터질 것만 같"다고 외친다. "못 견딜 그리움 매운 분노 모진 슬픔/끝내는 꿈의 설렘"으로 노래하겠다는 것이다. 화자는 그 일환으로 통일을 가로막는 상대에게 대항하고 있다. "쉰여덟 해"나 통일을 기다렸지만 분단 체제의 심화로 인해 가능성이

줄어들자 더 이상 기다릴 수 없다고 맞서는 것이다. 그리하여 "쓸개 창자 다 썩어 문드러진 놈아, 그래도 네가/부끄럼 없이 신사랍시고 고급 양복에 넥타일 매고/점잖스레 싸다닌다냐"라고 나무란다. "혹독 세상의 원흉은, 바로/낯선 안방 불청객"인데, "썩들 나가라, 단 한마디라도 소리친 적" 없고, "당장 없애라, 단 한마디라도 소리친 적" 없다고 책망도 한다.

작품의 화자가 나무라는 상대는 당연히 친미주의자다. 그는 식민지 속성을 극복하지 못한 채 미국이 주도하는 정책에 순응하고 있다. 화자는 이렇게 된 원인에 대해서 "긴 피세월 반천반민(反天反民) 교육 탓"이라고 진단하고 있다. 국민 대신 미국을 섬기는 교육을 받았기에 민족의 통일을 원하지도 관심을 갖지도 않고 있다고 책망하는 것이다.

따라서 화자는 "6·15 큰울림"이 필요하다고 제시하고 있다. 2000년 6월 15일 평양에서 김대중 대통령과 김정일 국방위원방이 정상회담을 통해 발표한 6·15남북공동선언 같은 자세가 필요하다는 것이다. 분단 이후 처음으로 남과 북의 정상이 만나 통일을 향한 인식을 함께한 이 공동선언의 중심 내용은 우리가 주인이 되어 통일을 이룩하자는 것이었다. 그리하여 이산가족, 비전향 장기수 등에 대한 인도적 문제 해결을 비롯해 정치, 경제, 사회, 문화, 체육 등 제반 분야의 협력과 교류 활성화로 서로의 신뢰를 쌓아가기로 합의했다. 그리하여 화자는 "한 핏줄 형제가 바로 저긴데/쉰여덟 해나 지구촌 밖 헤어진 삶이"이었기에 억울하지만 통일에 대한 기대감을 가지고 있는 것이다.[7]

이와 같은 자세는 다음의 작품에서도 여실하다.

---

7 맹문재, 앞의 글, 271쪽.

한 독지가가 한 젊은이를
10년간 도와줬는데도
그가 자립하지 못했다면
독지가는 쓸모없는 자식이라고 그를 포기할 것이다
한 부자 나라가
한 작은 나라를
10년간이 아닌 무려 45년간이나
군대까지 주둔시켜 가면서 도와줬는데도
작은 나라는 여태 자립을 못했다
그런데 그 부자 나라가
작은 나라를 포기하지 않는다
뿐인가, 작은 나라도
끝까지 오래오래 더 도와달라고 죽자꾸나 매달린다

노동자들의 정당한 요구는
육, 해, 공 입체작전으로 짓부순다
학생들의 싱싱한 목소리는 최루탄으로 잠재워 버린다

교도소마다 자주와 민주주의와 통일을 외치는
젊은이들의 함성으로 꽉 찼다
어머님,
이런 불행한 아우성의 남녘에
저는 지금 살고 있습니다
어머님을 못 뵈온 지도
손 꼽아보니 벌써 반세기가 되어갑니다
…(하략)…

— 「삼천리 통일공화국」 전문[8]

---

8 뒷부분은 다음과 같다. "어머님은 올해로 아흔넷이지요/깡마른 주름살이 시간을

1943년 11월 27일 이집트의 카이로에서 루스벨트, 처칠, 장개석이 회담을 가진 뒤 공동선언을 발표했다. 일본은 1914년 이후 태평양 지역에서 탈취한 모든 섬들을 반환해야 하며 만주, 대만, 팽호(澎湖) 군도를 중국에 돌려주어야 한다는 것이었다. 그런데 한국의 경우는 국민의 노예 상태에 유의하여 자주 독립을 잠정적으로 유보했다. 이러한 결정은 한국 문제에 대한 루스벨트의 신탁통치안이 반영된 것이었다. 이 신탁통치안은 11월 28일 이란의 테헤란에서 열린 루스벨트, 처칠, 스탈린의 회담에서 다시 논의되었다. 루스벨트는 한국이 완전한 독립을 얻기 전에 약 40년간의 수습기간이 필요하다고 의견을 내자 스탈린도 동의했다. 이와 같은 논의는 1945년 2월 우크라이나의 얄타에서 열린 미국, 영국, 소련의 회담에서도 계속되었다. 루스벨트는 영국, 중국, 소련의 대표로 구성된 한국 신탁통치안을 제안하자 외국군이 한국에 주둔하지 않는 조건으로 스탈린이 동의했다. 일본이 거의 패망하고 있는 상황에서 루스벨트의 재촉에 의해 소련군의 극동전 참가가 약속된 이 회담은 한국에 대한 소련의 이익을 주장할 수 있는 빌미를 주었다. 1945년 7월 연합국의 마지막 회의였던 독일의 포츠담 회담에서도 미국, 영국, 소련이 한국의 장래에 대해 논의했다. 그렇지만 이때까지도 명시적인 설계를 마련하지 못했다.

저미는 가물가물한 기력이/짠 눈물 속에 선합니다/이 아들도 일흔네살/흑발이 백발이 되었고 동안이 노안이 되었지요//베를린 장벽이 무너지던 날/삼팔 장벽도 무너지기를 얼마나 기다렸던가요//하지만, 아직은/지구 밖 캄캄한 단장의 밤입니다/저는 옷깃을 여미고 바로 앉아/빼앗긴 세월을 목 놓아 부르며/조국 통일의 시를 엮습니다/군말 말고, 지금 당장/미군은 물러가야 합니다/삼팔 장벽은 허물어야 합니다/그날, 저는 어머님을 덥석 업고/삼천리를 춤추며 돌 것이요/남북 이산가족은 와아아 얼싸안고/왈칵 울음바다를 이루겠지요//아, 정녕 그날이여//대망의 삼천리 통일공화국 만세!"

연합국은 카이로 선언 이후 적절한 시기에 한국을 독립시킬 것을 약속했지만 그들이 합의했던 신탁통치에 대해 아무런 준비도 하지 않았다. 특히 미국의 경우 신탁통치를 제안했으면서도 구체적으로 합의안을 마련하지 못하고 있었다. 그러다가 스스로 불러들인 소련군이 한반도에 진입한 것을 본 뒤 38선의 분할을 결정했다. 분단 이후에도 미국 정부와 서울에 주둔한 미군정 간의 협조가 제대로 이루어지지 않아 혼란이 지속되어 통일을 저해하는 요인이 되었다.[9]

한국의 분단에는 소련의 책임 또한 묻지 않을 수 없다. 소련은 한국의 통일 민주주의 정부 수립을 노골적으로 방해했다. 소련군은 1945년 8월 24일 평양에 입성한 뒤 북한의 소비에트화를 추구했다. 소련군이 진주하기 이전에 조만식을 중심으로 한 민족주의 세력들이 실질적으로 역할을 수행하고 있었지만 소련은 군사력을 동원해 제거했다. 그 대신 김일성을 앞세운 공산당 단독 정권 수립을 통해 소비에트화를 이루었다. 미국은 한반도의 미소 점령정책에 의해 분단이 고정되는 것을 타결하려고 1945년 12월 16일 모스크바에서 영국, 소련과 함께 회의를 가졌다. 그 결과 한국 민주 임시정부 수립을 위해 미소 점령군 사령부의 대표로 구성되는 공동위원회를 설치하고 정치적 경제적 사회적 진보와 민주적 자치의 발전 및 국가적 독립의 달성을 위해 협력 원조한다고 합의했다. 그렇지만 이 협정은 실현 가능성이 크지 않았다. 미국과 소련은 동구의 문제를 둘러싸고 불화가 고조되고 있었고, 미국은 자신의 지지 세력인 우익 진영이 신탁통치를 격렬하게 반대하자 남한에서의 탁치안을 포기한 반면 소

---

9   김학준, 앞의 책, 66~97쪽.

련은 지지 세력의 확보를 위해 친탁 운동을 전개하고 있었기 때문이다. 그리하여 1946년 1월 16일 미소공동위원회의 예비회담, 3월 20일 1차 미소공동위원회, 1947년 5월 21일 2차미소공동위원회 등이 개최되었지만 결렬될 수밖에 없었다.[10]

위의 작품은 미국에 의한 한국의 신탁통치 상황을 여실하게 보여주고 있다. "10년간이 아닌 무려 45년간이나/군대까지 주둔시켜 가면서 도와" 주었지만 "작은 나라는 여태 자립을 못"하고 있는 것이다. 그 이유는 "그 부자 나라가/작은 나라를 포기하지 않"기 때문이다. 미국은 정치적 경제적 문화적 등 다양한 차원에서 한국으로부터의 이익을 포기할 수 없다. 뿐만 아니라 한국 내의 친미주의자들이 미국에 "끝까지 오래오래 더 도와달라고 죽자꾸나 매달"리고 있기에 독립을 이루지 못하고 있다. 친미주의자들은 자신의 정책에 비판하거나 동의하지 않으면 가차 없이 탄압한다. 가령 "노동자들의 정당한 요구는/육, 해, 공 입체작전으로 짓부"수고 "학생들의 싱싱한 목소리는 최루탄으로 잠재워 버"리는 것이다. 그리하여 "교도소마다 자주와 민주주의와 통일을 외치는/젊은이들의 함성으로 꽉" 차 있다.

작품의 화자는 그 극복 방안으로 이산가족인 "어머니"를 찾는다. "어머님,/이런 불행한 아우성의 남녘에/저는 지금 살고 있습니다/어머님을 못 뵈온 지도/손 꼽아보니 벌써 반세기가 되어갑니다"라고 현재의 안타까운 상황을 호소하며, 비록 통일의 전망이 보이지 않지만 좌절하거나 포기하지 않고 "옷깃을 여미고 바로 앉아/빼앗긴 세월을 목 놓아 부르며/조국 통일의 시를 엮"겠다고 다짐하는 것이다. "미군은 물러가야" 한다고 외

---

10 위의 책, 96~97쪽.

치는 것이다. 그렇게 되어야만 "어머님을 덥석 업고/삼천리를 춤추며 돌 것"이라고 기대하고 있다.

우리가 통일을 이룩해야 하는 이유는 당위적인 측면과 현실적인 측면이 있다. 같은 민족이기 때문이라거나 이산가족의 고통 해소를 위해서라면 전자에, 전쟁의 위협을 해소하기 위해서라거나 선진국으로 도약하기 위해서라면 후자에 해당된다. 2016년 현재 국민들 중에서 통일이 되어야 하는 이유로 '같은 민족이니까'로 응답한 경우는 38.6%, '이산가족의 고통을 해결해주기 위해'는 11.8%로 전체 50.4%가 당위적인 측면에서 통일을 바라고 있다. 이에 비해 '전쟁 위협을 없애기 위해'로 응답한 경우는 29.8%, '한국이 보다 선진국이 되기 위해'는 14.2%로 전체 44.0%가 현실적인 측면에서 통일을 바라고 있다. 이외에 '북한 주민도 잘살 수 있도록'에 응답한 경우는 5.0%인데, 당위적인 측면과 현실적인 측면이 모두 포함되어 있다. 이와 같은 결과를 보면 비록 2007년 '같은 민족이니까'로 응답한 경우가 50.7%였는데 계속 감소하고 있지만 여전히 당위적인 차원의 통일 담론이 우세하다고 볼 수 있다. '전쟁 위협을 없애기 위해'는 2007년 19.2%에서 계속 증가하고 있는데, 지난 10년간 보수적인 정권이 북한의 도발에 대응해 제재를 강화하거나 남북관계를 단절시켜 긴장감이 고조된 면이 반영된 것이다.[11] 따라서 현실적인 차원의 통일 담론을 포함하는 당위적인 차원의 통일 담론을 통일 정책의 방향으로 설정할 필요가 있는 것이다.

---

11 서울대학교 통일평화연구원, 앞의 책, 34~36쪽.

4.

역마다 백두산 표를 안 팔아
나만 미쳤다고 쑥떡인다
과연 누가 미쳤나
흑발이 백발이 되도록
귀향 표를 살려는 놈이 미쳤나
기어이 못 팔게 하는 놈이 미쳤나
그럼, 나는 간다
미풍 같은 요통엔 뻔질나게 병원을 드나들어도
조국의 허리통엔 반백 년 동안 줄곧 칼질만 해대는
저놈을 메다꽂고
걸어서라도 날아서라도
내 고향이 옛날처럼 날 알아보게시리
하얀 머리는 까맣게 물들이고
얼굴 주름은 펴고
아리고 찢어지는 가슴 쓰다듬으며 나는 간다
걸어서라도 날아서라도

—「나는 간다」 전문

"역마다 백두산 표를 안" 파는 것이 엄연한 오늘의 분단 상황이다. 미국과 소련이 고착화시켜놓은 38선이 가로막고 있기 때문에 더 이상 갈 수 없는 것이다. 그렇지만 작품의 화자는 백두산으로 가려고, 다시 말해 분단된 현실을 넘어서려고 한다. 이에 분단 상황을 옹호하거나 방관하는 사람들이 "미쳤다고 쑥떡인다". 화자는 이와 같은 상황에 대해 "과연 누가 미쳤나/흑발이 백발이 되도록/귀향 표를 살려는 놈이 미쳤나" 아니면 "기어이 못 팔게 하는 놈이 미쳤나"라고 반문하며 맞선다. 화자의 이러한

시와 정치

자세는 주목된다. 원래부터 한국은 같은 민족의 나라였기 때문에 못 갈 이유가 없는 것이다. 그리하여 화자는 "나는 간다"라고 당차게 나선다. "아리고 찢어지는 가슴 쓰다듬으며", 즉 분단으로 인해 고향을 가지 못한 슬픔과 안타까움과 분노 등을 풀고 가겠다는 것이다. 화자의 그 의지는 "걸어서라도 날아서라도" 가겠다고 할 정도로 강하다. 그만큼 "고향이 옛날처럼 날 알아보게" 하고 싶다는 희망은 절실한 것이다.

이와 같은 면은 "영하 10도 맵찬 거리를 걸어도/난 춥지 않다/통일의 길목에서 네가 풍겨 보내는 열도로/미수 나이는 도망갔다"(「들불」)라거나, "끝은 곧 또 다른 시작/나는 뒤돌아 달린다/북단을 향해/달림을 시작했다"(「토말(土末)에서」)라는 데서도 볼 수 있다. "돌아가고야 말리//내 고향으로/내 옛집으로"(「임진강」)라거나, "첫째도 통일 둘째도 통일 셋째도 통일입니다./남북 7천만이 굳게 손잡고 어깨 겯고 나아갑시다"(「분단 악귀 물렀거라」)라는 노래에서도 마찬가지이다. 그러므로 "나는 이제부터 시작이다/통일과 무관한 시를/나는 시로 인정하지 않는다/우리 민족 최고의 과제는 통일이 아닌가/겨레는/시대는/통일의 절창을/요구한다/분단이 종언을 고할 때까지/나는 나이에 관계없이 죽지 않고/시필(詩筆)을 멈추지 않을 것이다"(「여든네 살의 선언」)라는 다짐은 결연하기만 하다.

한국의 분단은 강대국들의 정치적 이해관계에 의해 이루어졌기 때문에 통일을 추구하는데도 그들의 이해와 협조가 필요하다. 한국의 주위에 있는 일본, 미국, 중국, 소련 등은 한반도의 분단 상황이 유지되기를 바라고 있다. 통일된 한국의 미래에 대해 불안감을 가지고 있는 것이다. 남북한이 통일되면 면적은 세계 190개 국가 중에서 78위, 인구는 12위, 국민총생산은 11위를 점하게 되며, 군사력도 주변국들과 비견할 수 있을 정도가 된다. 따라서 주변국들은 한국이 각국에 적대적인 세력으로 발전하거나 동북아시아를 지배하는 강국으로 부상할 가능성을 우려한다. 따라서 우리는 이와 같은 면을 인지하고 남북 간의 교류와 협력을 활성화하여 평화공존을 제도화하는 방향으로 추진되어야 한다. 주변 국가들이 한국의 통일에 관한 당위성과 불가피성을 인정하도록 사실상의 통일 상태를 구현해야 되는 것이다.[12]

그렇게 하기 위해서는 우리 스스로 통일에 대해 적극성을 띠어야 한다. 비록 한국의 분단이 제국주의 국가들의 정치적 이해관계에 의해 비롯된 것이지만, 우리 스스로의 역량이 부족했던 것도 사실이다. 해방기는 미소가 냉전체제로 고착화되기 이전이었기 때문에 우리가 단결했으면 통일을 이루었을 것이다. 60년 이상 분단 체제가 지속되고 있는 현재의 상황에서도 마찬가지이다. 분단된 현재의 상황을 안정적이라거나 이익이 된다고 생각하는 안일함을 반성하고 극복해야 하는 것이다.

일부에서는 우리의 통일이 임박하다거나 어느 날 도둑처럼 올 것이라고 주장한다. 그러나 이러한 주장은 정치인들이 국민을 속이는 것에 불과하다. 2016년 현재 국민들 중에서 통일이 '5년 이내'에 가능하다고 응답한 경우는 4.0%, '10년 이내'에 가능하다고 응답한 경우는 14%에 불과하다. 이에 비해 '20년 이내'에 가능하다고 응답한 경우는 25.1%, '30년 이내'는 15.2%, '30년 이상'은 17.9%이다. 통일이 '불가능'하다고 응답한 경우도 24.4%나 된다. 따라서 우리의 통일 정책은 장기적인 전망을 가지고 단기적인 전략을 마련해야 할 뿐만 아니라 정권 교체와 상관없이 일관되게 추진되어야 한다.[13]

---

12 김경웅 외, 『통일문제 이해』, 통일교육원, 2000, 67~71쪽(비매품).
13 서울대학교 통일평화연구원, 앞의 책, 41~44쪽.

시와 정치

이와 같은 상황에서 "저는 통일되기 전에는 죽지 않겠다고 강한 의욕을 가지고 있어요. 사천만 민족 모두가 저와 같이 통일을 원하고 있다면 더욱 빨리 이루어지겠지요. …(중략)… 일상생활이 통일과 연관되어야 합니다."[14]라는 자세로 통일을 노래한 이기형의 시들은 주목된다. 통일을 원하는 의식이 점점 감소하는 우리 사회를 반성시키는 동시에 통일의 필요성을 자각시키는 것이다. 통일은 우리에게 경제적 면을[15] 비롯해 많은 이익을 가져오기도 하지만 민족의 분단을 해결하고 인류의 보편적 가치를 실현하는 토대를 마련하는 것이기에 당위적인 차원에서도 필요한 과제이다.

---

14 「통일의 노래를 부르다―이기형 시인」, 앞의 대담집, 26쪽.
15 실제로 한국의 통일은 경제적 이익을 가져온다. "통일이 한국 경제 성장을 늦출 것이고 한국의 생활수준을 떨어뜨릴 것이라는 생각은 아주 잘못된 것이다. 독일 통일에서 배울 교훈이 있지만 이 교훈에는 통일이 반드시 아주 비용이 많이 들며 더 부유한 쪽의 경제 성장을 둔화시킨다는 내용은 없다. 한반도라는 아주 다른 경제적 환경에서, 통일은 한국의 지속적인 경제 발전에 저해가 되기보다는 경제 성장을 가속화하기 위한 도구로 사용될 수 있다. 통일은 사실상 한국이 현재의 경제적 성공을 유지하고 현재의 몇몇 문제들을 해결하는 데 반드시 필요한 원동력이다." 레스터 C. 써로우, 『경제탐험 : 미래에 대한 지침』, 강승호 역, 이진출판사, 1999, 165~166쪽.

평화통일의 시학

— 김준태의 『쌍둥이 할아버지의 노래』론

1.

김준태 시인의 『쌍둥이 할아버지의 노래』는 한국 사회의 모든 모순이 민족 분단에서 발생한다고 진단하고 그 극복 방안으로 평화통일을 제시하고 있다. 분단을 극복하지 못하는 한 한국의 민주주의는 실현되기 어려울 뿐만 아니라 인권 유린과 불평등한 부의 분배를 개선할 수 없다고 파악한다. 또한 제국주의 국가들로부터 정치적인 독립은 물론 경제적, 문화적, 군사적 독립이 어렵다고 본다. 삼엄한 신군부의 언론 통제를 뚫고 「아아 광주여, 우리나라의 십자가여」를 발표해 5·18민주화운동을 전 세계에 알렸을 뿐만 아니라 1980년대 민주화운동의 도화선을 마련하는 데 함께한 시인의 진단 및 인식이기에 주목된다. 국민들의 통일의식이 점점 약화되고 있기에 더욱 그러하다.

서울대학교 통일평화연구원이 시행한 설문조사에 따르면 2017년 현재 통일이 '매우 필요하다'고 응답한 경우가 16.5%, '약간 필요하다'고 응답한 경우가 37.9%로 통일이 필요하다는 의견이 전체의 절반을 넘지만 매우 필요하다는 의견은 적은 편이다. 2007년 조사가 시작된 이래 이와 같은 경향은 계속 심화되고 있는데, 민족 통일에 대한 국민들의 열망과 의지가 감소하는 것으로 볼 수 있다. 50대와 60대는 62.0%와 67.0%가 통일이 필요하다고 응답했는데 비해 20대와 30대는 41.4%와 39.6%가 필요하다고 응답해 세대 간의 통일의식이 큰 차이를 보이고 있다. 젊은 세대는 사회적으로 경제적으로 어려움을 겪고 있으므로 통일의 필요성에 대해 부정적인인 태도를 보이는 것이다. 통일을 이루는 것과 남북한의 민주화에 어떤 상호관계가 있는가에 대한 조사에서는 '통일이 되어야 남한에 완전한 민주주의가 이루어진다'는 응답이 26.5%, '민주주의가 완전히 이루어져야 통일이 가능하다'는 응답이 27.1%, '통일과 민주주의는 아무런 관계가 없다'는 응답이 46.3%로 나타났다. 통일과 민주주의 문제를 개별적인 것으로 생각하는 경우가 상당하다는 것을 알 수 있다.[1]

실제로 통일의 가치를 우선적으로 내세우면서 민주주의 가치를 희생시킨 적이 있었다. 가령 1972년 7·4남북공동성명을 발표한 이후 박정희 정권은 남북통일을 위한다는 명분으로 유신헌법을 공포하고 긴급조치를 발동했다. 민족 통일을 명분으로 민주주의를 후퇴시키고 국민의 인권을 유린한 것이다. 따라서 남북한의 통일은 민주주의 가치를 실현하는 방향으로 추진되어야 한다.

그렇지만 민족 통일과 민주주의를 별개의 과제라거나 선후의 과제라고 여기는 것은 재고할 필요가 있다. 민족 통일을 이룬 뒤 민주주의를 이루어야 한다거나 민주주의를 이룬 뒤 민족 통일을 이루어야 한다는 논

---

1   정근식 외, 『2017 통일의식조사』, 서울대학교 통일평화연구원, 2018, 34~53쪽.

리는 정당화될 수 없다. 민주주의를 추구하지 않는 민족 통일이나 민족 통일을 지향하지 않는 민주주의는 국민들로부터 동의받기 어려운 것이다. 따라서 "민족 통일은 소수 기득권자를 제외한 국민 대다수가 원하는 일이기 때문에 그것을 실현하는 일이 곧 민주주의의 실현이라는 말입니다."[2]라는 의견을 새겨들을 필요가 있다.

실제로 한국 국민들은 민족 통일을 현실적인 차원보다는 당위적인 차원에서 인식하고 있다. 가령 통일을 해야 하는 이유로 '같은 민족이니까'로 응답한 경우가 40.3%로 가장 높고, '전쟁 위협을 없애기 위해'라는 응답이 32.5%, '한국이 보다 선진국이 되기 위해'라는 응답이 12.5%, '이산가족의 고통을 해결해주기 위해'라는 응답이 10.5%, '북한주민도 잘살 수 있도록'이라는 응답이 4%였다.[3] 국민들은 통일 문제를 같은 민족이라거나 이산가족의 고통을 해결해주려는 당위적인 차원에서 접근하고 있는 것이다. 물론 남북한 사이의 전쟁 위협을 해소하기 위해서라거나 선진국으로 도약하기 위해서 통일이 필요하다고 생각하는 경우도 상당하다. 남북한의 군사적 대치는 물론이고 북미 간의 군사적 긴장이 높아질수록 현실적인 차원에서 통일이 필요하다고 인정할 것이다. 이렇듯 민족 통일은 한국 사회가 안고 있는 문제들과 밀접한 관계를 갖고 있는데, 김준태 시인은 그 상황들을 반영하면서 극복할 방향을 제시하고 있다.

---

2   문익환, 『통일은 어떻게 가능한가』, 학민사, 1984, 48쪽.
3   정근식 외, 앞의 책, 37~39쪽.

2.

> 붉은 쇳덩어리 노을이 떨어진 바다
> 저 시퍼렇디 시퍼런 바다 속에 누워
> 파도를 토하는 304명의 와불(臥佛)들!
> 그들이 뿌리에서부터 일어나고 있다
> 산 자들과 죽은 자들 세상 바꾸려고,
>
> ― 「Requiem, 세월호-1. 서녘 바다, 304명의 와불」 전문

한국 사회에서 "세월호" 참사는 특정한 사고를 지칭하는 것을 넘어 국민의 생명과 국가의 윤리가 좌초된 사건을 대변하는 상징어로 각인되고 있다. 국민들은 죽음을 방치하고도 기만했던 정부에 대해 분노하면서 다른 한편으로는 이기적 자본주의에 길들여진 자신을 반성하고 사회적 정의를 다시 생각하는 것이다. "세월호" 참사로 인한 죽음을 개인의 책임이나 운명으로 돌려서는 안 된다고 자각하고, "304명의 와불(臥佛)들"이 "뿌리에서부터 일어나"는 것에 죄책감과 아울러 용기를 가지고 함께하는 것이 그 모습이다. 그것만이 죽은 자에 대한 산 자의 인간적인 도리라고 여기고 "산 자들과 죽은 자들 세상 바꾸려고" 나서는 것이다.

2014년 4월 15일 오후 9시에 안산 단원고 학생 325명을 포함한 총 476명, 차량 180대, 화물 3,608톤 등을 싣고 인천 여객터미널을 출항한 세월호는 4월 16일 오전 8시 48분 맹골수도에서 급격하게 변침한 뒤 중심을 잃고 기울어지기 시작했다. 그렇지만 청와대, 해경, 안전행정부 등의 국가기관이 구조 조치를 제대로 취하지 않아 10시 31분에 세월호는 바다 속으로 침몰하고 말았다. 304명이 희생된 대참사 이후 정권 교체가 이루어지는 등 많은 변화가 있었지만 아직까지 바다 속에서 돌아오지 못한

생명들이 있다. 슬픔에 빠진 유가족과 국민들을 위해 끝까지 세월호 참
사의 진실을 규명할 것이라는 대통령의 약속이 있지만, 사람들은 믿지
않는다. 그만큼 국민들은 세월호 참사를 겪으면서 국가의 무기력과 무책
임과 기만에 충격 받은 것이다. 그리하여 국민들 스스로 세월호 참사를
망각하지 않고 희생자들을 위로하기 위해 나서는 것이다.

던져라 꽃
던져라 술 던져라 밥
서녘바다 저 바다에

퍼렇다 떼죽음 당한 시간
퍼어렇다 떼죽음 당한 파도
떼죽음 당한 불두화 향기

떼죽음 당한 싯다르타
떼죽음 당한 사람의 아들
떼죽음 당한 하늘과 땅

한 마리 새가 죽으면
밤하늘 별들도 눈을 감고
한 송이 백합꽃이 꺾이면
세상의 모든 꽃들도 시들고

떼죽음 당한
사랑과 사랑의 실체
304명의 심장, 영혼들아
밥을 뿌리면 밥에 붙어서
술을 뿌리면 술에 붙어서

시와 정치

꽃을 뿌리면 꽃에 붙어서

바닷길 닦으면 오라
황천길 닦으면 촛불 밝혀
오라 강강술래로 오거라
둥근 달 앞세우고

우리 새끼들 일으켜 세우세
이승에서 죽으면 저승에서 살리고
저승에서 죽으면 이승에서 살리고
보내세
젊은 청춘들 좋은 세상으로!
배 가득히 법고(法鼓) 운판(雲版) 목어(木魚) 실어서
둥둥 북 울려 보내세 두둥실 멀리!

오메 그리하여 우흐흐ー
누가 칼을 들어 불을 들어
온다! 온다! 온다! 오고 있네!
이 땅의 우리가 저들을 버렸으므로
또다시 저들을 바다에 밀어 넣을지 몰라

— 「Requiem, 세월호ー4. 다시라기」 부분

위의 작품의 화자는 "던져라 꽃/던져라 술 던져라 밥/서녘바다 저 바다
에"라고 산 자로서 죽은 자를 위한 진혼곡을 부르고 있다. 화자는 "떼죽
음 당한" "304명"을 석가모니가 출가하기 전의 태자 이름인 "싯다르타"라
거나 "사람의 아들"이라거나 "하늘과 땅"이라고 부른다. 희생자들을 지구
에서 목숨을 다한 유한한 존재로 보지 않고 석가모니와 동격이고 하늘과
대지와 함께하는 우주적인 존재로 인식하는 것이다. "한 마리 새가 죽으

면/밤하늘 별들도 눈을 감고/한 송이 백합꽃이 꺾이면/세상의 모든 꽃들도 시들"고 만다는 세계인식에서도 볼 수 있다.

그리하여 화자는 "사람의 아들"을 이 세상에서 사라지지 않고 다시 살아오는 존재로 만들고자 한다. 전라남도 진도와 해남 지방에서 죽은 자와 산 자를 달래는 장례 의식으로 전해져 내려오는 "다시라기" 혹은 '다시래기'의 의미처럼 '다시 낳는다'고 믿고 "바닷길 닦으면 오라", "황천길 닦으면 촛불 밝혀/오라"고 노래 부른다. "강강술래로 오거라/둥근 달 앞세우고"라고 흥겹게 부르기도 한다. 그 결과 "우리 새끼들 돌아오네/저 바다에 꽃을 뿌리고/이 바다에 밥을 뿌리니/둥둥둥 촛불 올리니//우리 아이들이 돌아오네/304명 모두 다 장군이 되어/돌아오네" 하며 기뻐한다.

"떼죽음 당한 사람의 아들"을 살아오게 하는 주체는 다름 아니라 민중들이다. 희생자들은 힘없고 가난한 사람의 자식이었기 때문에 구조되지 못했다. 만약 그들이 사회적인 권세가 높고 부유한 집안의 자식이었다면 허무하게 희생당하지 않았을 것이다. 참사 뒤의 수습 과정도 좀 더 신속하고 투명했을 것이다. 그리하여 민중들이 "우리 새끼들 일으켜 세우"고자 나섰다. "이승에서 죽으면 저승에서 살리고/저승에서 죽으면 이승에서 살리"자고, "젊은 청춘들 좋은 세상으로" 보내자고 일어선 것이다. 더 이상 국가에 의지할 필요가 없다고 판단하고 "이 땅의 우리가 저들을 버렸으므로/또다시 저들을 바다에 밀어 넣을지" 모른다고 반성하고 경계하면서 "산 자가 죽은 자를 일으켜 세우고/죽은 자도 산 자를 일으켜 세우는/아 대한민국 촛불들"(「Requiem, 세월호-7. 혼무(魂舞)」)이 된 것이다.

수백 명의 사람들이 탄 배가 속수무책으로 바다 속으로 가라앉는 모습을 텔레비전의 생방송으로 보면서 국민들은 망연자실했다. 안타까움과 슬픔을 넘어 분노가 치밀어 올랐다. 구조할 수 있는 시간이 충분한데도 불구하고 국가는 어디에도 없었다. 그런데도 불구하고 아직까지 세월호 참사의 진실은 밝혀지지 않고 있다. 그리하여 세월호 사건은 과거의 한 사고로 묻히지 않고 현재의 사회 모순이며 왜곡된 여사를 인식하는 동력이 되고 있는 것이다.

3.

제노사이드
집단대학살

그들이
쳐들어
왔을 때

아, 제주
1948년...

대장장이는
쇠를 달구어
칼과 창을 만들고

옹기장이는
가마에 불 넣어
밥그릇을 만들었다
한라산의 붉은 흙으로!

여자들은
자신의 옷을 찢어

내일 태어날 아가들의 옷을 만들었다!

—「제주, 1948년」 전문

　주지하다시피 "제주/1948년"에는 "제노사이드/집단대학살"이 자행되었다. 민족 해방으로 부풀어 올랐던 민중들은 대흉년과 미곡 정책의 실패, 실직, 생활품 부족, 전염병인 콜레라 만연 등에 제대로 대처하지 못하는 미군정에 실망하고 있었다. 또한 일제강점기의 경찰들이 민족의 죄인으로 처벌받지 않고 오히려 미군의 경찰로 변신한 뒤 모리 행위를 일삼자 분노하고 있었다. 그리하여 남한의 단독 정부 수립을 주장하는 이승만에 반대하는 건국준비위원회 및 남로당 계열에 호의적이었다. 그러던 중 1947년 제주 북초등학교에서 열린 3 · 1절 기념식에서 어린아이가 기마 경관의 말발굽에 치이는 사고가 일어났다. 경찰은 민중들의 사과 요구를 거절했을 뿐만 아니라 경찰서에 쫓아온 이들에게 발포했다. 미군정도 6명의 사람이 사망하고 여러 명이 다쳤는데도 불구하고 사과하기는커녕 정당방위로 규정하고 3 · 1절 행사의 관련자들을 연행했다. 뿐만 아니라 민중들이 총파업과 항전 등으로 맞서자 동조자는 물론 관련 없는 사람들까지 잔혹하게 진압했다. 한국전쟁 동안에는 보도연맹 가입자나 요시찰자 등을 학살했고, 형무소에 수감되어 있던 4 · 3항쟁 관련자들을 즉결 처분했다. "그들이/쳐들어/왔을 때" 1만 명 이상의 민중들이 희생당한 것이다.

　그렇지만 "제주"의 민중들은 전멸하지 않았다. "대장장이는/쇠를 달구어/칼과 창을 만들"었고, "옹기장이는/가마에 불 넣어/밥그릇을 만들었"으며, "여자들은/자신의 옷을 찢어/내일 태어날 아가들의 옷을 만들었다". 모순된 국가의 폭력에 희생되면서도 끈질긴 생명력으로 살아남은 것이다. 이와 같은 모습은 5 · 18광주민주화운동의 상황에서도 볼 수 있다.

1. 꽃에게

봄날, 꽃이
피지 않는다면
꽃의 향기가 없다면
세상은 얼마나 슬프고
삭막하고 어두울까.

2. 밥과 꽃

밥은 사람 몸속으로 들어가
피와 살을 만들어주고

꽃은 그의 고운 향기로
사람의 영혼을 부풀어 오르게 한다
둥그렇게, 아프지 않게, 아 영원히!

—「봄, 금남로에서」 전문

위의 작품의 화자는 봄날 "금남로"를 지나면서 "꽃"을 노래하고 있다. "봄날, 꽃이/피지 않는다면/꽃의 향기가 없다면/세상은 얼마나 슬프고/삭막하고 어두울까"라며 꽃이 피어나기를 기대하고 있는 것이다. 화자가 꽃을 노래하는 이유는 사람의 영혼을 밝혀줄 수 있다고 생각하기 때문이다. "밥은 사람 몸속으로 들어가/피와 살을 만들어주"는 것이라면 "꽃은 그의 고운 향기로/사람의 영혼을 부풀어 오르게 한다"고 믿는 것이다. 그리하여 화자는 "금남로"의 민중들이 "꽃"이 핀 세상에서 살아갈 수 있기를 희망한다. "둥그럽게, 아프지 않게, 아 영원히!" 살아갈 수 있기를 기원하는 것이다.

화자의 이와 같은 바람에는 이전의 "금남로"는 "꽃"이 피어날 수 없는 곳이라는 의식이 들어 있다. "아아, 살아남은 사람들은/모두가 죄인처럼 고개를 숙이고 있구나/살아남은 사람들은 모두/넋을 잃고 밥그릇조차 대하기/어렵구나 무섭구나/무서워 어쩌지도 못하는구나"("아아 광주여, 우리나라의 십자가여」)라는 토로에서 확인된다. 따라서 화자가 "금남로"에 "꽃"이 피어나기를 바라는 것은 역사의식의 표명인 것이다.

주지하다시피 1979년 10·26사건으로 말미암아 유신체제는 막을 내렸지만 광주의 "금남로"는 피로 물들었다. 유신헌법의 개정으로 민주주의 회복을 기대했던 국민들의 염원과는 다르게 전두환을 중심으로 한 신군부는 정보기관과 언론 등을 장악한 뒤 정권욕을 드러내었다. 5월 17일 비상계엄을 전국으로 확대하면서 퇴진을 요구하는 대학생들을 비롯해 정국 운영에 장애가 되는 세력을 제거해나갔다. 국회 해산, 국가보위 비상기구 설치, 정치활동 금지, 휴교령, 언론보도 검열 강화 등으로 민주주의 체제를 옥죄었는데, 5월 18일 그 전술 차원에서 전두환 퇴진, 비상계엄 해제, 김대중 석방 등을 요구하는 광주 지역 대학생들을 공수부대를 투입해 진압했다. 뿐만 아니라 무고한 시민들까지 살상하는 만행을 저질렀다. 1993년 문민정부 출범 이후 5·18광주민주화운동에 대한 재평가가 이루어지고 있지만, 작품의 화자는 피로 물들었던 "금남로"에 아직 꽃이 피어나지 않았다고 본다. 그리하여 모순된 역사를 극복하기 위한 노래를 부르는 것이다.

시와 정치

4.

하얀 옷
백합의 향기여
우리 사람 몸이여

해와 달이
거꾸로 돈다 한들
그럴 리야 없겠지만

남북이 서로
눈감고 불총을 쏘면
하늘에 젖을 물려준
어머니의 말씀 버리면

아마겟돈
쾅쾅, 우주가
폭발하는 소리?

한반도는
풀 한 포기커녕
꽃 한 송이 피지 않고
새 한 마리 날아오지 않을 것이다

두드릴 목탁은커녕
십자가를 만들어 세울
한 그루 나무도 자랄 수 없을 것이다!

— 「아마겟돈, 경고!」 전문

위의 작품의 화자는 "해와 달이/거꾸로 돈다 한들/그럴 리야 없"을 것이라고 믿으면서도 만약 "남북이 서로/눈감고 불총을 쏘면" "아마겟돈"의 세상이 된다고 경고하고 있다. "하늘에 젖을 물려준/어머니의 말씀 버리면", 즉 형제들이 서로 싸우지 말고 사이좋게 살아가라는 어머니의 말씀을 지키지 않으면 제대로 살아갈 수 없다는 것이다.

『신약성경』의 「요한계시록」 16장 16절에는 "세 영이 히브리 음으로 아마겟돈이라 하는 곳으로 왕들을 모으더라"고 기록되어 있다. "아마겟돈"의 의미는 '마겟돈 산'으로 실제의 장소이기도 하겠지만 하나님과 세속의 세력이 대결하는 상징적인 장소를 의미한다. 하나님이 악의 세력을 패배시킬 종말론적인 전쟁을 치르는 장소인 것이다. 그리하여 「요한계시록」 16장 19~20절에는 "큰 성이 세 갈래로 갈라지고 만국의 성들도 무너지니 큰 성 바벨론이 하나님 앞에 기억하신 바 되어 그의 맹렬한 진노의 포도주 잔을 받으매/각 섬도 없어지고 산악도 간 데 없더라"라고 기록되어 있다. 일곱 천사가 하나님 진노의 일곱 대접을 땅에 쏟으니 악하고 독한 부스럼이 나고, 바다에 쏟으니 모든 생물들이 죽고, 강과 물의 근원에 쏟으니 모두 피로 변하고, 해에 쏟으니 불로 사람들을 태우고, 짐승의 보좌에 쏟으니 어둠과 고통을 겪고, 큰 강 유프라테스에 쏟으니 강이 마르고 전쟁을 위해 왕들이 모이고, 공기에 쏟으니 큰 우박이 내려 결국 바벨론이 멸망하리라고 예언한 것이다.

위의 작품의 화자는 전쟁터의 상징으로 여겨지는 그 "아마겟돈"을 인유하면서 남북한이 무력 전쟁을 하면 종말의 결과를 가져올 것이라고 예견하고 있다. 바벨론이 멸망했듯이 "한반도는/풀 한 포기커녕/꽃 한 송이 피지 않고/새 한 마리 날아오지 않을 것"이라고, "두드릴 목탁은커녕/십자가를 만들어 세울/한 그루 나무도 자랄 수 없을 것"이라고 경고하는 것이다.

어떠한 전쟁도 인정할 수 없다. 설령 민족의 통일을 위한 것이라는 명분을 가진 경우에도 마찬가지이다. 전쟁은 인간이 인간답게 살아갈 수 없도록 가하는 폭력 중에서 가장 크고 잔인한 것이다. 폭력은 항상 명분을 갖고 있지만 모두 허위일 뿐이다. 그러므로 "의상(義湘)더러 삼국통일 안 되도 좋으니 제발 전쟁하지 말자고 원효는 피를 토하며 보리수나무 목탁을 쳤다 고구려 백제 신라 사람들 칼로 서로 죽여서는 안 된다고 궁극으로는 통일해야 한다"(「원효(元曉)」)라고 말한 원효의 화쟁(和諍)사상을 수용할 필요가 있다. 서로 다투지 않고 화해하며 지내야 궁극적으로 상생의 길이 열리는 것이다. 화쟁사상은 단순한 이론이 아니라 실천사상이기에 더욱 주목할 필요가 있다.

> 한 놈을 업어주니 또 한 놈이
> 자기도 업어주라고 운다
> 그래, 에라 모르겠다!
> 두 놈을 같이 업어주니
> 두 놈이 같이 기분 좋아라 웃는다
> 남과 북도 그랬으면 좋겠다.
>
> — 「쌍둥이 할아버지의 노래」 전문

"한 놈을 업어주니 또 한 놈이/자기도 업어주라고" 울어대는 상황에서 "그래, 에라 모르겠다!/두 놈을 같이 업어주"는 화자의 자세야말로 화쟁사상을 실천하는 모습이다. 업어주는 순서를 정하거나 어떤 기준을 세우는 데 매달리다보면 필요한 시기를 놓치고 만다. 오히려 질투를 동반하는 싸움에 휘말리고 만다. 따라서 화자가 양쪽의 요구를 모두 적극적으로 수용한 것은 올바른 판단이고 실행이다. 그 결과 "두 놈이 같이 기분 좋아라 웃는" 것이다.

화자는 이와 같은 상황을 두고 "남과 북도 그랬으면 좋겠다"라고 의미를 확대한다. 개인적인 차원의 의미를 민족적인 차원으로 확대해서 적용하는 것이다. 그리하여 대립적인 존재를 상생적인 존재로 만드는 하나의 전형을 창조하고 있다. 구체적인 상황에서 보편적인 상황을, 현상의 의미에서 본질의 의미를 인식시키는 것이다.

여기를 봐요!
서울과 평양 사이
녹슨 가시철조망 속에
저 먼 먼 하늘에서
달걀 하나 내려오네요

70년을 피와 눈물로 품은
오, 젖은 흰옷으로 닦아낸
배달겨레의 둥근 달걀 하나!

밖에서 남녘땅 닭이 쪼고
안에서 북녘땅 닭이 쪼니
노오란 봄병아리가 나온다

어, 둥근 달걀 하나에서
7,500만 마리 병아리가
오종종 오종종 걸어나온다!

수탉은 홰를 치며
70년 만에 새벽하늘을 열고

시와 정치

좋다, 바야흐로 줄탁동시라!

—「좋다, 줄탁동시(啐啄同時)라!」 전문

위의 작품은 『벽암록』 제16칙인 「경청줄탁기(鏡淸啐啄機)」를 인유하고 있다. "어느 날 한 중이 경청 화상에게 찾아와 "저는 이미 대오 개발의 준비가 되어 껍질을 깨뜨리고 나가려는 병아리와 같으니, 부디 화상에게 껍질을 쪼아 깨뜨려주십시오" 하고 말했다. 경청 화상이 "과연 그래 가지고도 살 수 있을까, 어떨까?" 하자, 그 중은 "만약 살지 못하면 화상이 세상의 웃음거리가 되죠" 했다. 경청은 "이 멍청한 놈!" 하고 꾸짖었다."[4]라는 실화가 본칙(本則)이다. 중이 고불(古佛)의 가풍에 함부로 대들었다가 혼나는 장면으로 그는 아직 껍질 속에 있는 것이다.

알 속에서 충분히 자라난 병아리가 때가 되어 알 밖으로 나오기 위해 부리로 껍질을 쪼는 것이 '줄'이고, 그 소리를 들은 어미 닭이 새끼가 나오는 것을 도와주려고 같은 부분을 쪼아 깨뜨리는 것이 '탁'이다. 불교에서는 수행자가 병아리이고, 깨우침을 일러주는 스승이 어미 닭이다. 병아리와 어미 닭이 안과 밖에서 동시에 쪼아야 하듯이 제자와 스승도 같은 관계이다. 제자는 충분한 수양을 통해 알을 쪼아야 하고, 스승은 제자를 잘 보살펴 적당한 시기에 깨우침을 열어주어야 하는 것이다.

위의 작품은 "서울과 평양 사이/녹슨 가시철조망 속에/저 먼 먼 하늘에서/달걀 하나 내려"온 상황을 설정하고 있다. 그 "달걀"은 "70년을 피와

---

4 "擧. 僧問鏡淸, 學人啐, 請師啄, 淸云, 還得活也無. 僧云, 若不活遭人怪笑. 淸云, 也是艸裏漢." 안동림 역주, 『벽암록』, 현암사, 2001, 133~134쪽.

눈물로 품은/오, 젖은 흰옷으로 닦아낸/배달겨레"를 나타낸다. 그리하여 "밖에서 남녘땅 닭이 쪼고/안에서 북녘땅 닭이 쪼"면 "7,500만 마리 병아리가/오종종 오종종 걸어나"오는 것이다.

남녘땅의 닭이 달걀의 밖에서 쪼고 북녘땅의 닭이 달걀의 안에서 쪼는 장면을 "줄탁동시"의 원뜻에 국한시켜 해석할 필요는 없다. 달걀을 쪼는 주체자의 위치보다도 쪼는 행위 자체가 중요하기 때문이다. 따라서 남북한이 평등한 관계이자 협력하는 관계로 정치, 경제, 사회, 문화 등 각 방면에서 교류하는 모습으로 이해하면 되는 것이다.

북한이 남북한의 교류를 위해 스스로 체제를 바꿀 가능성은 희박하다. 따라서 북한이 변화를 가져오도록 하기 위해서는 남한이 좀 더 변해야 한다. 이와 같은 차원에서 남한이 북한에 지원하는 '햇볕정책'을 퍼주기로 비난해서는 안 된다. 지원에 대한 투명한 점검을 요청하는 것이 아니라 이기적이고 근시안적인 반대에 불과하기 때문이다. 북한에 대한 지원은 퍼주기가 아니라 남북한 사이에 신뢰를 마련하기 위한 장기적인 투자로 여겨야 한다. 그렇게 했을 때 분단 이전의 상태로 되돌아가는 통일 (Reunification)이 아니라 새로운 역사를 창조하는 통일(New unification)을 이룰 수 있는 것이다.

남북한이 분단 상태로 놓여 있는 한 상호 간의 발전을 이루는 데 한계를 가질 수밖에 없다. 따라서 통일을 역사적인 과제로 삼고 상호 협력하는 방법으로 실행해나가야 한다. 통일이야말로 국가적 모순과 문제들을 해결하는 토대가 된다는 사실을 인식하고 분단 상황에 익숙해진 관습에서 깨어나야 하는 것이다. 이와 같은 차원에서 평화통일을 노래한 김준태 시인의 작품들은 의미하는 바가 크다. 그의 통일시는 구체적인 역사를 품고 있기에 진정성이 크고, 우주적인 이치까지 지향하고 있기에 전

시와 정치

망을 준다. 그리하여 남북 정상회담을 앞두고 있는 이즈음 그의 시들은
더욱 새롭게 읽힌다.

제3부

디지털 시대의 노동시　　　한국시인협회 만해축전 학술세미나, 2013년.

비정규직 시대의 노동시　　『시와사상』, 2016년 봄호.

반(反)근로기준법의 시학　육봉수, 『미안하다』, 푸른사상사, 2014.

노동자가 사랑하는 별　　　정세훈, 『우리가 이 세상 꽃이 되어도』, 푸른사상사,
　　　　　　　　　　　　　　　　　　2018.

대상애의 시학　　　　　　　유순예, 『호박꽃 엄마』, 푸른사상사, 2018.

노동시의 계승　　　　　　　조선남, 『눈물도 때로는 희망』, 푸른사상사, 2016.

탈핵의 시학　　　　　　　　채상근, 『사람이나 꽃이나』, 푸른사상사, 2015.

제4부

반매카시즘의 시학　　　　『시와시』, 2013년 겨울호.

현대시의 반전 의식　　　　『시와시』, 2013년 여름호.

통일 지향과 전망　　　　　탄생 100주년 문학인 기념문학제, 2017(원제는 「이기
　　　　　　　　　　　　　　형 시의 통일 지향과 전망」).

평화 통일의 시학　　　　　김준태, 『쌍둥이 할아버지의 노래』, 도서출판b, 2018.